I0527756

GOLDENES SCHWEIGEN

DIE LUCA-THRILLER-REIHE

DAN PETROSINI

Print-ISBN: 978-1-960286-82-6
Naples, FL, USA

Die Luca Mystery -Serie

Bin ich der Mörder?

Verschwunden

Der Serenity -Mord

Dritte Chancen

Ein kalter, harter Fall

Polizist oder Mörder?

Salter zum Schweigen bringen

Ein Mörder falsch

Ungewisse Einsätze

Der Opa -Mörder

Gefährliche Rache

Wo sind sie

Am See begraben

Der Preserve Killer

Niemand ist sicher

Mord, Geld und Chaos

Goldenes Schweigen

Spannende Geheimnisse

Corys Dilemma

Corys Flug

Corys Verschiebung

REIHE: DIE KUNST DER RACHE

IM NAMEN DER RACHE

JENSEITS DER RACHE

DIE ABRECHNUNG

ANDERE WERKE VON DAN PETROSINI

DER LETZTE FEIND

COMPLETCICCITIC ZEUGE

ZURÜCKSCHIEBEN

EHRGEIZ KLIPPE

Sie können über mein Schreiben auf dem Laufenden bleiben und Zugang zu Büchern haben, die frei von Discounter sind, indem Sie sich meinem Newsletter anschließen. Normalerweise ist es einmal im Monat ausgestiegen und enthält auch Notizen zu Selbstwertgefühl, Motivationsstücken und Weinartikeln.

Es ist kostenlos. Siehe meine Website: www.danpetrosini.com

TEIL I

NAPLES, FLORIDA

KAPITEL EINS

ICH LEGTE AUF UND GING IN DIE KÜCHE. MARY ANN RÄUMTE gerade den Geschirrspüler aus. Sie fragte: »Wer war das?«

»Pembroke vom Finanzministerium. Er braucht Hilfe in einem Fall, in dem es um einen gewissen Jay Adams geht, der früher dort gearbeitet hat. Sie glauben, er ist in eine Wall-Street-Intrige verwickelt.«

Sie hielt inne und räumte einen Teller weg. »Was hast du gesagt?«

»Ich hätte nichts dagegen, etwas zu tun, das den Puls in die Höhe treibt, aber die Finanzmärkte? All die Anzugträger? Auf keinen Fall.«

»Du bist schon zu lange in Florida.«

Ich nahm eine Handvoll Löffel aus dem Geschirrspüler und sagte: »Noch nicht lange genug.«

»Wir sollten übers Wochenende nach Miami fahren.«

»Willst du unser Spanisch, das wir gerade lernen, mal in der Praxis testen?«

Mary Anns Handy klingelte. Es war der Anruf, der alles verändern sollte.

»Hey, Patti, ich wollte dich gerade anrufen ... Was? Oh mein Gott!«

Alle Farbe wich aus Mary Anns Gesicht. Sie schüttelte den Kopf. »Ich kann es nicht fassen. Wie schrecklich. Joe und Sue müssen völlig am Boden zerstört sein ... Wo ist das passiert?«

Sie nahm das Handy vom Mund und flüsterte: »Steve Ryan ist an einer Überdosis gestorben.«

Mir drehte sich der Magen um. Der Junge der Nachbarn hatte Polizist werden wollen. Steve, Jimmy und meine Tochter Jessie waren dicke Freunde gewesen, als sie auf die Middle School gegangen waren. Ich hatte sie mehrmals mit ins Büro genommen. Stevie war ein guter Junge und so etwas wie der Sohn, den wir nie hatten.

———

DREI TAGE später griff ich nach Mary Anns Hand und betrat das Fuller-Bestattungsinstitut. Die Eingangshalle war voll von Leuten, die Teenager oder Anfang zwanzig waren. Jessie und ein anderer Junge aus der Nachbarschaft saßen auf einer Couch. Beide umklammerten Taschentücher.

Wir bahnten uns einen Weg durch die Menge. Unsere Tochter sprang auf und umarmte uns. »Mom, Dad, ich kann das nicht glauben. Es ist so surreal.«

Das war es. Diese von Trauer erfüllte Lektion enthielt eine stärkere Botschaft als all die Dinge, vor denen ich sie in ihrer Jugend gewarnt hatte. Ich hoffte inständig, dass alle Leute in diesem Raum sie verstanden. Drogen waren nicht nur gefährlich, sie waren tödlich.

Mary Ann sagte: »Bist du schon reingegangen?«

Mit zusammengepressten Lippen schüttelte Jessie den Kopf.

Ich legte meinen Arm um ihre Schulter. »Komm schon, erweisen wir ihm die letzte Ehre.«

Wir standen in der Schlange und näherten uns langsam dem Sarg. Ich versuchte, mich abzulenken, indem ich über den Ursprung der Redewendung *die letzte Ehre erweisen* nachdachte. Erweisen war ein seltsames Wort. Ging es um die Reise, die in vergangenen Jahrhunderten nötig war? Für mich war die Ehre das Unbehagen, das ich fühlte. Es spielte keine Rolle, dass ich schon unzählige Leichen gesehen hatte; mein Magen war eine Schlangengrube.

Joe Ryan, der Vater, war vornübergebeugt. Sein Bruder klopfte ihm auf den Rücken. Neben dem Sarg stand seine Frau, Sue, die über das Gesicht ihres toten Sohnes strich.

Meine Beine waren wie aus Zement. Jede Faser meines Körpers schrie mich an, umzukehren. Eine Träne lief mir über die Wange. Ich wischte sie mit meinem Handrücken weg.

Mary Ann reichte mir ein Taschentuch. Wir waren die Nächsten in der Reihe.

Die Mutter, Sue, sah uns, und ihr Gesicht verzerrte sich. Mary Ann und Jessie legten ihre Arme um sie. Sue schluchzte laut auf. Offen weinend, schloss ich mich der Gruppenumarmung an.

»Es tut uns so leid, Sue.«

»Was soll ich nur tun? Er ist fort. Mein Baby ist fort.«

Mit geschlossenen Augen kniete ich neben dem Sarg nieder. Ich warf einen kurzen Blick auf den Jungen, den ich seit fünfzehn Jahren gekannt hatte. Er war ein guter Junge, und ich schätzte es, dass er auf Jessie aufgepasst hatte.

Obwohl ich Steve seit zwei Monaten nicht mehr gesehen hatte, verriet mir sein Aussehen, dass er keine harten Drogen nahm. Das Gerücht besagte, dass mit Fentanyl versetztes Koks die Überdosis verursacht hatte.

Jessie kniete neben mir nieder und begann zu schluchzen. Ich legte meinen Arm um sie und weinte mit ihr. Mary Ann ergriff meine Hand. Sie flüsterte: »Komm schon, Frank. Es ist nicht gut für Sue, uns so zu sehen.«

Ich torkelte auf die Beine. Joe Ryan starrte mich mit leerem Blick an. Ich drückte seine Schulter. »Es tut mir leid, mein Freund.«

»Steve hat zu dir aufgesehen, Frank.«

Meine Stimme brach. »Er war ein guter Junge.«

»Wegen dir wollte er Polizist werden.«

Die Nachbarin der Ryans von nebenan trat an den Sarg, und Sue begann erneut laut aufzuheulen. Ich zupfte an meinem Kragen. »Was können wir für dich tun?«

Er murmelte: »Nichts, verdammt noch mal, gar nichts kann Steve zurückbringen.«

»Versuch, durchzuhalten.«

Er stöhnte auf, und ich sagte: »Wir setzen uns nach hinten.«

Ich nickte Freunden und Nachbarn stumm zu, während wir uns auf den Weg in die letzte Reihe machten. Die Mädels setzten sich. Der Raum war still. Ich sagte: »Ich muss mal auf die Toilette.«

Das stimmte nicht. Was ich brauchte, war Abstand. Als ich durch die Eingangshalle ging, kam eine Familie mit tränenüberströmten Gesichtern durch die Tür. Ein Anzug, noch in der Plastikfolie der Reinigung, hing über dem Arm der Mutter. Ein Mädchen von etwa zwanzig trug ein großes Bild eines anderen jungen Mannes.

Galle stieg mir im Hals hoch. Ich huschte in die Herrentoilette. Ein Junge, der sich die Hände wusch, sprach mit einem Freund, der am Pissoir stand. Ich ging in eine Kabine und setzte mich auf die Schüssel.

Ich versuchte, etwas Urin aus der Blase herauszulocken, die man mir gemacht hatte, als einer der Jungen sagte: »Ich kann's nicht fassen. Adams Beerdigung wird auch hier sein.«

»Ich hab gehört, er hatte eines dieser Test-Kits.«

»Anscheinend hat er es nicht benutzt.«

In was für einer Welt lebten wir? Leute, die Kokain konsumierten, testeten es auf das Vorhandensein von Fentanyl. Genügte das Wissen, dass es Test-Kits gab, nicht, um einem zu sagen, dass man ein tödliches Spiel spielte?

KAPITEL ZWEI

M ARY A NN SAGTE: »J A . E S TUT IHR WIRKLICH LEID , DASS SIE nicht zur Beerdigung mitkommt.«

»Sie ist für die Totenwache eingeflogen und hat morgen eine Abschlussprüfung.«

»Sie hat es besser aufgenommen, als ich erwartet hatte.«

»Ich bin völlig fertig.«

»Ich weiß. Ich ziehe mich jetzt um.«

Sie verschwand in unserem Schlafzimmer.

Ein paar Minuten später flüsterte sie: »Schläfst du?«

»Nein. Ich denke nur nach.«

»Ich kann es immer noch nicht fassen. Was für ein Albtraum.«

»Ich kann mir nicht vorstellen, wie es morgen wird, aber es wird schlimmer als heute.«

»Sue und Joe tun mir so leid. Ich weiß nicht, wie sie das je überwinden sollen.«

»Sie werden es nicht überwinden. Es ist nicht vorgesehen, dass wir unsere Kinder überleben, schon gar nicht, wenn sie erst zwanzig sind.«

»Wie konnte das passieren?«

»Junge Leute gehen Risiken ein. Sie denken, sie wissen, was sie tun.«

»Er war so ein guter Junge. Erinnerst du dich, wie er immer auf Jessica aufgepasst hat?«

»Ja. Er und Jimmy waren die Einzigen, denen ich vertraut habe. Schau dir mal dieses Bild an, das Jessie mir aufs Handy geschickt hat.«

»Wow. Die drei Musketiere. Sie waren so süß zusammen.«

»Und unschuldig.«

»Es hat eine Weile gedauert, bis du mit Steve warm geworden bist. Weißt du noch, als er dir beim Streichen helfen wollte und sich die ganze Farbe übergeschüttet hat?«

Ich kicherte. »Er hat sich so dafür interessiert, was ein Detective macht. Er hat immer Fragen gestellt; einige davon waren gut, so als hätte er eine Art Spürsinn oder so.«

»Jessica und er waren jedes Mal total aufgeregt, wenn du sie mit aufs Revier genommen hast.«

Mir versagte die Stimme. »Ein Haufen Erinnerungen. Steve wäre ein großartiger Polizist geworden.«

»Es ist so traurig. Es ist, als hätte sich alles verändert.« Ihre Stimme wurde leiser.

Ich stand aus dem Sessel auf. »Mit der Zeit wird sich alles wieder normalisieren. Wir werden Narben davontragen, aber Joe und Sue werden sich nie ganz davon erholen.«

»Glaubst du, sie ziehen um?«

»Ich weiß nicht, ob ich im selben Haus wohnen bleiben könnte; man ist von Erinnerungen umgeben.«

»Es ist der schlimmste Albtraum aller Eltern.«

»Viel zu viele Leben werden durch Drogen zerstört. Ich habe mitbekommen, dass ein anderer Jugendlicher an einer Überdosis gestorben ist und dass die Totenwache im Raum neben der von Steve stattfinden wird.«

»Es ist außer Kontrolle. Warum kann die Regierung nicht irgendetwas davon aufhalten?«

»Dafür steckt zu viel Geld darin.«

»Glaubst du das wirklich?«

»Absolut. Schau, die mexikanische Regierung wird im Grunde von den Kartellen gelenkt. Ich sage es nur ungern, aber wir sind auch keine Engel. Wenn wir den Willen hätten, könnten wir den Nachschub, der ins Land kommt, eindämmen. Und die Chemikalien zur Herstellung von Fentanyl kommen aus China. Wir sollten denen verdammt noch mal auf die Füße treten.«

»Warum bringen wir sie nicht dazu, zu helfen?«

»Das ist die Billionen-Dollar-Frage. Ich sage nicht, dass es einfach wäre; wir müssten schwere Entscheidungen darüber treffen, was wichtig ist, aber wir haben hier eine verdammte Krise und es wird immer schlimmer.«

»Was unternimmt das Sheriff's Office dagegen?«

»Als ich das letzte Mal mit Gesso zu Mittag gegessen habe, hat er erwähnt, dass sie gerade eine Spezialeinheit für die Zusammenarbeit mit Lee und Broward County aufstellen.«

»Ich bin nicht naiv, aber ich hätte nie gedacht, dass wir in Naples Drogenprobleme haben würden. Ich meine, Marihuana ist eine Sache, aber dieses Fentanyl tötet unsere Kinder.«

»Es ist hundertmal stärker als Heroin.«

»Man sagt ja, aus allem Schlechten, das passiert, erwächst auch etwas Gutes. Hoffen wir, dass es so ist.«

Das war Unsinn. Das redeten wir uns ein, um den Schmerz eines Ereignisses oder Verlustes zu lindern.

Ich konnte nicht einfach dasitzen und darauf warten, dass etwas Gutes geschah. Dinge geschahen, weil wir dafür sorgten, dass sie geschahen. Und ich würde meinen Teil dazu beitragen, dass etwas geschah.

KAPITEL DREI

Er sagte: »Du siehst beschissen aus.«

Ich winkte einem Kellner mit einer Kaffeekanne zu. »Danke, Kumpel. Ich habe letzte Nacht nur ungefähr eine Stunde geschlafen.«

Der Kellner füllte meine Tasse, und ich bestellte zwei Spiegeleier und Toast.

Derrick sagte: »Der Ryan-Junge geht dir nicht aus dem Kopf.«

»Das ist beunruhigend, Derrick. Du weißt ja, dass wir Steve nahestanden.«

»Glaub mir, Jessie ist wenigstens erwachsen. Ich mache mir Sorgen darüber, was auf meine Kleine zukommt, wenn sie ein Teenager ist.«

»Ihr wird es schon gut gehen.«

»Wollen wir's hoffen, aber das haben die Ryans auch gedacht. Wer weiß schon, was als Nächstes in irgendeinem Labor zusammengebraut wird?«

»Ich kapiere es einfach nicht, Derrick.«

»Die chemischen Verbindungen?«

»Das und warum die Leute damit solche Risiken eingehen. Ich verstehe rein gar nichts davon.«

»Das tut niemand.«

»Tja, wenn wir es nicht verstehen, haben wir keine Chance, es aufzuhalten.«

»Geld verstehen sie alle.«

»Geld regiert die Welt.«

»Ohne Zweifel ist es das, was die Drogenwelt zu dem macht, was sie ist.«

Der Kellner schob mein Frühstück auf den Tisch.

Ich griff nach dem Pfefferstreuer. »Der Einfluss, den Geld hat, ist riesig. Die Kartelle haben es benutzt, um Regierungen zu korrumpieren. Sie kaufen sich Schutz. Und sie übernehmen eine Taktik aus dem Buch von Carlos Escobar: Sie machen sich bei den Armen beliebt, indem sie Arbeitsplätze schaffen und Parks in deren Vierteln bauen.«

Derrick schüttelte angewidert den Kopf. »Ganz normale Leute, die die Kartelle beschützen. Das ist so verrückt, wie es nur geht.«

»Es läuft wieder auf das Geld hinaus. Diese Leute sind arm und ungebildet. Wo sonst sollen sie einen Job finden, der so gut bezahlt ist?«

»Bei den Straßendealern in diesem Land ist es dasselbe.«

»Bis zu einem gewissen Grad, aber vergiss nicht, dass wir ein Bildungssystem haben. Diese Kids entscheiden sich, die Schule abzubrechen, und meistens gibt es keine Eltern, die ihnen in den Arsch treten, bevor sie es tun.«

»Ich habe neulich gelesen, dass in den Vereinigten Staaten jedes Jahr zwei Millionen Jugendliche die Highschool abbrechen.«

»Das ist eine üble Statistik mit weitreichenden Konsequenzen.«

»Vielleicht braucht man mit KI gar keine so große Bildung mehr.«

»Ja, ich kann es kaum erwarten, bis Maschinen alles steuern.«

Derrick sagte: »Das werden wir nicht mehr erleben.«

»Mag sein, aber ich sehe zu viel Schaden durch Drogen. Es muss einen echten Krieg geben, und die Bundesbehörden müssen ihn anführen.«

»Hast du je wieder von diesem hohen Tier aus dem Finanzministerium gehört?«

»Ja, er will, dass ich mich an einer Operation beteilige, die ihnen Sorgen bereitet. Es geht um einen großen Hedgefonds, der von jemandem geleitet wird, der früher im Finanzministerium gearbeitet hat.«

»Du hast doch nach etwas zu tun gesucht.«

»Ich suche nach etwas Spannendem, aber der Aktienmarkt ist eine Welt, die ich nicht kenne und in der ich nicht sein will.«

»Das ist nicht viel anders als alles andere. Du musst nur der Spur des Geldes folgen.«

»Geld, der gemeinsame Nenner.«

»Laut der Bibel ist es die Wurzel allen Übels.«

Als ich den letzten Bissen meines Frühstücks hinunterschluckte, kam mir eine Idee. »So weit würde ich nicht gehen.« Ich stand auf, kramte einen Zwanziger aus meiner Tasche und legte ihn auf den Tisch.

Derrick sagte: »Habe ich was Falsches gesagt?«

»Nein.«

»Was ist los, Frank?«

»Ich muss mit Jimmy reden, dem Jungen, mit dem Ryan zusammen war, als er die Überdosis nahm.«

»Ich habe gehört, er wurde verhört. Er hat gesagt, er war nicht dabei, als der Kauf stattfand.«

»Das glaube ich nicht. Ich kannte Steve. Er wäre nicht allein gegangen.«

KAPITEL VIER

Jimmy Pearson öffnete die Tür. »Oh, hallo, Mr. Luca.«

»Hey, Jimmy. Haben Sie ein paar Minuten Zeit, um zu reden?«

»Äh, klar. Kommen Sie rein. Mom ist nicht zu Hause; sie ist kurz zu Publix rübergegangen.«

Ich wusste, dass sie das Haus verlassen hatte. »Richten Sie ihr einen schönen Gruß von mir aus.«

Der Fernseher war bei einem Videospiel auf Pause geschaltet. Zwei realistisch aussehende Schläger lagen in einer Straßenszene am Boden.

Er drückte auf die Fernbedienung und sagte: »Es geht um Steve, oder?«

»Ja. Was passiert ist, ist passiert, okay? Ich weiß, dass Sie dabei waren, und alles, was ich will, ist, was Sie darüber wissen: von wem Sie es gekauft haben.«

»Ich mache das nie wieder, ich schwöre es.«

»Das hoffe ich. Also, wer hat es Ihnen verkauft?«

»Ich habe nichts gekauft. Das war Steve, er-«

Einem Toten die Schuld in die Schuhe zu schieben, war so alt wie die Pyramiden.

»Moment, Jimmy. Sie können mir vertrauen. Ich werde es niemandem erzählen, nicht Ihrer Mutter, nicht der Polizei, niemandem. Es ist mir egal, wer den Kauf getätigt hat. Mich interessiert nur, den Lieferanten ausfindig zu machen.«

»Ich weiß es nicht. Es sind wahrscheinlich dieselben Typen, von denen es jeder bekommt.«

Ich stützte die Hände auf die Knie und beugte mich vor. »Wer ist der Dealer?«

Er kaute an einem Fingernagel.

»Jimmy, niemand wird erfahren, dass Sie es mir gesagt haben.«

Er zuckte mit den Schultern.

»Wollen Sie, dass noch ein Freund stirbt?«

Er schüttelte den Kopf. »Nein, nein. Aber ich bin, ich bin …«

Ich setzte mich neben ihn. »Es ist in Ordnung, Angst zu haben. Ich habe ständig Angst.«

»Aber Sie waren doch Detective.«

»Jeder hat mal Angst. Man muss die Angst beiseiteschieben und das Richtige tun, das, was getan werden muss.«

»Ich weiß, aber …«

»Sagen Sie es mir einfach. Wollen Sie nicht, dass diese Typen dafür bezahlen, was sie Steve angetan haben?«

Er runzelte die Stirn.

»Sie haben ihn vergiftet. Es hätte auch Sie treffen können.«

Er flüsterte: »Sie haben gesagt, wenn irgendjemand den Mund aufmacht, würden sie, äh, ihn umbringen, ihn ausnehmen wie einen Fisch.«

»Glauben Sie, das Sheriffbüro weiß nicht, wer die Dealer sind?«

»Warum muss ich dann überhaupt was sagen?«

»Jimmy, Sie, Steve und Jessie standen sich nahe, als Sie aufgewachsen sind. Ihr Kinder wart oft bei uns zu Hause und seid auch ein paar Mal zur Wache gekommen.«

»Steve und ich wollten Polizisten werden, ein Detective wie Sie.«

»Sein Leben wurde durch Drogen verkürzt. Wenn wir nichts tun, sagen wir der Welt, dass das akzeptabel ist. Finden Sie, es ist okay, nichts zu tun?«

»Nein, natürlich nicht.«

»Dann sagen Sie mir, wer es war.«

»Was, was werden Sie tun?«

»Ich habe vertrauenswürdige Quellen in der Behörde. Ich sorge dafür, dass sie den Dealern das Leben schwer machen, wissen Sie, ihre Geschäfte stören. Wenn sie sie auf frischer Tat ertappen, verhaften sie sie, so was in der Art.«

»Sie werden ihnen nicht sagen, wer es Ihnen erzählt hat?«

Ich legte meine Hand auf mein Herz. »Niemand wird es je herausfinden.«

Er nickte. »Okay. Da sind so drei Typen: ein kleiner, kurzgewachsener Kerl, sie nennen ihn Nino, ein großer, schwarzer Mann mit einer Narbe auf der Wange, aber ich weiß seinen Namen nicht. Er sagt nie ein Wort.«

»Und der andere Kerl? Sie sagten, es waren drei.«

Jimmy runzelte die Stirn. »Ja, der andere war der Boss. Sie nennen ihn den Fisherman, aber ich bin mir ziemlich sicher, dass sein Nachname Ruiz ist.«

»Woher wissen Sie das?«

»Als wir ihn das erste Mal gesehen haben, stand er etwas abseits. Wir wussten nicht, ob es cool war, den Kauf abzuwickeln, und Steve hat Nino gefragt, wer er ist. Wissen Sie, es hätte ja ein Polizist oder so sein können. Aber Nino hat gesagt, es ist okay, er wäre der Boss.«

»Eines Tages, als wir uns was holen wollten, fuhr dieser Typ in einem SUV vor. Wir dachten, es wäre die Polizei, aber der Fahrer hat so was gesagt wie: ›Yo, Ruiz‹, und Sie hätten mal den Blick sehen sollen, den der Fisherman ihm zugeworfen hat.«

Die Wahrheit, dass sie regelmäßig Koks kauften, war ihm

herausgerutscht. »Ich weiß nicht, ob das bedeutet, dass das sein Nachname war.«

»Oh, das musste es sein, denn beim nächsten Mal waren Nino und der andere Kerl nicht da. Ich weiß nicht, wo sie waren. Also sind Steve und ich hingegangen, und er hat gesagt: ›Was zum Teufel wollt ihr?‹, und Steve hat geantwortet: ›Mr. Ruiz, wir hätten gern ein Gramm, wenn das okay ist.‹ Der Fisherman hat daraufhin gesagt: ›Sagst du diesen Namen noch mal, schlitz ich dir den Arsch auf. Ich verfüttere dich an die verdammten Alligatoren.‹«

»Irgendeine Ahnung, wie sein Vorname ist?«

»Nein.«

Ich erinnerte mich an einen Dealer namens Manny Ruiz. Aber er war ein kleiner Fisch, als ich noch im Dienst war. »War er bei jedem Ihrer Käufe dabei?«

»Nein, nicht immer.«

»Wer hat sich um die Drogen gekümmert?«

»Man hat dem schwarzen Kerl das Geld gegeben, und dann ist Nino an die Seite des Hauses gegangen und hat es geholt.«

»Und der Fisherman? Hat er sich um die Drogen oder das Geld gekümmert?«

»Nein, er war nur da. Hat zugeschaut. Wie ich schon sagte, er war quasi der Boss.«

»Wo dealen sie?«

»Sie hängen bei einem Supermarkt am Golden Gate Boulevard rum, nicht weit von der Middle School.«

»Sie dealen in einer Schulzone?«

»Man trifft sich dort, aber man folgt ihnen zu einem Haus in der Forty-Seventh Street.«

»Wo ist das?«

»Sozusagen hinter der Middle School.«

»Ist es nah dran?«

»Da sind ein paar Straßen und ein Kanal dazwischen.«

Es schien außerhalb des Bereichs zu liegen, in dem die Strafen höher waren. »Kennen Sie die Adresse?«

»Nein, aber es ist ein kleines blaues Haus, etwa eine Viertelmeile, nachdem die Straße eine Kurve gemacht hat.«

»Okay. Hören Sie, ich werde es weitergeben. Vielleicht können wir diesen Kerlen das Handwerk legen.«

»Sagen Sie ihnen nicht, dass ich es Ihnen gesagt habe.«

»Darüber müssen Sie sich keine Sorgen machen.«

»Okay.«

Beim Aufstehen sagte ich: »Ich hoffe, Sie haben Ihre Lektion über Drogenkonsum gelernt. An diesem Müll ist nichts Erholsames. Es ist tödlich, und die Leute, die dieses Zeug verticken, sind gefährlich.«

»Ich schwöre es. Ich werde dieses Zeug nie wieder anrühren. Auf keinen Fall.«

Ich ging weg und wusste, dass Menschen, besonders Jüngere, ein kurzes Gedächtnis hatten und in Verbindung mit Gruppenzwang die Risiken, die sie eingingen, rationalisieren würden.

KAPITEL FÜNF

Ich drehte mich um und lächelte. »Hey, Sarge.«

Sergeant Gesso nahm mich in eine kräftige Umarmung. »Schön, dich zu sehen, Frank.«

»Ganz meinerseits, mein Freund.«

»Wie geht es Mary Ann? Kommt sie mit der MS gut zurecht?«

»Ihr geht es gut. Sie hat schon lange keinen Schub mehr gehabt, daher ist es erträglich. Im Ruhestand hat man weniger Stress, und das hilft.«

»Gut. Und Jessie? Wie läuft es bei ihr am College?«

»Sie macht sich gut.«

»Das ist toll. Und nun zu dir: Da du weder Golf noch Tennis spielst, was hast du getan, um auf Trab zu bleiben?«

»Nicht allzu viel, aber Mary Ann und ich lernen Spanisch, und wir sprechen es beide schon ziemlich fließend.«

»Das hast du schon mal erwähnt, aber reicht das?«

»Ich bin immer noch dabei, herauszufinden, wie es weitergeht.«

»Langweilst du dich schon genug, um wieder anzufangen?«

Ich lächelte. »An manchen Tagen würde ich das gern, aber Mary Ann würde mich umbringen.«

»Das nehme ich als ein Vielleicht. Komm mit, wir reden in meinem Büro.«

Sein Büro war von Sonnenlicht durchflutet. Gesso ließ sich hinter einen Schreibtisch gleiten, und ich setzte mich auf einen Stuhl mit ausgefranstem Stoff.

Als er sich umdrehte, um die Jalousien zu verstellen, sagte ich: »Wie laufen die Dinge hier so?«

»Die üblichen Probleme, der Kampf um die Mittel, die wir brauchen, um eine wachsende Bevölkerung so verbrechensfrei wie möglich zu halten.«

»Die Leute denken, das geschieht wie von Zauberhand. Sie wissen nicht, wie viel Arbeit dahintersteckt.«

»Du kennst mich; ich bin dafür, jedem Bürger eine Mitfahrt im Streifenwagen zu ermöglichen.«

»Nachts.«

Er lächelte. »Natürlich. Also, was liegt dir auf dem Herzen?«

»Der Sohn meiner Nachbarn, der, der an einer Überdosis gestorben ist.«

»Eine verdammte Schande. Diese Kids spielen mit dem Feuer.«

»Es sind nicht nur die Kids.«

»Da hast du recht.«

»Gibt es Spuren zum Dealer?«

»Noch nicht. Wir haben ein paar von ihnen unter Druck gesetzt.«

»Es war Manny Ruiz, der Fisherman.«

»Ruiz? Der Name kommt mir vage bekannt vor.«

»Er ist schon eine Weile im Geschäft. Ich habe mit dem Rauschgiftdezernat gesprochen, die kennen Ruiz.«

»Woher weißt du, dass er es ist?«

»Ich habe mit dem Sohn eines Nachbarn gesprochen. Er war bei Steve, als der Kauf stattfand.«

»Wer? Wir haben die Freunde des Verstorbenen befragt. Alle haben gesagt, er war allein.«

»War er nicht. Jimmy Pearson war bei ihm.«

»Pearson, ja, mit dem haben wir geredet. Bist du sicher, dass du ihm vertrauen kannst?«

»Absolut. Er wollte nichts sagen, weil er Angst hatte. Ich musste die Information aus ihm herauskitzeln.«

»Weiß das Drogendezernat, von wo aus sie operieren?«

Das wussten sie, aber ich gab ihm trotzdem die Einzelheiten, die Jimmy mir berichtet hatte.

Gesso sagte: »Wir werden es auskundschaften. Wenn es sich bestätigt, werden wir die Bastarde hochgehen lassen und den Laden dichtmachen.«

»Weißt du, ich habe Steve früher hierhergebracht, als er und Jessie viel miteinander unternommen haben. Er war ein verdammt guter Junge.«

»Das tut mir leid, Frank.«

»Wenn es für dich in Ordnung ist, würde ich gern bei der Fahrt dabei sein, wenn ihr sie hochnehmt.«

»Natürlich. Wir werden uns sofort an diesen Hinweis hängen. Ich halte dich auf dem Laufenden, was passiert, und dann holen wir sie von der Straße.«

KAPITEL SECHS

Der Fahrer schaltete die Scheinwerfer aus und verkündete: »Sicherheit geht vor. Passt aufeinander auf. Wir gehen nicht davon aus, dass mehr als drei, höchstens vier, im Haus sind. Aber seid auf alles gefasst.«

Zustimmende Rufe wurden laut.

Ein weiterer Transporter kam in Sicht. Er fuhr auf uns zu. Wir trafen uns vor einem einstöckigen blauen Haus.

Der Fahrer unseres Wagens sagte: »Okay. Auf geht's!«

Die Türen beider Transporter sprangen auf und ein Dutzend Beamte schwärmte aus und umstellte das Haus. Ich folgte zweien von ihnen zur Haustür.

Zwei Beamte hämmerten gegen die Tür. »Collier County Sheriff's Office! Machen Sie die Tür auf!«

Nach einer zweiten Runde Klopfen deutete der leitende Beamte auf einen Polizisten mit einem Rammbock. Er und ein weiterer Beamter packten den Rammbock an beiden Seiten und rammten die Tür.

Als die Tür zersplitterte, huschte ich zur Seite. Fünf Beamte stürmten hinein. Nachdem ich dreimal »Alles frei« gehört hatte, stieg ich über einen Splitter der Tür ins Haus.

Eine Couch, die ihre besten Tage erlebt hatte, als die Beatles nach Amerika kamen, bildete den Mittelpunkt eines mit Fast-Food-Verpackungen übersäten Raums. Ein Kartentisch und Klappstühle waren die einzigen anderen Dinge in dem Zimmer.

Eine Stimme kam aus einem anderen Raum. »Alles frei. Das Haus ist leer.«

Ich eilte zur hinteren Schiebetür. Drei Beamte bewachten den Garten. Die Tür ächzte, als ich sie aufschob. »Haben Sie jemanden weggehen sehen?«

»Nein.«

Ich ging in ein Schlafzimmer. Das Bettzeug lag zusammengeknüllt auf einer Matratze auf dem Boden. Ein Großbildfernseher stand schräg in der Ecke auf einem Ständer, daneben lagen zwei Gamecontroller.

Im Kleiderschrank hingen ein paar Hemden, zwei Jeans und ein abgetragenes Paar Sandalen. Ich ging ins zweite Schlafzimmer. Es war leer. Mein Blick fiel auf eine Reihe von Lichtschaltern.

Sie hatte vier Knöpfe, ungewöhnlich für ein Schlafzimmer. Mit einem Taschenmesser schraubte ich die Abdeckung von der Wand. Es gab keine Kabel.

Der große Hohlraum zwischen den Balken wurde zum Lagern von Drogen genutzt.

Ich informierte den Einsatzleiter, der Fotos machte und in die Küche ging.

Ich zog den Kühlschrank auf. Ein Sixpack Bier stand vor drei Boxen mit chinesischem Essen. Das Essen war nicht schimmelig.

Im Gefrierschrank befanden sich zwei Becher Eiscreme. Keiner hatte Gefrierbrand. Das Haus wurde benutzt.

MARY ANN WAR im Pool und zog ihre Bahnen. Ich sah ihr zu und fragte mich, ob ich in der Lage sein würde, die MS so zu bekämpfen wie sie. Sie hielt an und zog ihre Schwimmbrille ab. Es dauerte ein paar Sekunden, bis sie wieder zu Atem kam.

Ich sagte: »Du bist bereit für die Olympiade.«

»Ja, genau. Für die Senioren-Olympiade.«

Sie tauchte unter Wasser und strich sich die Haare zurück. Als sie wieder auftauchte, ging sie zur Treppe. Ich reichte ihr ein Handtuch.

»Danke. Wie ist es mit Gesso gelaufen?«

Ich zuckte mit den Schultern. »Lass mich dich was fragen: Glaubst du, der Sergeant ist korrupt?«

»Gesso?«

»Ja.«

»Was bringt dich darauf, dass er sich schmieren lässt?«

»Ich sage nicht, dass er es tut. Wir haben ein Drogenhaus gestürmt.«

»Wir? Wer ist wir?«

»Wir glauben, es sind die Dealer, die an Steve verkauft haben. Ich bin mitgekommen.«

»Was hast du getan? Bist du verrückt?«

»Es war nichts. Ich habe mich zurückgehalten. Es war niemand im Haus.«

»Und wenn doch? Was, wenn sie angefangen hätten zu schießen? Du hättest getötet werden können.«

»Warte mal, das war eine Situation mit geringem Risiko.«

»Jedes Mal, wenn du im Einsatz bist, gibt es ein Risiko.«

Sie hatte recht. »Reg dich ab. Ich war außer Gefahr.«

»Ich kann nicht fassen, dass du bei einer Razzia dabei warst und es mir nicht gesagt hast.«

»Ich war mir nicht sicher, ob ich hingehen sollte. Gesso hat mich angerufen, als sie sich vorbereitet haben. Er wusste, wie nah wir Steve standen, und hat mich eingeladen. Ich habe nicht zweimal darüber nachgedacht.«

»Und genau da liegt das Problem. Du hast an dich gedacht, nicht an mich, nicht an Jessica.«

Stress war nicht gut für ihre MS. Ich sagte ruhig: »Natürlich habe ich das. Ich war der Letzte im Haus. Ich bin im Transporter geblieben, bis das Haus gesichert war. Ich hätte es dir vorher sagen sollen. Es ist nicht so, als hätte ich versucht, etwas zu verbergen. Okay?«

»Ich will nicht, dass du Risiken eingehst, egal wie klein sie deiner Meinung nach sind.«

»Ich habe nur versucht, die Dealer zu schnappen, die Steve getötet haben.«

»Lass das den Sheriff erledigen.«

»Ich wünschte, ich könnte.«

»Wovon redest du?«

»Sie wussten nicht, wer es verkauft hatte. Ich habe Jimmy Pearson dazu gebracht, damit rauszurücken.«

»Du hast mit Jimmy geredet?«

»Ich dachte mir, dass er dabei gewesen war, als sie den Kauf gemacht hatten, und ich hatte recht. Als er verhört wurde, hat er behauptet, nicht anwesend gewesen zu sein, als das Koks gekauft wurde.«

»Er hatte Angst, dass seine Mutter es herausfindet.«

»Genau.«

»Diese Kinder – es ist kaum zu glauben, dass sie Drogen nehmen. Sie wirken so normal.«

»Ich weiß nicht, ob sie ignorant sind oder ob es Gruppenzwang ist, aber ich muss tun, was ich kann, um diesen Mist zu stoppen.«

»Du bist im Ruhestand, Frank.«

»Ich weiß das. Ich will nur die Typen, die das Koks mit Fentanyl gestreckt haben, hinter Gitter bringen, wo sie hingehören.«

»Sei vorsichtig, Frank.«

Ich nickte. »Aber zurück zu Gesso: Glaubst du, er könnte Dealer schützen?«

»Wenn er das täte, dann wären wir kein bisschen besser als irgendein mieses mexikanisches Kaff.«

Das war wahr. »Du weißt: Ich mag den Sergeant und glaube, er ist sauber. Aber ich wollte deine Meinung hören. Du warst schon hier, bevor ich nach Naples gezogen bin.«

»Er ist ein guter Mann. Es könnte ein Zufall sein ...« Ihre Stimme erstarb. Sie wusste, dass ich Zufälle für selten hielt und für eine schlechte Ausrede, um Beweise außer Acht zu lassen. »Es könnte jemand anderes sein, der von der Razzia wusste.«

Das war offensichtlich. »Es ist heikel. Ich werde vorsichtig nachforschen müssen.«

»Misch dich da nicht ein.«

»Ich fürchte, wenn ich die Sache nicht vorantreibe, wird sie im Sande verlaufen. Das kann ich der Familie Ryan nicht antun.«

KAPITEL SIEBEN

SERGEANT GESSOS FRAU WAR STRENG, WAS DAS ESSEN ANGING.
Er nannte sie den Essens-Nazi. Sie machte ihm immer sein
Mittagessen, und obwohl sie eine nette Frau war, zogen wir
ihn wegen des Hummus und der Salate auf, die er an seinem
Schreibtisch aß.

Ich wählte seine Handynummer. »Sarge, wie geht's dir?«

»Hey, Luca.«

»Ich bin gerade in der Gegend. Willst du mit mir Mittag
essen gehen?«

»Meine Frau hat mir–«

»Komm schon, wir holen uns eine Pizza bei LowBrow.«

Er zögerte, bevor er sagte: »Ist schon eine Weile her, dass
ich Pizza gegessen habe.«

»Ich treffe dich in zehn Minuten dort.«

»Klingt gut.«

Der Laden roch nach frisch gebackenem Brot. Ich
schnappte mir einen Ecktisch und beobachtete den Parkplatz.

Gesso parkte seinen Streifenwagen rückwärts in eine Lücke
ein und stieg aus.

Er lächelte, als er mich sah.

»Hey, freust du dich, mich zu sehen, oder liegt es daran, dass du was Richtiges zu essen bekommst?«

»Ich war seit dem letzten Mal mit dir nicht mehr hier.«

Ich stand auf. »Passt dir eine Pizza Margherita?«

»Auf jeden Fall. Sorg dafür, dass sie gut durch ist.«

Ich gab die Bestellung auf und kehrte zu meinem Platz zurück. »Gibt es irgendwelche Fortschritte bezüglich des Dealers, der Steve Ryan getötet hat?«

»Ich hätte es dir gesagt.«

»Wir dürfen die Spur nicht kalt werden lassen.«

»Frank, ich weiß, wie wichtig dir das ist, aber du kennst unsere Mittel. Unser Drogendezernat ist klein und hat mehr zu tun, als es bewältigen kann.«

»Glaub mir, ich verstehe das.« Ich hob abwehrend die Hand. »Und jetzt sei mir nicht böse, aber wer wusste, dass wir das Haus in der Siebenundvierzigsten Straße stürmen würden?«

»Willst du damit andeuten, dass es ein Leck gab?«

»Ich gehe nur die Möglichkeiten durch.«

»Soweit ich weiß, wurden die Protokolle eingehalten; niemand aus dem Team wusste von der Operation, bis sie in den Transportern saßen.«

»Also wussten es nur Scotty und Behrens?«

»Ja. Ich meine, natürlich wurde die DEA informiert, um sicherzustellen, dass wir nicht in eine laufende Ermittlung hineinplatzen.«

Die DEA. Von dort könnte das Leck stammen.

»Leitet Dillon für sie immer noch die Geschäfte?«

»Ja.«

Ein Pizzabäcker kam hinter dem Tresen hervor und stellte ein Aluminiumblech mit einem dampfenden Kunstwerk auf unseren Tisch.

Wir schoben Stücke auf die Pappteller, die er bereitgestellt hatte. Sarge faltete sein Stück und atmete den Duft ein. »Das riecht unglaublich.«

Mit vollem Mund nickte ich.

Ich griff nach einem zweiten Stück und sagte: »Dillon ist ein guter Mann, aber dem Rest da oben traue ich nicht über den Weg.«

»Das ist nicht fair, was du da sagst.«

»Du hast recht. Das war zu allgemein. Nenn mich verrückt, aber die DEA gibt es seit über fünfzig Jahren, und die Dinge sind schlimmer als je zuvor.«

»Es ist eine komplizierte Welt.«

»Die DEA hat über zehntausend Mitarbeiter. Wie kommt es, dass sie keine Fortschritte machen können?«

»Du weißt, dass man das so nicht messen kann. Sie leisten großartige Arbeit.«

»Ich sage nicht, dass sie das nicht tun, aber ich denke, wir müssen in Betracht ziehen, dass Korruption ein Hauptgrund dafür sein muss, warum wir vieles davon nicht eindämmen können.«

Gesso legte sein halb aufgegessenes Pizzastück auf seinen Teller. »Komm schon, Frank. Du weißt, dass du so etwas nicht sagen kannst. Es ist nicht fair, Leute in den Schmutz zu ziehen, die hart arbeiten.«

»Ich weiß. Ich rede nur mit dir. Das sage ich nicht einfach irgendwem.«

Er nahm sein Stück Pizza wieder auf. »Gut. Ich dachte mir schon, dass da der Frust aus dir spricht.«

»Macht es dir was aus, wenn ich mich an Dillon wende? Um zu sehen, ob sie wissen, woher der Nachschub stammt?«

»Steigst du wieder ins Geschäft ein?«

»Nein, ich will nur ein paar Fragen stellen, sicherzugehen, dass sie wissen, dass der Junge ein Nachbar war und so.«

»Du bist eine Privatperson, du kannst tun und lassen, was du willst, aber lass dir einen kleinen Rat geben, okay?«

»Sicher.«

»Wirf ihnen keine Anschuldigungen an den Kopf, das ist beleidigend.«

»Du kennst mich doch besser, Sarge.«

————

SOBALD ICH ZU HAUSE ANKAM, schloss ich die Tür zum Arbeitszimmer und wählte die Nummer der DEA-Zweigstelle in Fort Myers.

»Dillon Rogers.«

»Hey, Dillon, hier ist Frank Luca.«

»Luca, es ist schon eine Weile her. Wie geht's dir?«

»Gut, und dir?«

»Nicht schlecht. Ich dachte, du wärst im Ruhestand.«

»Bin ich auch. Ich helfe in einem Fall aus, bei dem es um einen Nachbarn geht.«

»Was kann ich für dich tun?«

Mir wurde klar, dass ich ihn persönlich hätte besuchen sollen. »Ich möchte mit dir reden, es ist ziemlich heikel. Können wir uns treffen?«

»Ich stecke bis zum Hals in Arbeit und fahre für zwei Wochen nach North Carolina.«

»Verstehe.«

»Kann das warten?«

»Äh, nicht wirklich.«

»Ich habe fünfzehn Minuten, bevor ich ein Zoom-Meeting mit meinen Vorgesetzten in Washington habe.«

»Mein Beileid.«

Dillon gluckste. »Das kannst du laut sagen. Was ist los?«

»Der Sohn eines Nachbarn ist an einer Überdosis gestorben. Das Sheriffsbüro hat die Dealer identifiziert und eine Razzia in einem Haus in Golden Gate durchgeführt. Wir haben eure Dienststelle vorab informiert, um sicherzugehen, dass wir nicht in etwas hineinplatzen, an dem die DEA gerade arbeitet.«

»Wir wissen die Benachrichtigung zu schätzen. Das ist der Fall Ryan, bei dem der Pearson-Junge die Informationen geliefert hat, richtig?«

Mein Magen zog sich zusammen. Sie wussten von Jimmy Pearson. »Ja.«

»Was hat die Razzia ergeben?«

»Nichts. Die Dealer wurden gewarnt.«

Er räusperte sich. »Und du denkst, das Leck kam von hier.«

»Wir hatten eine komplette Nachrichtensperre. Ich sage nicht, dass es nicht aus dem Sheriff's Office durchgesickert sein könnte, aber nur zwei Leute, einschließlich Gesso, wussten davon.«

»Das beweist gar nichts.«

»Natürlich nicht, aber – und nimm mir das nicht übel – ich habe einen Heidenrespekt vor dir und der Behörde –, aber es gab in den letzten zwei Jahren mehrere Verstöße durch DEA-Mitarbeiter.«

Dillon zögerte, bevor er sagte: »Es braucht nur einen Bastard, um den Ruf all der hart arbeitenden Männer und Frauen zu untergraben, aus denen die DEA besteht.«

Das kam einem Eingeständnis gleich. Aber anstatt zu sagen, dass es mehr als eine Person war, die ihre Kollegen verraten hatte, indem sie Geld von den Kartellen annahm, sagte ich: »Mir ist klar, dass so etwas am besten intern gehandhabt wird, aber da wir uns schon lange kennen, hielt ich es für wichtig, dich auf dem Laufenden zu halten.«

»Okay.«

»Ich bin sicher, du hast eine Ahnung, wer es sein könnte.«

»Du weißt, dass ich interne Ermittlungen nicht kommentieren kann.«

Und genau da hatte ich die Bestätigung, dass jemand die Dealer gewarnt hatte.

KAPITEL ACHT

Als ich näher kam, sagte er: »Hey, Partner.«

»Das wird langsam zur Gewohnheit, mein Freund.«

Ich gab der Bedienung ein Zeichen für Kaffee und setzte mich. »Weißt du, ich glaube nicht, dass wir jemals zusammen gefrühstückt haben, als wir noch Partner waren.«

Er lächelte. »Wovon redest du? Ich habe dir doch massenhaft Doughnuts geholt.«

»Ich vermisse die mit Himbeerfüllung. Wenn Mary Ann mich dabei erwischt, wie ich einen von denen esse, verdonnert sie mich zu Spargel.«

»Lynn ist da genauso.«

Die Bedienung schenkte Kaffee ein und ich bestellte Waffeln. »Das ist auch gut so. Wenn es nach mir ginge, würde ich den ganzen Tag nur Fast Food essen.«

»Lynns neuer Lieblingsspruch ist ›sauber essen‹.«

»Apropos schmutzig, ich habe mit Dillon von der DEA gesprochen und er hat im Grunde zugegeben, dass sie einen korrupten Agenten haben.«

»Bingo, da war also das Leck.«

»Sieht so aus. Ich werde mit Gesso reden. Vielleicht können

wir eine weitere Razzia inszenieren, um den Verräter zu entlarven.«

»Ich weiß nicht, Frank. Warum überlässt du das nicht ihrer internen Ermittlung? Die sind ziemlich gut darin, so einen Mist aufzudecken.«

Mein Handy vibrierte. Es war Mary Ann. »Hey, ich bin mit Derrick frühstücken. Ich werde-«

Sie sagte: »Es ist vielleicht nichts, aber Connie Pearson hat gerade angerufen. Sie hat gesagt, Jimmy ist letzte Nacht nicht nach Hause gekommen.«

Ich erstarrte.

»Frank?«

Mir wurde schwindelig. »Ja. Wahrscheinlich hat er sich mit Freunden betrunken und schläft irgendwo seinen Rausch aus.«

»Connie hat gesagt, er antwortet nicht auf sein Handy, und sie hat all seine Freunde angerufen. Sie hat gesagt, er ist nicht mehr derselbe, seit, äh, Steve gestorben ist. Und er ist deprimiert. Glaubst du, er könnte, äh, Drogen genommen oder sich etwas angetan haben?«

Mir sank der Magen. »Hat sie eine Vermisstenanzeige aufgegeben?«

»Sie hat das Büro des Sheriffs angerufen, und sie wollen einen Streifenwagen schicken.«

»Ich fahre nach dem Frühstück zu Gesso. Ich sorge dafür, dass er dem Priorität einräumt. Ich rufe dich an, sobald ich mit ihm gesprochen habe.«

Ich legte auf. Derrick sagte: »Was ist los?«

»Der Sohn eines Nachbarn, derjenige, der bei Steve war, als er die Überdosis hatte, ist letzte Nacht nicht nach Hause gekommen.«

»Ich verstehe nicht, warum diese verdammten Kids nicht ihre Eltern anrufen.«

Ich tupfte mir eine Schweißperle von der Oberlippe. »Ich muss los.«

»Warte, bis du gegessen hast. Deine Waffeln kommen gleich.«

Ich stand auf. »Ich kann nicht.«

———

ICH KLOPFTE AN GESSOS OFFENE TÜR. »Hey, Sarge.«

Er blickte über seine Lesebrille. »Sind Sie sicher, dass Sie nicht wieder auf der Gehaltsliste stehen?«

»Ich verspreche, nicht zu viel von Ihrer Zeit in Anspruch zu nehmen.«

»Setzen Sie sich. Wollen Sie einen Kaffee?«

»Nein. Sehen Sie, der Junge, der uns von dem Dealer erzählt hat, der dem Ryan-Jungen Drogen verkauft hat, ist verschwunden.«

»Wie lange wird er schon vermisst?«

»Erst seit letzter Nacht, aber meine Nachbarschaft ist, gelinde gesagt, ziemlich aufgeschreckt.«

Gesso nickte. »Haben die Eltern eine Vermisstenanzeige aufgegeben?«

»Ich glaube, ein Streifenwagen ist auf dem Weg zu ihnen.«

Als er zum Telefon griff, sagte ich: »Es könnte nichts sein, aber wir würden es begrüßen, wenn Sie alles tun könnten, was in Ihrer Macht steht.«

Er sprach ins Telefon und legte auf. »Ein Streifenwagen ist bei den Pearsons. Sie werden mich so schnell wie möglich auf den neuesten Stand bringen.«

»Danke, Sarge. Es ist nicht leicht, Vater zu sein.«

»Daran müssen Sie mich nicht erinnern. Wie ist es mit Dillon gelaufen?«

»Die DEA ist undicht wie ein Nudelsieb.«

Gesso schüttelte den Kopf. »Ich hoffe, Sie haben es etwas diplomatischer ausgedrückt, als Sie mit ihm gesprochen haben.«

»Ich bin kein Politiker, aber keine Sorge: Das Gespräch lief gut.«

»Ich bin sicher, Sie haben das wie ein echter Diplomat gehandhabt.«

»Lassen Sie mich Sie fragen, wie viele andere Razzien Sie durchgeführt haben, die nichts eingebracht haben?«

»Wir führen nicht viele davon durch.«

»Wie viele von denen, die Sie seit ich weg bin durchgeführt haben, endeten mit null Ergebnissen?«

»Zwei von ihnen.«

»Und Sie haben die DEA vorab informiert, richtig?«

Gesso nickte.

»Da haben Sie Ihren Beweis. Das Leck ist auf deren Seite. Es sei denn, Sie denken, es kommt von hier drinnen.«

Das Telefon auf seinem Schreibtisch klingelte. Gesso nahm den Hörer ab. Er presste die Lippen zusammen. »Wo?«

Nach einer Pause sagte er: »In Ordnung, schicken Sie die Mordkommission und den Gerichtsmediziner dorthin. Ich bin auf dem Weg.«

Der Sergeant sah mir in die Augen. »In einem Kanal wurde eine Leiche gefunden.«

Ich spannte mich an. »Wie lautet die Beschreibung?«

»Weiß, männlich, achtzehn bis fünfundzwanzig.«

Eine Hitzewelle schoss mir in den Nacken. »Ich komme mit Ihnen.«

»Ich glaube nicht, dass das eine gute Idee ist.«

»Warum nicht?«

»Die Leiche wurde verstümmelt.«

»Inwiefern?«

»Die Person, die den Fund gemeldet hat, sagte, sie sei ausgeweidet worden.«

Ich vergrub mein Gesicht in den Händen. »Bitte. Bitte, lass es nicht Jimmy sein.«

Gesso stand auf. »Wenn Sie mitkommen wollen, sage ich Donovan Bescheid.«

Donovan hatte die Mordkommission übernommen, als ich gegangen war. »Ich will niemandem in sein Revier pfuschen. Wenn es ihm nichts ausmacht, würde ich mir den Tatort gerne ansehen.«

»Donovan hält große Stücke auf Sie. Er würde jede Hilfe, die Sie ihm geben können, begrüßen. Gehen wir.«

KAPITEL NEUN

A<small>LS WIR UNS DEM</small> T<small>ATORT NÄHERTEN, ZOG SICH MEIN</small> M<small>AGEN</small>
wie in einem Schraubstock zusammen.

Ein Detective hielt das Absperrband hoch. Wir fuhren
darunter durch und parkten. Gesso reichte mir Handschuhe
und Überschuhe, bevor er aus dem Wagen stieg.

Er steckte den Kopf wieder ins Fahrzeug. »Kommen Sie?«

Ich war an Hunderten von Tatorten gewesen, aber ich
zögerte, aus dem Wagen zu steigen. Lag es daran, dass ich nicht
mehr bei der Polizei war, oder war es die mögliche Identität
des Opfers?

Regentropfen prallten gegen die Windschutzscheibe, als ich
die Tür öffnete. Ich zog mir die Handschuhe über und folgte
Gesso.

»Hey, Luca!«

Ich drehte mich um. Es war Detective Grimes von der
Sondereinheit für Schwerverbrechen. »Hi, Eddie.«

»Was machst du hier?«

»Ich bin nur im Schlepptau.«

»Das ist eine üble Sache. Der Junge ist komplett
aufgerissen.«

Ich schluckte. »Was schätzt du, wie alt er ist?«

»So um die achtzehn.«

Als ich mich dem Kanal näherte, kniff ich die Augen zusammen. Ich verlangsamte meine Schritte und versuchte, Jimmys Größe mit der Gestalt abzugleichen, die auf dem Rasen lag.

Der Leichnam sah größer aus. Dr. Bilotti beugte sich über den Kopf der Leiche. Der Gerichtsmediziner untersuchte den Mund des Opfers.

Bilotti richtete sich auf. Donovan, der mich ersetzt hatte, fragte ihn: »Können Sie den Todeszeitpunkt schätzen?«

»Aufgrund der Aufgasung, falls er nicht bewegt worden ist: zwölf bis achtzehn Stunden.«

Die beiden traten auseinander und gaben den Blick auf das Gesicht des Opfers frei. Ich sank auf die Knie. Es war Jimmy Pearson.

Gesso sagte: »Ist alles in Ordnung bei Ihnen?«

Ich rappelte mich wieder auf. »Auf dem nassen Gras ausgerutscht.«

Er flüsterte: »Das ist Ihr Nachbar?«

»Ja.«

»Okay, hört alle her. Wir haben eine Identität. Das Opfer ist Jimmy Pearson.«

Ich presste die Lippen zusammen, um das, was mir aus dem Magen hochkam, nicht herauszulassen, und trat vor. Jimmy war vom Brustkorb bis zur Leiste aufgeschlitzt.

Donovan kam seitlich auf mich zu. »Wer auch immer das war, ist ein verdammter Psycho.«

Nicken war alles, was ich zustande brachte.

»Ich wette, das vermissen Sie nicht.«

Durch zusammengebissene Zähne sagte ich: »Das war der Fisherman.«

»Was?«

»Manny Ruiz, der Fisherman. Er hat Jimmy das angetan.«

»Woher wissen Sie das?«

Ich ging weg.

»Frank, warten Sie.«

Ich eilte zur Seite eines Streifenwagens und übergab mich.

Eine Hand rieb mir den Rücken. Es war Dr. Bilotti. »Alles in Ordnung, Frank?«

Ich wischte mir mit dem Handrücken über den Mund und sagte: »Ja. Ich kenne den Jungen. Er ist ein Nachbar.«

»Das tut mir leid, Frank. Das hier ist so widerlich, wie es nur geht. Wer auch immer das getan hat, gehört in eine Anstalt.«

»Es war ein Drogendealer, einer, den sie den Fisherman nennen.«

»Interessant, meine erste Einschätzung war, dass ein Anglermesser benutzt wurde, aber das muss ich noch bestätigen.«

Ich beugte mich vor und würgte trocken. »Das ist eine Katastrophe. Ich muss die Bastarde dingfest machen.«

»Frank, ich verstehe, warum du hier bist, aber du weißt besser als jeder andere, dass Mörder zu fassen eine Sache ist, die vollen Einsatz erfordert.«

»Ich will helfen, ich muss.«

»Du bist im Ruhestand. Überlass das den jüngeren Männern.«

»Was? Bin ich jetzt ein alter Mann?«

»So habe ich das nicht gemeint. Donovan ist gut und wird jeden Tag besser.«

»Er hat noch einen weiten Weg vor sich, bevor er gesehen hat, was ich gesehen habe.«

»Du weißt, ich habe ungeheuren Respekt vor dir als Freund wie auch beruflich, aber das ist nicht gut für dich. Und wenn du den Stress mit nach Hause bringst, wird Mary Ann darunter leiden. Mit MS ist nicht zu spaßen.«

Bilotti war ein geschätzter Freund. Und er hatte recht. »Ich weiß, aber es ist einfach zu nah an meinem Zuhause.« Meine

Augen füllten sich mit Tränen. »Jimmy war tausendmal bei mir zu Hause.«

Er griff in seine Tasche und zog einen Schlüsselbund hervor. »Setz dich in mein Auto und versuch, dich zu entspannen. Ich fahre dich nach Hause, wenn ich hier fertig bin.«

»Ich bin mit Gesso gekommen. Mein Auto steht auf dem Revier.«

»Das macht nichts. Geh zu meinem Auto. Ich sage ihm Bescheid, dass du mit mir fährst.«

Ich nahm die Schlüssel und blickte zu Jimmys Leiche. Donovan sprach gerade mit Gesso. Mit den Informationen, die ich ihnen gegeben hatte, würden sie den Fisherman schnappen.

Bilottis Auto war stickig. Ich schaltete die klassische Musik aus, die der Gerichtsmediziner laufen hatte, und öffnete die Fenster. Nachdem ich die Klimaanlage aufgedreht hatte, kühlte es ab. Ich nahm mein Handy in die Hand. Das Bild von Jimmy, Steve und Jessie auf dem Startbildschirm ließ mich fluchen. Ich drehte mich zum Tatort um.

Es war seltsam, außen vor zu sein. Der Junge meines Nachbarn, ein Junge, den ich mit zur Arbeit genommen hatte, war ermordet worden, und ich war nur ein Zuschauer.

Mein Blick schweifte zu der Armee von Beamten, die die Gegend nach Beweisen durchkämmten. Ich sollte da draußen sein. Als ich die Hand auf die Zündung legte, klingelte mein Handy.

Es war Mary Ann. Ich wartete bis zum dritten Klingeln, bevor ich abnahm. »Hey, ich wollte dich gerade anrufen.«

»Was hat Gesso über Jimmy gesagt?«

Ich blinzelte eine Träne weg. »Es ist schlimm, Mary Ann.«

»Was ist? Was ist passiert?«

Meine Stimme brach. »Er ist ... er ist ermordet worden.«

»Was? Jimmy? Er ist getötet worden?«

Ich atmete aus. »Ja.«

»Bist du dir da sicher?«

»Ja, ich war am Tatort und habe die Leiche **identifiziert**.«

»Du hast gesagt, er ist ermordet worden. **Aber warum** sollten sie Jimmy töten?«

Weil ich ihn gezwungen hatte, die Dealer **zu verpfeifen**. »Ich muss los. Sie wollen meine Hilfe.«

»Oh, Frank, die Dinge geraten außer Kontrolle.«

»Alles wird gut.«

»Weiß Connie es?«

»Nein, noch nicht.«

»Sie wird am Boden zerstört sein. Jimmy **war ihre ganze** Welt.«

Tränen liefen mir über das Gesicht. »**Ich rufe dich** später an.«

––––––

DIE HAUSTÜR GING AUF. Ich saß in meinem **Fernsehsessel, sah** auf meine Uhr: Es war 23:32 Uhr.

Mary Ann sagte: »Frank? Was machst du **hier im Dunkeln?**«

»Ich denke nur nach.«

»Wann bist du nach Hause gekommen?«

Ich schwindelte. »Vor einer Stunde.«

Sie knipste eine Lampe an. »Du hättest zu **Connie kommen** sollen, alle waren da.«

»Wie geht es ihr?«

»Ein einziges Wrack, aber was will man **erwarten?**«

Ich wischte eine Träne weg, die über meine **Wange rollte.**

Mary Ann sagte: »Geht es dir gut?«

Ich schüttelte den Kopf. »Ich hätte mich **nie einmischen** dürfen.«

Sie legte ihre Hände auf meine Schultern. »**Wovon redest** du? Das ist nicht deine Schuld.«

»Doch, das ist es.«

»Wie kann das sein? Sag es mir.«

»Ich bin zu Jimmy gegangen, nachdem Steve eine Überdosis hatte. Die beiden waren beste Freunde, und ich habe ihm die Geschichte nicht abgekauft, dass er nicht dabei war, als sie die Drogen gekauft haben. Er hat mir gesagt, wer der Dealer war, und ich habe es an Gesso weitergegeben.«

»Und? Das ist doch gut.«

»Er hatte Angst. Die Dealer haben ihnen gedroht, dass sie sie ausweiden würden, wenn sie jemals etwas sagen.«

»Ausweiden? Wie einen Fisch?«

»Ja.«

»Du denkst, die Dealer haben ihn sich geholt, weil er etwas gesagt hat?«

»Ja.«

»Wie kommst du darauf?«

»Weil Jimmy ausgeweidet worden ist.«

Sie schlug die Hände vor den Mund. »Oh mein Gott.«

»Und es ist meine Schuld.«

Sie setzte sich auf die Kante der Couch. »Wie kannst du das sagen?«

»Weil ich die Drohung nicht ernst genommen habe. Ich dachte, er hätte nur Angst, dass seine Mutter es herausfindet, und ... es ist alles so verkorkst. Ich weiß nicht, was ich denken soll.«

»Es ist nicht deine Schuld. Du hast nur versucht zu helfen; du hast das Richtige getan.«

»Meinst du?«

»Auf jeden Fall. Hör auf, dir die Schuld zu geben.«

Ich zuckte mit den Schultern.

Sie zog an meinem Arm. »Komm, lass uns ins Bett gehen.«

Ob ich direkt oder indirekt verantwortlich war, spielte keine Rolle. Wichtig war, etwas dagegen zu unternehmen.

KAPITEL ZEHN

Sɪᴇ sᴛᴀɴᴅ ᴠᴏɴ ɪʜʀᴇᴍ Sᴛᴜʜʟ ᴀᴜғ. »Wᴀʀᴛᴇ ᴀᴜғ ᴍɪᴄʜ.«

»Du musst nicht mitkommen.«

»Ich kann sie nicht allein lassen.«

»Was bin ich denn, Luft?«

»Sie braucht eine Frau bei sich.«

Wir waren zwei Häuser entfernt, als ein Zivilwagen vorfuhr. Zwei Detectives stiegen aus.

Ich flüsterte: »Mussten sie ausgerechnet McMillan schicken?«

»Du konntest ihn noch nie leiden.«

»Er ist ein knallharter Hund. Er drückt bei niemandem ein Auge zu.«

»Ach ja, stimmt. Er war doch der, der Marilyns Mutter einen Strafzettel gegeben hat, weil sie fünf Meilen zu schnell gefahren ist.«

Ich winkte ihnen zu und beschleunigte unsere Schritte. Wir trafen sie, als Connie die Tür öffnete. Sie sah zwanzig Jahre älter aus als letzte Woche.

McMillan und sein Kollege, ein Neuling namens Flores, stellten sich vor und wir traten ein.

Ich plauderte mit den Detectives, um Mary Ann die Gelegenheit zu geben, Connie zu beruhigen.

McMillan sah auf seine Uhr. »Lassen Sie uns anfangen; wir haben einen vollen Nachmittag.«

Wir saßen um Connies gläsernen Küchentisch. McMillan zückte seinen Notizblock. »Mrs. Pearson, die Abteilung bedauert Ihren Verlust.«

Connie schloss die Augen und nickte.

»Mrs. Pearson, kennen Sie jemanden, der Ihrem Sohn das hätte antun können?«

Sie schüttelte den Kopf. »Nein. Niemanden. Er war ein guter Junge; jeder mochte Jimmy.«

»Die Art des Verbrechens deutet darauf hin, dass es etwas Persönliches war. Sind Sie sicher, dass Sie keine Ahnung haben?«

»Nein. Das alles ergibt überhaupt keinen Sinn.«

»Was ist mit dem Drogenkonsum Ihres Sohnes?«

»Ich habe nicht gewusst, dass er Drogen genommen hat, bis sein Freund Steve an einer Überdosis gestorben ist.«

McMillan hob die Augenbrauen. »Wie hat er seine Sucht finanziert?«

»Jimmy war ein guter Junge, der beste Sohn, den man sich wünschen kann. Er hat einen Fehler gemacht, aber er war nicht süchtig.«

»Hat er Sie bestohlen?«

Ich sagte: »Ich habe Jimmy sehr gut gekannt. Wenn er Drogen genommen hat, dann rein zum Vergnügen.«

»Mrs. Pearson, was haben Sie getan, um seinen Drogenkonsum zu unterbinden?«

Ich stand auf. »Detective, dürfte ich Sie kurz sprechen, bitte?«

McMillan seufzte, als er mir in den Flur folgte. Ich sagte: »Hören Sie, ich weiß, Sie haben einen Job zu tun, aber die Dame hat gerade ihren Sohn verloren.«

»Glauben Sie, ich weiß das nicht?«

»Nun, Sie lassen es so aussehen, als wäre der Junge ein Süchtiger oder so was gewesen.«

»Ob es ihr gefällt oder nicht, ihr Junge hat Drogen genommen.«

»Das ist ihr bewusst.«

»Nun, dieser Konsum hat zu seinem Mord geführt. Es ist höchste Zeit, dass die Leute anfangen, die Verantwortung für ihr Handeln zu übernehmen.«

Ich beugte mich zu ihm vor. »Er war siebzehn Jahre alt. Teenager machen dumme Sachen, genau wie wir, als wir aufgewachsen sind.«

Er zischte: »Ich habe diesen Mist nie genommen.«

»Sie wollen den Moralapostel spielen? Wie wäre es dann mit der Tatsache, dass es unsere Aufgabe als Erwachsene und insbesondere als Gesetzeshüter ist, unseren Teil zum Schutz der Kinder beizutragen?«

McMillan sagte: »Gerade Sie wissen doch, dass wir nicht jeden beschützen können. Drogen gibt es überall.«

»Und wessen Schuld ist das?«

»Wenn es keine Nachfrage gäbe, gäbe es kein Drogen-problem.«

»Sie klingen wie ein Politiker.«

»Es ist aber wahr.«

»Ja, nun, wir können das Zeug an der Grenze viel besser aufhalten.«

Er zuckte mit den Schultern.

Ich stach ihm mit dem Finger fast ins Gesicht. »Vergessen Sie nicht, dass Jimmy minderjährig war. Und seine Mutter, die Witwe ist, trauert um den Verlust ihres einzigen Sohnes.«

McMillan fuhr seinen Tonfall eine Stufe herunter und beendete die Befragung. Connie begleitete ihn und Flores zur Tür. Als sie in die Küche zurückkam, strömten ihr die Tränen über die Wangen.

Mary Ann sprang auf und umarmte sie. Connie schluchzte: »Jimmy war ein guter Junge, der Beste. Er war so fürsorglich, er hat sich um mich gekümmert.«

»Ich weiß, er war ein besonderer Junge.«

Ihre Schultern bebten. »Sie denken, er war ein Drogenjunkie.«

Ich stand auf. »Das tun sie nicht. McMillan ist ein Idiot.«

»Sie geben Jimmy die Schuld an dem, was passiert ist. Wie können sie nur?«

»Keine Sorge, ich werde dafür sorgen, dass du und Jimmy Gerechtigkeit erfahrt.«

Mary Ann sagte: »Willst du später zum Abendessen rüberkommen?«

»Nein. Ich will hierbleiben.«

»Ich koche etwas und komme dann wieder. Worauf hast du Appetit?«

»Ich bin nicht hungrig.«

»Du musst etwas essen. Ich mache etwas und wir sehen uns in ein paar Stunden. Wenn du vorher etwas brauchst, ruf mich an. Ich bin sofort da.«

Sobald wir draußen waren, sagte Mary Ann: »McMillan ist ein größeres Arschloch, als ich dachte.«

»Empathie ist nicht seine Stärke.«

»Was hast du zu ihm gesagt?«

Ich erzählte ihr von unserem Gespräch.

Sie sagte: »Ich bin froh, dass du was gesagt hast. Die Art, wie er mit ihr geredet hat, war unverschämt.«

»Ob du es glaubst oder nicht, er glaubt nicht, dass wir den Nachschub an Drogen besser unterbinden können. Er meint, es liegt alles an den Konsumenten.«

»Natürlich spielt die Grenze eine Rolle. Zumindest verringert man die Menge, die ins Land kommt, und der Preis auf der Straße steigt. Ein Hauptproblem ist, wie billig und verfügbar Drogen sind.«

»Mit Leuten wie McMillan wird es eher schlimmer als besser.«

»Übertreib nicht.«

»Das tue ich nicht. Wenn ich ihnen den Tipp nicht gegeben hätte, wer weiß, ob sie den Mörder jemals fangen würden.«

»Was ist damit los? Haben sie eine Ahnung, wo sich der Fisherman versteckt?«

»Wenn sie ihn nicht schnappen, glaub mir, dann fange ich den Mistkerl.«

»Ach, komm schon, Frank, gib Gesso und Donovan eine Chance.«

KAPITEL ELF

MARY ANN SAGTE: »ICH BIN VÖLLIG FERTIG.«

Ich sagte: »Ich glaube, so müde war ich noch nie. Oh, jetzt fängt es an zu regnen.«

»Auf jeder Beerdigung, zu der wir gehen, regnet es.«

»Wie passend.«

»Es fühlt sich irgendwie komisch an, aber ich bin froh, dass es keinen Leichenschmaus gab.«

»Connie hat gesagt, seine Freunde wollen nächste Woche in der Highschool etwas veranstalten.«

»Ja, das hat sie erwähnt. Ich ziehe mich um.«

Ich folgte ihr ins Schlafzimmer und zog meinen Anzug aus. Ich schlüpfte in ein Paar Shorts und zog ein T-Shirt mit dem Sheriff-Logo an.

»Ich brauche einen Kaffee. Willst du auch einen?«

»Nein, mein Magen ist ganz flau.«

Meiner auch, aber ich musste etwas tun, um zu verhindern, dass das Bild von Jimmy in seinem Sarg wieder vor meinem inneren Auge auftauchte.

Ich ging in die Küche und hielt im Wohnzimmer an, um die

Fernbedienung aufzuheben. Ich schaltete den Fernseher ein und setzte den Kaffee auf.

WINK News lief gerade. Ich ging ins Wohnzimmer. Der Nachrichtensprecher sprach über eine Verhaftung am Flughafen von Miami. Ich drehte die Lautstärke auf.

»Wir schalten zum Miami International Airport, von wo Melissa Andrews live berichtet.«

Eine blonde Frau um die dreißig stand vor einem Flughafenterminal. »Vor knapp einer Stunde haben Beamte der Polizei von Miami-Dade drei junge Frauen festgenommen, die im Begriff waren, einen Flug nach Cartagena, Kolumbien, zu besteigen. Das Trio ist unter dem Verdacht der Geldwäsche verhaftet worden. Sicherheitspersonal der TSA hat beobachtet, wie sich die Verdächtigen nervös verhalten haben, als sie durch die Sicherheitskontrolle gingen. Sie haben die Damen beiseite genommen und die Terrorism Task Force alarmiert.

Die Frauen sind verhört worden, was den Verdacht bestärkt hat, dass sie etwas im Schilde führten. Die Frage war nur, was. Sie haben die Fluggesellschaft gebeten, den Abflug zu verzögern, um ihnen Zeit für weitere Ermittlungen zu geben.

Während die Hintergrundüberprüfungen liefen, haben sie das Gepäck der Frauen aus dem Flugzeug geholt und eine überraschende Entdeckung gemacht. Es waren weder Drogen noch Waffen, sondern fast zehn Millionen Dollar in bar. Die Frauen sind in Gewahrsam genommen und zur Anklageerhebung zum Bundesgericht gebracht worden. Wir werden diese Geschichte weiterverfolgen, sobald es Neuigkeiten gibt.«

Mary Ann kam aus dem Schlafzimmer. Ich sagte: »Sie haben gerade drei Frauen am Flughafen von Miami erwischt, die versucht haben, mit zehn Millionen Dollar in bar nach Kolumbien zu fliegen.«

»Das muss Drogengeld sein.«

Ich ging in die Küche, um meinen Kaffee zu holen. »Da bin ich mir sicher.«

»Ich frage mich, wie viele Leute damit jeden Tag durchkommen.«

»Gute Frage. Ich bin sicher, es sind viel mehr, als man denkt.«

»Ich dachte, an allen Flughäfen gibt es Röntgengeräte, die verstecktes Bargeld im Gepäck aufspüren.«

»Die gibt es, aber da ist der menschliche Faktor; ein Mitarbeiter muss es entdecken. Täglich gehen Millionen von Gepäckstücken da durch.«

»Vielleicht können sie die Geräte mit KI programmieren, damit es automatisch geht.«

»Endlich mal etwas, dem ich bei diesem KI-Zeug etwas abgewinnen kann.«

»Du mochtest noch nie Veränderungen, Frank, und es wird schlimmer, je älter du wirst.«

Erst Dr. Bilotti und jetzt sagte mir meine eigene Frau, ich sei alt. »Ja, nun, pass bloß auf, sonst ersetze ich dich durch einen jungen Avatar oder wie auch immer man diese KI-Wesen nennt.«

———

EIN KLINGELNDES HANDY WECKTE MICH. Ich war beim Fernsehen eingeschlafen. Mary Ann telefonierte gerade und legte dann auf.

Sie sagte: »Das war Connie. Sie hat gefragt, ob du rübergehen könntest, um eine Glühbirne zu wechseln.«

»Jetzt?«

»Es ist erst vier Uhr.«

»Hast du von Jessie gehört?«

»Noch nicht.«

»Schreib ihr eine Nachricht. Vergewissere dich, dass es ihr gut geht.«

»Habe ich gerade. Gehst du jetzt zu Connie?«

Ich drückte mir den Nasenrücken. »Ich bin todmüde.«

»Es ist die Lampe in ihrem Kleiderschrank; sie kann da drin nichts sehen.«

»Okay. Aber du musst mitkommen.«

»Warum?«

»Weil sie ein Nervenbündel ist und ich, äh ... Komm einfach mit, okay?«

»Du brauchst eine emotionale Barriere?«

»Nein. Ich bin ein alter Mann und brauche deine Hilfe.«

»Alter Mann?«

Ich stand aus meinem Sessel auf. »Das hast du doch vorhin gesagt.«

»Sieh mal, wir sind doch alle gestresst.«

»Lass uns gehen.«

Connie wohnte vier Häuser weiter. Während wir gingen, sagte ich: »Ich weiß, es ist noch früh, aber sie sollte darüber nachdenken, in eine Eigentumswohnung oder so etwas zu ziehen.«

»Es wird ihr gut gehen. Sie muss sich nur erst daran gewöhnen.«

»Du wirst mir das jetzt sicher übel nehmen, aber sie ist eine Frau, die allein lebt. Jede Kleinigkeit wird zu einem riesigen Drama.«

»Eine Glühbirne zu wechseln, ist kein Drama.«

»Nein, aber sie braucht Hilfe dabei. Ich habe kein Problem damit, solche Dinge zu tun, aber es wird ihr peinlich sein, um Hilfe zu rufen, wenn eine Kleinigkeit schiefgeht.«

Wir winkten einem Nachbarn zu, der mit seinem Pudel Gassi ging, und bogen in Connies Einfahrt ein.

Sie öffnete die Tür und, bevor wir ein Wort sagen konnten, brach sie in Tränen aus. Mary Ann umarmte sie und wir traten ein. Der Eingangsbereich war mit Blumen von der Beerdigung gesäumt. Meine Nebenhöhlen reagierten auf die Lilien.

Wir stapften in die Küche. Das Kondolenzbuch von der

Totenwache lag auf dem Tisch. Mary Ann holte ein Glas Wasser für Connie.

Sie nippte daran und sagte: »Tut mir leid, aber ich kann einfach nicht anders.«

»Schon gut, Connie. Du musst es rauslassen. Das Schlimmste, was du tun kannst, ist, es in dich hineinzufressen.«

Ich schluckte. Gleich würde ich auch anfangen zu weinen. Mary Ann nahm ihre Hände und die beiden schluchzten. Ich ging ins Badezimmer.

Als ich mir Wasser ins Gesicht spritzte, wurde mir die Realität bewusst, dass jedes Verbrechen, insbesondere ein Mord, viele Opfer hatte. Jimmys Leben endete zu früh und das seiner Mutter würde nie wieder dasselbe sein.

Was machte man, wenn das Schlimmste, was einem passieren konnte, bereits passiert war?

So verrückt es auch klang: Sein Vater, der vor zehn Jahren an einem Herzinfarkt gestorben war, war der Glückliche.

Ich trocknete mein Gesicht mit einem Handtuch ab. Normalerweise linderte der Lauf der Zeit den Schmerz, was auch immer geschehen war. Aber in diesem Fall würde die Vergangenheit für Connie niemals mehr als einen Katzensprung entfernt sein.

Ich ging zurück in die Küche. Die Tür der Mikrowelle stand offen. Zwei Tassen mit Teebeuteln standen auf der Arbeitsplatte. Connie putzte sich die Nase. Mary Ann fragte: »Möchtest du einen Tee?«

Was ich wollte, war wegzulaufen. »Für mich nicht. Connie, wo bewahrst du die Glühbirnen auf?«

»Jimmy hat sie in den Schrank in der Waschküche gelegt, ganz weit oben.«

»Ich hole die Leiter aus der Garage.«

»Jimmy hat sie an die Wand gehängt.«

Die Leiter befand sich hinter dem Bodyboard, das ich ihm zu seinem sechzehnten Geburtstag gekauft hatte. Ich schob es

zur Seite und sah seinen Baseballhandschuh und seinen Alumi-
niumschläger. Ich hatte Jimmy das Schlagen beigebracht. Als
Jessie, Stevie und er Kinder waren, gingen wir an jedem Früh-
lingswochenende in den North Collier Park und übten.

Ich brachte die Leiter ins Haus und holte eine Glühbirne
aus der Waschküche. Als ich wieder herauskam, blickte ich in
Jimmys Zimmer. Zwei Anzüge lagen auf seinem Bett. Der
Gedanke, dass Connie die Kleidung ausgesucht hatte, in der
Jimmy beerdigt werden sollte, machte mich krank.

Der Schmerz, den die Drogen verursachten, musste ein
Ende haben.

KAPITEL ZWÖLF

Als ich in Manhattan aufs John Jay College ging, pendelte ich. Aber das war eine andere Zeit. Wegen des Studiums von zu Hause wegzuziehen, war etwas, das die meisten Kids tun wollten. Aber Steve und Jimmy würden niemals erleben, was Kids aus ihrer Collegezeit mitnehmen.

Das Leben war nicht fair, aber es gab keine Möglichkeit, den Tod von zwei Jungen aus der Nachbarschaft, die noch nicht einmal achtzehn waren, zu rationalisieren. Beide Jungen waren öfter bei uns zu Hause gewesen als jede von Jessies Freundinnen.

Beide waren fasziniert davon, dass ich ein Detective war. Sie bekundeten wiederholt den Wunsch, in meine Fußstapfen zu treten. Steve entfernte sich von uns, als er ein Teenager wurde, aber Jimmy hielt unerschütterlich daran fest, auf die Polizeiakademie zu gehen.

»Frank? Ist alles in Ordnung bei dir?«

Mary Ann steckte den Kopf ins Arbeitszimmer.

»Ja, ich denke nur nach.«

»Ich fahre zu Publix. Willst du irgendetwas Besonderes zum Abendessen?«

»Was auch immer Jessie will.«

»Okay. Setz dich doch auf die Lanai. Hol dir etwas Sonne. Das wird dir guttun.«

»Vielleicht in einer Weile.«

»Ich muss auch noch zur Reinigung, also bin ich in einer Stunde wieder da.«

Das Geräusch des sich öffnenden Garagentors veranlasste mich, meinen Laptop hochzufahren. Er fuhr hoch, aber die Warnung für einen niedrigen Akkustand erschien. Während ich das Ladekabel aus der Schreibtischschublade fischte, sah ich eine Schale, die Jessie zum Ablegen meiner Schlüssel gemacht hatte.

Als ich mit dem Finger am Rand entlangfuhr, kam die Erinnerung an diesen Tag mit aller Wucht zurück. Es war ein Samstag, und Mary Ann hatte immer eine Aktivität für Jessie geplant. In dieser Woche gingen Jessie und Jimmy zu einem Keramikladen auf der Airport Pulling Road.

Es war meine Aufgabe, sie abzuholen. Ich erinnerte mich, wie aufgeregt sie waren, als sie aus dem Laden kamen. Jessie konnte es kaum erwarten, mir zu geben, was sie gebastelt hatte.

Ich erinnerte mich, ein Foto von ihnen gemacht zu haben. Ich durchwühlte die Schublade und fand das Foto. Als ich das Foto machte, saßen Jessie und Jimmy auf dem Rücksitz, kicherten und sprachen darüber, was sie beim nächsten Mal gestalten wollten. Sie waren so glücklich, so unschuldig. Ich wischte mir eine Tränenspur weg, die mir über die Wangen lief.

»Dad? Was ist los?«

»Äh, nichts.«

»Du weinst.«

Ich hielt das Bild hoch. »Du und Jimmy ...«, begann ich und fing an zu schluchzen.

Jessie schlang ihre Arme um mich. »Ist schon gut, Dad. Lass es raus. Ihr standet euch nahe.«

»Tut mir leid.«

»Es gibt nichts, was dir leidtun muss. Jeder ist fertig wegen dem, was mit Jimmy passiert ist ... und mit Steve.«

»Ich habe schon viel gesehen, aber die beiden gehen mir wirklich nahe.«

»Es ist so traurig, so tragisch.«

»Das ist das richtige Wort. Da fällt es etwas leichter, die Studiengebühren zu bezahlen.« Ich zwang mich zu einem Lächeln und stand auf. »Ich brauche etwas Wasser.«

»Ich hole es dir. Warum machst du dich nicht frisch?«

Ich nickte und steckte das Foto in meine Tasche, bevor ich ins Bad ging. Vor seinem Kind zu weinen war nicht ideal, aber es war besser, als es in sich hineinzufressen.

Jessie saß vor meinem Schreibtisch. Ich nahm das Glas, das sie mir geholt hatte. »Danke.«

»Geht es dir besser?«

»Oh, ja. Es tut mir leid, dass du zurückfliegen musstest, aber ich bin froh, dass du wieder nach Hause gekommen bist.«

»Ich auch. Sind sie kurz davor, den Mörder zu fassen?«

»Ich glaube schon.«

»Mom hat gesagt, es hätte mit Drogen zu tun. Ist er deshalb ermordet worden?«

»Es ist kompliziert, aber es sieht so aus, als wäre es der Dealer gewesen, der es getan hat. Versprich mir, dass du diesen Mist nicht anrührst, Jess.«

»Ich hab's nie probiert und werde es auch nie tun. Ich verstehe nicht, warum so viele Kids das Bedürfnis haben, sich zuzudröhnen.«

»Ich wünschte, ich hätte die Antwort, Schatz.«

»Warum unternimmt die Regierung nicht mehr, um zu verhindern, dass es ins Land kommt?«

»Ich sage es nur ungern, aber es ist einfach zu viel Geld im Spiel, und das korrumpiert die Leute, sodass sie wegsehen.«

»Aber es betrifft doch jeden.«

»Ich weiß. Es ist ein Teufelskreis. Das Geld macht die Kartelle stärker und erweitert ihre Macht durch politische Spenden an ...«

»Das sind Bestechungsgelder, keine Spenden.«

»Da hast du vollkommen recht.«

»Das ist Korruption, Dad.«

»Ich weiß.«

»Ich hoffe, dass die Dinge nicht noch viel schlimmer werden müssen, bevor die Leute aufwachen.«

Ich konnte nicht sagen, dass es, wenn sich die Korruption noch weiter ausbreitete, fast unmöglich sein würde, sie auszumerzen. »Hoffen wir es mal nicht.«

Sie lächelte. »Ich erinnere mich, dass du mal gesagt hast: ›Hoffnung ist keine Strategie.‹«

»Das ist sie ganz bestimmt nicht.«

»Sei ehrlich, Dad. Du kennst die Welt der Strafverfolgung, glaubst du, sie können dieses Drogenproblem in den Griff bekommen?«

»Es wird schwer werden, aber wenn der Wille da ist, es zu tun, können sie es schaffen.«

»Klingt, als bräuchten sie die richtige Führung.«

Sie hatte den Nagel auf den Kopf getroffen. Das Problem war, dass ich niemanden sah, der fähig war, diese Aufgabe zu übernehmen. Politiker redeten darüber, aber wir mussten von leeren Phrasen zu konkreten Taten übergehen.

KAPITEL DREIZEHN

»Hi, Donny. Hier ist Frank.«

»Hey, Frank. Was gibt's?«

»Ich will nicht drängeln, aber ich wollte mal nachhören, wie es im Fall Pearson aussieht.«

»Ich hab dich anrufen wollen, aber dann ist was dazwischengekommen.«

Und Politiker haben nur dein Bestes im Sinn. »Schon gut. Was gibt's Neues?«

»Wir haben bei einer Umfeldbefragung einen Zeugen gefunden, der Ruiz im Park gesehen hat.«

»Gut. Wann nehmt ihr ihn hoch?«

»Wir warten auf die DNA-Ergebnisse von der Autopsie.«

Jimmy war stundenlang im Wasser gewesen. Ich war mir nicht sicher, ob überhaupt noch DNA oder Fasern übrig waren, die die Spurensicherung hätte sichern können.

»Wann kommen die Ergebnisse?«

»Bilotti hat gesagt, dass er sie heute Nachmittag bekommt.«

»Gut. Habt ihr noch jemanden anderen auf dem Schirm, der am Tatort gewesen sein könnte?«

»Nein. Der Zeuge, der Ruiz im Park gesehen hat, hat gesagt, er war allein.«

»Um wie viel Uhr war das?«

Er zögerte, dann sagte er: »Wir haben das im Griff, Frank. Ich rufe dich an, wenn wir die DNA-Ergebnisse haben.«

»Okay. Danke, ich warte dann auf deinen Anruf.«

Ich legte auf und wählte eine andere Nummer.

»Gerichtsmedizin. Wie kann ich Ihnen helfen?«

»Dr. Bilotti, bitte.«

»Einen Moment, mein Herr.«

»Hier ist Dr. Bilotti.«

»Hey, Doc, ich bin's.«

»Frank, wie geht's dir?«

»Gut. Hör mal, Donovan hat mir gesagt, er wartet auf die DNA von der Pearson-Autopsie. Was habt ihr gefunden?«

»Nicht viel. Die Leiche ist im Wasser gewesen und ein Großteil der externen DNA ist verloren gegangen.«

»Wann bekommt ihr die Ergebnisse?«

»Das Labor hat versprochen, sie noch vor vierzehn Uhr zu haben.«

»Weißt du, ob sie das, was auch immer sie bei Pearson gefunden haben, mit Ruiz' Profil abgleichen?«

»Das liegt außerhalb meines Zuständigkeitsbereichs.«

»Ja, ich weiß. Kannst du mir einen Gefallen tun und mir eine SMS schicken, wenn du die Laborergebnisse bekommst?«

»Klar. Mache ich gerne.«

»Danke, Doc. Ich bin dir was schuldig.«

»Frank, geht es dir gut?«

»Ja, nur, du weißt schon, mein Nachbar und ...«

»Wir haben schon lange keinen Wein mehr zusammen getrunken. Ich habe ein paar Flaschen Barbaresco, die jetzt trinkreif sind.«

»Mir ist gerade das Wasser im Mund zusammengelaufen.«

Er lachte. »Wenn du am Freitag Zeit hast, passt es bei mir. Wenn nicht, können wir nächste Woche schauen.«

»Trag es ein, bevor du es dir anders überlegst.«

———

ICH SAH STÄNDIG auf mein Handy. Mary Ann sagte: »Reg dich ab, Frank. Wenn Bilotti gesagt hat, er schreibt dir, dann wird er das auch tun.«

»Ich weiß.«

Ping.

Ich wischte über den Bildschirm. »Du bist mein Glücks-bringer, Mary Ann. Das war Bilotti.«

»Okay, aber ruf Donovan nicht sofort an.«

»Wie lange soll ich deiner Meinung nach warten?«

»Ein paar Stunden.«

»Das ist doch verrückt.«

»Er könnte im Einsatz sein.«

»Na und? Alles, was er tun muss, ist ...«

Sie stand auf. »Mach, was du willst.«

Ich ging zehnmal um den Pool und dann ins Haus, um die Blase zu entleeren, die die Ärzte anstelle meiner krebskranken Blase eingesetzt hatten.

Als ich aus dem Bad kam, rief ich Donovan an.

»Hey, ich will nicht drängeln, aber ich habe mit Bilotti über Wein gesprochen, und er erwähnte ...«

»Ja, wir haben die Ergebnisse und werden sie mit der CODIS-Datenbank und Ruiz' Profil abgleichen.«

»Das dauert zu lange. Benutz das Rapid-Hit-System.«

Er sagte nichts.

»Donny?«

»Ja?«

»Entschuldige, ich versuche nur zu helfen.«

»Hör zu, mir ist klar, dass du das Opfer kanntest, aber, äh, du bist im Ruhestand und ich kümmere mich jetzt um die Dinge.«

»Natürlich weiß ich das. Wir beide wollen diesen Drecks-kerl von der Straße haben, und meine Vorschläge sollen ihn nur so schnell wie möglich hinter Gitter bringen.«

»Ich muss los, Frank.«

Und einfach so wurde jahrzehntelange Erfahrung beiseite-geschoben.

Mary Ann kam aus dem Schlafzimmer und warf mir einen »Ich-hab's-dir-ja-gesagt«-Blick zu.

———

ICH KNALLTE das Telefon hin und stürmte in die Küche. Mary Ann griff gerade in den Kühlschrank. Sie fragte: »Mit wem hast du gesprochen?«

»Gesso. Ich kann nicht fassen, dass sie den Fisherman immer noch nicht gefunden haben.«

Sie kniff die Augen zusammen.

Ich sagte: »Der Dealer, der Jimmy getötet hat, Manny Ruiz.«

»Ich weiß, wen du gemeint hast. Haben sie einen Anhalts-punkt, wo er ist?«

»Wer weiß, ob die überhaupt suchen.«

»Wie kommst du darauf?«

»Ich habe das Gefühl, man hält mich hin. Sie können nicht einmal bestätigen, welches Kartell Ruiz' Bande beliefert.«

»Vielleicht solltest du dich ein wenig zurückziehen, ihnen eine Chance geben, zu ...«

»Ruiz ist ein kaltblütiger Mörder. Wie lange sollen wir warten? Bis er noch eins von unseren Kindern umbringt?«

»Frank, du warst Mord-Ermittler, du weißt, dass es Zeit braucht, einen Mörder zu fangen.«

»Nicht, wenn man weiß, wer es ist!«

»Wahrscheinlich überprüfen sie, was du ihnen gesagt hast.«

»Warum zum Teufel haben sie ihn dann noch nicht verhört?«

»Dass keine DNA an der Leiche war, verkompliziert die Sache.«

»Ich hatte jede Menge Fälle ohne DNA-Beweise. Wenn du den Fall richtig bearbeitest, brauchst du sie nicht.«

»Du hast immer gesagt, Donovan wäre gut. Und jetzt nicht mehr?«

»Ihm fehlt jedes Gefühl für die Dringlichkeit. Es scheint, als ob sie die Sache verschleppen.«

»Warum sollten sie das tun?«

»Weil es mit Drogen zu tun hat. Du weißt, viele Leute haben kein Mitgefühl, wenn Drogen im Spiel sind. Dasselbe gilt für Prostitution.«

»Bis zu einem gewissen Grad, aber nicht jeder denkt so wie McMillan.«

»Vielleicht, aber es sind viel mehr, als du denkst. Die Leute schätzen das Leben von Sexarbeitern oder Drogenabhängigen nicht so, wie sie es sollten. Sie sind jemandes Sohn oder Tochter.«

KAPITEL VIERZEHN

DIE SCHLAGZEILE LAUTETE: »BESCHLAGNAHMUNGEN gefälschter Designerwaren nehmen zu.«

Ich las den Artikel. Die Nachrichten waren nicht so gut, wie es aussah. Die Beschlagnahmungen waren zwar gestiegen, aber die Schmuggler waren dreist. Ein Informant, der in dem Artikel zitiert wurde, sagte, dass die Schmuggler die Grenz-übergänge mit Fahrzeugen voller Fälschungen regelrecht über-schwemmten.

Die organisierten Verbrecherbanden schickten jeden Tag zehn Lkw los, in dem Wissen, dass einer oder zwei gestoppt, aber acht oder mehr in die Vereinigten Staaten durchkommen würden.

Die Strategie funktionierte, weil die Gewinnspannen bei Handtaschen so hoch waren, dass sie es sich leisten konnten, 20 oder 30 Prozent der gelieferten Ware zu verlieren.

Es erinnerte mich an die Bande aus Miami, die wir in den Waterside Shops hochgenommen hatten. Als Kunden getarnt, stürmte eine Gruppe von ihnen die Abteilung für teure Hand-taschen. Einige lenkten das Verkaufspersonal ab, während andere sich teure Taschen schnappten und davonrannten.

Die Schmuggler, die über die Grenze lieferten, nutzten ähnliche Taktiken. Was beide Vorgehensweisen funktionieren ließ, waren die Gewinnspannen. Ich legte die Zeitschrift beiseite.

Der Verkauf von Drogen hatte noch höhere Gewinnmargen. Wahrscheinlich die höchsten in der Geschichte. Deswegen stiegen so viele in diese Welt ein. Aber all das Bargeld, das es einbrachte, schuf sein ganz eigenes Problem.

Man konnte mit Bargeld nur geringwertige Artikel kaufen. Man konnte sich kein Auto oder Haus mit Koffern voller Geldscheine kaufen. Und Banken akzeptierten keine großen Bareinzahlungen mehr.

Das andere Problem dabei war, dass das Geld in den Vereinigten Staaten festsaß und die Leute, denen es gehörte, südlich der Grenze lebten.

Ein Kribbeln lief mir am Schädelansatz entlang. Ich stellte mir die Grenze vor, und eine Idee begann, sich zu formen. Es könnte ein Weg sein, etwas zu bewirken.

KAPITEL FÜNFZEHN

ICH NAHM MEINE SPORTTASCHE IN DIE ANDERE HAND UND schüttelte ihm die Hand. »Wie geht's?«

Er sagte: »Ich habe gerade gedacht, wie schön es ist, dass wir zusammen trainieren können, da wir ja nicht mehr arbeiten.«

»Einer der Vor- und Nachteile, wenn man zu viel Zeit hat.«

»Ach, komm schon, du bist in der besten Form, seit ich dich kenne.«

»Das kommt davon, dass ich keine Donuts aus der Cafeteria mehr esse.«

Er kicherte. »Ich bin froh, dass wir das zusammen machen können.«

»Ja, anstatt Kriminellen das Leben schwerzumachen, quälen wir uns selbst.«

»Ist doch nicht so schlimm. Heute ist Beintraining dran.«

»Ugh. Ich hasse es.«

»Das ist entscheidend, besonders wenn man älter wird. Und weißt du, du wirst auch nicht jünger.«

Ich schlug ihm auf die Schulter, als wir in die Umkleidekabine gingen. »Danke, Kumpel.«

Derrick öffnete einen Spind und sagte: »Ich traue mich kaum zu fragen, aber hast du was vom Fisherman gehört?«

»Nichts. Ich versuche, die Ruhe zu bewahren, aber ich bin kurz davor, sie zu verlieren.«

»Warum gehst du nicht zu Gesso und sagst ihm, dass Mrs. Pearson wegen der Untätigkeit an die Presse gehen will?«

»Das ist die beste Idee, die du je hattest.«

Nach dem Training ging Derrick duschen. Da ich kein Freund von öffentlichen Duschen war, zog es mich hinaus in die Sonne. Ich trat ins Freie und holte mein Handy hervor.

Gesso ging beim ersten Klingeln an sein Handy. »Frank, was ist los?«

»Ich wollte Sie vorwarnen.«

»Worüber?«

»Den Fall Pearson. Die Mutter, Connie Pearson, ist frustriert und droht, wegen der mangelnden Fortschritte an die Presse zu gehen.«

»Ich habe mir gedacht, dass es früher oder später passieren würde.«

»Sie wissen, dass Mary Ann und ich ihr nahestehen, und wenn Sie mir etwas geben könnten, das ich ihr sagen kann, könnte ich sie vielleicht überzeugen, noch zu warten.«

»Ich wünschte, ich hätte etwas, aber ...«

Seine Stimme erstarb.

»Was ist los?«

»Ich sage es nur ungern, aber wir können Ruiz nicht finden, und uns wurde zugetragen, dass er über alle Berge ist.«

Meine Brust zog sich zusammen. »Was?«

»Wir hören, er hat sich nach Mexiko abgesetzt.«

»Wie zum Teufel konnte das passieren?«

»Er ist aufgeschreckt worden.«

Das Blut pochte in meinen Ohren. »Das ist inakzeptabel. Das ist eine Katastrophe.«

»Die DEA arbeitet mit ihren Kontakten daran, ihn ausfindig zu machen.«

»Ich muss auflegen.«

Die Hände auf die Knie gestützt, atmete ich mehrmals tief durch. Ein Passant blieb stehen und fragte: »Ist alles in Ordnung bei Ihnen, Sir?«

———

ICH STÜRMTE IN DIE KÜCHE. »Sie haben es vermasselt!«

Mary Ann sagte: »Wovon redest du?«

»Sie haben den Fisherman entkommen lassen. Er ist in Mexiko.«

»Oh, mein Gott. Wie ist das passiert?«

»Ich habe da so eine Ahnung.«

»Er muss Hilfe gehabt haben. Meinst du, er wurde gewarnt?«

»Definitiv.«

»Von wem? Von der DEA oder jemandem aus dem Büro des Sheriffs?«

»Ich hoffe inständig, dass es nicht das Büro des Sheriffs war.«

»Wer hat es dir gesagt?«

»Gesso. Ein Informant hat gesagt, Ruiz sei geflohen, und die DEA hat bestätigt, dass er in Mexiko ist.«

»Wenn sie ihn im Visier haben, können sie ihn von den Mexikanern schnappen lassen, und wir können ihn ausliefern lassen.«

»Viel Glück dabei. Außerdem ist er wahrscheinlich schon in Kolumbien.«

»Wenn Connie das herausfindet, wird sie am Boden zerstört sein.«

»Ich muss etwas tun.«

»Was willst du denn tun?«

»Ich weiß es nicht, aber ich kann nicht einfach hier rumsitzen.«

»Hast du vergessen, dass du im Ruhestand bist?«

»Nein, aber –«

»Und dass Ruiz außer Landes ist?«

»Sollen wir einfach hier sitzen und uns diesen Mist gefallen lassen?«

»Wir haben unseren Dienst geleistet, und es ist an der nächsten Mannschaft, etwas dagegen zu unternehmen.«

»Das ist doch Schwachsinn. Jeder hat die Verantwortung, zu tun, was er kann.«

»Und du hast eine Verantwortung gegenüber unserer Familie. Du hast mehr als deinen Teil getan, und jetzt ist es an der Zeit, dass wir den Rest unseres Lebens genießen.«

»Wie zum Teufel soll ich mich amüsieren, wenn unsere Kinder einer nach dem anderen dran glauben müssen?«

»Hör auf, so dramatisch zu sein, ja?«

»Ich bin nicht dramatisch. Es muss etwas dagegen unternommen werden, und wenn sie es nicht tun, muss ich es tun.«

»Jetzt geht das schon wieder los. Du bist der Einzige, der die Welt retten kann.«

Ich schüttelte den Kopf und sagte: »Ich gehe eine Runde spazieren.«

――――

Zurück in der Garage zog ich meine Turnschuhe aus und ging ins Haus. Mary Ann trieb auf einer Luftmatratze im Pool. Ich schlüpfte ins Arbeitszimmer und tätigte einen Anruf.

»Finanzministerium.«

»George Pembroke, bitte.«

»Wen darf ich melden?«

»Frank Luca.«

Das Gespräch wurde durchgestellt, und Pembroke sagte: »Frank, wie geht es Ihnen?«

»Ziemlich gut.«

»Haben Sie Ihre Meinung geändert und würden bei der Wall-Street-Ermittlung helfen?«

»Nein, aber es gibt etwas, an dem ich unter den richtigen Umständen Interesse hätte.«

»Und was wäre das?«

»Ein Drogenkartell hochzunehmen.«

Pembroke kicherte. »Sie greifen ja gleich nach den Sternen, nicht wahr?«

»Sehen Sie, ich denke, ich habe mich bewiesen, indem ich zwei Millionen gefunden habe, die niemand sonst finden konnte. Deshalb haben Sie sich an mich gewandt, als ich in den Ruhestand ging, um Finanzverbrechen zu verfolgen.«

»Ja. Was Sie getan haben, war unglaublich, und es hat meine Aufmerksamkeit erregt, aber ein Kartell ins Visier nehmen?«

»Dem Drogengeld nachzujagen, passt besser ins Schema als alles andere, was ich mir vorstellen kann.«

»In Zusammenarbeit mit der DEA und dem Heimatschutzministerium führen wir mehrere Operationen durch.«

»Und keine davon bewirken irgendetwas. Wenn überhaupt, gelangen mehr Drogen als je zuvor ins Land.«

»Es ist ein schwieriges Umfeld, aber wir haben einige Erfolge.«

»Sehen Sie, ich denke, einige der Maßnahmen, die Sie eingeführt haben, wie die Kartelle daran zu hindern, große Bargeldbeträge ins Bankensystem einzuzahlen, haben gewirkt, aber sie haben sich angepasst und nutzen Kuriere und andere Methoden, um das Bargeld aus den Staaten und nach Südamerika zu schaffen.«

»Die neueste Generation von Geräten fängt eine zunehmende Menge an Bargeld an Flughäfen ab.«

»Sie haben ihre Taktik bereits geändert; ich wette, sie nutzen die Grenze.«

»Unsere Geheimdienstinformationen deuten darauf hin, dass sie möglicherweise Optionen auf dem Seeweg nutzen.«

»Ich würde mir ansehen, was Sie haben, und prüfen, ob es etwas Handfestes gibt, aber mein anfänglicher Fokus würde sich auf die Grenzübergänge an Land konzentrieren.«

»Ich bin unsicher, ob eine weitere Operation in diesem Bereich gerechtfertigt ist.«

»Für mich ist diese Sache persönlich. Ich habe zwei junge Männer, die mir viel bedeutet haben, durch Drogen verloren. Ich würde ein grünes Licht wirklich zu schätzen wissen.«

Pembroke zögerte, bevor er sagte: »Ich will Ihre Verbundenheit nicht abwerten, aber erinnern Sie sich an die Situation, die ich bezüglich einer Finanzgruppe erwähnte, bei der ich Ihre Hilfe wollte?«

»Die mit dem Hedgefonds?«

»Ja. Ich möchte es nicht zu einem Quid pro quo machen, aber wenn Sie sich bereit erklären, an diesem Fall zu arbeiten, könnte ich einen Weg finden, diesen hier zu genehmigen.«

»Erzählen Sie mir ein wenig über diesen Fall. Wer und was ist das Ziel?«

»Die Firma ist Adams Capital Management. Es ist ein Dach-Hedgefonds, und es gibt, sagen wir mal, Gerüchte über Unregelmäßigkeiten. Wir wollen kein weiteres Ereignis im Stil von Madoff.«

»Es ist ein Schneeballsystem?«

»Wir glauben schon, aber möglicherweise in einem Ausmaß, das Madoff wie einen Limonadenstand aussehen lassen würde.«

»Ich kenne mich in der Finanzwelt nicht besonders gut aus.«

»Sie müssen kein Genie sein. Es ist besser, dass Sie nicht vom Finanzministerium kommen. Außerdem sind Sie New

Yorker, vielleicht können wir Sie einem Team von Prüfern dort oben zuweisen und Sie sich umsehen lassen. Wenn da etwas ist, werden Sie die Fährte aufnehmen.«

»Wenn ich zustimme, es zu tun, dann erst, nachdem ich mit dem Drogenfall fertig bin.«

»Das ist in Ordnung.«

»Wenn wir zu einer Einigung kommen können ...«

»Wir können zehn Prozent von allem anbieten, was Sie entdecken oder beschlagnahmen.«

»Ich beziehe mich nicht auf das Geld. Nichts für ungut, aber um die Ermittlung durchzuführen, die ich will, bräuchte ich vollständige Autonomie und Autorität sowie Zugang zu den Überwachungsinstrumenten, die die Regierung hat.«

»Unsere Mission, die wirtschaftliche Sicherheit der USA zu gewährleisten, gibt uns weitreichende Befugnisse, und in Kombination mit den aus dem Krieg gegen den Terror hervorgegangenen Durchführungsverordnungen sollten wir auf kein Problem stoßen. Wir haben auch einige der besten Mittel in der Bundesregierung und können bei Bedarf Ressourcen von anderen Behörden mobilisieren.«

Ich wollte sagen, dass bei den zig Milliarden, die für Ressourcen ausgegeben wurden, das, was fehlte, Ergebnisse waren. »Ich bräuchte vollen Zugang zu ihnen und zu allen Geheimdienstinformationen, die Sie haben. Ich würde nur Ihnen berichten, aber ich bräuchte die Befugnis, individuelle Finanzunterlagen, Internet- zu prüfen.«

»Wir nutzen den Patriot Act als Deckung für diese Art von Durchsuchungen.«

»Ich kenne die rechtlichen Begriffe nicht, aber ich bräuchte die Befugnisse eines Generalinspekteurs oder eines Sonderermittlers, jedoch beschränkt auf die Untersuchung, nicht die Strafverfolgung.«

»Ich werde mit unserem Rechtsbeistand sprechen und eine Absichtserklärung entwerfen.«

KAPITEL SECHZEHN

Er sagte: »Was soll die Geheimniskrämerei?«

»Du musst mir versprechen, dass du mich ausreden lässt.«

»Was ist los, Frank? Du machst mir Angst.«

»Es gibt nichts, wovor du Angst haben müsstest. Komm, lass uns ein Stück gehen.«

»Erinnerst du dich daran, dass du mir immer gesagt hast, ich solle zum Punkt kommen?«

Ich lächelte.

Derrick sagte: »Rück schon damit raus.«

Ich holte tief Luft und sagte: »Ich werde mit den Bundesbehörden zusammenarbeiten, um das Drogenkartell hier zu zerschlagen.«

»Hast du den Verstand verloren? Ein Kartell zerschlagen? Wie zur Hölle willst du das denn anstellen?«

»Indem ich sein Geld ins Visier nehme. Das größte Problem für Drogendealer ist das Bargeld. Wenn wir diesen Fluss unterbrechen, können wir ihnen empfindlich schaden.«

»Erstens wird das nicht einfach, und zweitens besteht eine gute Chance, dass du am Ende tot bist.«

Wir traten zur Seite, um einen Golfwagen mit Strandbesuchern vorbeifahren zu lassen. »Klar wird das schwer, aber ich habe eine Idee, und so was hat es noch nie gegeben.«

»Und die wäre?«

»Im Moment suchen sie nach Bargeld, das aus dem Land geschmuggelt wird, aber wenn sie es finden, beschlagnahmen sie es und verhaften den Kurier. Dann versuchen sie, die Person mit dem Angebot eines Deals zum Reden zu bringen.«

»Standardvorgehen.«

»Richtig, nur dass es so gut wie nie funktioniert.«

»Wieso das? Jeder will doch seinen Arsch retten, wenn er erwischt wird.«

»Sie haben Angst vor den Kartellen. Wenn sie reden, wissen sie, dass sie zusammen mit ihrer Familie umgebracht werden. Also halten sie den Mund. Und wenn sie verurteilt werden, beträgt die Höchststrafe nur fünf Jahre. Meistens müssen sie nicht einmal die vollen fünf Jahre absitzen, was die Entscheidung, zu schweigen, leicht macht.«

»Und was ist dein Plan?«

Ich fasste es für ihn zusammen.

»Ich muss zugeben, die Idee ist gut, aber ist dir klar, wie gefährlich das ist?«

»Es ist nicht gefährlich, wenn man vorsichtig ist. Schau, da sind ein paar Otter.« Ich zeigte auf die Kreaturen, die in Clam Bay miteinander spielten.

»Cool. Aber mach dir nichts vor, was die Gefahr angeht, Frank.«

»Ich weiß genau, worauf ich mich einlasse.«

»Das solltest du auch. Ich kann nicht glauben, dass die Bundesbehörden dich das machen lassen.«

»Na ja, ich musste zustimmen, bei diesem Wall-Street-Fall zu helfen, für den sie mich wollten.«

»Bei welchem?«

»Adams Capital Management. Das wird von Jay Adams geleitet, der eine große Nummer im Finanzministerium war.«

»Also, eine Hand wäscht die andere.«

»So ähnlich. Willst du also mit mir daran arbeiten?«

»Nein, danke.«

Ich wusste, dass Geld die meisten Leute beeinflusste, auch Derrick. »Hier gibt es eine Menge Geld zu verdienen. Die Vereinbarung sieht zehn Prozent von allem vor, was wir beschlagnahmen: bares Geld, Bankkonten, Häuser, was auch immer.«

Er schüttelte den Kopf. »Lynn würde ausflippen, wenn ich wieder einsteige.«

»Es würde locker in die Hunderte von Millionen gehen. Unser Anteil könnte vierzig oder fünfzig Millionen betragen. Steuerfrei.«

»Ich kann nicht fassen, dass Mary Ann damit einverstanden war, dass du das machst.«

Sie wusste es noch nicht. »Sie wird schon einlenken.«

»Sie muss dir die Hölle heiß gemacht haben.«

»Es ist etwas, das ich meiner Meinung nach tun muss.«

»Es wäre eine große Sache, wenn es klappen würde.«

»Bist du dabei oder nicht?«

»Das Geld ist sehr verlockend.«

Ich wollte fragen, wo die Gefahr geblieben war, sagte aber stattdessen: »Ich fliege übermorgen nach Washington. Lass mich wissen, wie du dich entscheidest.«

———

MARY ANN WARF die Hände in die Luft. »Ich kann nicht glauben, dass du das tust. Und du hast es nicht für nötig gehalten, das vorher mit mir zu besprechen?«

»Du weißt, dass es mich in den Fingern juckt, etwas zu tun. Ich kann nicht einfach nur zu Hause rumliegen.«

»Wir nehmen Spanischunterricht und du gehst ins Fitnessstudio. Außerdem unternehmen wir eine Menge, zum Beispiel gehen wir an den Strand.«

»Das ist nicht genug.«

»Ich habe dich hundertmal gebeten, zu reisen. Hatten wir keine gute Zeit, als wir in Italien waren?«

»Es war großartig, aber wir können nicht die ganze Zeit auf Reisen sein.«

»Die ganze Zeit? Wir waren ein einziges Mal weg, seit du im Ruhestand bist.«

»Wir werden wieder verreisen. Wohin auch immer du willst. Such dir etwas aus und fang an zu planen. Wir fahren sofort los, wenn das hier vorbei ist.«

»Wie lange wird das dauern?«

»Nicht lange. Ein oder zwei Monate.«

Sie stemmte die Hände in die Hüften. »Du musst ehrlich zu mir sein. Wie gefährlich ist diese Operation?«

»Ich habe dir gesagt, sie ist es nicht. Ich leite das Ganze nur von einem Büro aus.«

»Bist du dir sicher?«

»Absolut. Und wenn es vorbei ist, machen wir eine schöne, lange Reise.«

»Okay. Wohin willst du denn fahren?«

»Wohin auch immer du willst.«

»Ich wollte schon immer mal zum Comer See oder nach Venedig, und die Amalfiküste soll traumhaft sein. Wir könnten wahrscheinlich beides auf einer Reise machen.«

»Schau mal nach, ob das machbar ist.«

»Ich glaube, es gibt einen Zug von Venedig nach Neapel, das in der Nähe von Positano liegt. Und vielleicht können wir nach Capri fahren.«

»Kümmer dich mal darum. Ich muss Derrick anrufen.«

Als ich seine Nummer wählte, beschlich mich das ungute Gefühl, dass der Tauschhandel mit der Reise eine Manipulation war. Derrick meldete sich. »Hey, Frank.«

»Hast du dich entschieden, was du tun willst?«

»Ich bin unentschlossen. Lynn ist von der Idee nicht begeistert.«

»Sie wird schon einlenken. Mary Ann ist an Bord.«

»Ich weiß nicht, sie redet davon, noch ein Baby zu bekommen.«

»In deinem Alter?«

»Lynn ist jünger, und soweit ich mich erinnere, warst du ein Jahr älter als ich, als du Jessie bekommen hast.«

»Du hast recht, tut mir leid.«

»Ich bin nicht sicher, ob ich noch ein Kind will, aber den Kampf werde ich verlieren.«

Ich verkniff es mir zu sagen: »Sag ihr, du stimmst zu, wenn du im Gegenzug mitmachst«, und sagte stattdessen: »Ihr werdet das schon klären. Ich fliege morgen um sieben Uhr morgens mit United. Ich habe Pembroke gesagt, er soll ein Ticket für dich bereithalten. Wenn du kommst, super – wenn nicht, verstehe ich das.«

TEIL II

WASHINGTON, D.C.

KAPITEL SIEBZEHN

NACHDEM ICH IN EIN TAXI GESTIEGEN WAR, FUHREN WIR DIE Pennsylvania Avenue entlang. Es fühlte sich surreal an, in einer Stadt zu sein, die ständig in den Nachrichten war, in der ich aber seit einem Schulausflug in der Mittelstufe nicht mehr gewesen war.

Zu glauben, die Kombination aus Geld und Langeweile würde Derrick dazu verleiten, sich mir anzuschließen, war eine Fehleinschätzung gewesen. Während ich über meinen Grundsatz nachdachte, dass man einen Menschen nie wirklich kannte, wurde mir klar, dass ich bei der Sache auf mich allein gestellt war. Wenn diese Mission erfolgreich sein sollte, würde das Vermeiden von Fehlern eine entscheidende Rolle spielen.

Wir hielten vor einem neoklassizistischen Gebäude mit riesigen, kannelierten Säulen. Es kam mir bekannt vor.

Der Fahrer sagte: »Wir sind da.«

»Oh, ich versuche gerade, das Gebäude zuzuordnen. Ich war noch nie hier, aber irgendwie kommt es mir bekannt vor.«

»Das ist das auf der Rückseite des Zehn-Dollar-Scheins.«

»Stimmt.« Ich bezahlte und ließ mir Zeit, als ich die Stufen zum Finanzministerium hinaufging.

Pembroke saß in seinem Büro auf der Couch und sprach mit einem spindeldürren Mann. Der Chef des Finanzministeriums stand auf. »Frank, schön, Sie zu sehen.«

Ich streckte ihm die Hand entgegen. »Ganz meinerseits.«

»Frank Luca, das ist Romney French.«

French, dessen Anzug an ihm schlotterte, stand auf und streckte eine knochige Hand aus. »Freut mich, Sie kennenzulernen.«

»Ich habe Romney gebeten, dazuzukommen. Er leitet das HSI, die Ermittlungseinheit der Homeland Security.«

»Okay. Ich dachte, das hier sei eine Operation des Finanzministeriums.«

Pembroke sagte: »In Anbetracht des Umfangs dessen, was Sie vorhaben, hat unsere Rechtsabteilung geraten, dass es eine behördenübergreifende Aktion sein muss. Damit wären Zuständigkeitsprobleme geklärt und die bestehenden Protokolle für Sonderermittler eingehalten.«

»Ich verstehe, aber um überhaupt eine Chance auf Erfolg zu haben, gilt: Je weniger Leute involviert sind, desto besser.«

Romney sagte: »Einverstanden, Mr. Luca, aber das HSI verfügt über weitreichende rechtliche Befugnisse zur Durchführung transnationaler Strafermittlungen. Als Sonderermittler hätten Sie so gut wie eine Carte blanche.«

Pembroke sagte: »Es wäre eine weitere Behörde, von der man Ressourcen beziehen könnte, und wie Romney sagte, sind ihre rechtlichen Befugnisse so weitreichend, wie es nur geht.«

Es stand außer Frage, dass der rechtliche Schutz und die Befugnisse ein Volltreffer waren, aber es ärgerte mich, dass Pembroke sie hinzugezogen hatte, ohne vorher mit mir zu reden. Funktionierte Washington so?

»In Ordnung, ich verstehe.«

Wir besprachen die Ziele der Ermittlung und beschlossen, ihr den Codenamen Projekt Omega zu geben. Der Name gefiel mir; Omega war der letzte Buchstabe im griechischen Alphabet und stand im Einklang damit, dass Bargeld das Endergebnis des Drogenhandels war.

Nach dem Treffen mit Pembroke und Romney French wurde ich in ein Büro geführt, um als Agent des Finanzministeriums, der Drogenbekämpfungsbehörde und der Ermittlungseinheit der Homeland Security vereidigt zu werden.

Während ich die verschiedenen Eide wiederholte, schlichen sich Zweifel ein. Aber anstatt sie zu nähren, drängte ich sie beiseite.

Dann ging es weiter zur Registrierung, wo mein Foto gemacht und Ausweise ausgestellt wurden. Als der Papierkram erledigt war, sagte Pembroke: »Ich möchte Sie zur Überwachung bringen, bevor wir uns mit der DEA treffen.«

»Klingt gut.«

Ich wurde in einen höhlenartigen Raum geführt, dessen Wände mit Videobildschirmen bedeckt waren. Die Anzeigen waren in Dreiergruppen angeordnet, wobei jeder Abschnitt von jemandem mit Kopfhörern überwacht wurde, der hinter einem geschwungenen Schreibtisch saß.

Die Worte sprudelten nur so aus mir heraus. »Mann, das sieht aus wie etwas aus dem Fernsehen, wie ein riesiger Lagebesprechungsraum.«

»Er ist wirklich besonders. Ich sage Mr. Sears, der für diese Abteilung verantwortlich ist, Bescheid, dass Sie hier sind.«

Für einen Raum, in dem Dutzende von Menschen arbeiteten, war es still.

Ein Mann mit breiter Brust kam auf mich zu. Die Schultern zurückgenommen, hatte er etwas Militärisches an sich. Er streckte die Hand aus. »Mr. Luca, Mike Sears, ich bin der Leiter der Abteilung für zivile Aufklärung.«

Wir schüttelten uns die Hände und Sears sagte: »Mr. Pembroke hat unmissverständlich klargemacht, dass wir alle unsere Mittel zur Verfügung stellen sollen, um den Erfolg Ihrer Mission zu gewährleisten.«

»Danke. Ich werde versuchen, der Arbeit, die Sie hier leisten, nicht im Weg zu stehen.«

Er machte eine ausholende Geste. »In diesem Raum steckt eine enorme Menge an Technologie, und Sie werden Hilfe brauchen, um sich damit zurechtzufinden.«

»Ohne Zweifel. Ich weiß die Hilfe zu schätzen.«

Er drehte sich um. »Bradley! Mr. Luca ist hier.«

Ein Mann in den Dreißigern mit zerzaustem Haar und einer dunkelblauen Brille eilte herbei. Das Musterbeispiel eines Technikfreaks streckte die Hand aus. »Cary Bradley.«

Nachdem wir uns zehn Minuten unterhalten hatten, brachte Sears uns zu einem halbmondförmigen Schreibtisch vor einer Gruppe von wandmontierten Monitoren.

»Sie können von hier aus arbeiten. Ich habe vier Bildschirme für Ihren alleinigen Gebrauch requiriert. Bradley kennt diesen Ort in- und auswendig. Er wird Ihnen zeigen, wie alles funktioniert. Bradley wurde Ihnen zugeteilt, solange Sie ihn brauchen.«

Ich dankte ihm, und Sears ging. Ich sagte: »Ist es okay, wenn ich dich Cary nenne?«

Er lächelte. »Hier nennen mich alle Bradley.«

»Bradley also. Du bist also der Technikzauberer?«

»Ich bin seit zehn Jahren hier und weiß im Grunde alles, was es über die Ausrüstung und unsere Fähigkeiten zu wissen gibt.«

»Gut. Ich bin nicht so der Held in technischen Dingen.«

»Keine Sorge, das kann ich im Schlaf.«

»Tatsächlich?«

Er nickte. »Das ist keine Hexerei. Tatsächlich ist es hier ziemlich langweilig.«

»Wirklich? Bei allem, was hier vor sich geht?«

»Es ist reine Routine. Übrigens, Mr. Sears hat mir nie gesagt, was du eigentlich erreichen willst.«

»Wir wollen die Grenzübergänge nach Mexiko beobachten.

Mr. Pembroke hat uns gesagt, dass es eine direkte Verbindung zwischen den Beamten der Homeland Security an der Grenze und diesem Kommandozentrum gibt.«

»Wir haben die Möglichkeit dazu, aber die Südgrenze ist knapp zweitausend Meilen lang. Welchen Übergang oder welche Übergänge willst du überwachen?«

»Soweit ich weiß, ist der größte Landübergang der in San Ysidro.«

»Das ist er. San Ysidro fertigt mehr als siebzigtausend Fahrzeuge pro Tag in Richtung Norden ab.«

»Wie viele davon werden kontrolliert?«

»Ein winziger Bruchteil. Wir verlassen uns auf Geheimdienstinformationen, um uns auf bestimmte Transporte zu konzentrieren.«

»Das funktioniert nicht besonders gut, oder?«

Er blickte über seine Brille, sagte aber nichts.

»Mich interessiert der Verkehr in Richtung Süden.«

»Nach Mexiko?«

»Genau.«

»Okay. Der verkehrsreichste wäre El Chaparral. Früher gab es in San Ysidro Gegenverkehr, aber die südwärts führenden Spuren des Highway Five wurden verlegt, als neue Kontrollanlagen gebaut wurden.«

»Du kennst dich wirklich aus. Können wir uns diesen Übergang ansehen?«

Bradley rollte einen Stuhl zu einer Tastatur und machte ein paar Anschläge. »Hier ist eine Luftaufnahme, zusammen mit drei Bodenkameras.«

Simsalabim, die Bildschirme waren gefüllt mit meilenlangen Schlangen von Autos und Lastwagen, die sich zentimeterweise zu den Grenzanlagen vorarbeiteten. Uniformierte Beamte gingen die Spuren entlang, sprachen mit Fahrern und überprüften Papiere.

Ich sagte: »Das ist beeindruckend.« Ich studierte die

Verkehrsschlangen. »Gibt es einen oder zwei Beamte mit dem besten Riecher?«

Bradley blickte von der Tastatur auf. »Wie bitte?«

»Jemand mit großartigen Instinkten. Jemand, der glaubt, dass geschmuggelt wird, und damit richtigliegt.«

»Wenn der Verdacht auf Schmuggelware besteht, wird das Fahrzeug aus der Spur gezogen und einer Sichtprüfung unterzogen. Wenn das weiteren Verdacht erregt, kann es zu einer VACIS-Untersuchung geschickt werden.«

»VACIS, das ist ein riesiges Röntgengerät, richtig?«

»Ja. Aber was die Beamten angeht, weiß ich nicht auf Anhieb, wer in Richtung Süden die beste Bilanz hat, aber das kann ich herausfinden.«

»Gut. Wenn du nichts dagegen hast, besorg zwei Namen, und von da aus machen wir weiter.«

»Ich kümmere mich darum.«

Bradley ging zu seinem Arbeitsplatz und griff zum Telefon. Ich ließ den Blick durch den Raum schweifen. Hatten wir alles im Auge? Es mussten mindestens zweihundert Bildschirme sein, die von fünfzig oder sechzig Technikern beobachtet wurden.

Es war ein Pingpongspiel zwischen Sicherheit und Unbehagen.

Bradley eilte herüber. »Wir haben zwei Beamte mit Beschlagnahmungsraten, die dreißig Prozent über dem Durchschnitt liegen.«

»Genau das suche ich. Wer sind sie?«

»Blake Gulch – sie nennen ihn Mad Dog – und Ann Florenze.«

»Sind sie gerade im Dienst?«

»Allerdings.« Er zeigte auf ein Paar Monitore unterhalb eines großen Displays. »Florenze geht Spur zwei ab und Gulch arbeitet an der fünften. Ich zoome mal ran.«

Er tippte auf eine Tastatur, und der große Bildschirm zeigte das Bild einer zierlichen Frau. Ihr Pferdeschwanz ragte hinten aus ihrer Baseballkappe. Mit der Hand in der Hüfte zeigte sie auf eine dunkle Limousine.

Bradley sagte: »Gutes Timing; sie zieht jemanden aus der Schlange.«

Waren es Waffen, Drogen oder Geld?

Ich sagte: »Können wir sehen, wer im Auto sitzt?«

Er nickte und schwenkte die Kamera auf den Fahrer. »Er ist allein.«

Der bärtige Fahrer hatte eine Gefängnistätowierung, die sich um seinen Hals schlängelte. Er sprach mit Florenze.

Bradley sagte: »Er versucht, sich da rauszureden, aber wenn man einmal markiert wurde, gibt es kein Entkommen vor dem Protokoll.«

»Soweit ich mich erinnere, ist die Hälfte der Beschlagnahmungen Schusswaffen und Waffen, richtig?«

»Es sind sogar mehr, etwa sechzig Prozent, gefolgt von Bargeld in großen Mengen, das etwa fünfundzwanzig Prozent ausmacht. Der Rest ist alles Mögliche an Schmuggelware, einschließlich Diebesgut und gelegentlich eines Flüchtigen.«

Ich dachte an den Fisherman, der nach Mexiko geflohen war. Wie viele andere Mörder verließen das Land, entweder offen in einem Auto oder versteckt in einem Kofferraum?

Florenze zog ihr Funkgerät heraus und sprach hinein. Sie zeigte auf den Fahrer und dann auf einen Bereich auf der rechten Seite.

Die Limousine folgte Florenzes Anweisung und rollte langsam zur Seite. Ich beugte mich zum Bildschirm, als sich zwei Beamte mit Florenze trafen.

KAPITEL ACHTZEHN

Unter Florenzes Blicken öffnete ein Beamter die Wagentür, und der Mann hinter dem Steuer stieg aus. Der Fahrer legte die Hände auf das Dach des Fahrzeugs, und der Beamte durchsuchte ihn.

Eine Hundestaffel kam ins Bild. Der Hundeführer lenkte den Hund auf den Fahrer zu. Der beste Freund des Menschen schnüffelte kurz und entfernte sich dann wieder. Der Hundeführer umrundete mit dem Hund das Auto. Florenze griff in den Wagen.

Der Kofferraum sprang auf. Ein Hund saß nur Zentimeter von der hinteren Stoßstange entfernt. Florenze ging um das Auto herum und hob den Kofferraumdeckel an.

Ihr Arm schoss in die Luft.

»Können Sie noch weiter heranzoomen?«

»Ich schau mal.«

Der Kofferraum war mit langen Holzkisten gefüllt.

Ich sagte: »Sieht aus, als könnten es Waffen sein.«

Zwei Beamte gingen auf den Fahrer zu und legten ihm Handschellen an.

»Ich frage mich, wie viele Fahrzeuge Florenze am Tag

kontrolliert und in wie vielen davon sich Schmuggelware befindet.«

Bradley griff zum Telefon. »Das kann ich herausfinden.«

Während Bradley telefonierte, beobachtete ich, wie ein Pritschenwagen die Limousine auflud.

Er legte auf. »Die durchschnittliche Anzahl der Fahrzeuge, die jeden Tag aus der Schlange gezogen werden, beträgt vierzig.«

»Und bei wie vielen gibt es Probleme?«

»Ein Dutzend am Tag.«

»Das bedeutet, jeden Tag schwappt eine ganze Menge Schmuggelware über die Grenze.«

Bradley nickte. »Der Fokus liegt auf dem, was ins Land kommt, nicht auf dem, was es verlässt.«

»Das ist verständlich, und ich meine das nicht respektlos, aber wir leisten bei Weitem keine ausreichend gute Arbeit dabei, Drogen und Illegale beim Eindringen zu hindern.«

»Wir können nicht jedes Auto anhalten. Du weißt ja, dass Texas das gemacht hat, und die Schlangen reichten bis nach Austin. Es dauerte sechs bis acht Stunden, um über die Grenze zu kommen.«

»Wenn es nach mir ginge, würde ich so viele Einsatzkräfte wie möglich einsetzen und die Botschaft senden, dass wir es satt haben, zuzulassen, dass die Kartelle die Amerikaner vergiften.«

»Das ist nicht praktikabel.«

»Ich habe nicht gesagt, dass es praktikabel ist, aber es würde funktionieren. Weißt du, als Reagan Präsident war, wurde ein DEA-Agent entführt. Mexiko kooperierte nicht bei der Suche nach ihm und blockierte uns auf Schritt und Tritt. Also schloss Reagan die Grenze. Um ihre Aufmerksamkeit zu bekommen.«

»Das wusste ich nicht. Was ist passiert?«

»Sie haben kooperiert, aber leider haben sie den Agenten

umgebracht, und die Spur führte bis in die höchsten Ämter Mexikos.«

»Es gibt eine Unmenge an Korruption in Mexiko.«

»Kein Zweifel.«

»Das ist es, was mir Sorgen macht. Wir müssen einen Weg finden, das zu bekämpfen.«

»Wir setzen vermehrt Technologie ein, um einen Teil des Schmuggels aufzudecken, aber die Kartelle ändern ständig ihre Taktik.«

»Das ist schon in Ordnung, für so ein Spiel braucht es zwei.«

»Ich bin nicht sicher, ob ich dich verstehe. Worauf beziehst du dich?«

»Mein Plan ist es, das Problem aus einem anderen Blickwinkel anzugehen.«

Sein Gesicht hellte sich auf. »Du hast meine Aufmerksamkeit. Wie genau?«

Sears tauchte aus dem Nichts auf. »Wie läuft es hier? Kümmert sich Bradley gut um Sie?«

»Ja. Er war äußerst hilfreich.«

Er deutete auf die Bildschirme. »Was haben wir hier?«

Bradley sagte: »Eine mögliche Waffenbeschlagnahmung, Sir.«

Sears schüttelte den Kopf. »Schwer vorstellbar, dass jenseits der Grenze noch mehr Gewalt stattfindet.«

Ich sagte: »Die Kartelle sind besser bewaffnet als die mexikanische Polizei.«

Sears sagte: »Nun, ein Teil unserer Mission ist es, zu verhindern, dass noch mehr Waffen in ihre Hände gelangen. Ich habe eine Erhöhung der Inspektionsquote beantragt, und Funde wie dieser stärken die Chancen, dass die Regierung den Antrag genehmigt.«

Ich sagte: »Warum sollten sie das nicht tun?«

»Alles, was den Handel verlangsamt, lässt sich schwer verkaufen.«

»Vielleicht sollten wir eine Lkw-Ladung voller Leichen, Kinder mit Überdosis, zusammenstellen und sie ins Weiße Haus schicken.«

Sears lächelte. »Glauben Sie mir, ich habe schon daran gedacht, ähnliche Aktionen durchzuziehen, um die Aufmerksamkeit der politischen Klasse zu erregen. Aber die Geschäftsinteressen und ihre Lobbyisten haben einen enormen Einfluss darauf, wie wir arbeiten.«

Bradley sagte: »Und die da oben machen sich Sorgen, wie die mexikanischen Behörden auf unsere Bemühungen reagieren; sie sagen, wir dürften ihre Souveränität nicht verletzen.«

»Sie verletzen unsere, indem sie zulassen, dass Drogen nach Amerika fließen.«

Sears sagte: »Sie behaupten, es sei ein Nachfrageproblem, und obwohl ich es hasse, es zuzugeben, haben sie damit nicht ganz unrecht.«

»Nun, ich werde nicht darauf warten, wer diese Debatte gewinnt. Ich bin hier, um zu handeln.«

Sears sagte: »Wir sind hier, um Ihre Bemühungen zu unterstützen. Was auch immer Sie brauchen, wir werden es bereitstellen.«

»Das weiß ich zu schätzen.«

»Das ist meine Pflicht. Ich muss zu einer Besprechung. Ich melde mich später bei Ihnen.«

Ich sah Sears aus dem Raum gehen und sagte zu Bradley: »Wo stehen Sie in der Verantwortungsfrage?«

»Meine Meinung spielt keine Rolle; ich habe einen Eid geleistet, meinem Land zu dienen, und genau das werde ich tun.«

»Sie glauben also, das Problem sind die Konsumenten.«

»Es ist ein kompliziertes Thema, Sir.«

»Bitte, wir werden eng zusammenarbeiten. Es wäre mir wirklich lieber, wenn Sie mich Frank nennen.«

Er grinste flüchtig. »Frank, geht klar.«

»Ich bin jemand, der aufs Ganze geht. Ich muss wissen, dass du hinter mir stehst.«

»Das habe ich mir schon gedacht.«

»Was hat dich das denken lassen?«

»Als wir gehört haben, dass Mr. Pembroke die Mission genehmigt hat, habe ich ein bisschen recherchiert.«

»Und was hast du herausgefunden?«

»Du bist Ex-Mord-Ermittler und bist in den Ruhestand gegangen, nachdem du ein Versteck mit Drogengeldern gefunden hattest, das jahrelang verborgen war.«

»Und was hat dir das gesagt?«

»Du bist entschlossen und prinzipientreu.«

»Das nehme ich als Kompliment.«

Bradley sah auf seine Schuhe.

Ich sagte: »Was ist los?«

»Nichts.«

»Wenn wir zusammenarbeiten wollen, müssen wir ehrlich zueinander sein.«

»Es ist nur: So aufregend das hier auch sein mag, es fühlt sich ein bisschen an wie Don Quijote.«

»Die Geschichte über den Träumer, der Windmühlen jagte?«

Er nickte. »Ja, ich meine, es passt nicht genau, aber –«

»Entweder du hältst es für hoffnungslos oder mich für verrückt.«

»Ich sage nicht, dass du verrückt bist; es ist nur schwer, etwas zu bewirken.«

»Das ist es sicher, aber was ist die Alternative? Nichts tun?«

Bradley zuckte mit den Schultern, und ich fragte, wo die Toilette sei.

»Ich bin gleich wieder da, und dann machen wir uns an die Arbeit, auch wenn du denkst, dass es Zeitverschwendung ist.«

Ich drehte mich um, bevor er antworten konnte, und ging weg.

Ich musste nachdenken und mal austreten. Während ich auf dem Thron saß und meinen Unterleib kitzelte, um den Fluss in Gang zu bringen, überlegte ich, ob ich Sears um jemand anderen bitten sollte. Ein Kartell auszuheben war schon schwer genug. Warum sollte ich es noch schwerer machen, indem ich mit jemandem zusammenarbeitete, der nicht an das glaubte, was wir taten?

Beim Händewaschen beschloss ich, weiterzumachen. Wenn Bradley mir in die Quere käme, würde ich zu Sears gehen. Nein, ich spielte hier keine Spielchen; ich würde direkt zu Pembroke gehen und mir die Hilfe holen, die ich brauchte.

Bradley saß an seinem Schreibtisch und scrollte durch sein Handy. Ich rollte einen Stuhl herüber. »Bist du bereit?«

Er steckte sein Handy ein. »Ja.«

»Hier ist mein Plan: Ich muss mit Florenze sprechen. Wir werden ihre Kooperation brauchen.«

»Was ist mit dem anderen Agenten, dem, den sie Mad Dog nennen? Willst du auch mit ihm sprechen?«

»Nein. Wir arbeiten mit Florenze.«

»Ich werde sie kontaktieren.«

»Mach das über Zoom oder was auch immer ihr für Video-schaltungen benutzt.«

»Wir benutzen Google Meet.«

»Wie auch immer.«

»Darf ich fragen, wonach wir suchen? Sind es Waffen?«

»Nein, Bargeld.«

Er lächelte. »Interessant.«

»Wir suchen nach großen Mengen Bargeld, die von den Kartellen bewegt werden. Insbesondere vom La-Familia-Kartell.«

»Die sind sehr gefährlich.«

»Setz den Videoanruf auf. Ich habe ein Treffen mit der DEA, und ich sehe dich später.«

KAPITEL NEUNZEHN

Ich wartete am Empfang, bis der leitende Analyst für Südamerika, die Region, die die DEA als den südlichen Kegel bezeichnete, herauskam, um mich zu holen.

Jack Pierce war fünfzig. Sowohl vom Alter als auch vom Taillenumfang her. Er watschelte zu seinem Büro, und ich folgte ihm.

Pierce quetschte sich in seinen Stuhl. »Ich habe gehört, Sie sind aus Florida.«

»Ich komme ursprünglich aus New York City, bin aber vor etwa zwanzig Jahren nach Südwestflorida gezogen.«

»Gefällt es Ihnen dort?«

»Ja, ich war noch nie glücklicher.«

»Wir haben darüber geredet, dorthin zu ziehen, wenn ich in Rente gehe, aber ich bin mir wegen der Hitze nicht sicher.«

»Daran gewöhnt man sich, aber es ist nicht für jeden etwas.«

»Das stimmt. Also, man hat mir gesagt, Sie suchen nach Hintergrundinformationen über das Kartell La Familia.«

»Alles, was Sie mir sagen können, wäre hilfreich.«

Er lehnte sich zurück und sagte: »Sie haben es mit einem harten Haufen zu tun.«

»Dessen bin ich mir bewusst.«

Er fingerte an seiner Krawatte herum. »Kartelle sind brutale Organisationen, aber La Familia ist eine ungewöhnlich gewalttätige. Die Gruppe hat einen quasi-religiösen Anstrich, und ihre Anführer bezeichnen die Enthauptungen und Morde, die sie durchführen, als göttliche Gerechtigkeit.«

»Göttliche Gerechtigkeit?«

»So nennen sie es. Kürzlich haben sie fünf abgetrennte Köpfe zusammen mit einer Nachricht auf die Tanzfläche eines Nachtclubs geworfen. Sie haben behauptet, sie würden nicht für Geld töten, sie würden keine Frauen oder Unschuldige töten, sondern nur diejenigen, die es verdienen zu sterben. Sie haben es göttliche Gerechtigkeit genannt.«

»Interessante Art, es darzustellen.«

Während er einen Stift zwischen Daumen und Zeigefinger rollte, sagte Pierce: »La Familia ist sektenähnlich. Die Anführer lassen die Mitglieder ein Buch namens *Wilde Träume* lesen. Es wurde von einem Amerikaner geschrieben.«

Ich notierte mir den Titel. »Ich werde es mir ansehen.«

»Der Gründer des Kartells hat geglaubt, dass jeder Mann eine Schlacht zu schlagen, eine Schönheit zu retten und ein Abenteuer zu erleben haben muss.«

»Er hat sich wirklich Mühe gegeben, sein kriminelles Unternehmen zu beschönigen.«

»Das lässt sich leicht verkaufen, wenn man ungebildet ist und nicht viele Arbeitsmöglichkeiten hat.«

»Sie sind nicht so nah an der Grenze. Wie sind sie zu einem so wichtigen Akteur auf dem US-amerikanischen Drogenmarkt geworden?«

Er deutete auf eine große Karte an der Wand. »Sie haben an der Südwestküste Mexikos angefangen, direkt am Pazifischen Ozean. Wie andere Kartelle haben sie Drogen aus Kolumbien

und Peru über den Seeweg in die Hafenstadt Lazaro importiert. Dann sind sie im großen Stil in Methamphetamine eingestiegen. Sie haben sich für den Vertrieb mit dem Sinaloa-
Kartell zusammengetan, aber solche Allianzen halten nie sehr
lange.«

»Wann sind sie in Fentanyl eingestiegen?«

»Vor ein paar Jahren. Mit der Erfahrung, die sie bei der
Herstellung von Meth hatten, haben sie eine beträchtliche
Anzahl von Laboren eingerichtet, um Chemikalien aus China
zu Fentanyl zu verarbeiten. Die meisten davon befinden sich
im Hochland der Sierra Madre.« Er stieß mit dem Finger auf
die Karte. »Es ist das grüne Gebiet bei der roten Stecknadel,
nördlich von Sinaloa.«

»Welche Anstrengungen werden unternommen, um die
Labore zu schließen?«

»Wir versuchen es, aber La Familia ist schwer bewaffnet
und kontrolliert das Gebiet. Jedes Mal, wenn eine Razzia
geplant wird, werden sie gewarnt.«

conversation="Sears|male|Cary   Bradley|male|Formal"
context="Work" relationship="Colleagues" chapter="2 chapters
ago" />

»Durch die mexikanische Polizei oder ...«, ließ ich meine
Stimme ausklingen.

»Operationen dieser Art sind groß angelegt und invol-
vieren viele Leute.«

»Einschließlich der DEA.«

»Wir haben eine engagierte Gruppe, aber niemand hat je
behauptet, dass wir perfekt wären.«

Ich schluckte herunter, was ich wirklich dachte. »Perfek-
tion gibt es nicht.«

»Wohl wahr. Eine weitere ungewöhnliche Sache an La
Familia ist, dass sie darauf bestehen, dass ihre Mitglieder keine
Drogen nehmen.«

»Sie wissen, dass das Zeug das Urteilsvermögen und die

Gesundheit versaut.«

»La Familia ist in ihrem Heimatstaat Michoacan tief in die Politik verstrickt und hat dadurch legal enormen Einfluss auf große Teile des Gebiets.«

»Sie folgen dem Vorbild von Pablo Escobar.«

»Stimmt, aber nicht mit Escobars dreister ›In-your-face‹-Opulenz. Die Zeiten von *Miami Vice* sind lange vorbei. La Familia ist relativ unauffällig. Sie fahren keine Ferraris und leben nicht auf großem Fuß.«

»Sie wollen keine Aufmerksamkeit erregen.«

Er nickte. »Und sie halten sich diszipliniert daran. La Familia gibt ein Handbuch heraus, das ihren Mitgliedern sagt, wie sie sich unauffällig verhalten sollen. Sie sagen ihnen sogar, wie viele Grillpartys sie pro Monat mit ihren Nachbarn veranstalten sollen.«

Ich schüttelte den Kopf. »Toll, das macht es noch schwerer, die Schweinehunde zu finden. Wie schätzt die DEA die Anzahl ihrer Mitglieder in den Staaten ein?«

»Das lässt sich unmöglich schätzen, aber man kann mit Sicherheit sagen, dass es Tausende sind.«

»Zweitausend, fünftausend oder mehr?«

»Eher am unteren Ende.«

»Es müssen mehr sein. Während der Operation Coronado haben die Bundesbehörden über dreihundert Mitglieder in ein paar Bundesstaaten verhaftet.«

»Das war eine erfolgreiche Operation, und darauf ist die Operation Delirium gefolgt, bei der wir über zweihundert Mitglieder von La Familia festgenommen haben, die in einem Dutzend Bundesstaaten operiert haben. Die Mexikaner haben auf ihrer Seite der Grenze ebenfalls fast zweitausend von ihnen festgenommen. Wir haben ihnen schwer zugesetzt.«

»Und dennoch haben die Drogenmengen, die über die Grenze kommen, zugenommen.«

»Das zeichnet kein faires Bild von der Lage. Wir haben eine zweitausend Meilen lange Grenze und –«

Ich stand auf und sagte: »Danke für die Hintergrundinformationen zu La Familia. Ich weiß das zu schätzen.«

»Wenn Sie etwas brauchen, werde ich mein Bestes tun, um zu helfen.«

Ich streckte meine Hand aus und sagte: »Nochmals danke.«

Pierce ergriff meine Hand. »Jederzeit.«

Als ich versuchte, den Händedruck zu lösen, sah er mir in die Augen. »Seien Sie vorsichtig, diese Kerle sind so gefährlich, wie es nur geht.«

––––––

Ich klappte meinen Laptop zu und rief Mary Ann an.

»Hi, Frank, wie geht's?«

»Gut. Ich hatte einen anstrengenden Tag.«

»Du bist nicht müde?«

»Nein, ich bin sogar ziemlich aufgedreht.«

»Wirklich?«

»Ja, du musst dir den Überwachungsraum hier ansehen. Der Ort ist riesig und überall sind Bildschirme. Ich hatte keine Ahnung, dass so viel Technik dahintersteckt. Es ist unglaublich.«

Sie kicherte. »Technik und du? Wie willst du das überleben?«

»Sehr witzig, du Scherzkeks. Aber im Ernst, sie haben mir einen Jungen zugeteilt, Bradley, der ist fantastisch. Ich wette, er braucht nur ein paar Tasten zu drücken, und ich könnte dir beim Bahnenschwimmen zusehen.«

»So gut, was?«

»Ja, er ist ein echt kluger, nerdiger Typ. Er hat in Georgetown Informatik studiert und weiß, wie man all die Werkzeuge benutzt, die sie haben.«

»Das ist ein großer Vorteil.«

»Es ist unglaublich. Wir haben zugesehen, wie ein Grenzschutzbeamter einen Typen erwischt hat, der einen Kofferraum voller Waffen nach Mexiko schmuggeln wollte.«

»Wow.«

»Und das in Echtzeit. Danach hatte ich ein Treffen mit der DEA über das Kartell, mit dem der Fisherman in Verbindung steht.«

»Wie ist das gelaufen?«

Ein Anruf kam rein. Es war eine unterdrückte Nummer. Ich wischte ihn weg. »Gut. Es ist das Kartell La Familia, und diese Schläger sind von einem anderen Schlag. Ich habe gerade ein Buch gelesen, das ihre Mitglieder lesen müssen.«

»Klingt eher nach einer Sekte als nach einem Kartell.«

»Mit einer Selbsthilfekomponente. Das Buch handelt davon, ein Leben voller Mut, Abenteuer und Freiheit zu führen. Es heißt, man müsse Risiken eingehen, um den wahren Sinn zu finden.«

»Drogen zu schmuggeln schreit ja geradezu nach Risiko.«

»Amen.«

»Wie lange denkst du, wirst du da oben sein?«

Der Anrufer mit der unterdrückten Nummer versuchte es erneut. Ich wischte ihn weg. »Das weiß ich morgen besser.«

»Hast du gegessen?«

Es klopfte an der Tür. »Ich habe den Zimmerservice bestellt. Tatsächlich sind sie gerade an der Tür.«

»Geh essen, wir reden später.«

Ein junger Mann stellte das Tablett auf den Tisch. Ich gab ihm einen Fünfer und schloss die Tür. Mein Handy klingelte wieder. Es war die unterdrückte Nummer. Vielleicht war es jemand von einer der Behörden.

»Hallo?«

Eine raue Stimme sagte: »Geh zurück nach Florida.«

»Wer ist da?«

»Dir wird was passieren, wenn du so weitermachst.«

»Wer zum Teufel sind Sie?«

»Du bist gewarnt worden.«

»Wagen Sie es nicht, mir zu drohen –«

Die Leitung war tot.

KAPITEL ZWANZIG

Ich zog die Visitenkarte mit seiner Handynummer hervor, die Sears mir gegeben hatte. Ich wählte die Vorwahl, brach den Anruf aber ab. Sears war hoch angesehen, doch er würde jemanden anderen beauftragen, den Anrufer ausfindig zu machen.

Es gab ein Leck entweder im Ministerium für Innere Sicherheit, im Finanzministerium oder bei der DEA. Ich würde am Morgen in Florida anrufen und Gesso bitten, der Sache nachzugehen.

Ich war in engen Kontakt mit Pembroke, Sears, Pierce und Bradley gekommen. Sie wussten, warum ich hier war, aber wie vielen anderen hatten sie davon erzählt?

Pembroke hatte versucht, mich für verschiedene Projekte, die er leitete, zu rekrutieren. Warum sollte er mir in den Rücken fallen? Es ergab keinen Sinn. Außerdem war er im Finanzministerium. Geldwäsche war sein Fachgebiet, aber die Drohung war von Anfang an gekommen. Wie hoch war die Wahrscheinlichkeit, dass er eine direkte Verbindung zum La-Familia-Kartell hatte?

Ich saß auf dem Bett und ging jede Person durch, mit der ich heute gesprochen hatte. Allein die Tatsache, dass Pierce für die DEA arbeitete und viel über La Familia wusste, machte ihn verdächtig. Und er hatte mich gewarnt, dass das Kartell gefährlich sei.

Pierce hatte nicht nach meinen Plänen gefragt. War das Absicht? Und die DEA in Fort Myers hatte, ob unschuldig oder nicht, wahrscheinlich den Fisherman gewarnt, was zu Jimmys Ermordung geführt hatte. War Verrat Teil der DEA-Kultur? Ich würde versuchen, mich von ihnen fernzuhalten.

Sears leitete die Überwachungsabteilung. Die Kartelle mussten wissen, dass diese Einheit existierte und wer dort arbeitete. Sears hatte eine makellose Akte. Er wusste nicht alles über meine Pläne, aber er wusste, dass es um die Grenze ging, und das bedeutete, dass es die Kartelle betreffen würde.

Während ich die Gedanken hin und her wälzte, rückte Bradley in den Fokus. Die meisten Lecks stammten nicht von der Spitze, sondern von den Leuten aus dem Tagesgeschäft. Bradley war ein Techniker, und wir hatten über meine Pläne gesprochen. Er besaß auch die technischen Fähigkeiten, ein nicht rückverfolgbares Signal zu senden.

Wie zum Teufel sollte Projekt Omega erfolgreich sein, wenn es von innen untergraben wurde?

———

NACHDEM ICH FÜNF Minuten länger unter der Dusche geblieben war, rief ich Gesso an und bat ihn, die Nummer des Anrufers zu überprüfen. Er schickte mir das Freigabeformular von Verizon, das ich ausfüllte.

Während ich in einem Taxi die K Street entlangfuhr, wurde ich das Gefühl nicht los, dass Washington schlimmer war, als ich es mir vorgestellt hatte. Ich stieg aus dem Taxi und ging zu meinem provisorischen Arbeitsquartier.

Sears telefonierte. Ich sagte seiner Sekretärin, dass ich ihn sprechen müsse, und wartete auf ihn.

Sein Schreibtisch war von den Flaggen der Vereinigten Staaten und des Finanzministeriums eingerahmt. »Kommen Sie herein. Ich habe heute einen außerordentlich hektischen Tag. Die Gouverneurin von Michigan ist in der Stadt und will großes Tamtam.«

»Das wird nicht lange dauern.«

»Setzen Sie sich.«

»Schon gut.«

»Was liegt Ihnen auf dem Herzen?«

»Ich habe gestern Abend einen Drohanruf erhalten.«

»Von wem?«

»Der Anrufer hat sich nicht zu erkennen gegeben und die Nummer war unterdrückt.«

»Ein Wegwerfhandy?«

»Ja. Ich möchte Bradley ersetzen lassen.«

»Sie glauben, er hat etwas durchsickern lassen?«

»Ich weiß es nicht.«

»Vorsichtig zu sein ist der richtige Weg. Geben Sie mir etwa eine Stunde. Ich will sichergehen, dass ich den richtigen Ersatz wähle.«

»Ich würde es begrüßen, wenn derjenige technisch genauso versiert wäre wie Bradley.«

»Keine Sorge, ich kümmere mich darum.«

»Danke.«

Ich ging hinüber zu Bradley, der mit aufgesetzten Kopfhörern an seiner Tastatur tippte. Ich klopfte ihm auf die Schulter, und er zog die Kopfhörer um seinen Hals. »Guten Morgen.«

»Morgen. Hör zu, äh, ich habe Sears gebeten, mir jemanden anderen für die Zusammenarbeit zu geben.«

»Wirklich?«

Ich nickte.

Er zuckte mit den Schultern. »Okay, wie du meinst.«

Mein Bauchgefühl schrie. Es war nicht Bradley. Er war überhaupt nicht abwehrend.

»Willst du nicht wissen, warum?«

»Ich hab mir gedacht, es war wegen der Don-Quijote-Anspielung. Das hätte ich nicht sagen sollen.«

Ich rollte einen Stuhl herüber, sah ihm in die Augen und flüsterte: »Ich habe gestern Abend einen Drohanruf erhalten.«

Hinter seiner blauen Brillenfassung weiteten sich seine Augen. »Von wem?«

»Ich weiß es nicht.«

Er lächelte. »Warte, du glaubst doch nicht, dass ich das war?«

»Nein, aber es gibt hier oder bei der DEA ein Leck.«

»Das muss die DEA sein. Jeder hier hat die höchste Sicherheitsfreigabe, die man bekommen kann, ohne ›streng geheim‹ zu gehen.«

Es war sinnlos, darüber zu diskutieren, wie oft Sicherheitsfreigaben umgangen wurden. »Hast du Kontakte zu irgendeinem Kartell oder kennst du jemanden, der solche Kontakte hat?«

Er zog sein Kinn ein. »Natürlich nicht! Wie kannst du das überhaupt fragen?«

Ich stand auf. »Willst du mit mir zusammenarbeiten?«

»Ja. Ist das eine Art seltsamer Test oder so?«

»Richte das Google Meet mit Florenze ein, aber nicht hier. Such dir einen Konferenzraum oder so etwas. Ich will meine Ruhe haben.«

»Kann ich dich etwas fragen?«

»Sicher.«

»Was treibt dich in diesem Fall an? Du wirst bedroht und machst trotzdem mit Volldampf weiter.«

Ich erzählte ihm von Steve und Jimmy, und er sagte: »Wow. Jetzt verstehe ich es. Du bist ein guter Mensch, Frank.«

»Glaub mir, ich habe auch meine Macken. Und jetzt richte den Anruf ein.«

»Wird gemacht.«

»Ich bin gleich wieder da. Ich sage Sears, dass wir doch weiter zusammenarbeiten.«

KAPITEL EINUNDZWANZIG

MEIN HANDY VIBRIERTE. ES WAR GESSO. »HEY, SARGE. WAS hast du herausgefunden?«

»Es war ein Wegwerfhandy, aber das Seltsame daran ist: Es sieht aus wie eines, das in Südamerika in Umlauf gebracht wurde.«

»Das ergibt Sinn.«

»Die zugewiesenen Nummern stammten entweder aus Chile oder Peru.«

»Gibt es etwas zur Aktivierung?«

»Ja, das ist ja das Komische daran: Es wurde in Detroit aktiviert.«

»Detroit?«

»Ja. Es könnte eine kriminelle Bande sein, die in großen Mengen aus Südamerika einkauft, oder –«

»Ich weiß, wer es war.«

»Wirklich? Wer?«

»Das La-Familia-Kartell kontrolliert einen Korridor entlang der Route 75 bis hoch nach Detroit.«

»Frank, du solltest besser auf deinen Arsch aufpassen. Diese Kartell-Typen sind im Handumdrehen hinter dir her.«

»Das hier ist nicht Mexiko. Diese Mistkerle können nicht machen, was zum Teufel sie wollen.«

»Geh kein Risiko ein, Frank. Ich sage dir: Hau von da ab und zurück an die Sonne. Du hast deine Zeit abgesessen.«

»Keine Sorge, ich gehe kein Risiko ein.«

»Wirklich? Du bist kaum einen Tag weg und wirst schon bedroht.«

»Sie versuchen, mich zu verscheuchen.«

»Wenn ich du wäre, würde ich darauf hören.«

»Wem willst du was vormachen? Ein Anruf, wie ich ihn bekommen habe, hätte dich doch erst richtig angestachelt.«

»Vielleicht zu alten Zeiten, aber wir beide sind keine jungen Hüpfer mehr. Überlass das der nächsten Generation.«

»Genau. Die nächste Generation ist es ja, die mir Sorgen macht.«

»Du musst dich um Mary Ann sorgen.«

»Ich bin in Washington, der Hauptstadt der Nation, nicht im kolumbianischen Dschungel.«

»Okay, Frank. Ich sage nur: Sei vorsichtig. Du hast eine Menge zu verlieren.«

»Keine Sorge, ich bin in ein paar Tagen wieder zu Hause.«

———

EIN HALBES DUTZEND leere Kaffeebecher übersäte den Konferenztisch. Ich schob einen zur Seite und zog einen Stuhl neben dem hervor, auf dem Bradley Platz genommen hatte.

Der Raum hatte keine Fenster und war klein. Wegen meiner Klaustrophobie beäugte ich die Tür.

»Alles in Ordnung mit dir?«

Ich nickte.

»Jetzt geht's los.«

Das Logo von Google Meet verschwand und das zierliche Gesicht von Ann Florenze füllte den Bildschirm aus.

»Hallo, Miss Florenze. Ich bin Special Agent Frank Luca. Ich möchte Ihnen danken, dass Sie sich die Zeit für dieses Gespräch nehmen.«

»Kein Problem. Wie ich höre, leiten Sie ein Projekt in Richtung Süden.«

»Ja. Wir würden gerne Ihre Hilfe in Anspruch nehmen, um dessen Erfolg sicherzustellen.«

»Sehr gerne. Wie kann ich helfen?«

»Sie haben eine ausgezeichnete Erfolgsbilanz, wenn es darum geht, diejenigen herauszufischen, die versuchen, mit Waffen und Bargeld über die Grenze zu schlüpfen. Unser besonderes Augenmerk liegt darauf, Bargeld zu finden, das nach Mexiko geschmuggelt wird.«

»Darauf konzentrieren wir uns bereits.«

»Ja, aber wir werden die Sache etwas anders angehen, als Sie es gewohnt sind.«

»Ich bin ganz Ohr, Sir.«

»Wir sind hinter Drogengeld her, aber wir werden es nicht beschlagnahmen.«

»Ich verstehe nicht, Sir.«

»Wir werden dem Geld folgen. Ich will das Bankensystem stören, das sie zur Geldwäsche benutzen. Die Banken, die diesen Kartellen helfen, müssen einen Preis dafür zahlen, und es wird ein hoher sein.«

»Sie wollen ihnen eine Geldstrafe auferlegen?«

»Sie haben zu viel Geld, als dass Geldstrafen wirksam wären. Die Abteilung des Finanzministeriums, die sich mit ausländischen Vermögenswerten befasst, wird sie sanktionieren und sie so daran hindern, das Bankensystem zu nutzen. Sie werden abgeschnitten sein; keine Bank wird mehr mit ihnen Geschäfte machen. Das wird eine starke Botschaft aussenden, keine Geschäfte mit den Kartellen zu machen.«

Krähenfüße betonten ihre mandelförmigen Augen, als sie

lächelte. »Das klingt interessant. Wie soll die Sache gehandhabt werden?«

»Haben Sie das Paket erhalten, das wir geschickt haben?«

Sie hielt eine Tüte hoch. »Ja, das sind Peilsender.«

»Gut. Wenn Sie das Gefühl haben, jemand könnte Schmuggelware dabeihaben, möchte ich, dass Sie ihn durch ein Vacis-Gerät fahren und die Röntgenaufnahme prüfen. Wenn es sich um eine beträchtliche Menge Bargeld handelt, heften Sie einen Peilsender an das Fahrzeug und lassen es fahren. Wir übernehmen von da an.«

»An einer bestimmten Stelle?«

»Wo immer Sie ihn unbemerkt verstecken können.«

»Okay. Und was dann?«

»Wir werden Ihre Schicht beobachten, und wenn Sie jemanden aus der Schlange ziehen, wird Bradley sich in den Vacis-Feed einklinken.«

»Was ist, wenn es sich um Waffen oder andere Schmuggelware handelt, nicht um Bargeld?«

»Verfahren Sie wie gewohnt. Wir sind nur an Bargeld interessiert, an großen Mengen davon.«

»Wenn es sich um einen grenzwertigen Betrag zu handeln scheint, was sollen wir dann tun?«

»Lassen Sie ihn passieren. Wenn es eine Art Testlauf ist, will ich, dass sie so selbstsicher wie möglich sind.«

»In Ordnung. Aber Waffen dürfen wir beschlagnahmen?«

»Unbedingt.«

Sie nickte. »Okay, sehen wir mal, wie das läuft.«

»Und, äh, Miss Florenze ...«

»Ja?«

»Es ist wichtig, dass Sie den Fahrer nicht darauf aufmerksam machen, wenn Sie etwas finden.«

»Ich bin Pokerspielerin, Sir.«

»Gut. Und noch eine Sache.«

»Was wäre das?«

»Sie sollten wissen, dass wir die ersten paar, die Sie mit Bargeld finden, nicht verfolgen werden. Sagen wir, die ersten drei. Wir lassen sie fahren, wohin auch immer sie unterwegs sind. Auf diese Weise werden sie etwas unvorsichtiger. Bringen Sie also keine Peilsender an diesen Autos an.«

»Das ergibt Sinn.«

»Wenn wir ein paar Tage warten müssen, ist das in Ordnung. Wir spielen das Ganze auf lange Sicht.«

»Verstanden, Sir.«

»Ich bin sicher, Sie wissen, wie notwendig es ist, den Kreis bei dieser Operation klein zu halten. Erzählen Sie niemandem, was wir vorhaben.«

»Meine Lippen sind versiegelt.«

»Großartig, dann machen wir uns an die Arbeit.«

Bradley beendete den Videoanruf. »Vielleicht sollte ich das nicht fragen, aber warum hast du ihr gesagt, sie soll die ersten drei, die sie beim Bargeldschmuggel erwischt, nicht markieren?«

»Weil ich niemandem traue.«

»Ich verstehe nicht.«

»Du hast gesagt, du kannst ein Fahrzeug mit Satelliten und Drohnen verfolgen, richtig?«

»Und wie ich das kann.«

»Nun, wir werden dem ersten Auto folgen, das Bargeld transportiert.«

»Wir werden bei denen kein GPS einsetzen?«

»Nein. Das bleibt unter uns beiden.«

Er nickte langsam. »Du legst unsere eigenen Leute rein?« Dann verzog er das Gesicht zu einem breiten Lächeln. »Das klingt nach Spaß.«

KAPITEL ZWEIUNDZWANZIG

Ich starrte auf einen Monitor und zeigte auf ein himmelblaues Auto. »Zoom mal auf den verbeulten Toyota.«

Bradley bewegte den Joystick und drückte eine Taste. »Hier, bitte.«

Ich beugte mich zum Bildschirm vor. Eine alte Dame saß am Steuer.

»Schon gut, zoom wieder raus.« Normalerweise war mein Instinkt gut, aber das war schon das dritte Auto, bei dem ich mich getäuscht hatte.

Ich ließ Florenze nicht aus den Augen, während sie langsam eine Fahrzeugschlange entlangging. Sie sah sich den Toyota an und ging weiter.

Ich stand auf und streckte meinen Rücken durch. »Willst du einen Kaffee?«

»Nein, danke, ich bin versorgt.«

»Bin gleich wieder da.«

Ich machte zwei Schritte, da sagte Bradley: »Warte mal.« Er winkte mich zu sich. »Sieht so aus, als hätte sie einen.«

Kopfschüttelnd stand Florenze an der Fahrertür eines

schmutzigen, weißen Lieferwagens. Sie gab dem Fahrer ein Zeichen, aus der Schlange auszuscheren.

Bradley zoomte heran. »Sieht aus, als weigere er sich, rüberzufahren.«

Ich schaute über Bradleys Schulter und sagte: »Ich frage mich, was der hinten im Wagen hat.«

»Ich wette auf Maschinengewehre.«

Als der Lieferwagen langsam vorwärts kroch, funkte Florenze nach Verstärkung. Sie schlug gegen die Seite des Fahrzeugs, aber es rollte weiter. Drei Beamte mit M14-Gewehren eilten herbei. Ein Beamter in Schutzausrüstung hob seine Waffe und stellte sich vor den Lieferwagen.

Der Mann hinter dem Steuer hob die Hände. Florenze öffnete die Fahrertür und ein Beamter zog den Mann aus dem Wagen.

»Ich weiß nicht, was diese Idioten glauben, damit zu erreichen.«

Sie zwangen ihn auf die Knie und legten ihm Handschellen an. Der Fahrer, in T-Shirt und Jeans, war ein schmächtiger Kerl.

Der Verkehr wurde auf eine andere Spur umgeleitet. Florenze öffnete die Türen des Lieferwagens.

Ich fragte: »Was ist da drin?«

»Sieht leer aus.«

»Das ist doch verrückt.«

»Da kommen die Hunde.«

Zwei Hundestaffeln näherten sich dem Fahrzeug. Sie umkreisten den Lieferwagen, hielten aber an keiner Stelle an. Einer der Hunde wurde zum Heck gebracht. Sein Hunde-führer klopfte auf den Boden des Fahrzeugs, und der Hund sprang hinein. Fünf Sekunden später sprang er wieder heraus.

Ein Beamter setzte sich ans Steuer. Bradley sagte: »Sie werden ihn durch das Vacis schicken.«

»Vielleicht hat der Lieferwagen einen doppelten Boden und ist mit Bargeld ausgekleidet.«

Bradley schaltete auf den Vacis-Feed. »Sowas haben wir schon oft gesehen.«

Ein Beamter hielt einen Lastwagen an, und der Lieferwagen scherte vor ihm ein. Er rollte zentimeterweise unter den Bogen der Maschine. Das hellgraue Bild auf dem Monitor zeigte den dunklen Umriss des Fahrzeugs.

Ich beugte mich vor. »Sieht normal aus.«

»Finde ich auch.«

»Kannst du Florenze über Funk rufen?«

»Klar.« Bradley wählte eine Nummer und reichte mir den Hörer.

»Agentin Florenze, hier ist Frank Luca. Wir haben diesen Lieferwagen beobachtet. Was ist mit dem los?«

»Er scheint sauber zu sein.«

»Warum hat der Fahrer Widerstand geleistet?«

»Er sagte, seine Frau läge in den Wehen und er müsse zurück nach Tijuana. Die Ausrede habe ich schon gehört, aber es sieht so aus, als hätte er die Wahrheit gesagt.«

»Gute Arbeit. Ich hoffe, er schafft es rechtzeitig.«

»Wir werden ihn so schnell wie möglich weiterfahren lassen.«

»Okay, machen wir weiter.«

Ich beendete das Gespräch und erklärte Bradley das Motiv des Fahrers. »Der arme Kerl wäre beinahe verhaftet worden.«

»Er hätte verletzt werden können.«

»Hin und wieder sagt ein Verdächtiger eben doch die Wahrheit.«

»Das muss doch öfter vorkommen.«

Ich grinste. »Nicht beim ersten Mal. Die Leute denken sich immer irgendeine Geschichte aus, weil sie glauben, damit den Kopf aus der Schlinge ziehen zu können, egal ob sie was getan haben oder nicht.«

»Ja?«

»Definitiv. Manchmal wollen sie etwas geheim halten wie eine Affäre oder ein anderes Verbrechen oder ein Familienmitglied schützen. Glaub mir, die Liste ist endlos.«

»Kann ich mir vorstellen.«

»Ich hole mir jetzt diesen Kaffee.«

»Warte, es scheint, als hätte Florenze keine Zeit verschwendet.«

Ich spähte auf den Bildschirm. Die Grenzbeamtin sprach mit jemandem in einem burgunderroten Buick-SUV.

»Lass mich mal den Fahrer sehen.«

Bradley zoomte heran. Die Frau am Steuer sah aus, als wäre sie Anfang dreißig. Sie hatte dunkles Haar und verzog das Gesicht. Sie sagte etwas und legte die Hände aufs Lenkrad.

Als der SUV die Schlange verließ, sprach Florenze in ihr Funkgerät.

Bradley sagte: »Sie leitet ihn zum Vacis.«

Zwei Lastwagen standen vor dem Buick in der Warteschlange. Als der erste Lastwagen vorwärtsrollte, legte ein Beamter seine Hand auf die Fahrertür und öffnete sie. Die Fahrerin des Buick stieg aus.

Sie trug Turnschuhe und Shorts und war nicht größer als Florenze. Ein anderer Grenzbeamter stand neben ihr, während sich ein dritter ans Steuer setzte.

Der SUV rollte langsam auf das umgedrehte, U-förmige Röntgengerät zu.

»Schalte auf den Feed.«

»Der ist schon in einem anderen Tab geöffnet.«

»Bei dem hier habe ich ein gutes Gefühl.«

Bradley lächelte. »Du hattest heute Morgen schon ein paar Ahnungen, was?«

Er zog mich auf, was ein gutes Zeichen war. »Schreib mich nicht ab.«

Ich starrte auf den Bildschirm, als der Buick in den Erfassungsbereich fuhr.

Bradley sagte: »Sieht nicht so aus, als wäre im Fahrgastraum etwas.«

»Warte.« Ich zeigte auf den Bildschirm. »Was ist das?«

Bradley zoomte auf einen verdunkelten Bereich an einem hinteren Seitenteil. »Interessant.«

KAPITEL DREIUNDZWANZIG

»DIE AUFLÖSUNG WIRD SCHLECHTER WERDEN.«

»Ist mir egal.«

Das Bild wurde größer und körnig. Ich beugte mich vor und sagte: »Das ist Bargeld. Kein Zweifel.« Ich tippte auf den Bildschirm. »Siehst du es?«

»Jep. Wir haben einen. Lass mich die andere Seite prüfen.«

Ich stand auf. »Wir müssen Florenze sagen, dass sie sie fahren lassen soll.«

Bradley griff nach dem Funkgerät.

Ich sagte: »Stell sicher, dass sie den Fahrer nicht warnt.«

»Sie weiß, dass sie die Ersten durchwinken soll.«

»Wir müssen uns sicher sein. Ich will nicht, dass sie das vermasseln.«

Bradley kontaktierte Florenze.

Der Buick wurde aus der Reichweite des Vacis gefahren und freigegeben.

Ich dämpfte meine Stimme. »Sorg dafür, dass der Satelliten-Feed nur auf dem Laptop läuft.«

Bradley tippte los. Der Bildschirm füllte sich mit einer

Aufnahme des Grenzübergangs aus fünfzigtausend Fuß Höhe. Er zoomte heran und zentrierte das Bild auf den Buick.

»Na also.«

»Geht das nicht noch näher?«

»Klar.« Er drückte einen Knopf, und das Bild des SUV wuchs von Kieselstein- zu Legostein-Größe an.

»Das ist gut.«

Das weinrote Fahrzeug schlängelte sich im Stop-and-go-Verkehr zur mexikanischen Grenze. Die Fahrerin reichte ihre Papiere dem Beamten in einem Kontrollhäuschen, und eine Minute später bekam sie sie zurück.

Der Buick überquerte die Grenze nach Mexiko, und ich sagte: »Okay, los geht's. Ich behalte das hier im Auge, und du überwachst den Grenzübergang. Wir werden sehen, wie lange Florenze braucht, um ein weiteres Auto mit Bargeld zu finden.«

»Geht klar.«

Ich stand auf. »Oh, ich will Sears wissen lassen, dass der Erste durch ist.«

»Du solltest ihn besser anrufen. Sie verlässt gerade Mexikos Highway 101.«

Ich nahm den Hörer ab, als der Buick die Ausfahrt Ave Frontera nahm. Das Auto hielt in einer langen Verkehrsschlange und wartete darauf, dass die Ampel auf Grün umsprang. Ich informierte Sears, dass das erste von drei Autos die Grenze passiert hatte, und legte auf.

»Was hat er gesagt?«

»Ich soll ihm Bescheid geben, wenn wir mit der GPS-Verfolgung beginnen.«

Ich beobachtete, wie sich die Verkehrsschlange in Bewegung setzte. Der Buick fuhr die Ave Frontera entlang und bog links auf die Ave de La Amistad ab.

»Denkst du, sie wird das Geld übergeben?«

»Vielleicht, aber es scheint riskant, das so nah an der Grenze zu tun.«

»Sie sind in Mexiko, da haben sie keine Angst.«

Das Auto rollte langsam auf die Einfahrt einer Pemex-Tankstelle. »Sie will tanken.«

»Braucht sie wahrscheinlich.«

Ich sagte: »Sie ist schon an ein paar Tankstellen vorbeigefahren.«

»Vielleicht haben sie ihr eine bestimmte Kreditkarte für den Sprit gegeben.«

Die Fahrerin fuhr an eine Zapfsäule und stieg aus. Sie schloss das Fahrzeug ab und ging zum Tankstellenshop.

Bradley sagte: »Vielleicht muss sie auf die Toilette.«

Als sie im Laden verschwand, sagte ich: »Es ist mir egal, wie dringend du musst; es ist extrem riskant, ein mit Bargeld beladenes Auto unbewacht zu lassen. Tijuana ist der schlimmste Ort in Mexiko für Autodiebstähle.«

Ein Mann kam aus dem Laden. Er musterte die Umgebung und ging direkt auf die Zapfsäule zu, an der der Buick geparkt war. Er legte eine Hand auf das Dach und steckte einen Schlüssel ins Schloss. Die Fahrertür ging auf, und er stieg ein.

»Bingo. Sie hat den Wagen übergeben.«

Ich sagte: »Und wir wissen nichts über den Kerl, dem sie ihn gegeben hat. Wir müssen wissen, wer die erste Fahrerin war. Die Infos holen wir uns von Florenze – ich will nicht, dass sie jetzt aufhört, aber lass sie beschatten und herausfinden, wohin sie fährt.«

»Ich bin dran.«

Der neue Fahrer verließ die Tankstelle und steuerte zurück auf den Highway 101. Er schwamm im Verkehr mit. Wohin fuhr er?

»Wenn dieser Kerl nach Mexiko-Stadt unterwegs ist, werden wir die ganze Nacht auf sein.«

»Wir sollten uns das aufteilen; einer behält das Auto im Auge und der andere überwacht die Grenze.«

Ich sagte: »Für mich in Ordnung.«

Eine Stunde später sagte ich: »Er fährt ab. Schau bei Google Earth nach.«

Bradley sagte: »Das ist in der Nähe von La Coma. Er fährt auf die Route 180.«

»Wohin führt die?«

»Warte.« Seine Finger flogen über die Tastatur. »Sieht nach Tampico aus.«

Ich zog meinen Spickzettel hervor. »Dort ist das Golf-Kartell aktiv.«

»Gutes altes Tampico. Hast du schon mal von der Tampico-Affäre gehört?«

»Nein, was ist das?«

»1914 gingen eine Handvoll Matrosen der US-Navy an Land, um Vorräte zu holen, und wurden von den mexikanischen Behörden festgenommen. Die Vereinigten Staaten verlangten ihre Freilassung, aber die mexikanische Regierung weigerte sich.«

»Das ist unglaublich. Warum haben die das getan?«

»Der mexikanische Präsident war durch einen Putsch an die Macht gekommen, hatte den demokratisch gewählten Präsidenten gestürzt, und die Vereinigten Staaten hatten die diplomatischen Beziehungen ausgesetzt.«

»Wie wurde das gelöst?«

»Wir haben den Hafen von Veracruz besetzt und ihn sechs Monate lang gehalten, bis der Konflikt gelöst war. Die Situation hat eine Menge antiamerikanischer Gefühle erzeugt, und das hielt sich bis in den Ersten Weltkrieg hinein, als Mexiko sich weigerte, auf der Seite gegen Deutschland in den Krieg einzutreten.«

»Ich kann nicht fassen, dass ich das nie gewusst habe.«

»Das haben wir in der Mittelschule gelernt.«

»Mittelschule? Und daran erinnerst du dich?«

Er zuckte mit den Schultern. »Die Leute sagen, ich habe ein fotografisches Gedächtnis.«

Ich erinnerte mich nur an die schlechten Dinge. »Das ist eine gute Eigenschaft. Du wirst dich nie fragen, wo du deine Schlüssel hingelegt hast.«

»Er fährt ab.«

Der Buick bog rechts ab, dann links auf eine unbefestigte Straße. Staub trübte das Bild.

»Ich hoffe, wir verlieren ihn nicht.«

Bradley zoomte heran. »Keine Sorge, das werden wir nicht.«

»Er wird langsamer.«

Der Buick bog auf eine Straße ab, die zu einem Haus mit einem schrägen Metalldach führte. Der SUV hielt an. Jemand kam aus dem Haus und hielt etwas in der Hand.

»Das ist ein Gewehr; das sieht aus wie eine AK-47!«

»Will er ihn umbringen?«

Der Mann winkte dem Fahrer zu und ging zur Beifahrerseite. Er legte die Waffe auf den Rücksitz und setzte sich auf den Sitz neben dem Fahrer.

»Sieht so aus, als wäre er der Schutz.«

Der Buick fuhr zurück auf den Highway und weiter nach Süden. Nach einer Stunde bog die Straße nach Osten ab, in Richtung des Golfs von Mexiko. Sie fuhren stundenlang an der Küste entlang und passierten Tampico, als die Dunkelheit hereinbrach.

Ich sagte: »Sie müssen ziemlich bald Richtung Mexiko-Stadt abbiegen.«

Der Buick fuhr noch zwei Stunden im Dunkeln weiter und näherte sich Veracruz.

»Wo zum Teufel fahren die hin? Das kann nicht Mexiko-Stadt sein.«

»Vielleicht nach Chiapas, und deshalb haben sie Schutz, weil dort ein Krieg zwischen den Kartellen tobt.«

»Warum sollten sie dorthin fahren?«

»Vielleicht schulden sie einem der Kartelle Geld.«

Ich zog eine Karte von Südmexiko hervor. Nichts ergab einen Sinn. Da war Cancun, aber warum? Ich starrte auf die Karte.

Bradley sagte: »Sie fahren ab.«

Der Buick bog links in Richtung einer Ansammlung von Gebäuden ab. Er fuhr langsam und hielt am Rande eines Schrottplatzes, der mit Reifenstapeln gefüllt war. Sie kamen vor einem Gebäude ohne Dach zum Stehen.

Zwei Männer mit Gewehren näherten sich dem Auto. Der Fahrer stieg aus und sie schüttelten sich die Hände.

»Was ist das für ein Ort?«

Ein Mann stieg hinten ein und der andere setzte sich hinter das Steuer. Der Buick wendete und fuhr zurück auf die Route 180.

Bradley sagte: »Das ist entweder ein Fahrerteam oder es wird ungemütlich.«

»Sie fahren Richtung Zentralamerika.«

»Ich kapier's nicht. Was gibt es da unten?«

KAPITEL VIERUNDZWANZIG

Ich schwang meine Beine vom Sofa und versuchte herauszufinden, was der Buick in Peru zu suchen hatte. Das waren fast 4.000 Meilen von der Grenze zwischen den USA und Mexiko entfernt.

Mir fiel ein, dass in dem südamerikanischen Land das Wegwerfhandy gekauft worden war, mit dem der Drohanruf in meiner ersten Nacht in Washington getätigt worden war.

Ich klappte meinen Laptop auf und gab Peru in die Suchleiste ein. Peru war der größte Produzent von Koka, der Pflanze, aus der Kokain hergestellt wird. Schleusten die Kartelle das auf den Straßen der Vereinigten Staaten verdiente Geld dorthin, um die Rohstoffe für die Kokainherstellung zu kaufen?

Das ergab Sinn, aber es fühlte sich nicht richtig an. Die Kartelle hatten vertikal integrierte Abläufe. Sie lagerten keine Prozesse an Konkurrenten aus, aus Angst, diese zu stärken.

Kartelle hatten Ausgaben wie jedes andere Unternehmen, aber Bargeld physisch über diese Entfernung zu bewegen, war rätselhaft. Ich klappte meinen Laptop zu und eilte in den Überwachungsraum.

Der Buick fuhr eine unbefestigte Straße entlang, die von einstöckigen, mit Graffiti beschmierten Gebäuden gesäumt war. Am Ende der Straße, die zu einem eingezäunten Gelände führte, stand ein Gebäude ohne Dach. Ein halbes Dutzend Autos parkte in der Nähe eines flachen Betongebäudes.

Der Buick-SUV hielt am Tor. Ein Wachmann mit einer AK-47 sprach mit dem Fahrer, bevor er das Tor öffnete.

Ich kniff die Augen zusammen. »Das kann doch keine Bank sein, oder?«

Bradley sagte: »Das bezweifle ich.«

»Was zum Teufel ist das für ein Ort?«

»Ich hole mir die GPS-Koordinaten und sehe nach, ob irgendeine Behörde Informationen darüber hat.«

»Gute Idee.«

»Ach, übrigens, die erste Fahrerin, die Frau, heißt Anna Carioca.«

»Hat sie Vorstrafen?«

»Ja.« Er zeigte auf den Bildschirm. »Sie ist vor etwa zwei Jahren wegen Schmuggels verurteilt worden.«

Der SUV fuhr auf ein Metallgebäude zu. Zwei scheunentorartige Türen schwangen auf und der Buick verschwand darin. Die Türen schlossen sich und zwei Männer mit Gewehren standen Wache.

Bradley sagte: »Ich habe nichts über diesen Ort oder über die Stadt selbst. Ich werde mich an ein paar Behörden wenden, mal sehen, ob die etwas haben.«

Er sah müde aus.

»Wenn du fertig bist, leg dich schlafen. Ich behalte das hier im Auge.«

»Ich brauche höchstens ein oder zwei Stunden.«

»Nimm dir, was du brauchst.«

Bradley war gerade bei seinem dritten Anruf, als die bewaffneten Männer die Türen öffneten. Als sie zur Seite traten, rollte der Buick-SUV aus dem Gebäude. Er fuhr direkt zum Tor und dann in Richtung Stadt.

Bradley legte auf. Ich fragte: »Hattest du Glück?«

»Anfangs nicht, aber wir werden sehen, wenn sie etwas tiefer graben. Was ist los?«

»Der Buick ist weggefahren. Ich behalte diesen Ort im Auge. Geh und mach ein Nickerchen.«

Bradley ging. Ich zog mein Handy heraus und tätigte einen Anruf.

»Hey, Mary Ann, wie geht's dir?«

»Ich lese gerade. Was ist bei dir los?«

»Sieht so aus, als wären wir in einer Sackgasse gelandet.«

»Oh. Das tut mir leid.«

»Schon gut, ich habe Washington sowieso langsam satt.«

»Kommst du nach Hause?«

»Ich denke schon. Vielleicht morgen.«

»Gut. Rita gibt am Samstag eine kleine Party zu Pauls fünfzigstem Geburtstag.«

»Klingt gut.«

Ein viertüriger schwarzer Toyota fuhr am Tor vor. Die Wachen schwangen das Tor auf und der Toyota fuhr auf das Gelände.

»Hast du deinen Flug nach Hause gebucht?«

»Noch nicht. Ich wollte gerade ...«

»Frank?«

Der Toyota fuhr auf dasselbe Gebäude zu, in das auch der Buick-SUV gefahren war. Ich kniff die Augen zusammen. Das Fahrzeug hatte amerikanische Nummernschilder.

»Ich rufe dich zurück.«

»Ist alles in Ordnung?«

»Ja, ja, ich rufe dich später an.«

Die schwarze Limousine rollte in das Gebäude und war außer Sichtweite. Hatte sie auch Bargeld geladen?

Die Tür zum Konferenzraum wurde aufgerissen.

Es war Sears.

Das kam zur rechten Zeit. Ich wollte ihn fragen, wen wir in Peru vor Ort hatten. »Ich wollte gerade zu Ihnen kommen.«

Mit gerötetem Gesicht sagte er: »Was glauben Sie eigentlich, was Sie hier tun?«

»Wie bitte? Was meinen Sie damit?«

»Ich habe mich tagelang krummgelegt, um Ihnen entgegenzukommen, und jetzt tanzen mir die Leute auf der Nase herum.«

»Ich bin nicht sicher, ob ich verstehe, was das Problem ist.«

»Das Problem ist, dass Sie eine diplomatische Krise heraufbeschwören. Der Botschafter hat angerufen und gesagt, die peruanische Regierung beschwere sich, dass wir die Souveränität Perus verletzen.«

Etwas stimmte nicht. »Wir haben nichts weiter getan, als zu verfolgen-«

»Stellen Sie ein, was auch immer Sie da tun, oder wir müssen die Zusammenarbeit beenden.«

»Aber Mr. Pembroke-«

»Er leitet diese Operation nicht, sondern ich. Brechen Sie ab, was auch immer Sie da tun, oder es ist vorbei.«

»Kein Problem. Wir waren eh an nichts dran, haben nur ein bisschen herumgestochert.«

»Wo ist Bradley?«

»Er macht ein Nickerchen.«

»Sagen Sie ihm, ich will ihn so schnell wie möglich sehen.«

»Ich hole ihn sofort.«

Sears stürmte hinaus.

Ich schaute auf die Übertragung vom Gelände. Zwei Männer rannten. Einer zum Haupthaus, der andere zu dem Gebäude, in das der Toyota und der Buick gefahren waren.

Ich stieß mich vom Schreibtisch ab und eilte in den Raum, in dem Bradley schlief.

Er atmete tief.

Ich rüttelte an seiner Schulter und flüsterte: »Bradley, steh auf.«

»Was ist los?«

»Ich brauche dich sofort.« Ich zog an seinem Arm. »Irgendetwas ist im Gange.«

KAPITEL FÜNFUNDZWANZIG

Iᴄʜ ᴢᴇɪɢᴛᴇ ᴀᴜꜰ ᴅᴇɴ Bɪʟᴅsᴄʜɪʀᴍ. »Sɪᴇʜsᴛ ᴅᴜ?«

Bradley fragte: »Was ist los?«

»Sie hauen ab.«

»Sie hauen ab? Warum?«

Ich senkte die Stimme. »Sears hat uns verraten.«

Bradleys Augen weiteten sich. »Bist du sicher?«

»Tausendprozentig. Gleich nachdem du angerufen hast, um herauszufinden, was das für ein Ort ist, ist er runtergekommen und hat uns gesagt, wir sollen aufhören.«

»Das kann ich nicht glauben.«

»Glaub es ruhig.«

Ein schwarzer Jeep Renegade folgte dem Toyota aus dem Gebäude und hinterließ eine Staubwolke. Ich zeigte auf den Jeep und flüsterte: »Folge diesem Fahrzeug.«

»Aber Sears hat doch gesagt –«

Ich zog mein Handy heraus und sagte: »Ich übergehe ihn und wende mich direkt an Pembroke.«

Er überblickte den Raum und schüttelte den Kopf. »Okay, dann machen wir das.«

»Ich bin gleich zurück, ich rufe kurz Pembroke an.« Ich

verließ den Raum. Auf keinen Fall würde ich jetzt irgendjemanden anrufen. Es fühlte sich nicht gut an, zu lügen, aber Bradley brauchte die Zusicherung.

Fünf Minuten später kam ich wieder herein. Ich trat an Bradley heran und zeigte ihm den Daumen nach oben. »Alles in Ordnung. Was macht der Jeep?«

»Er fährt in Richtung Autobahn.«

»Führt die zu irgendeinem Ort, von dem wir wissen, dass die Kartelle ihn kontrollieren?«

»Nicht, dass ich wüsste. Sie könnten auf dem Weg nach Lima sein.«

»Wie lange dauert die Fahrt dorthin?«

»Schwer zu sagen; einige dieser Straßen sind kaum asphaltiert. Aber es wären mindestens sechs, wenn nicht sogar acht Stunden.«

»Das wird eine lange Nacht.«

»Geh und leg dich ein bisschen schlafen.«

———

WÄHREND ICH AN MEINEM dritten Kaffee nippte, bog der Jeep in die Einfahrt zu einem ummauerten Gelände ein. Der Fahrer wartete, bis sich das Tor öffnete. Auf dem Schild am Zaun stand, dass die Anlage der Sitz von Santos Empresa Exportadora sei. Es war eine Exportfirma.

Der Jeep fuhr hinein und parkte vor einem zweistöckigen Gebäude. Der Fahrer schloss die Autotür hinter sich. Zwei Männer kamen aus der Vordertür und folgten dem Fahrer zum Heck des Jeeps. Der Fahrer öffnete die Heckklappe und jeder von ihnen holte zwei Seesäcke heraus.

Sie mussten mit Bargeld gefüllt sein, amerikanische Dollars, die über die Grenze geschmuggelt worden waren. Aber warum lieferten sie an ein Exportunternehmen?

Ich flüsterte Bradley zu: »Die Jungs sind gut. Sie benutzen

das Geld, um etwas zu kaufen, lassen es irgendwohin an einen Käufer liefern – und presto, das Geld ist gewaschen.«

»Wow, einfach, aber effektiv. Wahrscheinlich haben sie eine Firma gegründet, die die Überweisungen entgegennimmt.«

»Das ist sehr clever. Sie kaufen mit schmutzigem Geld ein Produkt, liefern es an einen Käufer im Ausland und kassieren das Geld in einer sauberen Transaktion. Warum ist da noch niemand draufgekommen?«

»Sie brauchen einen willigen Verkäufer und einen willigen Käufer.«

»Ja, aber sie können für die Waren zu viel bezahlen und sie mit einem Abschlag verkaufen.«

»Stimmt. Es wäre schwer für jemanden, einen guten Preis abzulehnen.«

»Wir müssen herausfinden, was es mit dieser Firma auf sich hat.«

»Ich werde mich mal umhören.«

»Wir müssen diskret sein.«

»Ich kann –«

»Ich werde mit Pembroke sprechen. Wir können ihm vertrauen, oder zumindest glaube ich das.«

»Gute Idee. Ich werde mal sehen, was unsere Botschaft in Peru über die Exportfirma an Informationen hat.«

»Nein, tu das nicht. Das ist zu riskant – die könnten korrupt sein.«

»Nimm es mir nicht übel, aber du verhältst dich paranoid.«

»Das ist keine Paranoia, das ist die Realität. Drogengeld hat einige der Besten von uns kompromittiert.«

Er nickte. »Okay, okay. Du hast recht.«

Ich klappte meinen Laptop auf und gab *was exportiert Peru?* in die Suchleiste ein. Ihr Hauptexportgut war Schlacke, der steinige Abfall, der beim Schmelzen von Metallen abgetrennt wird.

»Was zum Teufel macht man damit?«

Bradley sagte: »Man verwendet sie in Hochöfen, um hochwertigen Zement herzustellen.«

»Kupfer ist das nächstgrößte, dann Gold.«

»In Peru gibt es eine Menge illegalen Goldabbaus. Das ist ein echtes Problem. Sie zerstören dort unten die Umwelt.«

»Ich habe vor einer Weile mal was in einer Nachrichtensendung darüber gesehen.«

»Es ist ein einziges Chaos.«

»Ich wusste gar nicht, dass Peru so viel Fisch liefert; es ist nach China der zweitgrößte Lieferant.«

»Fisch wäre ein gutes Produkt, um Geld zu waschen. Nach kurzer Zeit ist kein Beweis mehr übrig.«

»Du meinst, es könnte um Meeresfrüchte gehen?«

»Ich werfe nur mal ein paar Ideen in den Raum.«

»Das ist eine gute. Wir müssen herausfinden, ob diese Santos Exporting Company irgendwelche Kühlhäuser oder -lastwagen hat.«

»Sie könnten auch nur eine Vermittlerrolle spielen: das Geld vom Kartell für die Käufe annehmen und die Verkäufe arrangieren, ohne die Ware anzufassen.«

»Kann es noch komplizierter werden?«

Bradley kicherte. »Diese Kartelle sind nicht nur gewalttätig, sie sind auch ausgeklügelt.«

»Die Mauer wird immer höher. Behalte diesen Ort im Auge. Ich gehe zu Pembroke.«

KAPITEL SECHSUNDZWANZIG

Pembroke kam aus seinem Eckbüro, um mich zu begrüßen. »Frank, es ist gut, Sie zu sehen.« Er ergriff fest meine Hand und sagte: »Kommen Sie doch in mein Büro.«

»Es tut mir leid, dass ich mich nicht früher ankündigen konnte.«

»Kein Grund zur Entschuldigung. Wir sind dankbar für Ihre Hilfe.«

Er schloss die Tür seines Büros. Ich nahm auf einem Stuhl vor seinem Schreibtisch Platz.

Pembroke ließ sich in seinen Stuhl sinken. »Was ist los? Ich hoffe, Sie haben gute Nachrichten. Das war heute einer dieser Tage.«

»Ich brauche etwas Hilfe.«

»Okay. Mal sehen, wie wir Ihnen da helfen können.«

Ich erklärte die Situation und schloss mit den Worten: »Ich brauche Informationen von jemandem vor Ort, und es darf niemand sein, der für die DEA oder mit ihr zusammenarbeitet.«

Pembroke legte die Fingerspitzen aneinander. »Eigentlich

wären sie die natürliche Anlaufstelle, um bei so etwas in Peru mit ihnen zusammenzuarbeiten.«

»Der Schein kann trügen.«

Pembroke zog die Augenbrauen hoch, und ich sagte: »Da werden Sie mir einfach vertrauen müssen, Sir.«

»Ich verstehe. Tja, das Finanzministerium hat nicht viele Leute in Peru. Ein oder zwei in Lima, aber die überwachen dort die Zentralbank und sind reine Finanzexperten. Ich hatte gehofft, einen Teil des Geldes, das wir aus dieser Sache und den Ermittlungen an der Wall Street beschlagnahmen, zur Finanzierung solcher Positionen zu verwenden. Nach Abzug Ihres Anteils darf die Behörde alles behalten, was wir beschlagnahmen, und die Adams-Operation stellt die größte mögliche Beschlagnahmung der Geschichte dar. Ich bin sehr daran interessiert, dass Sie damit anfangen.«

»Ich verstehe, aber was ist mit einer anderen Behörde? Können wir jemanden von, sagen wir, der Homeland Security einsetzen?«

»Leider hat Romney, der Mann, den Sie kennengelernt haben, mir gesagt, dass sie im Moment völlig überlastet sind. Bei allem, was mit China, Russland und dem Iran los ist, sind sie personell am Limit. Ich denke, unsere beste Chance ist die CIA. Die haben immer ein paar verdeckte Ermittler in den meisten Ländern.«

»Spione?«

»Ich bin mir nicht sicher, wie sie ihre Agenten bezeichnen. Aber das ist nicht wichtig.«

»Sie werden sich an sie wenden?«

»Ja. Ich melde mich umgehend bei Ihnen.«

———

MARY ANN SASS IM AUTO, als ich sie anrief. »Wohin fährst du?«

»Zum Buchclub, der ist bei Miranda.«

»Ein guter Vorwand, um Wein zu trinken?«

Sie lachte. »Ja, aber wir diskutieren wirklich über das Buch. Was machst du so? Wie läuft der Fall?«

»Wir haben das Bargeld zu einer Exportfirma in Peru zurückverfolgt. Jetzt brauchen wir jemanden vor Ort, der uns hilft, herauszufinden, was die Verbindung ist.«

Sie zögerte, bevor sie sagte: »Sag mir nicht, dass du nach Peru fliegst.«

»Nein, nein—«

»Du hast gesagt, du wärst in ein paar Tagen zu Hause.«

»Ich weiß, aber die Sache hat sich zugespitzt.«

»Du fliegst nicht nach Peru, oder?«

»Nein, wirklich nicht. Pembroke fragt gerade seine Kontakte ab, um zu sehen, welche Leute wir dort unten vor Ort haben.«

»Gut. Du hast mir für einen Moment einen Schrecken eingejagt.«

»Ich will nicht reden, wenn du fährst.«

»Ist schon okay.«

»Ich treffe mich gleich mit Bradley, um eine Kleinigkeit zu essen.«

»Wie ist er so?«

»Er ist ein guter Junge. Nicht wirklich ein Junge, ich glaube, er ist sechsunddreißig.«

»Das ist ein Mann, Frank.«

»Ja, er ist clever, und ehrlich gesagt verschwendet er sein Talent bei den Bundesbehörden. Er könnte bei einer Technologiefirma ein Heidengeld verdienen.«

»Warum geht er nicht?«

»Er kümmert sich um seinen Vater. Aber der arme Mann erkennt ihn nicht einmal mehr.«

»Das ist so traurig.«

»Erschieß mich, wenn ich an diesen Punkt komme.«

»Hör auf damit. Schau, ich bin vor Mirandas Haus. Hab einen schönen Abend.«

»Trink nicht zu viel, das ist nicht gut für deine MS.«

———

PEMBROKES SEKRETÄRIN RIEF MICH AN. Ihr Chef wollte mit mir sprechen.

Ich eilte in einen Konferenzraum und rief sein Büro an.

Pembroke kam direkt zur Sache. »Ich fürchte, wir sind in einer Sackgasse gelandet.«

»Wieso das?«

»Ich habe jede Behörde angerufen, selbst die, von denen ich wusste, dass sie nein sagen würden, aber ich konnte keine Hilfe vor Ort in Peru bekommen.«

»Was ist mit der CIA?«

»Anscheinend hat die peruanische Regierung, die uns freundlich gesinnt ist, vor ein paar Tagen die Benzinpreise erhöht, woraufhin schwere Proteste ausgebrochen sind. Die Oppositionspartei, der Leuchtende Pfad, nutzt dies aus und verbündet sich mit den Kommunisten, um die Regierung herauszufordern. Ich weiß nicht, ob Sie es wissen oder nicht, aber es gibt einen andauernden bewaffneten Konflikt zwischen der Regierung und dem Leuchtenden Pfad, der bereits 1980 begonnen hat, sich aber in den letzten Jahren beruhigt hat. Aber diese aktuellen Unruhen machen es wahrscheinlich, dass sich die Lage wieder zuspitzen wird. Das Timing könnte nicht schlechter sein.«

»Eine so große Ablenkung spielt dem Kartell direkt in die Hände. Niemand wird sich auf das konzentrieren, was sie tun, und das Kartell wird Geld verteilen, um sich Schutz zu kaufen.«

»Das ist bedauerlich. Aber wir müssen mit dem arbeiten, was wir haben.«

»Was hat die CIA? Was das Personal dort unten angeht?«

»Ich fürchte, sie hat alle Hände voll zu tun und niemanden, den sie entbehren kann.«

»Verdammt.«

»Das tut mir leid.«

»Und es gibt nichts anderes, was wir tun können?«

»Ich fürchte nicht. Ich habe alle Hebel in Bewegung gesetzt. Glauben Sie mir, nachdem ich zwei Jahre lang hinter Ihnen her war, ist das Letzte, was ich wollte, Sie zu enttäuschen.«

»Ich weiß, dass Sie es versucht haben. Lassen Sie mich darüber nachdenken.«

———

Zurück in der Überwachungsabteilung ließ ich mich auf einen Stuhl fallen. War das das Ende der Fahnenstange? Würde ein politischer Aufstand mich daran hindern, die Bastarde zur Strecke zu bringen, die Steve und Jimmy getötet hatten?

Das Kartell würde profitieren, die Gerechtigkeit würde auf der Strecke bleiben, und ich würde festsitzen und Anzugträger in New York City jagen.

Ich ging das Gespräch noch einmal durch: Pembroke hatte gesagt, wir müssten mit dem arbeiten, was wir hatten, aber wir hatten nichts. Nur Bradley und ich, die in einem Büro in Washington, D.C. saßen und den Bösen zusahen. Was nützte die Überwachung, wenn man nicht darauf reagieren konnte?

Es klopfte an der Tür. Bradley sagte: »Frank?«

»Komm rein.«

»Ist alles in Ordnung?«

Ich schüttelte den Kopf. »Nein. Wir sind an eine Wand gestoßen. Pembroke kann uns niemanden vor Ort besorgen. Die Regierung dort unten hat mit einem Aufstand zu kämpfen, und selbst die CIA kann uns niemanden entbehren.«

»Ich habe ein paar Eilmeldungen dazu gesehen und dachte, die Ablenkung könnte gut für uns sein.«

»Hätte sie sein können, aber wir haben niemanden, der eine Tarnung braucht.«

»Verdammt, und alles, was wir brauchen, ist, nur ein paar Punkte zu verbinden. Wir waren so kurz davor.«

»Ich weiß. Ich wünschte, ich könnte selbst dorthin gehen.«

»Warum kannst du nicht?«

»Was meinst du?«

»Warum gehst du nicht selbst nach Peru? Du hast schon eine Million Verbrechen untersucht. Du kannst die Informationen besorgen, die wir suchen, und wieder verschwinden, ohne dass es jemand merkt.«

»Was, ich tauche da einfach so auf? Ich bräuchte eine Tarnung, einen Grund, um dort zu sein.«

»Du sprichst Spanisch. Also, was wäre mit einem Rentner, der sich nach billigen Ländern zum Leben umsieht?«

»Vielleicht würde das in Lima funktionieren, aber dieser Ort ist so abgelegen, da wäre ein Amerikaner eine rote Flagge.«

»Du könntest ein Investor sein, der sich mögliche Orte für Investitionen ansieht.«

»Worin investieren?«

»Sie sind groß im Fischfang, vielleicht eine Fischverarbeitungsanlage.«

»Die müsste in der Nähe des Hafens sein. Diese Typen operieren im Amazonas-Dschungel.«

»Ein Botaniker.«

Wir sahen uns an und lachten über seinen Vorschlag.

Bradley sagte: »Wie wäre es, wenn du dich als Naturschützer ausgibst? Es gibt einen riesigen Aufruhr um den Schutz des Regenwaldes. Du könntest ein Abgesandter einer amerikanischen Organisation sein, die sich für den Erhalt des Amazonas-Regenwaldes einsetzt.«

»Das ist eigentlich eine ziemlich gute Idee.«

»Oder vielleicht ein Journalist, der untersucht, was mit dem Regenwald los ist.«

»Ich kann trotzdem nicht einfach so auftauchen. Ich bräuchte eine Einführung, jemanden, der mich herumführt.«

»Wir können uns eine Tarnung von einer der unzähligen Klimaschutzbehörden besorgen, die die Bundesregierung geschaffen hat. Das wird einfach.«

»Einfach? Alles ist einfach, bis man es selbst machen muss.«

»Ich weiß, ich rede ja nur von der Tarnung. Wenn du willst, würde ich an deiner Stelle liebend gern gehen. Bring mich für ein paar Tage hier raus.«

»Das ist zu gefährlich. Hast du die Drohung des Kartells vergessen?«

TEIL III

PUCALLPA, PERU

KAPITEL SIEBENUNDZWANZIG

Vor dem Fenster erstreckte sich eine weite Dschungellandschaft. Ein braunes, gewundenes Wasserband, das zu einer Bergregion führte, teilte den grünen Teppich.

Der Pilot krächzte aus dem Lautsprecher. Ich fiel nach vorne, als das Flugzeug rapide an Höhe verlor.

Das grüne Blätterdach rückte näher und mit ihm die Angst. Ich stemmte die Füße gegen die Beine des Vordersitzes, als das Flugzeug von der unbefestigten Landebahn abprallte. Eine Staubwolke schoss am Fenster vorbei, während die Maschine über die Piste schlitterte.

Ich hielt den Atem an, als das Flugzeug ins Schleudern geriet. Es wurde langsamer und kam zum Stehen. Der Pilot kam in die winzige Kabine. »Rico ist auf dem Weg.«

Er stieß die Tür auf und ließ die Treppe herunter. Ich setzte eine Brille und die Baseballkappe auf, die Jimmy mir vor Jahren zum Vatertag geschenkt hatte, und schnappte mir meine Reisetasche. »Danke für den Flug.«

»Ich erwarte Sie in drei Tagen wieder hier.« Er sah auf seine Uhr. »Ungefähr um die gleiche Zeit.«

Den Bereich vor der Tür überblickend, zögerte ich. Was

zum Teufel machte ich hier? Es war nicht nur mitten im Nirgendwo, sondern ich war auch allein. Vielleicht hätte ich Bradley mitnehmen sollen.

Als ich die Stufen hinabstieg, raste mein Herz. Es lag nicht an der Hitze, sondern an den Warnungen von Derrick und Mary Ann, die mir im Kopf herumspukten.

Das ferne Geräusch eines Flugzeugs erregte meine Aufmerksamkeit. Jemand anderes benutzte die Landebahn. Meine Schultern entspannten sich, bis mir klar wurde, dass es ein Flugzeug des Kartells sein könnte.

Ich ging auf ein Gebäude mit Blechdach zu, auf dem ein rostiges Schild mit der Aufschrift »Aviación« prangte. Fenster und Tür standen offen. Ich strich mir durch den Bart, den ich mir hatte wachsen lassen, und war mir sicher, dass das Hotel keine Klimaanlage hatte.

Ich zog mein Handy hervor und prüfte den Empfang. Ich hatte fünf Balken. Der Starlink-Satellitendienst, den sie eingerichtet hatten, funktionierte. Ich tippte eine SMS an Mary Ann, um ihr mitzuteilen, dass ich gelandet war.

Ein schlammverspritzter VW-Käfer hielt an. Ein Mann in einem beigefarbenen Jagdhemd stieg aus. Er lupfte seine Baseballkappe in meine Richtung. Das musste Rico sein.

Ich eilte zu ihm hinüber. »Hola.«

Rico streckte seine Hand aus. »Luca?«

Ich ergriff seine Hand. »Sí, soy yo.«

»Du sprichst Spanisch?«

»Ja, das ist einer der Gründe, warum sie mich geschickt haben.«

»Da hast du ja Glück.« Er lächelte. »Du siehst etwas blass aus. Wie war der Flug hierher?«

Rico hatte ein so tiefes Kinngrübchen, dass es wie ein Münzschlitz aussah. »Etwas holprig, aber ich habe schon Schlimmeres erlebt.«

»Ach ja? Wo? In Vietnam?«

»Nein, meine Nummer wurde nie gezogen. Und bei dir?«

Er deutete mit dem Daumen auf sein Auto. »Ich war zweimal im Einsatz, das zweite Mal bei den Special Ops.«

»Du musst eine Menge gesehen haben.«

Rico nickte und öffnete die Fahrertür. Ich warf meine Tasche auf den Rücksitz und stieg ein. Er musterte mich. »Also, du sollst eine Art Abgesandter einer Gruppe gegen die globale Erwärmung sein?«

»Wir sind ein neuer Ableger von Go Conscious Earth. Unser Fokus liegt auf dem Kongobecken in Afrika.«

»Conscious Earth? Wenn der Planet sprechen könnte, würde er dir sagen, dass er sich in einem natürlichen Erwärmungszyklus befindet.«

»Hör zu, ob wir nun etwas dagegen tun können, dass es wärmer wird, oder nicht, die Leute müssen wissen, welche Auswirkungen die Zerstörung des Amazonas-Regenwaldes hat.«

Er wich einem Schlagloch aus. »Es geht um die Wirtschaft. Die Leute hier müssen ihre Familien ernähren. Die machen sich keine Sorgen darüber, was in dreißig Jahren sein wird.«

»Wir verstehen das, und deshalb bin ich hier, um zu sehen, was wir tun können.«

»Wie auch immer. Sie haben mich gebeten, den Kontakt für dich herzustellen, und das habe ich getan. Du wirst diesen Kerl treffen, Eduardo Villarosa. Er ist in Pucallpa.«

»Wie ist er so?«

»Er ist das, was in dieser Region einem Umweltschützer am nächsten kommt.«

»Sonst noch was über ihn?«

»Villarosa hat sich mit einer der Banden angelegt, die illegalen Bergbau betreiben, und ist nur knapp einer Hinrichtung entgangen.«

»Womit verdient er seinen Lebensunterhalt?«

»Er ist ein Goldsammler.«

»Ein was?«

»Er kauft kleine Mengen Gold auf, die die Minenarbeiter finden. Das sind kleine Mengen, mit denen sich Schmelzereien und so nicht abgeben wollen, und es wird im Allgemeinen illegal abgebaut. Es gibt eine ganze Reihe von ihnen, die sich damit über Wasser halten.«

»Interessant. Wie weit müssen wir noch fahren?«

»Wir sind in fünf Minuten da. Ich setze dich bei ihm ab, und dann bin ich fertig.«

»Und wenn ich etwas brauche?«

»Dann musst du in den Staaten anrufen. Die Agency dreht durch, weil die Kommunisten hier Fuß fassen. Ich habe also mehr um die Ohren, als ich bewältigen kann.«

Rico war bei der CIA. »Hat die Botschaft hier draußen jemanden?«

»Nein. Du bist im Dschungel. Mich haben sie nur hierhergeschickt, weil der Leuchtende Pfad hier seinen Ursprung hat und es in dieser Gegend viele Sympathisanten für ihn gibt.«

Er bog von dem Feldweg auf eine schlecht asphaltierte Straße ab, die von Motorrädern und Fußgängern gleichermaßen benutzt wurde.

»Klingt nach einer schwierigen Lage.«

Er zuckte mit den Schultern. »Hör zu, halte dich bedeckt und tu, was auch immer du hier zu tun hast.«

»Werde ich.«

»Und dann sieh zu, dass du so schnell wie möglich hier wegkommst. Ein Leben ist hier unten billig. Es gibt keinen gefährlicheren Ort als diesen hier.«

Die Anzahl der hüttenartigen Gebäude nahm zu. Ein Motorrad mit drei Personen darauf raste vorbei.

Rico sagte: »Wir sind in Pucallpa. Hierher kommen alle, die hier draußen leben, um Vorräte zu besorgen und Geschäfte zu machen.«

»Gibt es eine Bank?«

»Eine Bank? Das hier ist mitten im Nirgendwo. Die letzte Bank ist schon vor langer Zeit verschwunden. Die armen Schweine wurden ständig von den Kommunisten ausgeraubt.«

Wir fuhren an einem ausgebrannten Auto vorbei und hielten vor einer Hütte, deren Fenster und Tür vergittert waren. Quadrate aus weißer Farbe überdeckten Graffiti.

Rico stellte den Motor ab. »Wir sind da.«

Mein Herz schlug schneller. War es zu spät, um umzukehren?

Rico sprang aus dem Wagen. »Komm schon, das ist es.«

Ich stieg aus dem Auto. Das Einzige, was ich über diesen Ort wusste, war, dass er gefährlich war. Extrem gefährlich.

KAPITEL ACHTUNDZWANZIG

»Un minuto!«

Die Tür öffnete sich einen Spalt breit und ein Mann mit brauner, ledriger Haut spähte heraus, bevor er die Kette aushakte.

»Rico, entra.«

Wir traten ein. Es gab einen einzigen Raum, der durch bunte Vorhänge in drei Bereiche unterteilt war. In der Mitte standen ein Tisch und zusammengewürfelte Stühle.

Rico sagte: »Das ist Frank, der Amerikaner, von dem ich dir erzählt habe. Er ist von einer amerikanischen Umweltschutzorganisation.«

Er lächelte und entblößte eine Zahnlücke. »Señor, sehr erfreut, Sie kennenzulernen.«

Ich schüttelte seine schwielige Hand und sagte: »Ganz meinerseits. Ich weiß Ihre Zeit und Ihre Bereitschaft, mich zu treffen, zu schätzen.«

»Nein, nein, Señor, wir wissen es zu schätzen, dass Sie hierhergekommen sind. Wir brauchen Hilfe, sonst verlieren wir den Regenwald.«

Rico sagte: »Ich muss los, sonst komme ich zu spät.«

Bevor ich etwas sagen konnte, flitzte Rico aus dem kleinen Haus.

Villarosa sagte: »Setzen Sie sich. Ich hole Ihnen etwas zu trinken. Sie müssen Pisco Sour probieren, das ist ein besonderes peruanisches Getränk.«

»Ist da Alkohol drin?«

»Ja. Nicht gut?«

»Ich glaube, ich sollte lieber nicht, wissen Sie, die Reise ...«

»Natürlich, ich hole Ihnen eine Inca Kola.«

Ich trank nie Limonade. »Klingt gut.«

Er stellte ein Glas mit einer leuchtend gelben Flüssigkeit ab. Ich hatte ein braunes, colaartiges Getränk erwartet. Ich probierte einen Schluck. Es schmeckte wie Kaugummi gemischt mit Zitrone.

»Schmeckt es?«

»Ja. Es ist gut, anders.«

»Das ist die Nummer eins in Peru.«

Ich nickte und nahm einen winzigen Schluck. »Danke. So, erzählen Sie mir, was mit dem peruanischen Regenwald los ist.«

»Er wird zerstört. Ich weiß nicht, ob irgendjemand, nicht einmal Amerika, die Abholzung aufhalten kann. Aber die Umwelt und unsere Leute werden vergiftet.«

»Wer tut was?«

»Der größte Teil der neuen Schäden stammt vom illegalen Bergbau.«

»Goldabbau?«

»Hauptsächlich.« Er senkte die Stimme. »Ich will keinen Ärger bekommen, weil ich zu viel rede.«

»Sie können es mir erzählen; ich werde nichts sagen.«

Er starrte auf seine Hände, sagte aber nichts.

Ich sagte: »Sie können mir vertrauen. Ich bin den ganzen Weg hierhergekommen, um zu helfen. Alles, was Sie sagen, ist vertraulich.«

»Okay.«

»Sie haben mir gerade vom Goldabbau erzählt.«

»Ja. Wir haben legale Minen in Peru, und das ist hier eine wichtige Industrie, aber die illegalen Minen, die werden von kriminellen Banden betrieben, und denen ist es egal, was für ein Chaos sie anrichten. Sie ziehen einfach an einen anderen Ort weiter und zerstören den auch.«

»Das ist schrecklich.«

»Ich werde Sie hinführen; Sie werden es sehen. Was einmal grün war, ist jetzt Schlamm, und überall gibt es giftige Tümpel. Der Fluss ist braun und hat eine Menge Quecksilber im Wasser.«

»Wie lange gibt es den illegalen Bergbau schon?«

»Schon lange. Wir haben hier nicht viele Arbeitsplätze, und wenn die Leute keine Arbeit finden, versuchen viele, Gold zu schürfen, um ihre Familien zu ernähren. Aber in den letzten paar Jahren ist es sehr schlimm geworden. Der Goldpreis ist gestiegen, und jeder dachte, das wäre der einfache Weg, um Geld zu verdienen.«

»Die Leute verdienen damit Geld?«

Er schüttelte den Kopf. »Nicht die Arbeiter. Sie werden mit einem Hungerlohn bezahlt, und es zerstört unsere Lebensweise. Die Fische sterben, und unsere Ernte wächst wegen des Gifts nicht. Und es gibt zu viel Gewalt. Die Banden sind schlechte Menschen, und sie bedrohen jeden, der sich ihnen in den Weg stellt.«

»Was haben die peruanischen Behörden dagegen unternommen?«

Villarosa spottete. »Sie schicken für ein paar Tage Truppen rein. Aber es ändert sich nichts. Die Minenarbeiter gehen tiefer in den Wald und warten. Es ist zu viel Geld im Spiel, zu viel Korruption.«

»Genau wie beim Drogenproblem.«

»Ja, es ist dasselbe.«

»Haben Sie Ideen, was passieren muss, um das zu beenden?«

Er schlug mit der Hand auf den Tisch. »Was passieren muss, ist, dass die Korruption endet!«

Ich nickte. »Das würde Probleme auf der ganzen Welt lösen.«

»Ja, Señor. Das würde es.«

»Was kann man außerdem praktisch tun? Vielleicht können wir helfen.«

»Wir brauchen Polizei in den Bergbaugebieten, jeden Tag, nicht nur zur Schau. Und mehr Arbeitsplätze, damit die Leute nicht im Bergbau arbeiten müssten, um ihre Familien zu versorgen. Wenn es andere Möglichkeiten gäbe, den Lebensunterhalt zu verdienen, würden sie vielleicht nicht den Ort zerstören, an dem sie leben.«

»Das wäre ein guter Anfang.«

»Ich möchte Sie dorthin bringen. Sie sollten es mit eigenen Augen sehen, damit Sie den Amerikanern erzählen können, wie schlimm es ist.«

»Sicher, meine Organisation will ein genaues Bild der Lage, damit wir entscheiden können, wie wir am besten helfen können.«

»Wir können in einer Weile gehen. Ich muss meinen Laden für das Nachmittagsgeschäft öffnen. Dann gehen wir.«

»Jetzt?«

»Sí, warum nicht?«

»Ich sehe, Sie setzen sich leidenschaftlich für den Schutz Ihres Landes ein.«

»Es ist nicht nur unser Land.« Villarosa klopfte sich auf die Brust. »Der Amazonas ist die Lunge der Welt. Was hier passiert, betrifft jeden.«

KAPITEL NEUNUNDZWANZIG

»WIE LANGE BIST DU SCHON DORT?«

»Oh, schon ewig. Ich habe übernommen, als sie meinen Vater umgebracht haben.«

»Ist er ermordet worden?«

»Ja. Bevor Reyes das Sagen hatte, haben verschiedene Banden gestohlen, und es war brutal, noch schlimmer als jetzt.«

Ich wollte fragen, wer dieser Reyes war, aber vor seinem Laden standen Männer Schlange.

Villarosa sagte: »Buenos días, buenos días.«

Er schloss ein Gittertor auf, dann eine Metalltür. Ich folgte ihm in einen kleinen, dunklen Raum. Meine Augen gewöhnten sich gerade an die Dunkelheit, als er die Tür hinter uns schloss.

Er griff nach einer Schnur und eine Deckenlampe erhellte den Raum. Ein grauer Safe dominierte das Zimmer, in dem zwei Tische und ein Regal voller Flaschen standen.

Villarosa schloss eine Metallplatte über einem Regal an der Vorderwand auf. Licht strömte durch die Gitterstäbe dahinter, als er sie aufschwang.

Der Mann an der Spitze der Schlange legte einen Stoffbeutel auf den Tresen und schob ihn nach vorn. Villarosa griff durch die Öffnung. »Woher hast du das?«

»Ich habe am Wasser gesiebt.«

»Wo?«

»Ich weiß nicht genau. Mein Freund hat mich dorthin mitgenommen.«

»Hast du das vom Madre Dios?«

»Nein, nein. Nicht von dort. Wir waren im Norden und haben in einer richtigen Mine gearbeitet.«

Villarosa öffnete den Beutel und starrte auf die Goldklumpen. »Die stammen nicht aus einer legalen Mine.«

»Doch! Ich habe zehn Tage gearbeitet, um so viel zusammenzubekommen.«

»Die sind grob amalgamiert.«

Ich reckte den Hals, um etwas zu sehen. Die kleinen Brocken sahen aus wie wertlose Steine.

»Du musst mir glauben.« Der Minenarbeiter hob die Hände. Die Haut an seinen knüppelartigen Fingern war rissig und schmutzig. »Ich habe mir den Arsch dafür aufgerissen.«

Alles, was ich gelesen hatte, besagte, dass der Bergbau harte und gefährliche Arbeit war. Zusätzlich zu den Banditen und den Gefahren durch wilde Tiere benutzten die Minenarbeiter Quecksilber, um feine Goldflitter miteinander zu verbinden. Man bekam das Gold, aber das Nervensystem und die Gesundheit zahlten den Preis dafür.

Villarosa, der wohl schon zu viele Männer gesehen hatte, deren Motorik beeinträchtigt war, zog Handschuhe an. Er schüttete den Inhalt des Beutels in eine kleine Schale. Er benutzte eine Pipette und träufelte weißen Essig auf den Haufen.

Ich wusste nicht, wonach er suchte.

Er goss den Essig ab und legte die Nuggets auf eine Waage. Es musste Gold sein.

»Wie viel habe ich? Mindestens eine Viertelunze, oder?«

»Kaum ein Achtel.«

»Nein, nein. Schau noch mal nach, schau noch mal nach.«

»Es ist ein Achtel. Ich gebe dir zweihundert US-Dollar.«

»Geht da nicht mehr? Ich muss fünf Mäuler stopfen.«

»Zweihundert ist alles, was ich zahlen kann.«

»Okay.«

Villarosa bezahlte den Mann und gab ihm den Beutel zurück. Der Nächste in der Schlange trat ans Fenster, als ein Motorrad vorfuhr. Der Fahrer hatte eine AK-47 über der Schulter hängen. Sein Beifahrer stieg ab und legte seinen Helm auf den Sitz.

Der Mann am Fenster trat für den Neuankömmling zur Seite. Der Beifahrer zog aus jeder Tasche seiner Lederjacke einen Beutel und trat ans Fenster.

»Buenos días, Eduardo.«

»Buenos días.«

Er schob die Beutel durch die Öffnung. »Don Pedro lässt grüßen.«

Villarosa leerte beide Beutel in die Wiegeschale. »Eineinviertel Unzen.«

Die Wartenden in der Schlange flüsterten erstaunt.

»Wie viel?«

Villarosa nahm einen kleinen Taschenrechner und tippte auf die Tasten. »Zwölfhundertachtzig.«

»Machen Sie dreizehnhundert daraus, und wir sind im Geschäft.«

Villarosa nickte. Er zählte die Scheine ab.

Würden die Männer, die wie die Hunde schufteten, um das Gold zu beschaffen, mehr als zwanzig Dollar davon zu sehen bekommen?

Villarosa schob das Geld unter den Gitterstäben hindurch. »Richten Sie dem Don meine besten Wünsche aus.«

Während der Mann das Geld einsteckte, schickte Villarosa

eine SMS. Er wies die Männer in der Schlange an, zu warten, und schloss die Metallplatte über dem Fenster.

Villarosa ging zum Safe. Ich flüsterte: »Wer ist Don Pedro?«

»Er betreibt mehrere Minen, alle illegal. Don Pedro hat Dutzende von armen Arbeitern, die sich für ihn den Rücken krumm machen, aber sie verdienen kaum genug zum Überleben.«

Villarosa öffnete die Metallplatte und bediente die nächsten drei Männer in der Schlange. Als der nächste Minenarbeiter seinen Beutel mit Rohgold hervorholte, fuhr ein Motorrad vor. Zwei Männer sprangen ab und schwangen ihre AK-47s.

Die Minenarbeiter in der Schlange stoben auseinander. Villarosa schlug die Metallplatte zu, als die Männer zu feuern begannen.

Ich warf mich auf den Boden. Villarosa sagte: »Nein, komm mit.«

Villarosa eilte aus dem hinteren Teil des Gebäudes. Ich folgte ihm und erhaschte einen Blick auf einen offenen Jeep, der quietschend zum Stehen kam.

Schüsse peitschten, während sich die Männer im Jeep mit den Banditen ein Gefecht lieferten. Ich duckte mich hinter einen Gummibaum, während Villarosa sich auf den Waldboden presste.

Die Schießerei endete nach zwei Minuten. Ich spähte um den Baum herum, dann zu Villarosa, der den Kopf hob. Ich strengte mich an, um zu verstehen, was die Stimmen sagten.

Er senkte den Kopf. Jemand kam auf den Wald zu. »Eduardo! Komm da raus!«

Villarosa fragte: »Jacinto?«

»Sí. Komm raus, wir haben sie.«

Villarosa legte einen Finger auf die Lippen. Ich umklammerte den Baum, als er sich aufrappelte. »Du bist gerade rechtzeitig gekommen. Eine Minute später und sie hätten uns umgebracht.«

»Ich werde es Reyes sagen. Wir müssen es verbreiten: Wenn du dich mit unseren Leuten anlegst, jagen wir dich und deine Familie.«

»Die Leute sind verzweifelt. Mir wäre es lieber, sie geben mir jemanden, der mich beschützt.«

Jacinto schüttelte den Kopf. »Daraus wird nichts.« Er streckte seine AK-47 vor und lächelte. »Alles, was du brauchst, ist eine von denen hier.«

»Nein. Keine Waffen mehr.«

»Warum? Du hast schon mal getötet.«

Sie gingen auf das Gebäude zu. »Das war ein Fehler.«

»Entweder sie oder du. So läuft das.«

Villarosa hielt die Hintertür auf und folgte Jacinto hinein. Zehn Minuten später kamen sie wieder heraus. Jacinto sprang in den Jeep und dieser fuhr davon. Villarosa ging auf den Wald zu. »Luca, mein Freund, es ist alles gut. Komm raus.«

»Was zum Teufel war das?«

»Banditen. Wenn man wegläuft, bringen sie einen nicht um. Sie wollen nur das Geld.«

»Wer waren die Kerle im Jeep?«

»Das sind die Männer von Ramon Reyes. Sie sind genau im richtigen Augenblick gekommen. Ich habe eine SMS geschrieben, um Geld für den Kauf von mehr Gold anzufordern, und sie sind gerade noch rechtzeitig gekommen.«

»Wer ist Reyes?«

»Er kauft das Gold, das ich von den Minenarbeitern sammle. Ich habe ihm gegeben, was ich gekauft hatte, und er hat mir Geld gegeben, um mehr zu kaufen.«

»Sie müssen dir vertrauen.«

»Das tun sie. Ich habe sie nie bestohlen. Deshalb haben mich nie umgebracht und sorgen für meine Sicherheit.«

»Ich würde nicht gerade sagen, dass du danach sicher bist.«

Er zuckte mit den Schultern. »Komm schon, genug für heute. Jetzt gehen wir. Ich werde dir zeigen, wie Perus Land

gerodet, abgebaut und in unbrauchbarem Zustand zurückge-
lassen wird.«

KAPITEL DREISSIG

Ich folgte Villarosa zu einem alten, schlammverkrusteten Motorrad, das an der Seite des Gebäudes abgestellt war. Er schloss zwei schwere Ketten auf, die es an einem Baum sicherten.

Er schwang sein Bein darüber und startete das Motorrad. Eine Wolke blauen Rauchs quoll aus dem Auspuff.

Villarosa nickte mir zu: Ich solle aufsteigen. Es gab keine Helme. Ich fragte: »Wie lange dauert die Fahrt?«

»Dreißig Minuten.«

Würde das uralte Motorrad es so weit schaffen? Ich stieg hinter Villarosa auf und umklammerte den rostigen Rahmen des Motorrads.

Wir machten einen Ruck nach vorn und ich verstärkte meinen Griff. Wir fuhren durch die Stadt. Die festgefahrene Straße ging in einen trostlosen Feldweg über. Wir holperten dahin, während das Grün um uns herum dichter wurde.

Zwanzig Minuten vergingen, bevor Villarosa langsamer wurde. Er bog auf einen anderen Pfad ab und wir tauchten in den Dschungel ein. Der schmale Weg war zerfurcht und voller Pfützen.

Wasser spritzte an meine Beine, als wir zur Seite fuhren, um zwei Motorräder vorbeizulassen. »Wie lange noch?«

»Fünf Minuten.«

Ich lockerte meinen Griff und wäre beinahe vom Sitz gerutscht, als das Motorrad ins Schlingern geriet. Zwischen der dicken, feuchten Luft und dem Geruch hätten wir auch in einem Gewächshaus fahren können.

Dicke Wassertropfen begannen, auf uns einzuprasseln. Mein Shirt wurde durchnässt, als der Regen stärker wurde. Villarosa wurde wieder langsamer. Er bog scharf nach rechts auf einen hauchdünnen Pfad ab und fuhr bergauf.

Ich vergrub mein Gesicht in Villarosas Rücken, während Äste gegen meine Arme und Beine peitschten. Als wir den Hügelkamm erreichten, ließ der Regen nach.

Villarosa bremste bis zum Stillstand. »Wir halten hier.«

Ich stieg ab und starrte auf die braune Schlucht unter uns. Während Villarosa das Motorrad an den Waldrand schob, ballte ich meine Hände zu Fäusten und öffnete sie wieder, um die Durchblutung anzuregen.

Ich zeigte auf eine riesige Fläche aufgewühlter Erde, die mit toten Wasserlöchern übersät war. »Was ist das alles?«

»Eine verlassene Mine. Sie haben sie vor einem Jahr aufgegeben und sind tiefer in den Wald gezogen.«

»Sieht aus, als hätten sie hier einen Haufen Bomben abgeworfen.«

Er nickte. »Folge mir; wir gehen hinunter und dann herum zu der Stelle, wo sie jetzt schürfen.«

»Okay.«

Dicht hinter ihm folgten wir einem kaum erkennbaren Fußpfad einen Hang hinab. Als er flacher wurde, wurde der Waldboden matschig. An der Seite befanden sich sumpfige Wasserlöcher.

Villarosa sagte: »Halt dich von jedem Wasser fern. Wir wollen keinem Kaiman begegnen.«

»Was ist das?«

»Ein Krokodil.«

Ich erstarrte und ging so dicht wie möglich hinter ihm. Wir ließen das sumpfige Gebiet hinter uns und der Boden wurde fester.

Als wir zu einem Bereich gingen, wo das Sonnenlicht durchbrach, wandelte sich das reiche Aroma des Dschungels in einen beißenden Geruch.

»Was ist das für ein Geruch?«

»Chemikalien. Berühr hier nicht die Erde.«

Es kribbelte in meiner Nase. Ich zog mein nasses T-Shirt über die Nase. Körpergeruch war dem ranzigen Gestank vorzuziehen. Als wir um die Biegung des Pfades gingen, kam ein großer, von einem Ölfilm überzogener Wassertümpel in Sicht.

Wir erreichten das Ende des Pfades und umrundeten einen großen Krater. In der Gegend verstreut lagen rostige Maschinenteile und ein Dutzend leere Treibstofffässer, die im Schlamm versunken waren.

»Wie lange wird Mutter Natur brauchen, um das hier wieder in den ursprünglichen Zustand zu versetzen?«

»Ohne Hilfe würde es über hundert Jahre dauern.«

»Wirklich?«

»Ja, das Wasser ist giftig. Siehst du hier irgendwelche Vögel?«

Ich blickte zum Himmel. Das fehlende Vogelgezwitscher war mir nicht aufgefallen. »Nein.«

»Hier gibt es nichts, nicht einmal Insekten. Keine Eidechsen, keine Tiere, nichts als Chemikalien.«

»Das ist schrecklich.«

Er zeigte auf einen Schotterstreifen, der zu einem Feldweg führte. »Dem folgen wir jetzt, aber wir müssen an der Seite bleiben. Wenn jemand kommt, müssen wir uns in den Wald ducken.«

»Geh du voran.«

Wir blieben dicht am Waldrand. Ich spitzte die Ohren und hörte das Summen eines laufenden Motors. Villarosa drehte sich um und legte einen Finger auf die Lippen. »Wir kommen näher.«

Er wurde langsamer und zeigte nach vorn. Durch die Lücken im Laubwerk konnte ich sehen, dass der Waldboden abgetragen und durch eine schlammige Fläche ersetzt worden war, auf der Maschinen standen. Die Sonne brannte auf zwei Dutzend Männer hinab, die hart arbeiteten.

Wir schlichen näher heran und die Motoren wurden lauter. Ich zog mein T-Shirt wieder über die Nase. Dieselabgase reizten meinen Rachen. Die Motoren trieben Pumpen an, die Wasser aus einem breiten Bach zogen.

Zwei Schlauchgarnituren, jede von Arbeitern mit nacktem Oberkörper bedient, versprühten gewaltige Wasserstrahlen auf den Rand der Grube. Ich flüsterte: »Was machen die da?«

»Sie lockern die Erde auf, um Gold zu finden, das im Sediment eingeschlossen ist.« Er zeigte auf eine rampenartige Vorrichtung, wo Arbeiter mit nacktem Rücken die durch die Schläuche gelockerte Erde bearbeiteten. »Sie trennen das Gestein vom Sediment.«

Vier Männer standen hüfthoch in mit Schlamm eingedicktem Wasser. Ich konnte mir nicht vorstellen, in dieser Brühe zu stehen.

Ich stieß Villarosa an. Eine bewaffnete Wache kam ins Blickfeld, eine AK-47 über die Schulter gehängt. Er blickte in unsere Richtung, bevor er sich umdrehte. Er umrundete eine Handvoll blauer Plastikfässer, bevor er aus dem Blickfeld verschwand.

Ich flüsterte: »Wofür sind die blauen Fässer?«

»Da ist Quecksilber drin. Wenn sie es benutzen, verbinden sich all die winzigen Goldstückchen zu einem kleinen Klumpen. Nur so können sie es verkaufen.«

Ich erstarrte. Eine Stimme rief über das Dröhnen der Maschinen hinweg: »Julio, ven aqui!«

Ich suchte die Gegend ab und stieß Villarosa mit dem Ellbogen an; eine zweite Wache zeigte in unsere Richtung. Die erste rannte zu seinem Kollegen. Beide begannen, in unsere Richtung zu joggen.

Ich ging den Weg zurück, den wir gekommen waren, und sagte: »Lass uns von hier verschwinden.«

»Nicht da lang, komm mit mir.«

Ich folgte Villarosa, als er sich unter einen belaubten Ast duckte, und wir verschwanden im Dschungel. Je tiefer wir vordrangen, desto dunkler wurde es. Hier und da bahnten sich Sonnenstrahlen einen Weg durch das dichte Blätterdach.

Ich hielt meine Hände an beiden Seiten meines Gesichts, aber meine Beine wurden links und rechts zerkratzt. Etwa die Länge eines Fußballfeldes entfernt war eine helle Öffnung zu sehen.

»Was ist da vorne?«

Villarosa sagte: »Noch eine alte Mine.«

Wir kamen zur Lichtung und traten in die Sonne. Ich sagte: »Meine Güte, das ist verrückt.«

Gefällte Bäume säumten den Rand einer schlammigen Fläche von der Größe des Central Parks. Die Zerstörung erstreckte sich, so weit das Auge reichte. Ich wusste nicht viel über Umweltverbrechen, aber das musste zu den Schlimmsten gehören.

»Es gibt viele, viele weitere wie diese. Mach ein paar Fotos.«

Ich benutzte mein Handy und machte drauflos. »Okay. Ich habe genug. Lass uns von hier verschwinden.«

Er zeigte nach vorn. »Wir können dort entlanggehen und kommen dann in der Nähe der Stelle raus, wo wir das Motorrad gelassen hatten.«

Wir brauchten zwanzig Minuten, um zurückzukommen.

Villarosa rollte das Motorrad aus dem Wald. Er stieg auf und startete es. Ich schwang mein Bein über den Sitz und eine Salve von Schüssen krachte los.

»Beeilung!«

Villarosa gab Gas. Ein Schuss prallte vom Rahmen des Motorrads ab und Villarosa verlor die Kontrolle.

Das Motorrad rutschte weg. Wir fielen herunter. Die Wachen begannen zu schießen. Kugeln schlugen auf dem Pfad ein, als wir in den Wald krochen.

Die Schützen rannten herbei. Ich hielt den Atem an, während wir uns hinter einem riesigen Ameisenhügel versteckten. Die Schützen machten ein paar Schritte in den Wald, bevor sie aufgaben und umkehrten.

Als sich die Anspannung in meinem Kiefer löste, klingelte mein Handy. Ich griff in meine Tasche, als die Wachen schrien und den Wald betraten.

Ich wischte den Anruf von Mary Ann weg und drückte mich an den schlammigen Hügel.

Ihre Schritte kamen näher. Während ich ein Ave Maria betete, schrie einer von ihnen auf Spanisch:

»Auf die Füße!«

Ich blickte auf. Eine AK-47 war auf meinen Kopf gerichtet. Ich hob meine Hände und kämpfte mich auf die Knie. »Bitte, bitte tun Sie uns nichts.«

KAPITEL EINUNDDREISSIG

Villarosa sagte: »Wir sehen uns nur um. Mein Freund ist zu Besuch in Peru.«

Die Wache, die über mir stand, stieß mir mit dem Gewehr in die Schulter. »Sind Sie Amerikaner?«

»Sí, Señor.«

»Warum sind Sie hierher gekommen? Und lügen Sie nicht, sonst erschieße ich Sie.«

»Ich wollte mir nur die Gegend ansehen.«

»Sprechen Sie Spanisch?«

»Sí, meine Mama war Mexikanerin.«

»Und da kommen Sie nach Peru? In den Amazonas?«

»Ich, äh, ich habe mich schon immer für die Regenwälder interessiert, es ist ein unglaublicher–«

Villarosa fiel ihm ins Wort: »Ein Freund eines Freundes hat gesagt–«

Uff! Eine Wache rammte Villarosa den Kolben seiner AK-47 in den Magen. Villarosa krümmte sich.

Als Nächstes kam er zu mir. »Also, was machen Sie hier draußen?«

»Nichts, wirklich. Wir sehen uns nur um. So etwas haben wir in Amerika nicht.«

»Geben Sie mir Ihr Handy.«

Nachdem ich es übergeben hatte, sagte der bewaffnete Mann: »Entsperren Sie es.«

Ich tat, wie er verlangte.

Die Wache scrollte durch. Er zeigte den Bildschirm seinem Kollegen und drehte ihn zu mir.

»Warum machen Sie Fotos von der Mine?«

»Ich wollte meiner Frau zeigen, was wir gesehen haben, das ist alles.«

»Wer hat Sie hergeschickt?«

»Niemand. Wir haben nur eine Fahrt gemacht und–«

»Hören Sie auf zu lügen, oder ich erschieße Sie beide und lasse Sie hier verrotten!«

Ich sagte: »Wir sagen die Wahrheit. Ich schwöre es.«

Die größere Wache sagte: »Willst du sie zu Cabrerra bringen?«

Sein Kollege sagte: »Wir sollten sie hier und jetzt erschießen.«

»Bitte, bitte lassen Sie uns gehen. Ich habe eine Tochter und eine Frau.«

Er hob sein Gewehr. »Halten Sie den Mund, sonst puste ich Ihnen den Kopf weg.«

Villarosa sagte: »Immer mit der Ruhe, er ist Amerikaner. Wenn ihm etwas passiert, wird das Militär diesen ganzen Ort auf den Kopf stellen.«

»Sie werden weder Sie noch ihn finden. Wir verfüttern Ihre Ärsche an die Kaimane.« Die Wachen lachten.

Ich schauderte.

Die beiden Männer drängten sich zusammen und sprachen ein paar Minuten miteinander. Der Kleinere von ihnen sagte: »Los, marschieren. Wir lassen Cabrerra mit Ihnen fertigwerden. Er wird entscheiden, was zu tun ist.«

Villarosa sagte: »Das wollen Sie nicht tun.«

»Sagen Sie mir nicht, was ich zu tun habe!«

»Er wird wütend sein, dass Sie sich nicht um uns gekümmert haben.«

Die Wachen wechselten Blicke.

Villarosa sagte: »Sagen Sie ihm, Sie haben uns erwischt. Sagen Sie ihm, Sie haben uns erschossen und uns in einem der Becken einer alten Mine entsorgt.«

Warum gab er ihnen Ideen, wie sie uns loswerden konnten?

Die große Wache richtete ihr Gewehr auf ihn und lächelte. »Gute Idee.«

»Moment«, sagte Villarosa. Er griff in seine Tasche und holte einen kleinen Lederbeutel hervor. »Nehmen Sie das.«

»Was ist das?«

»Ein Goldnugget. Eine halbe Unze. Nehmen Sie es und lassen Sie uns gehen.«

Die Wache nahm den Beutel und lockerte den Kordelzug. Er zog eine zerklüftete, runde Goldkugel heraus. Er hielt sie so hoch, dass sein Partner sie sehen konnte, und steckte sie dann wieder in den Beutel.

»Wir werden Sie trotzdem zu Cabrerra bringen, aber danke für das Geschenk.«

Am liebsten hätte ich ihm das Grinsen aus dem Gesicht geschlagen.

Villarosa sagte: »Wenn Sie uns gehen lassen, besorge ich Ihnen noch einen.«

»Wo wollen Sie den herkriegen?«

»Ich arbeite mit vielen Minenarbeitern in Pucallpa als Mittelsmann zusammen.«

Sie sahen sich an. Der Große hob den Beutel. »Wir wollen noch zwei von denen, einen für jeden von Ihnen.«

»Noch zwei? Das ist eine Menge Geld.«

»Oder wir bringen Sie jetzt um und behalten dieses hier.«

»Okay, okay. Ich kann es in drei Tagen haben. Sie kommen

bei mir vorbei, auf der El Prado, nahe der Ecke zur Jiron Lima.«

»Wenn Sie mich verarschen, werden wir Sie jagen und umbringen.«

»Nein, nein. Ich sage die Wahrheit. Sie kommen, und ich werde Ihnen zwei weitere geben. Das ist alles, was ich habe, es sind meine gesamten Ersparnisse.«

Er sah seinen Partner an, der nickte.

»Sie haben heute Glück gehabt. Und versauen Sie es nicht. Sehen Sie zu, dass Sie das Gold haben. Wir sind in drei Tagen da.«

»Wenn ich nicht da bin – meine Tochter, sie bekommt bald ein Baby. Sagen Sie mir Ihre Namen, und ich werde dafür sorgen, dass sie Ihnen das Gold gibt.«

»Ich bin Cesar und er ist Ramon.«

»Und Ihre Familiennamen?«

»Das reicht. Und jetzt scheren Sie sich zum Teufel von hier und sehen Sie zu, dass Sie das Gold für uns haben, sonst sind Sie tot, und Ihre Tochter auch.«

»Ich werde es haben, keine Sorge.«

Wir gingen weg. Ich sah über meine Schulter. Die bewaffneten Männer untersuchten das Goldnugget. Ich sagte: »War das echt, was du ihnen gegeben hast?«

»Ja. Ich habe immer eins bei mir, für den Fall, dass ich jemanden bestechen muss.«

»Ohne das wären wir in Schwierigkeiten gewesen.«

»Eher tot.«

»Aber sie werden wiederkommen. Was wirst du tun? Ihnen mehr geben?«

»Auf keinen Fall. Ich könnte es mir nicht leisten, selbst wenn ich wollte. Ich werde es Reyes sagen. Er wird ihnen eine Nachricht zukommen lassen, und dann ist die Sache erledigt.«

»Sie werden auf ihn hören?«

»Wenn sie am Leben bleiben wollen, ja.«

»Ich nehme an, mit Reyes legt man sich nicht an.«

»Er hat Verbindungen zu einigen üblen Leuten.«

»Den Kartellen?«

Er nickte.

»Er kauft das Gold, das du sammelst, für die Kartelle?«

»Ich bin mir ziemlich sicher.«

»Was machen sie damit?«

»Ich weiß nicht. Vielleicht lagern sie es irgendwo in einem Tresor. Vielleicht tauschen sie es gegen Waffen mit den Russen oder Chinesen.«

Ich dachte an die Exportfirma. »Heilige Scheiße.«

»Was? Was ist los?«

Ich konnte es ihm nicht sagen und sagte: »Ich kann nicht fassen, dass wir da lebend rausgekommen sind!«

»Das war knapp. Ich muss zugeben, ich dachte, sie würden uns erschießen.«

»Ich auch. Ich habe wie verrückt gebetet.«

Es war eine knappe Angelegenheit, aber daran konnte ich nicht denken. Ich wälzte in meinem Kopf das, was ich für den Schlüssel zur Geldwäscheoperation des Kartells hielt.

KAPITEL ZWEIUNDDREISSIG

Ich schickte ihr eine Nachricht, dass ich in zehn Minuten zurückrufen würde, und sprang unter die Dusche. Meine Beine und Arme sahen aus, als hätte ich mich mit einer Horde Katzen geprügelt. Ich zog mich schnell an und tätigte den Anruf.

»Hey, Mary Ann.«

»Hi, Frank. Igitt. Der Bart muss ab.«

»Wird er auch. Sobald ich zu Hause bin, rasiere ich mich.«

»Was ist mit deinem Arm passiert?«

»Das ist nichts, nur ein paar Kratzer von einem Busch, als ich spazieren war.«

»Sei vorsichtig, Frank. Halte es sauber und pass auf, dass es sich nicht entzündet.«

»Das wird schon wieder. Wie geht es Jessie?«

»Ihr geht es gut. Sie versucht gerade, ihre Kurse für das nächste Semester festzulegen.«

»Ich hoffe, sie überlegt es sich mit Strafrecht als Hauptfach noch mal.«

»Mag sein, aber alles, was passiert ist, hat aus ihr eine kleine Version von dir gemacht.«

Ich lachte. »Sollte das nicht eigentlich etwas Gutes sein?«

»Nicht, was die Sturheit angeht.«

»Stur? Ich? Ich nenne es beharrlich. Na ja, was hast du so getrieben?«

»Nicht allzu viel. Ich habe versucht, Connie aus dem Haus zu bekommen.«

»Wie geht es ihr denn?«

»Nicht gut. Alles erinnert sie an Jimmy, und dann fängt sie an zu weinen.«

»Das ist wirklich schlimm. Es wird lange dauern, bis der Schmerz, den sie fühlt, nachlässt.«

»Ich weiß. Sie tut mir so leid. Ich weiß nicht, warum ihre Schwester nicht für eine Weile herkommt und bei ihr bleibt.«

»Vielleicht hat sie viel zu tun, oder Connie hat gesagt, sie soll nicht kommen. Du weißt ja nicht, was für eine Beziehung die beiden haben.«

»Ich weiß, aber sie hat ihren Sohn verloren, nachdem sie schon ihren Mann verloren hatte. Ich würde hinfahren und in einem Hotel wohnen, nur um in der Nähe zu sein, wenn ich eine Schwester hätte.«

»Du bist etwas Besonderes, Mary Ann.«

»Ja, so besonders, dass mein Mann nach Peru abgehauen ist.«

»Ach, komm schon. Du weißt, dass ich wegen all dem hier etwas unternehmen musste.«

Sie schwieg.

»Wie auch immer, ich bin in ein oder zwei Tagen zurück, mach dir keine Sorgen.«

»Beeil dich. Ich vermisse dich.«

»Ich vermisse dich auch. Ich rufe dich morgen an.«

Eine trübsinnige Stimmung überkam mich. Mein Versuch, bei ihr Trost zu finden, war nach hinten losgegangen. Ich schob das Gespräch beiseite und klappte meinen Laptop auf. Über den Hotspot meines Handys suchte ich nach Informationen über Ramon Reyes und die Santos Exporting Company, wohin das Geld geflossen war.

————

ICH SAH aus dem Fenster und nahm einen Schluck von meinem Pilsen Callao. Das Bier war gut. Laut Etikett wurde es von einer Tochtergesellschaft von Anheuser-Busch hergestellt. Ich stach mit der Gabel in meine zur Neige gehende Portion Causa, die peruanische Version von Kartoffelsalat. Während ich überlegte, ob ich noch eine Portion bestellen sollte, betraten zwei Männer das Bar-Restaurant.

Sie waren tief gebräunt, aber ich wusste, dass sie keine Einheimischen waren. Das Paar bewegte sich wie Amerikaner. Sie gingen zum Tresen und bestellten in einer Mischung aus Spanisch und Englisch. Sie waren Amerikaner.

Ich aß auf. Während ich an meinem Bier nippte, lauschte ich ihrem Gespräch. Hatte ich da gerade Biscayne Bay gehört?

Ich fischte einen Geldschein aus meiner Tasche und ließ ihn auf dem Tisch liegen. Es war ein Zwanzig-Dollar-Schein. Der Snack und das Bier hatten nur fünf US-Dollar gekostet.

Ich ging auf die Männer zu und sagte: »Entschuldigung, ich konnte nicht umhin, zu bemerken, dass Sie aus den Staaten sind.«

Der Stämmigere von beiden stieß seinem Freund den Ellbogen in die Seite und streckte seine Hand aus. »Hey, was sagst du dazu? Noch ein Gringo.«

Ich ergriff seine Hand und benutzte einen Decknamen. »Mein Name ist Larry. Ich komme aus Südwest-Florida.«

Er schüttelte mir die Hand. »Schön, dich kennenzulernen, Larry. Ich bin Matt und das ist Eric.«

»Woher kommt ihr denn?«

»Wir kommen auch aus dem großartigen Staat Florida. Aber von der anderen Küste, aus Miami.«

»Was für ein Zufall, dass wir uns hier treffen.«

»Das ist verrückt. Lass mich dir einen ausgeben. Was magst du?«

»Ich habe für die Mitte des Tages genug gehabt.«

»Bist du sicher, Larry?«

»Ja, aber danke trotzdem.«

Matt senkte seine Stimme, war aber immer noch zu laut. »Also, was treibst du in diesem Drecksloch von einem Ort?«

»Ich bin bei einer Umweltorganisation aus Washington, D.C.«

Er wechselte mit Eric einen Blick. »Und was machst du da?«

»Ich behalte im Auge, was mit dem illegalen Bergbau und dem Regenwald passiert. Es ist eine echte Tragödie.«

»Viel Glück dabei. Hör zu, ich würge nur ungern einen amerikanischen Landsmann ab, aber wir haben noch eine wichtige geschäftliche Angelegenheit zu besprechen, bevor wir ein Treffen haben.«

»Sicher. Euch auch viel Glück.«

»Ja, dir auch.«

Bei mir schrillten alle Alarmglocken. Mein Körpergeruch war sicher nicht besser als der von jedem anderen, aber das war nicht der Grund, warum sie mich abwimmelten. Waren sie in den illegalen Bergbau und die dadurch verursachten Schäden verwickelt? Ich trat nach draußen und versuchte herauszufinden, in welcher Funktion sie damit zu tun haben könnten.

Auf der anderen Straßenseite war eine Bodega. Ich wich einem Strom von Motorrollern aus, um auf die andere Seite zu gelangen. Ich kaufte zwei Literflaschen Wasser und verließ den Laden.

Als ich eine dreiköpfige Familie, die auf einem Motorrad hockte, vorbeifahren ließ, kam ein silberner Land Rover um die Ecke. Er hielt vor dem Bar-Restaurant, in dem ich gerade gegessen hatte.

Die vordere Beifahrertür öffnete sich und ein Schrank von einem Mann stieg aus. Der Leibwächter musterte die Gegend, bevor er die hintere Tür öffnete. Ein Mann mit einem Stroh-Fedora und einem hellblauen Poloshirt stieg aus. Ich hatte ihn schon einmal gesehen.

Der angeheuerte Schläger öffnete seinem Boss die Tür, und sie verschwanden im Inneren. Ich stand eine Minute lang da, versuchte, den Mann zu identifizieren, und machte mich dann auf direktem Weg zurück zum Lokal.

Anstatt hineinzugehen, schlenderte ich am Fenster vorbei und spähte hinein. Der Mann mit dem Hut stand mit dem Rücken zum Fenster. Aber er sprach mit den beiden Amerikanern, die mich abgewimmelt hatten. Wer war dieser Kerl?

Ich ging um den Block und lugte erneut durch das Fenster. Das Gesicht des Mannes mit dem Fedora war zu sehen. Aber ich konnte immer noch nicht einordnen, wo ich ihn gesehen hatte. Verwechselte ich vielleicht einige seiner Züge mit einer Mischung aus verschiedenen Leuten?

KAPITEL DREIUNDDREISSIG

Sein Goldzahn blitzte auf, als er lächelte. »Nein, nicht zu einer Mine. Ich will dir zeigen, was das mit unseren Leuten macht. Komm.«

Er startete das Motorrad. Meine Oberschenkelinnenseiten schmerzten, als ich auf den Sitz stieg.

Wir fuhren fünfzehn Minuten lang und kamen in einer Stadt an, die kleiner als Pucallpa war. Die Gebäude und Häuser waren in einem besseren Zustand.

»Wo sind wir?«

Er schrie über den Lärm des Motors hinweg. »Nueva Pucallpa!«

»Wohin fahren wir?«

Er deutete auf ein großes rotes Kreuz, das mich an eine Apotheke erinnerte.

Villarosa parkte vor einem Gebäude, auf dessen Schild *Nueva Pucallpa Clinica* stand. Eine Menschenschlange wand sich vor der Tür. Wir stiegen vom Motorrad ab und er sagte: »Siehst du diese Leute? Fast alle von ihnen sind vom Queck-silber krank.«

Ich folgte ihm, als er sich der Schlange näherte, die darauf wartete, in die Klinik zu kommen. »Buenos días.« Eine Handvoll Leute erwiderte den Gruß. Villarosa ging auf eine Mutter zu, die ein Kind auf der Hüfte trug. »Wie geht es Ihrem Baby?«

»Sehr schlecht. Es entwickelt sich nicht richtig. Die Ärzte schieben es auf die Quecksilbervergiftung.«

»Das tut mir leid zu hören. Und Sie, mein Herr, warum sind Sie hier?«

Die Stimme des Mannes zitterte. »Meine Nerven sind geschädigt.«

Er streckte den Arm aus und seine Hand zitterte. Er war nicht älter als vierzig. Mir drehte sich der Magen um.

»Ist das Ihr Sohn?«

»Nein.«

Villarosa fragte den jüngeren Mann: »Sind Sie für sich selbst hier?«

Er blickte zu Boden und flüsterte: »Ja, ich kann meine Frau nicht schwängern, und wir wollen eine Familie gründen.«

Villarosa klopfte ihm auf die Schulter. »Ich hoffe, man kann Ihnen helfen.«

»Ich auch.«

Villarosa wandte sich zu mir. »Quecksilber zerstört die Fortpflanzungsorgane.«

Es war schmerzhaft mitanzusehen, wie so viele Menschen von dem in Wasser, Boden und Luft freigesetzten Quecksilber betroffen waren. Ich zog Villarosa beiseite, senkte die Stimme und sagte: »Ich habe genug gesehen. Lass uns gehen.«

Er deutete auf ein großes weißes Haus, das am Hang eines Berges thronte. »Siehst du das?«

»Ja. Wer wohnt da?«

»Das ist das Haus von Ramon Reyes. Er lebt im Luxus, während die Leute leiden, bei deren Vergiftung er mithilft.«

Richteten die Drogen, die er verkaufte, nicht schon genug Schaden an?

»Können wir hinfahren und es uns ansehen?«

———

Als ich auf mein Hotel zuging, knurrte mein Magen. Es war ein langer Tag gewesen, und obwohl sich meine Gedanken überschlugen, schleppte ich mich nur noch dahin. Ich musste etwas essen und musterte die Ladenfronten an der Hauptstraße. An der Ecke war das El Bar y Parilla Cruz. Ich würde mir also in noch einer Bar mit Grill etwas zu essen holen.

Spanische Musik lief, und sie wurde lauter, als ich die Tür öffnete. Es dauerte ein paar Sekunden, bis sich meine Augen an die Dunkelheit gewöhnt hatten. Die zwielichtige Bar war dunkel. Ich zögerte, bevor ich eintrat.

Die Luft war schwer und roch nach Zigaretten, Alkohol und Körpergeruch. Ein Dutzend Männer lehnte an der Theke ohne Hocker und jeder Tisch war besetzt. Ich wollte gerade umdrehen und gehen, als ich stutzte.

Hinten im Raum saß Rico, der CIA-Agent, an einem Tisch an der Wand. Ich machte einen Schritt auf ihn zu, als mir klar wurde, dass der Mann, der bei ihm saß, bekannt aussah.

Dann fiel es mir ein. Ich warf noch einen verstohlenen Blick auf den Mann und es bestätigte sich. Ich machte auf dem Absatz kehrt, drehte mich um und stürmte zur Tür hinaus.

Draußen überquerte ich die Straße. Im Schatten stehend, behielt ich die Tür der Bar im Auge.

Jedes Mal, wenn sie sich öffnete, kauerte ich mich hinter einer Reihe geparkter Motorräder nieder. Nachdem ich vierzig Minuten gewartet hatte, trat Rico heraus. Mein Knie knackte, als ich mich duckte. Direkt nachdem Rico auf den Bürgersteig getreten war, folgte Reyes. Ich erstarrte. Der Mann mit den Verbindungen zu den Kartellen sprach mit Rico. Sie traten an die Seite des Gebäudes.

Mit dem Handy in der Hand visierte ich sie an und drückte auf Aufnahme.

Reyes sah sich um und griff in seine Tasche. Er hielt ein

dickes Geldbündel hoch. Rico nahm das Geld und fächelte die Scheine auf. Mir sank der Magen in die Kniekehlen. Der CIA-Agent stand auf der Gehaltsliste des Kartells.

Der Schmerz in meinem Knie wurde stärker. Ich verlagerte mein Gewicht und verlor das Gleichgewicht. Beim Versuch, mich abzustützen, griff ich nach dem Sitz eines Motorrads.

Das Motorrad kippte zur Seite und stieß gegen das danebenstehende. Während ich versuchte, es am Umfallen zu hindern, landete ich auf meinem Hintern und sah zu, wie die Reihe der Motorräder in einem Dominoeffekt zu Boden krachte.

Ich rappelte mich auf, als die Kettenreaktion endete. Rico kam schnurstracks auf mich zu. Ich schob mein Handy in die Tasche und sagte: »Hey, Rico, bist du das?«

»Was machst du hier?«

»Hab mir nur was zu essen geholt. Und was treibst du so?«

Seine Augen verengten sich. »Die Straßen hier sind gefährlich. Ein Mann kann hier draußen verletzt werden.«

»Nur gestolpert, das ist alles.« Ich kicherte. »Wer weiß, vielleicht ist mein neues Limit ein einziges Bier.«

»Man macht leicht Fehler, wenn man sich hier nicht auskennt. Du reist doch morgen ab, oder?«

Woher wusste er das? »Ja.«

Rico zeigte mit dem Finger auf mich. »Pass bloß gut auf dich auf. Die Leute hier mögen es nicht, wenn jemand, besonders ein Amerikaner, seine Nase in Dinge steckt, die ihn nichts angehen.«

Er machte auf dem Absatz Kehrt und ging davon.

Ich stapfte zurück zum Hotel. Wenn die CIA infiziert war, welche Chance hatten wir dann? Der Sumpf der Korruption hatte sich überall ausgebreitet.

Alle paar Meter schaute ich über meine Schulter. Niemand schien mir zu folgen, aber ich war hier fremd, und ein CIA-Agent war verwickelt.

Der Flur des schäbigen Hotels war leer. Ich joggte zu meinem Zimmer und schlug die Tür zu. Ich zerrte einen klapprigen Stuhl herüber, positionierte ihn auf seinen Hinterbeinen und klemmte die Lehne unter die Türklinke. Ich zog die Vorhänge zu und machte das Licht aus.

Auf dem Boden sitzend, auf der dem Bett gegenüberliegenden Seite, holte ich mein Handy heraus, um Mary Ann anzurufen. Das Startbildschirm-Foto von Jimmy, Steve und Jessie starrte mich an.

Während ich den Lichtschlitz unter der Tür im Auge behielt, rief ich Mary Ann an. Dort war es eine Stunde später als hier. »Hi, Frank.«

»Hey, wie geht's dir?«

»Ich freue mich so, dass du nach Hause kommst. Wann fliegst du los?«

»Gegen zehn Uhr morgens. Ich sollte gegen fünf Uhr deiner Zeit zu Hause sein.«

»Ich kann es kaum erwarten. Wie läuft es so?«

»Ich wünschte, ich könnte sagen: besser, aber es ist –« Zwei dunkle Flecken unterbrachen den gelben Lichtstreifen unter der Tür. Jemand stand davor.

»Frank?«

Ich senkte meine Stimme. »Warte mal kurz.«

»Was ist los? Warum flüsterst du?«

Wer auch immer es war, versuchte, die Türklinke zu betätigen, und ging dann wieder.

»Ich habe nicht geflüstert.«

»Doch, das hast du ganz sicher.«

»Das liegt wahrscheinlich an der Verbindung oder so.«

»Vielleicht. Also, wie läuft es? Hast du erledigt, was du erledigen musstest?«

»Größtenteils, aber wir reden über alles, wenn ich zu Hause bin. Wie geht es Jessie?«

Wir plauderten, bis wieder ein Paar Füße vor der Tür stehen blieb.

»Hey, mir fällt gerade ein, dass ich noch einen Anruf machen muss. Wir sehen uns morgen.«

Nachdem ich aufgelegt hatte, überlegte ich, das Zimmer zu wechseln oder mir eine andere Unterkunft zu suchen. Aber sie beobachteten mich und würden wissen, wohin ich gegangen war.

Ich zog die Kissen vom Bett und versuchte, es mir auf dem Boden so bequem wie möglich zu machen, so weit von der Tür entfernt wie möglich. Es würde eine lange Nacht werden, aber ich war auf dem Weg nach Hause und würde den Schlaf in meinem eigenen Bett nachholen.

Ich spielte das Video, das ich von Rico und Reyes gemacht hatte, mehrmals ab. Es gab keinen Zweifel: Rico hatte einen Haufen Bargeld bekommen. Er war korrupt. Stirnrunzelnd schüttelte ich den Kopf. Die Drogenkartelle bekamen Unterstützung von einem Agenten der US-Regierung.

Reichte die Korruption in der Befehlskette der CIA weiter nach oben? Waren auch andere Behörden beteiligt? Es war kein Wunder, dass die Bemühungen, die Flutwelle der ins Land strömenden Drogen einzudämmen, gescheitert waren.

KAPITEL VIERUNDDREISSIG

EIN MANN AUF EINEM MOTORRAD KAM DIE STRAßE entlanggeknattert. Er wurde langsamer und hielt ein paar Wagenlängen entfernt an. Er schwang sein Bein vom Sitz. An seiner Hüfte zeichnete sich eine Beule ab; er trug eine Pistole. An sein Motorrad gelehnt, zündete der Mann sich eine Zigarette an. Er zog sein Handy heraus und tätigte einen kurzen Anruf.

Ich trat ein paar Schritte zur Seite und suchte den Himmel nach der Ankunft meiner Mitfahrgelegenheit nach Hause ab. Die spannungsgeladenen Minuten vergingen, und ich entspannte mich ein wenig. Wenn er mich nicht erschoss, während ich zum Flugzeug ging, war dieser Kerl nur hier, um sicherzustellen, dass ich auch wirklich verschwand.

Ein Fleck am Himmel wurde größer. Eine Minute später konnte ich erkennen, dass es mein Flugzeug war. Es eierte, während es zu Boden sank. Eine Staubwolke stieg auf, als die Räder aufsetzten. Mein Puls beschleunigte sich. Ich würde aus diesem Drecksloch von einem Ort herauskommen.

Das Flugzeug kam zum Stehen. Der Pilot stieg aus, als ich mich näherte.

»Hey, es wird ungefähr zwanzig Minuten dauern.« Er wedelte mit einer Kreditkarte. »Wir müssen auftanken.«

»Kann ich an Bord warten?«

»Es gibt keine Klimaanlage.«

»Ich komme aus Südwest-Florida, damit werde ich fertig.«

»Nur zu.«

Ich blickte über meine Schulter. Der Mann hatte sich nicht von der Stelle gerührt; er lehnte immer noch an dem Motorrad.

Im Flugzeug war es heiß. Ich wechselte ab, mal in der Nähe eines Fensters zu sitzen, um den Mann im Auge zu behalten, und mal an der offenen Tür zu stehen, um den Hauch einer Brise zu erhaschen, der da war.

Nachdem das Auftanken beendet war, stieg der Pilot ein und zog die Treppe hoch. Ich würde lebend aus Peru herauskommen.

Es war ein Flug von mehr als fünf Stunden. Sobald die Aufregung des Überlebens verflogen war, wanderten meine Gedanken zurück zu dem Fall. Die Reise war gefährlich gewesen, und ich hatte nichts weiter in der Hand als Spuren, so vage wie Rauchschwaden, denen ich nachgehen konnte.

Da ich die meiste Zeit der Nacht mit den Augen auf die Tür gerichtet auf dem Boden gekauert hatte, war ich völlig fertig. Ich schloss die Augen und ging die gesamte Reise im Kopf durch. Es gab keinen Weg, auf dem Mary Ann von einigen der Dinge erfahren durfte, die geschehen waren.

Während ich versuchte, Ricos Rolle in dem Schlamassel herauszufinden, in den ich hineingeraten war, nickte ich immer wieder kurz weg. Plötzlich schreckte ich hoch. Die Identität des Mannes in der Bar, der mit den Amerikanern sprach, wurde mir klar. War er der Typ, der Santos Exportadora leitete?

Ich wühlte in meiner Reisetasche und zog den Laptop

heraus. Als ich ihn aufklappte, wurde mir klar, dass das Flugzeug kein WLAN hatte.

TEIL IV

NAPLES, FLORIDA

KAPITEL FÜNFUNDDREISSIG

Noch bevor ich aus dem Uber aussteigen konnte, hatte Mary Ann bereits die Haustür unseres Hauses aufgerissen. Ihr Roter-Teppich-Lächeln verlieh mir neue Energie. Sie schlang mir die Arme um den Hals. »Ich bin so froh, dass du zu Hause bist.«

Ich drückte sie fest. »Ich auch.«

»Der Bart muss weg. Er kratzt in meinem Gesicht.«

»Keine Sorge, in fünf Minuten ist er weg.«

Als ich ins Haus trat, sagte ich: »Ah, die Klimaanlage tut so gut.«

»In einer Stunde wirst du sie hochdrehen.« Sie lächelte und sagte: »Wie war der Rückflug?«

Sie musste nichts von dem holprigen Flug wissen. »Nicht so schlimm.«

Ich stellte meine Reisetasche ab, als sie fragte: »Also, wie ist es gelaufen? Hast du irgendwelche brauchbaren Spuren?«

»Nicht wirklich. Die Sache ist viel verzwickter, als ich dachte.«

»Inwiefern?«

»Wir sind von der Jagd nach dem Drogengeld in den Staaten zum illegalen Goldabbau gekommen und –«

»Goldabbau?«

»Könnte sein. Das Einzige, was ich sicher weiß, ist, dass es ziemlich verworren ist.«

»Verworren? Inwiefern?«

»Ich hätte kompliziert sagen sollen.«

»Das bedeutet doch dasselbe.«

»Wirklich? Ich dachte, verworren bedeutet, du weißt schon, alles durcheinander, und das ist es ja.«

»Wie war deine Kontaktperson? Hat er dich herumgeführt?«

»Nein. Ich war auf mich allein gestellt. Er hatte mit einem Aufstand zu tun.«

»Was für einem?«

»Die Kommunisten versuchen ein Comeback und stiften Unruhe. Die CIA befürchtet, dass sie sich mit den Kartellen zusammentun.«

»Klingt chaotisch.«

»Es ist gefährlich.«

Sobald es mir herausgerutscht war, wusste ich, dass es ein Fehler gewesen war.

»Es war dort gefährlich?«

»Nichts, womit ich nicht fertiggeworden wäre.«

Sie stemmte die Hände in die Hüften. »Und womit musstest du fertigwerden?«

Ich liebte sie, aber es war nicht einfach, mit einer ehemaligen Ermittlerin verheiratet zu sein. »Es war keine große Sache.«

Sie verzog das Gesicht. Sie glaubte mir nicht. »Du hättest niemals dorthin fliegen sollen.«

»Ich musste gehen.«

»Stimmt ja, du bist der Einzige, der die Welt retten kann.«

»So ist es nicht.«

»Wie ist es dann?«

»Hat irgendjemand die Dealer zur Strecke gebracht? Nein. Hat irgendjemand die Typen geschnappt, die Jimmy umgebracht haben? Nein. Ich kann da nicht einfach wegsehen, Mary Ann. Das geht mir zu nahe.«

»Ich weiß.« Sie lächelte. »Du bist ein guter Mann, Frank. Aber übertreib es nicht damit. Keine verrückten Reisen mehr.«

Ich nahm sie in den Arm. »Keine Sorge, ich gehe nirgendwohin.«

»Ich will nicht, dass dir etwas zustößt. Wir haben unser Soll erfüllt. Jetzt ist es an der Zeit, das Leben ein wenig zu genießen.«

Ich ließ sie los. »Ich weiß. Hast du weiter für eine Reise recherchiert?«

»Oh, das wird dir gefallen. Ich kann es kaum erwarten, es dir zu zeigen.«

»Klingt großartig. Ich verhungere. Ich habe eine Tüte Brezeln gegessen, die so altbacken waren, dass sie seit der Erfindung des Fliegens durch die Gebrüder Wright im Flugzeug gewesen sein müssen.«

Sie lachte. »Ich habe Filet Mignon von Whole Foods geholt. Ich schmeiße den Grill an.«

»Klingt gut. Ich springe schnell unter die Dusche.«

Das Wasser fühlte sich gut an. Der Wasserdruck in Peru war furchtbar. Während der Strahl auf mein Gesicht prasselte, wanderten meine Gedanken zu dem Mann in der Bar mit den Amerikanern.

Als ich gleich nach der Landung die Website der Firma überprüft hatte, bestätigte sich, dass der Inhaber der Exportfirma derselbe Mann war, der sich mit den Amerikanern getroffen hatte.

Worum ging es bei dem Treffen? Was war die Exportfirma eine Tarnung für das Kartell? Und wenn ja, was hatten die Amerikaner damit zu tun?

Nachdem ich geduscht und mich rasiert hatte, zog ich Shorts und ein T-Shirt vom Sheriffsbüro an. Ich griff nach meinem Handy und tätigte einen Anruf.

Ich fuhr mir über die Wange; sie war so glatt wie ein Babypopo. »Bradley?«

»Hey, Frank. Sind Sie wieder in den Staaten?«

»Ja. Ich bin vor einer Weile gelandet.«

»Ich kann es kaum erwarten, zu erfahren, wie der Stand der Dinge ist.«

»Glauben Sie mir, ich wollte Sie anrufen, aber es war zu riskant. Die Sache ist viel größer, als wir dachten.«

»Das überrascht mich nicht. Erzählen Sie.«

»Ich rufe Sie morgen an und berichte Ihnen alles haarklein, aber im Moment wollte ich sehen, was Sie über eine Firma herausfinden können, die meiner Meinung nach für den Fall von zentraler Bedeutung sein könnte.«

»In Peru?«

»Ja. Santos Empresa Exportadora.«

»Was wollen Sie über die wissen?«

»So viel wie möglich, aber vor allem können Sie herausfinden, was sie in die Vereinigten Staaten liefern und an wen?«

»Ich habe gute Kontakte zum Zoll und zum Statistikamt.«

»Aber wir müssen den Kreis klein halten, so eng wie möglich. Ich bin in Peru auf ein paar Dinge gestoßen, die mich fassungslos gemacht haben.«

»Zum Beispiel?«

»Was halten Sie von der CIA-Kontaktperson?«

»Was ist mit ihm?«

»Ich glaube, er steht auf der Gehaltsliste des Kartells.«

»Jesus. Wollen Sie mich auf den Arm nehmen?«

»Ich wünschte, es wäre so. Deshalb mache ich mir Sorgen, wer was weiß.«

»Kein Problem. Mit meiner Sicherheitsfreigabe kann ich mir selbst besorgen, was ich brauche.«

Mary Ann würzte gerade das Steak, als ich in die Küche kam. Sie blickte auf und sagte: »Das ziehst du an? Was glaubst du? Bist du wieder im Dienst?«

»Es ist nur ein Shirt.«

Sie legte den Kopf schief. »Wie lange sind wir verheiratet, Frank?«

»Zweiundzwanzig Jahre. Habe ich den Test bestanden?«

»Außerdem waren wir über ein Jahr lang Partner, und du willst mir erzählen, dass es nur ein Shirt ist?«

»Ist es auch.«

»Ich habe es ganz unten in deine Schublade gelegt. Also, was ist los? Ist das ein Zeichen dafür, dass du wieder arbeiten willst?«

»Nein. Auf keinen Fall. Sobald dieser Fall abgeschlossen ist, ziehe ich mich wieder an die Seitenlinie zurück.«

»All die Drogen und das Geld. Sieh es ein, Frank, du kannst es nicht in Ordnung bringen.«

»Ich habe gelernt, dass man ein Problem lösen kann, wenn man sich ihm stellt. Vielleicht werde ich nicht alles lösen, aber ich werde eine Delle hineinschlagen.«

Sie schüttelte den Kopf und nahm den Teller mit dem Fleisch. »Vergiss nur nicht: Du bist nicht der Heiland.«

KAPITEL SECHSUNDDREISSIG

Die Nespresso-Maschine spuckte die letzten Reste Kaffee aus, und ich nahm meine Tasse mit auf die Lanai. Naples war so grün wie der Dschungel in Peru, nur eben gepflegt. War ich zu verweichlicht oder zivilisiert, um in einem Land ohne die alltäglichen Annehmlichkeiten zu leben?

Mein Handy vibrierte. »Guten Morgen, Bradley.«

»Hey, Frank. Wie fühlst du dich? Leidest du unter Jetlag?«

»Eigentlich ziemlich gut. Was hast du?«

»Ich habe mir die Santos Exporting Company genauer angesehen.«

»Jetzt schon? Es ist erst acht Uhr morgens.«

»Ich habe mich gestern Abend direkt darangemacht. Nach dem, was ich herausgefunden habe, war es nicht leicht, dich nicht um zwei Uhr morgens anzurufen.«

Ich sprang von meinem Stuhl auf. »Was hast du herausgefunden?«

»Sie exportieren ein paar Produkte, hauptsächlich Obst wie Trauben, in die Vereinigten Staaten, aber der Großteil ihrer Lieferungen ist Gold.«

»Da ist also die Verbindung.«

»Ich weiß, oder? Aber jetzt kommt's: Ich bin zwei Jahre zurückgegangen und habe mir die Volkszählungs- und Zolldaten angesehen. Und rate mal?«

»Was?«

»Ihr Goldvolumen, vom Dollarwert her, ist um dreihundert Prozent gestiegen. Das muss man natürlich um die Währung bereinigen. Der peruanische Sol wurde abgewertet und der Goldpreis ist gestiegen, aber ...«

»An wen liefern sie das Gold?«

»An ein paar Raffinerien.«

»Sticht da irgendetwas hervor?«

»Inwiefern?«

»Bei den Unternehmen, die das Gold erhalten.«

»Sie liefern regelmäßig beträchtliche Tonnagen an zwei Raffinerien in der Gegend von Miami. Die eine ist Miami Pure Refiners und die andere Noble Metals.«

Miami war nur zwei Stunden entfernt. »Die müssen wir uns ansehen.«

»Ich habe über beide jeweils ein Dossier zusammengestellt.«

Dossier? Zwischen der Reise nach Peru und dieser Sache fühlte es sich an wie eine Spionageoperation. »Schick sie rüber.«

»Sie sind schon unterwegs. Ich habe auch einige interessante Makrodaten über Perus Goldhandel zusammengestellt.«

»Danke, Bradley.«

»Was soll ich sonst noch für dich tun?«

»Ich habe ein paar Ideen, aber gib mir etwas Zeit, um zu lesen, was du zusammengestellt hast.«

»Sicher. Gib mir Bescheid.«

»Nochmals danke. Ich erzähle dir gleich noch von der Reise.«

Ich kippte den Rest meines Kaffees hinunter und sah auf mein Handy. Seine E-Mail war angekommen. Ich machte mir eine weitere Tasse und nahm sie und meinen Laptop mit ins Arbeitszimmer.

Bradley hatte drei Dokumente angehängt: eines für jede Firma und einen Bericht über Perus Goldhandel mit den Vereinigten Staaten.

Ich klickte auf den zusammenfassenden Bericht und machte mir eine mentale Notiz, zu prüfen, wohin Peru sonst noch Gold lieferte.

Bradley war ein Geschenk des Himmels. Er hatte ein Balkendiagramm beigefügt, das zeigte, dass die peruanischen Exporte in die Vereinigten Staaten im Jahr 2023 eine Milliarde Dollar betrugen. Das war ein Anstieg von 300 Millionen Dollar im Jahr 2022 und 200 Millionen Dollar im Jahr 2021.

Ich lehnte mich zurück. Was der kometenhafte Anstieg auf illegalen Bergbau zurückzuführen? Vielleicht hatte eine neue Mine eröffnet, oder sie hatten möglicherweise die Produktion in einem bestehenden Betrieb hochgefahren. Ich notierte mir, das zu überprüfen, und öffnete dann einen weiteren Tab.

Die Suche nach neuen Goldminen in Peru lieferte keine Ergebnisse. Es gab eine Erwähnung einer Mine, die den Besitzer gewechselt hatte, und eine Zeile, die Barrick Gold, einen anderen Betreiber, und dessen zukünftige Expansionspläne anpries. Aber nichts Neues. Ich formulierte die Suche um und versuchte es erneut. Sie blieb immer noch ergebnislos.

Es war nicht wissenschaftlich, aber die einzigen Erklärungen, die Sinn ergaben, waren eine dramatische Steigerung der Produktivität der bestehenden Minen oder dass das zusätzliche Gold aus illegalen Minen stammen musste.

Vor meinem geistigen Auge tauchten die vernarbten Gebiete auf, zu denen Villarosa mich gebracht hatte. Ich hatte keine Ahnung, wie viel Gold aus diesen improvisierten Betrieben stammte. Ich googelte, wie viele illegale Minen es in Peru gab.

Ich starrte auf die Zahl neunzig und versuchte nachzurechnen. Ich nahm einen Stift und teilte den Anstieg von 700 Millionen Dollar durch neunzig. Das ergab einen Goldwert von über sieben Millionen Dollar pro Mine in einem Jahr.

Das ergab Sinn. Die Minen erforderten Maschinen, Chemikalien und eine Menge Arbeitskräfte. Es passte auch zur hohen Anzahl der Minen. Warum sollte man die Umwelt, in der man lebt, zerstören, wenn man damit nicht viel Geld verdienen könnte?

Die Kartelle waren involviert, entweder indem sie die illegalen Minen vor den Behörden schützten oder sie direkt betrieben. Es war ein weiterer Strom von schmutzigem Geld für die mächtigen kriminellen Organisationen.

Ich griff zu meinem Handy und tätigte einen Anruf. »Mr. Pembroke, bitte.«

»Wen darf ich melden?«

»Frank Luca.«

Nach einer kurzen Wartezeit meldete sich der Beamte des Finanzministeriums. »Frank. Wie war Ihre Heimreise?«

»Gut.«

»War die Reise erfolgreich? Haben Sie dort unten Fortschritte gemacht?«

»Ja, deshalb rufe ich an.«

»Worum geht es?«

»Welche Schutzmaßnahmen haben die Vereinigten Staaten, um zu verhindern, dass illegal abgebautes Gold ins Land gelangt?«

»Wir betrachten TCOs als eine Bedrohung für die nationale Sicherheit.«

»TCOs?«

»Transnationale kriminelle Organisationen.«

Die Liebe einer Bürokratie zu Akronyme n war grenzenlos. »Ach ja, richtig. Was sagten Sie?«

»Das Potenzial, illegal abgebaute Edelmetalle und Diamanten zu waschen, ist eine Bedrohung für das Finanzsystem, die Stabilität der Partnerländer, in denen der Abbau stattfindet, sowie für die Umweltkatastrophen, die diese Operationen hinterlassen.«

»Wie wehren wir uns dagegen, dass das Gold in die Staaten gelangt?«

»Es wurden mehrere Gesetze verabschiedet, um das zu verhindern. Der Zoll verlangt eine Dokumentation über die Herkunft des Goldes. Sie haben kürzlich die Aufsicht über Schmucklieferungen verschärft, da sie mehrere Sendungen gefunden haben, die falsch deklariert waren.«

»Dokumentation kann leicht gefälscht werden.«

»Stimmt, aber man hat mir gesagt, dass sie sich diese Dinge genauer ansehen.«

»Ich frage mich, ob genug getan wird.«

»Gold ist schwer. Große Mengen zu schmuggeln ist nicht so einfach wie, sagen wir, Diamanten oder Bargeld. Gold im Wert von einer Million Dollar wiegt etwa fünfzig Pfund.«

»Es ist trotzdem machbar.«

»Und dann muss man es jemandem verkaufen, und zwar auf fortlaufender Basis. Oder es irgendwo lagern und bewachen lassen. Das ist zu schwierig.«

»Es zu lagern, ergibt keinen Sinn. Warum sollte man das Risiko eingehen, es in die Staaten zu transportieren, wenn man es dann nur herumliegen lässt?«

»Da stimme ich Ihnen zu. Wenn sie keinen soliden Kontakt im Schmuckgeschäft haben, wäre es schwierig, es zu waschen.«

»Okay. Sie waren sehr hilfreich. Ich melde mich wieder. Ich habe eine Spur, die ich verfolgen werde.«

Ich legte auf. Pembroke war einer der wenigen Menschen in der Hauptstadt, denen ich vertraute. Aber er saß in Washington, war nicht mehr auf dem Laufenden und vertrat veraltete Positionen, wie so viele in D.C.

Wenn er recht hatte, stand ich mit leeren Händen da. Was sollte ich den Familien über mein Gelübde sagen, Gerechtigkeit für Jimmy und Frankie zu bekommen? Dann stünde ich nicht nur blamiert da, sondern wäre die reinste Lachnummer.

Ich lehnte mich zurück. War hier etwas dran, oder war das Zeitverschwendung? Waren meine Instinkte vom Alter abgestumpft? Ich atmete tief ein, griff zur Maus und klickte auf den Bericht, den Bradley über Noble Metals zusammengestellt hatte.

KAPITEL SIEBENUNDDREISSIG

DIE IN MIAMI ANSÄSSIGE RAFFINERIE, NOBLE METALS, WAR SEIT dreißig Jahren im Geschäft. Es handelte sich um ein in Privatbesitz befindliches Unternehmen, dessen Anlage eine Meile vom Flughafen entfernt lag.

Ein kaum wahrnehmbares Vibrieren durchfuhr meinen Hinterkopf, als ich las, dass die Raffinerie vor zwei Jahren expandiert hatte. Die Erweiterung hatte die Kapazität nach Nobles Schätzungen verdoppelt.

Der Anstieg spiegelte den Zuwachs der Goldexporte Perus in die Vereinigten Staaten in den letzten paar Jahren wider. Es gab durchaus Synchronizitäten, aber bis zum Beweis des Gegenteils waren Zufälle Beweismittel.

Das Unternehmen war eine Personengesellschaft, die den Brüdern John und Cesar Medina gehörte. Sie hatten die Firma von ihrem Vater geerbt, als dieser vor sechs Jahren gestorben war.

Ich gab ihre Privatadressen bei Zillow ein. Beide Geschwister lebten auf Star Island. Laut den Inseraten zahlten beide über sechs Millionen für ihre Häuser, und merkwürdi-

gerweise wurden beide Geschäfte vor einem Jahr abgeschlossen.

Ich würde der Sache noch genauer nachgehen, aber die
Medina-Brüder schienen auf großem Fuß zu leben.

Ich ging die Liste der Mitarbeiter durch, die Bradley beigefügt hatte. Es waren dreihundert an der Zahl. Aber die Unterlagen des IRS lieferten keinen Hinweis.

Die zehn wichtigsten Kunden von Noble waren beeindruckend. Neben drei Schmuckfirmen waren mehrere Finanzun-
ternehmen aufgeführt. Aber zwei Namen stachen sofort ins
Auge: das United States Bullion Depository, besser bekannt als
Fort Knox, und die Federal Reserve Bank of New York.

Ich kannte mich mit dem ganzen Finanzkram nicht so aus,
aber unterstanden die nicht beide dem Finanzministerium? Ich
googelte. Die KI-generierte Antwort bestätigte, dass sowohl die
Bank als auch das Lager der Zuständigkeit des Finanzministeriums unterlagen.

Als ich las, dass die New Yorker Bank über die größten
Goldreserven der Welt verfügte und der größte Teil davon für
ausländische Regierungen gehalten wurde, schlich sich der
Gedanke in meinen Kopf, dass jemand, vielleicht sogar
Pembroke, in irgendeine Art von Machenschaft verwickelt
war.

Ich schob den Gedanken beiseite und ersetzte ihn durch die
Vorstellung des Tresorraums, der sich fünf Stockwerke unter
dem Gebäude der Bank in Manhattan befand. Hatte jemals
jemand versucht, das Gold im Wert von zweihundert Milliarden Dollar zu stehlen, wie in der Netflix-Serie, die in
Spanien spielte?

Auf der Website von Fort Knox stand, dass dort die Hälfte
des Goldes der Regierung der Vereinigten Staaten gelagert
wurde und es der US Mint unterstand, einem weiteren Zweig
des Finanzministeriums.

Noble verkaufte Gold an zwei hochkarätige Einheiten des Finanzministeriums. Machten das alle Raffinerien?

Ich klickte auf das Dokument, das über Miami Pure Refiners zusammengestellt worden war. Das Unternehmen war ein weiterer Familienbetrieb, dessen Geschichte bis in die 1950er-Jahre zurückreichte. Es wurde von einem Geschwisterpaar, Faye und Jim Farber, geführt.

Ihre Raffinerie lag in Hialeah, hinter einer Betonmauer. Die Büros des Unternehmens befanden sich im noblen Stadtteil Brickell. Die Kundenliste von Miami Pure war nicht so aufschlussreich wie die von Noble.

Ich ging auf ihre Website und klickte auf eine Schaltfläche mit der Aufschrift »Was wir tun«. Ein Bild von etwas, das wie rohe Metallbrocken aussah, und ein weiteres von glänzenden Goldbarren umrahmten einen Absatz, in dem stand: *Miami Pure Refiners verarbeitet abgebaute, rohe Edelmetalle sowie Schrott und reinigt sie. Wir entfernen Verunreinigungen und andere Metalle durch chemische Prozesse, Elektrolyse und Schmelzen, um die verschiedenen Elemente zu trennen. Anschließend verfeinern wir sie auf den gewünschten Reinheitsgrad, der üblicherweise in Karat oder Feinheit definiert wird. Das so gewonnene Edelmetall wird dann zu Barren gegossen oder zur Herstellung von Münzen, Schmuck und anderen Produkten verwendet.*

Darüber hatte ich mir noch nie Gedanken gemacht. Es war schwer, sich vorzustellen, dass die abgebildeten glänzenden Goldbarren aus den schlammigen Gewässern des Amazonas-Regenwaldes stammten, in denen gearbeitet wurde.

Aber eines war klar: Nachdem das Gold zu Barren veredelt war, war es unmöglich, seine Herkunft nachzuverfolgen. Es gab keine Möglichkeit, zu wissen, ob das Gold aus einer legalen Mine in Alaska oder Kalifornien oder aus einem illegalen Betrieb im peruanischen Regenwald stammte. Gold war nicht rückverfolgbar.

Ein Klick auf »Lernen Sie das Management kennen« führte

mich zu einer Seite mit Fotos des Führungsteams und deren Lebensläufen. Die abgebildeten Personen sahen tadellos aus, aber das hatte Bernie Madoff auch.

Ich las weiter in dem Bericht, den Bradley zusammengestellt hatte. Beide Unternehmen hatten sich bisher aus rechtlichen Schwierigkeiten herausgehalten, aber Miami Pure Refiners war in den letzten zehn Jahren zweimal von der OSHA wegen Sicherheitsverstößen zu einer Geldstrafe verurteilt worden. Das mochte ihre Mitarbeiter in Gefahr gebracht haben, aber ich maß der Nichteinhaltung der Vorschriften keine große Bedeutung bei.

Ich schloss den Tab und rief die Website von Noble Metals auf. Sie war besser gestaltet als die ihres Konkurrenten. Ein Reiter mit der Aufschrift »Analytische Dienstleistungen« fiel mir ins Auge. Die Seite, zu der er führte, beschrieb fünf verschiedene Dienstleistungen, die sie anbot, einschließlich der Feuerprobe, um die Reinheit einer Goldcharge oder eines Schmuckstücks zu bestimmen.

Ich klickte auf »Lernen Sie unser Team kennen«. Bilder der Medina-Brüder mit Schutzhelmen umrahmten ein Banner am oberen Rand der Seite. Der Look passte nicht zu den Villen der Eigentümer auf Star Island. Ich scrollte nach unten. Der Finanzvorstand war eine Frau mit einem strahlenden Lächeln. Obwohl sie den Nachnamen Medina trug, wurde jeder Vorwurf der Vetternwirtschaft durch ihren Harvard-Abschluss gemildert.

Im Lebenslauf des Leiters der Qualitätskontrolle fand sich ein fettgedruckter Link, der auf die Auszeichnung als Raffinerie des Jahres verwies. Ich folgte dem Link zu einer Seite voller Bilder, die mit einem Foto des Besitzers begann, der eine silberne Schale als Auszeichnung in den Händen hielt.

Ich überflog die Bilder der Zeremonie und stutzte. Ein Mann auf einem Gruppenfoto erregte meine Aufmerksamkeit.

Als ich an ihn heranzoomte, klappte mir der Mund auf. »Heilige Scheiße! Das gibt's doch nicht!«

Mary Ann steckte den Kopf ins Zimmer. »Frank? Was ist los?«

»Nichts. Ich muss etwas überprüfen.«

Sie zog die Augenbrauen hoch, und ich sagte: »Gib mir nur fünf Minuten. Ich muss einen Anruf machen.«

Mary Ann schüttelte den Kopf und ging wieder.

Ich sprang auf, schloss die Tür und wählte eine Nummer auf meinem Handy.

KAPITEL ACHTUNDDREISSIG

»Hör mal, ich glaube, ich habe etwas.«

»Wirklich? Was denn?«

»Erinnerst du dich daran, dass ich dir erzählt habe, dass ich in einer Bar in Peru ein paar Amerikaner getroffen habe?«

»Ja. Was ist mit denen?«

»Ich bin mir fast sicher, dass einer von ihnen für eine der Raffinerien arbeitet, über die du den Bericht geschrieben hast.«

»Echt? Welche denn?«

»Noble Metals. Und sie haben sich mit dem Eigentümer der Santos Exporting Company getroffen.«

»Was, glaubst du, bedeutet das?«

»Ich habe eine Ahnung, aber ich bin mir zu diesem Zeitpunkt noch nicht sicher.«

»Es könnte rechtmäßig sein. Vielleicht haben sie eine normale Geschäftsbeziehung mit ...«

»Und die Erde ist eine Scheibe.«

»Was?«

»Wie können wir jemanden anhand eines Fotos auf seiner Website identifizieren?«

»Da gibt es ein paar Möglichkeiten. Schlimmstenfalls kann

ich mir die Zulassungsdaten aller als Mitarbeiter geführten Personen besorgen und die Führerscheinfotos mit dem Bild auf der Website vergleichen. Das dürfte nicht allzu schwierig sein, da die Amerikaner Männer waren, richtig?«

»Ja. Wie lange wird das dauern?«

»Ich kümmere mich sofort darum.«

»Okay, und wenn du ihn identifiziert hast, finde heraus, welche Rolle er bei Noble spielt.«

Ich hielt inne, bevor ich einen zweiten Anruf tätigte. Es war eine heikle Angelegenheit, und irgendjemandem zu vertrauen konnte nicht nur die Ermittlungen, sondern auch mein Leben in Gefahr bringen. Jemand könnte mein Telefon abhören.

Ich stand auf und ging in die Küche. »Mary Ann, lass mich mal kurz dein Telefon benutzen.«

»Warum?«

»Jemand weicht meinen Anrufen aus. Vielleicht gehen sie ran, wenn ich von deinem aus anrufe.«

Sie reichte es mir. »Nur zu.«

Ich nahm das Telefon mit ins Arbeitszimmer und wählte langsam die Nummer des Finanzministeriums. Während ich darauf wartete, dass George Pembroke an den Apparat ging, überlegte ich, wie ich dieses heikle Thema ansprechen sollte.

Pembrokes Stimme schreckte mich auf. »Hallo, Frank.«

»Hallo, Mr. Pembroke.«

»Wie macht der Fall Fortschritte?«

»Ich wollte mit Ihnen über etwas reden. Es ist streng vertraulich.«

»Was liegt Ihnen auf dem Herzen?«

»Ist die Leitung sicher?«

»Sie machen mir Sorgen, Frank.«

»Es ist ein extrem sensibles Thema.«

»Kann das einen Tag warten?«

»Ich denke schon.«

»Gut. Ich fliege morgen nach Miami zu einem Treffen mit

dem ecuadorianischen Finanzminister. Mir ist klar, dass Sie gerade erst zurückgekommen sind, aber können Sie herüberfahren?«

»Das wäre perfekt. Wo möchten Sie sich treffen?«

»Ich bin sicher, Sie kennen das Fontainebleau Miami Beach Hotel. Wie wäre es um zwölf? Wir essen zu Mittag und reden.«

»Klingt gut, aber ich möchte sichergehen, dass wir unter vier Augen sprechen können.«

»Wir können uns um, sagen wir, halb zwölf in meinem Zimmer unterhalten?«

»Danke. Guten Flug.«

Ich ging zurück in die Küche und gab Mary Ann ihr Telefon wieder. »Hast du Lust, morgen eine Tour nach Miami zu machen?«

»Morgen? Weshalb?«

»Pembroke fliegt ein, und ich muss ihm von dem korrupten CIA-Agenten erzählen. Wir können einen Tagesausflug daraus machen oder über Nacht bleiben, wenn du willst.«

»Auf der Alligator Alley fahre ich aber nicht.«

»Was? Da fährst du doch sowieso nie.«

»Oh, ich habe vergessen, dass morgen die Youth-Haven-Veranstaltung ist. Ich kann nicht mitkommen.«

———

MEINE ABNEIGUNG DAGEGEN, für den Parkservice zu bezahlen, führte dazu, dass ich drei Blocks zum Fontainebleau Hotel laufen musste. Meine Augen weiteten sich, als ich näher kam. Wäre der Laden noch schicker, bräuchte er seinen eigenen roten Teppich.

Zwei Türsteher mit Handschuhen lächelten und zogen die Türen auf. Ein Schwall kalter, nach Jasmin duftender Luft umfing mich. Die Außenwirkung, dass ein Regierungsbeamter hier abstieg, war bestenfalls schlecht.

Das Personal war erstklassig; innerhalb einer Minute, nachdem ich an der Rezeption mitgeteilt hatte, dass ich hier war, um Pembroke zu treffen, eskortierte mich ein gepflegter junger Mann in einem blauen Anzug in den zehnten Stock. Ein Holzfäller von einem Mann, der vor der Tür des Beamten aus dem Finanzministerium stand, überprüfte meinen Ausweis und ließ mich eintreten.

Die Suite bot einen weiten Blick auf den Atlantischen Ozean. Pembroke saß auf einer grauen Couch und telefonierte. Als er sein Gespräch beendete, winkte er mich zu sich.

Er stand auf und bot mir die Hand. »Frank, schön, Sie zu sehen.«

»Ganz meinerseits. Das ist ein schönes Hotel.«

»Eines meiner liebsten Hotels. Das Essen wird Ihnen gefallen. Sie haben einen wunderbaren Hummersalat.«

Ich widerstand nur knapp dem Drang, eine Bemerkung über einen sogenannten Staatsdiener zu machen, der hier auf Kosten der Steuerzahler wohnte. »Das klingt gut.«

»Also, bevor wir zum Mittagessen runtergehen, was wollten Sie besprechen?«

»Wie ich bereits erwähnte, ist es eine äußerst heikle Angelegenheit.«

Er nickte ernst.

Ich sagte: »Es gibt keinen leichten Weg, das zu sagen, aber es geht um den Agenten, mit dem Sie mich in Peru in Kontakt gebracht haben.«

»Den CIA-Agenten?«

»Ja, Rico Fortuna.«

»Was ist mit ihm?«

»Ich fürchte, er ist kompromittiert.«

Pembroke schlug die Beine übereinander. »Und was bringt Sie zu dieser Annahme?«

»Ich habe gesehen, wie er Schmiergeld vom Kartell angenommen hat.«

»Sind Sie sich sicher?«

»Ja. Sehen Sie sich dieses Video an.« Ich stand auf. »Ich habe eine Kopie in die Cloud hochgeladen, für den Fall, dass mir etwas zustößt.«

»Verzeihen Sie, aber das klingt paranoid.«

Achselzuckend zeigte ich ihm die Aufnahme, die ich gemacht hatte.

Pembroke fuhr sich übers Kinn. »Vielleicht führt er eine verdeckte Operation durch.«

»Das bezweifle ich. Er hat gemerkt, dass ich die Bestechung beobachtet habe, und mir gesagt, ich solle auf mich aufpassen.«

»Er hat Sie bedroht?«

»So habe ich es aufgefasst. Und man ist mir zu meinem Zimmer gefolgt, und jemand stand vor meiner Tür. Man ist mir am nächsten Morgen sogar zum Flughafen gefolgt.«

»Man könnte Sie die ganze Zeit, in der Sie im Land waren, aus Sicherheitsgründen beschattet haben.«

»Ich wünschte, das wäre der Fall gewesen, ich hätte bei einer Begegnung in einer der illegalen Goldminen Hilfe gebrauchen können.«

Pembroke äußerte sich nicht zur knappen Sache. War er sich dessen bewusst? Die Geheimdienstabteilung des Finanzministeriums arbeitete mit der CIA und dem FBI zusammen und hatte Zugang zu allen Geheimnissen und Operationen der Regierung.

»Ich bin nicht sicher, was Sie von mir erwarten, dass ich mit dieser Anschuldigung tun soll.«

»Ich wollte, dass Sie davon wissen und möglicherweise Ihr Gegenstück bei der CIA informieren.«

»So etwas könnte falsch verstanden worden sein. Es könnte mehrere Erklärungen dafür geben.«

»Nachdem ich ihn beobachtet habe, glaube ich das nicht. Aber klar, es könnte eine verdeckte Operation sein.«

Pembroke griff in seine Tasche und holte ein Handy hervor. »Entschuldigen Sie mich, ich muss kurz telefonieren.«

Er zog sich ins Schlafzimmer zurück und schloss die Tür.

Während ich überlegte, ob ich darum bitten sollte, Rico wegen der Zahlung zu befragen, kam Pembroke aus dem Schlafzimmer.

»Es tut mir leid, aber ich muss das Mittagessen absagen. Es ist etwas dazwischengekommen, das meine Aufmerksamkeit erfordert.«

War dies die politische Art, jemanden abzuwimmeln? Ich rappelte mich auf und streckte meine Hand aus. »Sicher. Ich verstehe, keine Sorge.«

Nachdem er meine Hand losgelassen hatte, tippte Pembroke auf seinem Telefon herum, drehte mir den Rücken zu und ging weg. Ich ging mit mehr Fragen, als ich zuvor gehabt hatte.

Als ich in den Sonnenschein trat, überblickte ich den Strand. Er war belebt. Ich überprüfte den Himmel. Das Einzige am wolkenlosen Himmel war ein anfliegendes Flugzeug. Ich hielt inne, dachte mir *warum nicht* und eilte zu meinem Auto.

KAPITEL NEUNUNDDREISSIG

Ich fuhr am Pförtnerhaus der Sicherheitskontrolle vorbei und folgte den Schildern zu den Geschäfts- und Marketingbüros von Noble Metals. Miami war eine protzige Stadt, aber an diesem Eingang parkten mehr als die übliche Anzahl von Luxuswagen. Vielleicht war das für die Entscheidungsträger, die mit Edelmetallen arbeiteten, normal.

Die Burritos, die ich an einem Foodtruck gekauft hatte, stießen mir auf. Es war nicht das schicke Mittagessen mit Blick auf den Atlantik, das ich mir vorgestellt hatte.

Ich war mir nicht sicher, was ich zu erreichen versuchte, aber da Pembroke abgesagt hatte, hatte ich etwa zwei Stunden Zeit, bevor ich zurück an die andere Küste fahren musste.

Bradley hatte den Mann auf dem Foto als Eric Barrio identifiziert. Er war der Leiter der Einkaufsabteilung der Raffinerie. Laut dem Ministerium für Innere Sicherheit war Barrio im letzten Jahr zehnmal nach Peru und Kolumbien gereist.

Barrio war der Mann, den ich in dem peruanischen Grillrestaurant gesehen hatte. Als ich den Umweltschaden, den der illegale Bergbau anrichtete, zur Sprache gebracht hatte, hatten er und sein Begleiter mir schneller das Wort abgeschnitten als ein New Yorker Autofahrer.

Entweder machte Noble Metals Geschäfte mit einer Mine in Peru oder beabsichtigte dies. Es gab keine andere Erklärung dafür, so oft nach Südamerika zu reisen. Die einzige Frage war, ob die Minen illegal waren oder nicht.

Wenn sie durch den Import von Gold aus unrechtmäßigen Minen gegen das Gesetz verstießen, brauchten sie Dokumente, um ihre Spuren zu verwischen. Für die Peruaner wäre es nicht schwer, gefälschte Papiere auszustellen, doch unsere Forensiker wären in der Lage festzustellen, ob es sich um eine Farce handelte.

Während ich abwog, ob ich versuchen sollte, den Zoll dazu zu bringen, die Papiere für die Importe von Noble Metals zu prüfen, fuhr ein weißes Mercedes-Cabrio auf den Parkplatz.

Ich kniff die Augen zusammen. Der Mann am Steuer war Eric Barrio.

Als er das Verdeck schloss, stieg ich instinktiv aus dem Wagen. Ich schwang meine Jacke über die Schulter und ging auf das Gebäude zu. Würde es genügen, glatt rasiert, ohne Mütze und ohne die breite Brille, die ich in Peru getragen hatte, zu sein?

Ich passte meinen Weg zum Eingang so an, dass er mit dem von Barrio zusammentraf.

In Florida war es normal, einen Fremden zu grüßen. »Guten Tag.«

Barrio erwiderte: »Guten Tag.«

Einen Schritt vor ihm blickte ich über meine Schulter. »Wissen Sie, ob man hier einen Termin braucht, um jemanden zu sprechen?«

»Das hängt davon ab, zu wem Sie wollen.«

»Ich wollte mit einem gewissen Eric Barrio sprechen.«

Er blieb wie angewurzelt stehen. »Worum geht es?«

»Ich vertrete ein paar Goldminen in Südamerika, und wir wollen vom indischen Markt weg diversifizieren.«

»Wo da unten im Süden?«

»Unsere Hauptlieferungen kommen aus Kolumbien, aber wir haben gerade eine weitere in Peru eröffnet. Die neue Lieferung wollen wir in den Vereinigten Staaten verkaufen.«

Er nickte langsam.

Ich fügte hinzu: »Um auf dem Markt Fuß zu fassen, sind wir bereit, beim Preis flexibel zu sein.«

Barrio musterte mich. »Sie kommen mir bekannt vor. Haben wir uns schon einmal getroffen?«

»Nein, das haben wir nicht, aber viele Leute finden, dass ich wie George Clooney aussehe.«

Er nickte langsam. »Das muss es sein. Wie ist Ihr Name?«

Ich benutzte einen Decknamen. »Burt Freeman. Und Sie sind?«

»Woher haben Sie von unserer Firma und von Eric Barrio gewusst?«

»Durch einen unserer Kontakte in Peru. Ich glaube, der Name war Villa-irgendwas. Er ist ein Aggregator.«

»Villarosa?«

»Ja, ich glaube, der war es.«

Er lächelte und streckte seine Hand aus. »Ich bin Eric Barrio.«

»Oh mein Gott, das ist ja verrückt.«

»Vielleicht hat das etwas zu bedeuten.«

»Ich hoffe es. Mein Chef macht mir eine Menge Druck, einen Abnehmer für diesen neuen Strom zu finden.«

»Kommen Sie rein. Ich habe ein paar Minuten, die ich erübrigen kann. Wenn der Preis stimmt, könnten wir es Ihnen vielleicht abnehmen.«

Barrio zog eine Plastikkarte heraus und hielt sie an ein Tastenfeld neben der Tür. Er tippte eine Handvoll Zahlen ein, und die Tür klickte auf.

»Sie müssen hier eine Menge Sicherheitsvorkehrungen haben.«

»Haben wir, besonders in den Verarbeitungs- und Lagerbereichen.«

Eine aufgeweckte Frau hinter dem Empfangstresen lächelte, als wir vorbeigingen.

Barrio bog in ein Büro ab, das kleiner war, als ich es mir vorgestellt hatte. »Da wären wir.«

Er glitt hinter einen Schreibtisch, der mit geschmolzenen Brocken beladen war. Er riss einen Haftnotizzettel vom Telefon auf dem Schreibtisch und zerknüllte ihn.

»Das ist ein riesiger Komplex. Ich habe gesehen, dass Sie noch andere Büros haben.«

»Haben wir. Die sind vor ein paar Jahren gebaut worden. Hier drin war es uns zu eng.«

»Woher bekommen Sie all das Gold, um diesen Laden am Laufen zu halten?«

»Wir sind schon lange im Geschäft und haben Verträge mit vielen Lieferanten.«

»Nicht schlecht.«

»Also, wie können wir Ihnen helfen, Mr. Freeman?«

»Burt. Nennen Sie mich Burt.«

»Burt also. Was haben Sie auf dem Herzen?«

»Wie ich schon sagte, expandieren wir und suchen einen Abnehmer für die Produktion aus einem neuen Projekt in Peru.«

»Wer ist wir?«

»Oh, Omega International.«

Er legte den Kopf schief. »Der Name sagt mir nichts.«

»Wir legen Wert darauf, unauffällig zu bleiben.«

»Woher importieren Sie?«

»Nun, wir haben noch nicht viel in die Staaten importiert. Wir liefern beträchtliche Tonnagen für die Schmuckproduktion nach Indien.«

»Dorthin verkaufen wir auch.«

»Es ist ein großer Markt, aber die Geschäftsleitung macht sich Sorgen, alles auf eine Karte zu setzen. Wenn dort drüben etwas schiefgeht, sind wir aufgeschmissen. Ich meine, bei den heutigen Goldpreisen wundert es mich, dass in Indien immer noch so viel Schmuck gekauft wird.«

»Das ist eine kulturelle Sache.«

»Ich weiß, aber irgendwann hat es Vorrang, Essen auf den Tisch zu bringen, statt sich zu schmücken.«

»Waren Sie schon in Peru?«

»Noch nicht. Ich war schon oft in Kolumbien. Und Sie?«

»Ich bin ständig dort, um nach dem Rechten zu sehen. In zwei Tagen fliege ich wieder runter.«

»Wie lange bleiben Sie?«

»Eine Woche.«

»Ist es wie in Kolumbien?«

»In Peru gibt es viel mehr illegale Minen.«

»Wie sie an das Gold kommen, ist egal, solange sie es bekommen. Wir haben in Kolumbien schon mit, sagen wir mal, allen möglichen Produzenten zu tun gehabt.«

»Der Import in die Vereinigten Staaten ist etwas ganz anderes als den Zoll in Indien zu umgehen.«

»Wir sind uns der Regeln und der Dokumente bewusst, die erforderlich sind, um die Prüfung durch den US-Zoll zu bestehen.«

»Wir müssten ein Musterexemplar der Dokumentation sehen, um eine weitere Zusammenarbeit in Betracht zu ziehen.«

»Keine Sorge, die Papiere werden kein Problem sein.«

»Vorausgesetzt, das ist der Fall, kommt es auf den Preis und unsere Kapazitäten an.«

»Wir sind bereit, einen Rabatt von zwanzig Prozent auf den Marktpreis für unraffiniertes Gold zu geben.«

Seine Augen weiteten sich. »Das ist aggressiv.«

»Das müssen wir kurzfristig sein. Die Reduzierung würden wir für sechs Monate garantieren.«

»Wenn Sie das auf ein ganzes Jahr ausdehnen könnten, ließe es sich unseren Eigentümern leichter verkaufen.«

»Ein Jahr? Ich weiß nicht. Das müsste ich mit der Zentrale abklären, aber wir könnten wahrscheinlich noch ein oder zwei Monate dranhängen.«

»Warum klären Sie das nicht ab und melden sich dann bei mir?«

»Das werde ich.« Ich stand auf und streckte meine Hand aus. »Danke, dass Sie mich ohne Termin empfangen haben. Ehrlich gesagt, bin ich auf gut Glück hierhergekommen. Ich hatte nicht erwartet, mit jemandem zu sprechen.«

»Gern geschehen.«

»Ich werde mich so schnell wie möglich mit der Geschäftsleitung in Verbindung setzen und mich spätestens morgen bei Ihnen melden.«

KAPITEL VIERZIG

Meine Gedanken rasten, als ich in mein Auto sprang und zehn Minuten fuhr. Kurz bevor ich auf die Route 828 abbog, hielt ich am Straßenrand. Ich hatte meine Verdachtsmomente bezüglich Pembroke, also rief ich Romney French an. Da er bei der Homeland Security war, ergab das absolut Sinn und würde mir Rückendeckung geben, falls Pembroke es infrage stellte.

French war freundlich und stimmte dem Plan zu, den ich mir zusammengeschustert hatte.

Während ich die Alligator Alley entlangraste, ließ ich das Treffen mit Barrio noch einmal Revue passieren. Es war riskant gewesen, auf ihn zuzugehen, aber es schien funktioniert zu haben. Er sagte nichts Offensichtliches, aber ich war mir sicher, dass die Raffinerie mit illegalen Minen zusammenarbeitete.

Es ging ihnen nur darum, Geld zu verdienen, und alles, was Barrio interessierte, war der Rabatt und dass die Papiere stimmten. Ein Gefühl der Niedergeschlagenheit überkam mich; es war ein weiteres Beispiel dafür, wie man seine Moral verkauft.

Da ich in einer Stunde in Naples ankommen würde, wollte

ich Barrio anrufen. Er machte auf mich den Eindruck, als würde er keine Zeit damit verschwenden, mich zu überprüfen, bevor wir ein Geschäft hatten, aber das Risiko konnte ich nicht eingehen. Ich musste ihm sagen, dass jemand eine Vereinbarung getroffen hatte, die neue Lieferung Rohgold zu kaufen, und ich Noble Metals nichts zu verkaufen hatte.

Mein Handy klingelte, es war Bradley.

»Hey, Bradley.«

»Hi, Frank. Kannst du sprechen?«

»Klar. Ich fahre gerade von Miami zurück.«

Ich verkniff es mir, ihm zu erzählen, dass Pembroke mich abgewimmelt hatte, und informierte ihn stattdessen über den Besuch bei Noble Metals.

»Wow. Ich kann nicht glauben, dass du da hingefahren bist. Er hat dich nicht erkannt?«

»Nein. Die ganze Zeit in Peru hatte ich einen Bart, trug eine falsche Brille und Jimmys Mütze.«

»Jimmy?«

»Der Junge meines Nachbarn, der ermordet wurde.«

»Stimmt. Außerdem hat er dich aus dem Kontext heraus gesehen.«

»Das war es mit Sicherheit. Also, weswegen hast du angerufen?«

»Ist nichts. Es ist kein Vergleich zu dem, was du gerade getan hast.«

»Sag schon.«

»Ich wollte dich wissen lassen, dass die Fahrerin heute verhaftet worden ist.«

»Welche Fahrerin?«

»Carioca, die, der wir über die Grenze gefolgt sind.«

»Sie hat sofort wieder damit angefangen?«

»Ja, und sie hat dreimal so viel transportiert wie damals, als wir ihr gefolgt sind.«

»Sie ist doch schon einmal verhaftet worden, oder?«

»Ja.«

»Drei Vergehen?«

»Nein. Sie ist für das erste Vergehen angeklagt worden, und da wir sie nie angezeigt haben, als wir ihr über die Grenze gefolgt sind, ist dies der zweite Verstoß.«

»Wir können immer noch Anzeige gegen sie wegen der Überquerung erstatten. Wir haben die Videobeweise.«

»Ich schätze schon.«

»Können wir. Schick mir das Video des neuen Verstoßes. Ich muss das Ganze überdenken.«

Mein Gedankenkarussell, das sich auf Hochtouren drehte, ließ die Fahrt schnell vergehen. Ich bog in meine Einfahrt ein und rief Barrio an. Als ich ihm sagte, dass die neue Goldlieferung bereits vergeben sei, meinte er, ich solle sie in Zukunft im Hinterkopf behalten.

Mary Ann war nicht zu Hause. Ich zog mich um und nahm meinen Laptop mit auf die Veranda. Ich klickte auf Bradleys E-Mail. Es gab zwei Anhänge. Ich klickte auf den Videoanhang.

Der Bildschirm füllte sich mit Aufnahmen des Grenzübergangs. Das Bild zoomte auf einen weißen Honda. Es war ein Coupé, das wie ein Civic aussah. Die Schmuggler hatten vielleicht geglaubt, dass kleine Autos keine Aufmerksamkeit erregen würden, aber ein männlicher Grenzer zog es aus einer langen Schlange von Fahrzeugen heraus, die nach Mexiko einreisen wollten.

Zwei Beamte gingen auf das Auto zu, und die Fahrerin stieg aus. Ich erkannte sie sofort. Mit hängenden Schultern trottete sie hinter dem Grenzer her, als ob der Boden mit Klebstoff bedeckt wäre. Der Honda wurde durch den Vacis-Scanner gefahren und zu einem überdachten Bereich geleitet, wo das Auto physisch durchsucht werden würde.

Bradley hatte auch die aufgenommenen Röntgenbilder geschickt. Zwei dunkelgraue Bereiche füllten beide hinteren Seitenteile.

Der Zoll durchsuchte die Fächer und beschlagnahmte zwanzig Millionen in bar.

Ich schickte eine E-Mail an Bradley und bat ihn, bei der DEA nachzufragen. Es wäre interessant, zu sehen, ob es im Kommunikationsverkehr des Kartells Gerede über die Beschlagnahmung und die Verhaftung gab.

Während ich über die Idee nachdachte, die mir gekommen war, taten sich Möglichkeiten auf. Wenn es funktionierte, würde es mir einen Hebel verschaffen, den ich vielleicht irgendwo einsetzen könnte. Bei so vielen beweglichen Teilen in diesem Fall war es unmöglich, vorherzusagen, wann er sich als entscheidend erweisen könnte.

WÄHREND ICH EINER E-Mail an Pembroke den letzten Schliff gab, bemerkte ich Mary Ann durch die Schiebetüren. Ich drückte auf Senden und ging hinein.

»Hey, wie war's?«

»Gut. Sie haben so viel Geld gesammelt, es war unglaublich. Jemand hat fünftausend für zwei Taylor-Swift-Tickets bezahlt.«

»Das ist verrückt.«

Sie fragte: »Wie war das Mittagessen?«

»Ich bin nie dazu gekommen, im Fontainebleau zu essen. Es ist etwas dazwischengekommen, und Pembroke musste sich darum kümmern.«

»Oh, was hat er wegen des CIA-Agenten gesagt?«

»Nicht viel. Ich hoffe, es ist nichts weiter, als dass Pembroke es leid ist, schlechte Nachrichten zu hören.«

»Das könnte sein. Ich meine, wer würde sich schon mit der CIA anlegen wollen?«

Ich zuckte mit den Schultern und sagte: »Hast du Lust, auf eine Pizza oder so auszugehen?«

»Ich bin nicht wirklich hungrig, aber wenn du gehen willst, nehme ich einen Salat.«

»Ja, lass uns gehen. Wir können das neue Lokal ausprobieren, Trulli Pasta and Pizza, am Trail Boulevard.«

»Okay.«

»Warum hängen wir nicht eine Weile am Pool herum?«

»Ich muss bei Connie vorbeischauen. Sie hat mich zweimal angerufen.«

»Was ist los?«

»Sie hatte ein paar schwere Tage. Einige von Jimmys Sachen auszuräumen, ist nicht gerade das Einfachste.«

Ich schlug mit der Hand auf den Tisch und sagte: »Sie hätte sich niemals mit diesem Scheiß herumschlagen müssen.«

»Immer mit der Ruhe, Frank.«

»Immer mit der Ruhe? Ich renne überall herum und versuche, Gerechtigkeit für Jimmy und Stevie zu bekommen.«

»Das war deine Entscheidung, Frank, und das weißt du. Niemand hat dich gebeten, irgendetwas zu tun.«

»Ich konnte doch nicht einfach am Strand sitzen, während wir angegriffen wurden.«

»Sei nicht so dramatisch.«

»Dramatisch? Hast du nicht gerade gesagt, du könntest nicht mit mir abhängen, weil du zu Connie musst?«

»Ich bin nicht dein Feind, Frank, und du bist nicht hier, um die Welt zu retten.«

KAPITEL EINUNDVIERZIG

»Guten Tag, Mr. Pembroke.«

»Hallo, Frank.«

»Was kann ich für Sie tun, Sir?«

»Es gibt zwei Dinge, über die ich Sie auf den neuesten Stand bringen wollte. Erstens habe ich mit Romney gesprochen. Er hat gesagt, Sie hätten ihn wegen einer Prüfung kontaktiert.«

»Äh, ja. Ich habe gedacht, es wäre nicht nötig, Sie einzubeziehen, da er ja beim Heimatschutzministerium ist.«

Er hielt inne, bevor er sagte: »Der Zoll hat zugestimmt, zu kooperieren. Ich schicke Ihnen die Informationen zu Ihrem Ansprechpartner, und Sie können es dann von dort aus übernehmen.«

»Das ist großartig, Sir. Vielen Dank.«

»Wenden Sie sich in Zukunft direkt an mich.«

»Ja, Sir.«

»Nun zu dieser Anna Carioca. Sie ist in Gewahrsam, und wir haben dem Staatsanwalt die Beweise geliefert, um sie wegen des ursprünglichen Vergehens anzuklagen. Ihre Anklageverlesung ist morgen. Angesichts der Anzahl der Verhaftungen und der Fluchtgefahr, die von ihr ausgeht, sind sie zuversichtlich, dass ihr keine Kaution gewährt wird.«

Es fühlte sich an, als sei ein Jahr vergangen, seit wir sie zu Beginn dieser ganzen Sache nach Mexiko hatten einreisen lassen. »Wie lange haben wir, bis ihr der Prozess gemacht wird?«

»Ich weiß es nicht, aber die Bundesgerichte sind überlastet, also wird es wahrscheinlich nicht bald sein. Ich würde jedoch nicht zu viel Zeit verstreichen lassen.«

»Wo wird Carioca festgehalten?«

»Im Moment in einer Hafteinrichtung in Brownsville, Texas, aber sie wird morgen früh nach San Antonio verlegt.«

»Wer ist für ihre Vernehmung zuständig?«

»Diese Information habe ich nicht, aber ich werde dafür sorgen, dass Ihnen die Akte weitergeleitet wird.«

»Das wäre perfekt.«

»Hoffen wir, dass Sie damit etwas anfangen können. Ich möchte mit der Adams-Operation weitermachen.«

»Ich gebe mein Bestes, Sir.«

»Das ist alles, was ich verlangen kann. Wir sprechen bald wieder.«

»Danke, Sir.«

Pembroke hatte eine Persönlichkeit wie Dr. Jekyll und Mr. Hyde. Führungspersonen sollten eigentlich ein Fels in der Brandung sein und den täglichen Stürmen widerstehen, aber Pembroke tanzte aus der Reihe. Ich hoffte, er spielte kein Poker.

———

WÄHREND ICH DIE SPEISEKARTE STUDIERTE, sagte ich: »Weißt du, die Nudeln hier sollen großartig sein.«

»Ich habe gedacht, du isst Pizza.«

»Ich bin unschlüssig. Die Nudeln kommen aus Italien. Dort

verwenden sie einen anderen Weizen. Es ist nicht derselbe, den wir bekommen. Deshalb essen sie so viel davon und nehmen nie zu.«

Mary Ann lächelte. »Du musst dich nicht dafür rechtfertigen, was du bestellen willst.«

»Ich rechtfertige mich nicht. Es ist wahr.«

»Ich weiß. Erinnerst du dich nicht an den Reiseführer, den wir in Rom hatten? Er hat gesagt, er isst jeden Abend Nudeln. Montag gab es Nudeln mit Bohnen, Dienstag mit Gemüse, Mittwoch Marinara und so weiter.«

Wir lachten beide. Ich sagte: »Und er war spindeldürr.«

»Vielleicht hat es etwas mit dem Weizen zu tun, aber wenn du mich fragst, liegt es an der Portionsgröße.«

Der Kellner kam herüber. Mary Ann bestellte einen Salat und ich bat um die Pappardelle Bolognese.

Ich sagte: »Also, wie war Connie?«

Mary Ann sagte: »Sie muss mal rauskommen oder so. Vielleicht nehme ich sie für einen Tag mit nach Marco Island. Wir gehen an den Strand oder so.«

»Fahr doch morgen.«

»Bist du sicher? Wolltest du nicht anfangen, nach neuen Fliesen für den Pool zu schauen?«

»Das kann warten. Ich fahre morgen sowieso wieder nach Miami.«

»Schon wieder? Du bist doch gerade erst von dort zurückgekommen.«

»Ich glaube, ich bin da an etwas dran, und ich arbeite mit dem Zoll an einer Sache.«

»Dem Zoll? Wegen Drogenschmuggels?«

Ich senkte meine Stimme. »Nein, wir nehmen einen Teil des Goldes unter die Lupe, das ins Land kommt.«

»Aus Peru?«

»Ja, aber aus illegalen Minen, die von den Kartellen betrieben werden.«

»Fahr bloß nicht wieder nach Peru, Frank.«

———

Es war an der Zeit, mit Paul Casella zu sprechen, dem leitenden Ermittler im Fall Carioca. Laut der offiziellen Akte war Casella ein erfahrener Ermittler, der den größten Teil seiner Karriere mit Drogenfällen verbracht hatte.

Ich rief die Nummer an, die Pembroke mir gegeben hatte. Eine raue Stimme antwortete: »Casella.«

»Hallo, Mr. Casella, mein Name ist Frank Luca. Ich bin im Sonderauftrag für die DEA und das Finanzministerium tätig und wollte mit Ihnen über Anna Carioca sprechen.«

»Okay, Mr. Luca. Was haben Sie auf dem Herzen?«

»Hat sie bei Ihrer Vernehmung jemanden in der Befehlskette preisgegeben?«

Ich hörte ihn an einer Zigarette ziehen. »Nein, das tun sie nie.«

»Nun, vielleicht tut sie es, wenn wir Druck ausüben.«

»Die Kuriere sitzen lieber fünf Jahre ab, als das Kartell zu verpfeifen.«

»Ich verstehe, aber wir werden sie in zwei Fällen anklagen, die jeweils mit fünf Jahren geahndet werden.«

Casella sagte: »Ich weiß nicht, ob das ausreichen wird.«

»Wir werden sie auch wegen Geldwäsche anklagen. Sie hat zweimal innerhalb eines Jahres mehr als hunderttausend verschoben, und darauf steht eine zehnjährige Haftstrafe. Ihr könnten zwanzig Jahre Gefängnis drohen. Ich denke, Carioca wird reden, wenn sie auf eine möglicherweise lebenslange Haftstrafe blickt.«

»Normalerweise würde das den Sack zumachen, aber die Kartelle haben es geschafft, den Leuten eine Heidenangst einzujagen.«

»Ich weiß. Sie drohen damit, die Familien von jedem zu töten, der auspackt.«

»Genau.«

»Tun Sie mir einen Gefallen: Reden Sie mit ihr und lassen Sie es mich wissen.«

»Werde ich tun.«

»Ich suche nach ein oder zwei Namen, aber nichts von den kleinen Fischen. Ich will nicht den Mann, mit dem sie zu tun hatte; ich will seinen Boss.«

»Ich werde sie unter Druck setzen und sehen, was sie liefert, Mr. Luca. Aber machen Sie sich keine allzu großen Hoffnungen.«

KAPITEL ZWEIUNDVIERZIG

»JD?«

Er lächelte. »Der bin ich.« Wir gaben uns die Hand und er zeigte mit dem Daumen nach hinten. »Steig ein.«

»Danke, dass du das machst.«

»Kein Problem. Wenn wir genug Personal hätten, würden wir mehr Außendienstprüfungen durchführen.«

»Wie oft kommst du denn raus?«

»Alle zwei Monate einmal. Kommst du aus New York?«

»Ja. Ich dachte, ich hätte meinen Akzent verloren.«

Er lachte leise. »Da irrst du dich. Meine Eltern sind hergezogen, als ich zehn war, also habe ich meinen verloren.«

»Du bist ja quasi ein Einheimischer.«

»Ich weiß. Ich kann kaum glauben, wie sehr Südflorida gewachsen ist. Es ist unglaublich.«

»Ja, es hat sich herumgesprochen.«

Er nickte. »Also, sag mal, was ist der Anlass für diese Prüfung bei Noble Metals?«

Ich weihte ihn nur teilweise ein.

Er sagte: »Du warst in Peru?«

»Ja. Das war ein ziemlicher Anblick. Der ganze illegale

Bergbau hat eine Fläche zerstört, die mehr als zehnmal so groß ist wie Miami.«

»Wirklich?«

»Ja. Der Regenwald wird wirklich in Mitleidenschaft gezogen.«

»Ich wollte schon immer mal den Amazonas erkunden. Hast du den Film *Anaconda* gesehen?«

»Nein. Worum geht es da?«

»Oh, den musst du sehen. Ein verrückter Jäger nimmt ein Filmteam als Geiseln. Er will die größte Schlange der Welt fangen.«

Es klang nach Hollywood-Quatsch und ich hatte keinerlei Interesse, ihn mir anzusehen.

Er sagte: »Da wären wir.«

Als er in eine Einfahrt bog, sank ich tiefer in meinen Sitz. Obwohl Barrio eigentlich in Südamerika sein sollte, konnte man sich nie sicher sein. Ich wies ihn darauf hin: »Der Eingang da ist für die Marketing- und Verwaltungsbüros. Fahr um das Gebäude herum, dann siehst du die andere Tür.«

Zwei gepanzerte Lastwagen rollten auf den Parkplatz, während JD seinen Ausweis vor die Kamera hielt. Mir stieg ein Dieselgeruch in die Nase, als die Tür summte. Wir traten ein. JD verkündete: »Wir sind vom US-Zoll.«

Die Empfangsdame war nervös. »Äh, einen Moment. Ich hole meine Vorgesetzte.«

»Sagen Sie ihr, wir sind hier, um Ihre Importunterlagen zu prüfen.«

Eine Frau in einem dunklen Hosenanzug kam heraus. »Guten Tag, meine Herren. Ich bin Evelyn Rose, die Büroleiterin. Wie kann ich Ihnen helfen?«

JD erklärte, dass wir die Unterlagen über ihre Importe aus Peru der letzten sechs Monate sehen müssten. Die Dame führte uns in einen kleinen Konferenzraum.

Zehn Minuten vergingen und die Tür schwang auf. Die

Leiterin und ein junger Mann mit einem Arm voll Ordnern kamen herein. »Hier ist der erste Stapel Akten. Suchen Sie nach etwas Bestimmtem? Vielleicht können wir es Ihnen einfacher machen.«

JD antwortete: »Schon gut, wir gehen sie selbst durch.«

Wir gingen den Stapel und die anderen, die sie hereinbrachten, durch. Wir zogen aus jeder Akte die Rechnung und das Ursprungszeugnis und machten Kopien. Die Papiere umfassten vier Lieferanten: Pan American Silver, Internacional Gold, Precious Internacional und Casa de Gold.

Der größte Lieferant in diesem Aktenstapel war Pan American Silver. JD sonderte ihre Akten aus und wählte nach dem Zufallsprinzip fünf davon aus. JD bat um Unterlagen, die die Bezahlung für das in den Versandpapieren angegebene Rohgold belegten.

Die Leiterin kam mit Kopien der von Noble Metals getätigten Überweisungen zurück. JD nahm sie und sagte: »In diesen Akten fehlen Kopien des FinCEN-Formulars 105.«

Bei der Erwähnung der Erklärung zur Bekämpfung der Geldwäsche entgleisten ihr die Gesichtszüge. »Wirklich? Ich bin nicht sicher, wo die aufbewahrt werden.«

»Die Vorschriften verlangen, dass sie auf Anfrage vorgelegt werden müssen, wenn sie nicht bei den Einfuhrdokumenten sind.«

»Ich frage in der Transportabteilung nach. Die kümmern sich um die Abfertigungspapiere.«

»Danke.« Er gab ihr seine Karte. »Schicken Sie sie mir. Spätestens bis morgen.«

»Das werden wir.«

»Okay, das war's. Wir sind fertig.«

Sobald wir wieder in seinem Bronco saßen, fragte ich: »Was meinst du?«

»Abgesehen vom FinCEN 105 scheinen die Papiere in Ordnung zu sein, aber gefälschte Dokumente sind eine gängige

Masche, um Spuren zu verwischen. Wir werden die Überweisungen zurückverfolgen, sehen, wer das Geld erhalten hat, und dann weitermachen.«

»Ich kann das Finanzministerium die Überweisungen verfolgen lassen.«

»Nur zu.«

»Wirst du die Akten prüfen, die sie an den Zoll geschickt haben, um zu sehen, ob die FinCEN-Dokumente bei den Abfertigungspapieren dabei waren?«

»Alles läuft elektronisch. Wir fordern heutzutage kaum noch Papierdokumente für eine Sendung an.«

»Also haben sie nie ein FinCEN-Formular eingereicht?«

»Wahrscheinlich nicht. Sie wissen, dass die Strafen für eine Falschdeklaration bis zu einer halben Million Dollar Geldstrafe und zehn Jahren Gefängnis betragen.«

Sobald ich in meinem Auto saß, fotografierte ich die Überweisungsbelege und achtete darauf, dass die Transaktionsdetails und -daten deutlich zu erkennen waren. Ich schickte sie an Bradley und rief ihn an, um sicherzugehen, dass er die Dringlichkeit verstand.

Die Alligator Alley war leer und ich fuhr mit achtzig Meilen pro Stunde dahin. Es fühlte sich an, als stünden wir kurz vor einem Durchbruch.

———

Die Sonne wollte gerade über die Baumwipfel blinzeln, als Mary Ann und ich mitten in unserem Morgenspaziergang waren. Mein Handy klingelte. Wir hatten die informelle Regel, unsere Handys nicht anzufassen, wenn wir uns eine Dosis Bewegung gönnten.

Ich zog es heraus. Es war Bradley. »Äh, da muss ich rangehen. Wir sind …«

Sie verzog keine Miene und bewies damit einmal mehr, dass sie der bessere Mensch war. »Geh nur ran, Frank.«

»Bradley, was gibt's?«

»Wir haben die Überweisungen zurückverfolgt, alle fünf.«

»Und?«

»Keine einzige ist an Pan American Silver gegangen.«

Ich blieb wie angewurzelt stehen. »Wer hat das Geld bekommen?«

»Es ist an drei verschiedene kolumbianische Banken gegangen, aber der Empfänger war eine Firma namens Pan Am Enterprises, nicht Pan American Silver, wie es in den Papieren gestanden hat.«

»Herrgott.«

»Und jetzt kommt der beste Teil. Ich habe die Firma überprüft, kann aber nichts über sie finden.«

Mary Ann war einen Block voraus.

»Diese Bastarde lachen uns aus.«

»Was willst du tun? Auf Noble Metals losgehen?«

»Noch nicht. Wir dürfen sie nicht noch mehr aufscheuchen, als sie es ohnehin schon sind.«

»Das bedeutet, das Gold wird wahrscheinlich aus illegalen Minen bezogen.«

»So sieht es aus. Ich frage mich, wie viele Kartelle auf diese Weise Geld waschen.«

»Du hast es zusammengefügt, Frank. Das war großartige Arbeit.«

»Es bedeutet noch gar nichts, also feiere nicht zu früh.«

»Wir kriegen das hin.«

»Ich muss über unseren nächsten Schritt nachdenken. Ich rufe dich später an.«

Ich steckte mein Handy ein, joggte los und holte Mary Ann ein.

»Hast du die Welt gerettet?«

»Ach, komm schon, das ist wichtig.«

»Ich mache doch nur Spaß, Frank. Was ist passiert?«

»Das Kartell kauft Rohgold, das aus illegalen Minen stammt, und schickt es zu der Raffinerie in Miami, bei der ich war.«

»Du warst in einer Raffinerie?«

»Ich war mit dem Zoll dort, um ihre Papiere zu prüfen.«

»Oh. Ich bin verwirrt. Was ist da los?«

»Vielleicht liege ich bei ein, zwei Dingen falsch, aber sie kaufen das Rohgold mit dem Bargeld aus den Drogen, die sie in den Staaten verkaufen. Dann verkaufen sie das Gold an Noble Metals, die das Gold raffinieren, Barren daraus machen, und es ist blütenweiß; man kann nicht zurückverfolgen, woher es gekommen ist.«

»Oh mein Gott. Das ist eigentlich eine ziemlich clevere Methode, um Geld zu waschen.«

»Ist es, und willst du was Verrücktes hören?«

»Schieß los.«

»Die Regierung der Vereinigten Staaten kauft einen großen Teil davon.«

»Was? Wie kann das sein?«

»Es ist wahr. Noble verkauft raffinierte Goldbarren an die Regierung, und ein Teil des illegal abgebauten Goldes liegt in Fort Knox und der Federal Reserve.«

»Was für eine Blamage.«

»Oder? Es kommt nicht nur aus illegalen Minen, die den Regenwald zerstören, sondern sie helfen auch dabei, das Drogengeld reinzuwaschen, mit dem es bezahlt wurde.«

»So etwas kann man sich nicht ausdenken. Es ist widerlich, so korrupt.«

»Siehst du, warum ich versuche, diesen Mist zu beenden? Es macht die Kartelle immer stärker. Sie kaufen sich politische Macht, genau hier, in den Staaten.«

»Also, da bin ich mir nicht so sicher.«

»Oh doch. Es ist schwer, auf das Geld, von dem wir hier

reden, zu verzichten. Es korrumpiert viel zu viele Strafverfolgungsbeamte, einschließlich der DEA.«

»Ich hoffe, du sagst das nicht laut. Die Leute werden denken, du bist verrückt.«

»Verrückt? Dann sag mir, wie der Fisherman aus dem Land gekommen ist? Sobald wir ihm auf der Spur waren, hat er sich in Luft aufgelöst.«

KAPITEL DREIUNDVIERZIG

NACHDEM CASELLA SICH GEMELDET HATTE, FING ER AN ZU husten. Ich wartete, aber der Anfall hielt an. Zwischen zwei Hustern sagte er: »Ich, ich, ich rufe Sie zurück.«

Während ich mich fragte, ob Raucher begriffen, dass das Husten ein Zeichen war, und zwar ein schlechtes, leuchtete mein Telefon auf. Er war es.

»Hallo, geht es Ihnen gut?«

»Ja, ich habe mich nur verschluckt.«

Reden Sie sich das nur ein. »Oh. Was gibt es?«

»Nun, ich habe heute ein interessantes Gespräch mit Anna Carioca gehabt.«

»Ich mag interessant. Ist sie bereit, Informationen auszutauschen?«

»Äh, interessant war nicht das beste Wort. Sie will ihre Vorgesetzten nicht preisgeben.«

»Haben Sie ihr gesagt, dass sie mit mindestens zehn Jahren rechnen muss, wenn sie Glück hat?«

»Natürlich. Die wissen, dass sie so gut wie tot sind, wenn sie reden.«

»Ist sie so zuversichtlich, dass sie zehn Jahre im Gefängnis überleben wird?«

»Carioca hat angedeutet, dass die Anwälte, die die Leute vertreten, für die sie gearbeitet hat, ihr einen besseren Deal verschaffen würden.«

»Ist ihr bewusst, dass in diesem Fall einige der höchsten Beamten des Finanzministeriums verwickelt sind?«

»Ich habe nie Namen genannt, aber gesagt, dass Geldwäsche eine Priorität der Bundesregierung ist.«

»Lohnt es sich, es noch einmal bei ihr zu versuchen?«

»Ehrlich gesagt, ich glaube, Sie verschwenden Ihre Zeit. Sie hat Todesängste.«

»Hat sie Kinder?«

»Keine, von denen wir wüssten.«

Während ich überlegte, was zu tun war, sagte Casella: »Sehen Sie, ich war meine gesamte Karriere über hier unten. Ich habe ein ganzes Stadion voller solcher Leute strafrechtlich verfolgt. Lassen Sie es sich von mir sagen: Sie verschwenden Ihre Zeit. Sie sollten weitermachen.«

»Ich weiß nicht ...«

»Carioca wird ins Gefängnis gehen; wie lange, wird der Richter entscheiden. Aber wir werden darauf drängen, dass sie ihre Strafen nicht gleichzeitig verbüßen darf.«

»Geben Sie mir einen Tag, um mir das zu überlegen.«

KAPITEL VIERUNDVIERZIG

Ich klickte auf den Link, den er bereitgestellt hatte, und erteilte meinem Laptop die Erlaubnis, Audio und Kamera zu verwenden. Ein Fenster öffnete sich. Es war eine Videoübertragung von mir.

Mein Hals wirkte schlaff, was mich älter aussehen ließ, als ich zugeben wollte. Ich hatte gelesen, dass man sich durch eine Änderung des Kamerawinkels um Jahre jünger machen konnte.

Während ich am Winkel herumspielte, öffnete sich ein weiteres Fenster. Es war Bradley. »Hey, Frank. Ich sehe, du bist online. Funktioniert alles?«

Anstatt zu fragen, ob es einen Filter gäbe, um mich jünger aussehen zu lassen, sagte ich: »Ja. Danke.«

»Gut. Casella sollte sich jeden Moment zuschalten. Ich schalte mich stumm und meine Kamera aus. Wenn du mich brauchst, schick eine SMS.«

»Nochmals danke.«

Ein Gong ertönte und Casellas Gesicht füllte ein weiteres Videofenster. »Hallo, Frank. Ich bin hier mit Anna Carioca und ihrem Anwalt, Benito Juarez.«

Wir tauschten Begrüßungen aus, und Cariocas Anwalt

sagte: »Sie haben um das Treffen gebeten, also legen Sie los, Mr. Luca.«

Carioca wirkte kleiner als in den Videos von der Grenze. Während sie an einem Fingernagel pulte, sagte ich: »Danke, dass Sie sich die Zeit für mich nehmen. Die Anklagepunkte gegen Ms. Carioca sind so ernst, wie es nur geht. Wir sind sicher, dass wir in allen drei Anklagepunkten eine Verurteilung erreichen werden.«

Der Anwalt sagte: »Wir werden uns energisch verteidigen und glauben, dass mindestens einer der Anklagepunkte vor Prozessbeginn fallengelassen wird.«

»Es steht Ihnen frei, die Anklage anzufechten, aber wir sind zuversichtlich, dass sie standhalten wird.«

»Da bin ich anderer Meinung, aber ich hebe mir unsere Argumente für die Anträge auf, die wir dem Richter vorlegen werden.«

»Mr. Juarez, verzeihen Sie meine Direktheit, aber Angeberei wird Ms. Carioca nicht helfen. Wir haben unwiderlegbare Beweise dafür, dass Ihre Mandantin an Geldwäsche beteiligt war und dabei mehrere Gesetze gebrochen hat. Was Ms. Carioca helfen wird, ist die Bereitschaft, Informationen darüber preiszugeben, wer sie zu den Straftaten angestiftet hat.«

»Ohne einen der Verstöße zuzugeben, möchte Ms. Carioca nicht mit denen kooperieren, die sie hierher gebracht haben.«

»Sie wird mindestens zehn Jahre bekommen.«

»Wenn, *wenn* sie verurteilt wird.«

»Ms. Carioca, glauben Sie allen Ernstes, dass Sie zehn Jahre in einem Hochsicherheitsgefängnis überleben würden?«

Sie sah ihren Anwalt an und flüsterte: »Ich schätze schon.«

Ich sagte: »Ma'am, entschuldigen Sie bitte, aber rein körperlich sind Sie ein kleines Nichts. Wie würden Sie sich gegen einige der gewalttätigsten Menschen der Welt verteidigen?«

»Wir würden einen Antrag bei Gericht stellen.«

»Mr. Juarez, seien Sie versichert, dass die höchsten Ebenen der Regierung der Vereinigten Staaten entschlossen sind, dem Treiben, an dem Ihre Mandantin beteiligt war, ein Ende zu setzen. Sie werden allen erdenklichen Druck ausüben, um sicherzustellen, dass sie eine lange Haftstrafe erhält.«

Carioca sackte in ihrem Stuhl zusammen.

Juarez tätschelte ihren Arm und sagte: »Hypothetisch, wenn eine Person in einer vergleichbaren Lage kooperieren würde, was würden Sie ihr anbieten?«

»Wenn sie konkrete Informationen über hochrangige Mitglieder des Kartells liefert, für das sie gearbeitet hat, würden wir sie in das Zeugenschutzprogramm des Bundes aufnehmen. Auf diese Weise wäre sie vor den Leuten sicher, über die sie uns informiert.«

»Die Anklagepunkte würden fallen gelassen werden?«

»Ja. Vorausgesetzt, sie kooperiert in vollem Umfang.«

»Müsste jemand eine Zeugenaussage machen?«

»Möglicherweise, aber das wird sich noch zeigen.«

Juarez beugte sich zu Carioca und flüsterte ihr ins Ohr. Carioca schüttelte den Kopf und flüsterte zurück.

Juarez drehte sich zur Kamera. »Wir würden den Schutz auch für ihre Mutter und ihre Schwester benötigen.«

»Wo halten sie sich auf?«

Carioca sagte: »Sie leben in Texas.«

»Geben Sie uns ihre Kontaktdaten. Wenn Sie uns das geben, was wir brauchen, werden wir eine Schutzanordnung erwirken, die alle drei abdeckt.«

»Erlauben Sie mir, mich mit meiner Mandantin zu beraten.«

»Selbstverständlich.«

Juarez schaltete das Videomeeting stumm und besprach sich mit Carioca. Die Körpersprache verriet mir, dass sie einen

Deal eingehen würde. Ihr Anwalt schüttelte den Kopf und tätschelte ihre Schulter. Er schaltete die Stummschaltung aus.

»Okay. Wir sind bereit zu kooperieren, wenn die Anklagepunkte fallen gelassen werden und der Schutz für Ms. Carioca, ihre Mutter und ihre Schwester gewährleistet ist.«

»Sie haben mein Wort, Herr Anwalt, solange sie die Männer identifiziert, die die Operationen des Kartells La Familia im Bundesstaat Florida leiten. Wir wollen keine kleinen Fische. Wir brauchen einen Akteur mit direkter Berichtslinie und Verantwortung gegenüber den Anführern des mexikanischen Kartells. Haben Sie diese Informationen?«

Carioca nickte.

»Okay. Sagen Sie uns, wer sie sind und was sie tun, und dann sind wir im Geschäft.«

Carioca begann zu reden. Sie nannte uns zwei Namen: Javier White und Ernesto Carmen. Ich befragte sie zu den Beziehungen, und sie lieferte Informationen, die sich belastend anhörten.

Ich hatte genug, um damit zu arbeiten, und beendete das Google-Meeting mit den Worten: »Danke. Wir werden die von Ihnen gelieferten Informationen überprüfen und uns bei Ihnen melden. In der Zwischenzeit werden wir die Gefängnisbehörden anweisen, Ms. Carioca getrennt und sicher vom allgemeinen Vollzug zu halten.«

Ich schloss das Dialogfeld und rief Bradley an.

»Wow, Frank. Das war gut. Du warst gerade hart genug, und sie ist eingeknickt.«

»Wir werden sehen, ob die Informationen, die sie liefert, etwas taugen.«

»Ich wusste nicht, dass du die Erlaubnis eingeholt hast, ihr eine Vereinbarung über Immunität und Schutz anzubieten. Das hat wirklich den Ausschlag gegeben.«

»Nun, ich habe sie noch nicht. Ich wollte den Kreis derer, die wissen, was ich tue, nicht erweitern.«

»Das ist wahrscheinlich eine gute Idee, aber glaubst du, du bekommst sie?«

»Du kennst doch den alten Spruch, dass es besser ist, um Verzeihung zu bitten als um Erlaubnis zu fragen.«

»Ja, und unterm Strich haben wir die Namen. Wenn sie sie also nicht ins Zeugenschutzprogramm bekommen, ist das auch egal.«

»Mir ist es nicht egal. Ich habe mein Wort gegeben.«

»Oh, sicher. Das verstehe ich, natürlich.«

»Also gut, jetzt brauchen wir so viele Infos über Javier White und Ernesto Carmen wie möglich.«

»Wenn sie so wichtig sind, wie Carioca sie dargestellt hat, dann wüsste die DEA von ihnen.«

»Wir können die DEA nicht mit einbeziehen.«

»Du hast Angst vor einem Leck?«

»Ja. Wir haben einfach nicht genug Karten auf der Hand, um es zu riskieren, dass diese beiden Typen gewarnt werden.«

»Ich könnte nachsehen, was wir möglicherweise über behördenübergreifende Ermittlungen haben.«

»Tu das, aber sieh zu, dass du keine Spuren hinterlässt. Tu so, als ob wir nur einander vertrauen könnten.«

»Kein Problem. Was können wir noch tun?«

»Ich habe einen alten Kontakt, der hierbei vielleicht helfen kann. Ich werde sehen, was er sagt.«

KAPITEL FÜNFUNDVIERZIG

»Federal Bureau of Investigation. Womit kann ich Ihnen helfen?«

»Special Agent Haines, bitte.«

»Wen darf ich melden?«

»Frank Luca.«

Nach einer kurzen Warteschleife meldete sich Haines. »Frank, wie zum Teufel geht es dir?«

»Gut. Und dir?«

»Alles beim Alten. Was macht Mary Ann?«

»Ihr geht es gut. Sie ist gesund und hat mehr zu tun als damals, als sie noch gearbeitet hat.«

»Das ist großartig. Und wie gefällt dir der Ruhestand?«

»Er ist in Ordnung, aber mir ist ein bisschen langweilig geworden, und du hast vielleicht von den Drogenmorden gehört, die wir hier unten hatten.«

»Ja, ich habe gehört, das war La Familia.«

»War es auch. Und ich war auf einer Sondermission für das Finanzministerium.«

»Wirklich? Du bist wieder im Einsatz?«

»Es ist kompliziert, aber, und das sage ich nicht leichtfertig, der Mörder hat einen Tipp von der DEA bekommen, und ich stand dem Jungen nahe. Ich hatte einfach das Gefühl, etwas tun zu müssen, weißt du?«

»Absolut, ich verstehe das. Manchmal ist es genau das, was es braucht: es persönlich zu nehmen.«

Es war kaum zu glauben, dass ich diesen Mann bei unserem ersten Treffen so falsch eingeschätzt hatte. Ich grinste. »Nun, Mary Ann würde sagen, ich bin besessen davon, diese Mistkerle vor Gericht zu bringen. Und die Wahrheit ist, sie hat recht.«

»Wie kann ich dir dabei helfen?«

»Ich suche nach Informationen über zwei Männer: Javier White und Ernesto Carmen. Beide Mistkerle arbeiten für das La-Familia-Kartell.«

»Was hast du bisher?«

»Wir haben jemanden in Gewahrsam, eine Botin, die Bargeld für das Kartell transportiert, und sie redet. Wir bringen sie und zwei Familienmitglieder in Schutzhaft.«

»Du suchst nach einer Bestätigung für das, was sie dir liefert?«

»Das und alles andere, was du vielleicht hast.«

»Lass mich die beiden mal überprüfen, dann melde ich mich bei dir.«

»Es muss absolut diskret sein. Ich kann nicht riskieren, dass sich diese Typen in Luft auflösen.«

»Meine Freigaben sind eine Stufe unter der höchsten. Ich werde es selbst machen und einen Haufen anderer Anfragen einstreuen, damit es breit gefächert aussieht, falls es sich jemand ansehen sollte.«

»Das weiß ich wirklich zu schätzen.«

»Kein Problem, Frank. Ich habe noch etwa eine Stunde bis zu einer Besprechung. Lass mich mal sehen, was ich ausgraben kann.«

»Ich bin dir was schuldig.«

»Dank mir noch nicht.«

Während ich auflegte, dachte ich darüber nach, was Haines dazu gesagt hatte: es persönlich zu nehmen. Es war wahr und etwas, das ich zu vermeiden versuchte, als ich noch in der Mordkommission arbeitete. Da ging es immer nur darum, sich auf den Mörder zu konzentrieren.

Das Problem bei diesem Fall war, dass es so viele Bösewichte gab. Es bestand kein Zweifel daran, dass ich den Fischer schnappen wollte, aber er war nicht allein. Bei diesem Fall hatte man es mit Drogenhändlern, Geldwäschern, illegalen Minenarbeitern, die den Regenwald zerstörten, und korrupten Polizeibeamten und Politikern zu tun.

Anstatt mich auf eine Person zu konzentrieren, kämpfte ich gegen eine vielköpfige Bestie. So etwas erforderte eine Armee.

In meinem alten Leben war der Gerechtigkeit Genüge getan, sobald ein Mörder hinter Gittern saß. Wenn es mir in diesem Fall irgendwie gelang, den Fischer und ein oder zwei Geldwäscher zu schnappen, würde das Kartell trotzdem weitermachen. Ich musste neu definieren, was ein Sieg war, sonst würde es mich bei lebendigem Leibe auffressen.

———

DER FRISCH RENOVIERTE Turtle Club war brechend voll. Mein Kumpel stand immer noch hinter der Bar, und er hatte dafür gesorgt, dass unser Tisch direkt am Strand war.

Es war unmöglich, sich nicht daran zu erinnern, dass dies der Ort war, an dem ich eine Frau namens Kayla kennengelernt hatte. Sie kam aus Chicago, und zu dieser Zeit waren Mary Ann und ich nur Partner im Job.

Wir verstanden uns auf Anhieb, und ich dachte, Kayla wäre etwas Besonderes. Dann, bei unserem ersten offiziellen Date, brach ich in einer Toilette im La Playa zusammen. Es war Blasenkrebs. Sie machten mir eine neue Blase, und ich erholte mich. Es war ein Albtraum, aber er führte dazu, dass Mary Ann und ich ein Paar wurden.

Mary Ann und ich sahen gerade die Speisekarte durch, als eine Frau an unseren Tisch kam. Mary Ann stellte sie mir vor. Die beiden besuchten Kurse in einem Fitnessstudio.

Während sie sich unterhielten, summte mein Telefon. Es war der Zollbeamte, mit dem ich Noble Metals besucht hatte. Ich sagte Mary Ann, dass ich auf die Herrentoilette müsse, hastete von der Terrasse und nahm ab, während ich durch den Speisesaal ging.

»Hey, JD, wie geht's?«

»Gut. Hast du eine Minute?«

Ich drückte die Tür zum Eingang des Restaurants auf und sagte: »Klar. Was gibt's?«

»Wir haben die Lieferanten von Noble Metals überprüft, und es scheint sich bei allen um Briefkastenfirmen zu handeln. Alle vier wurden innerhalb weniger Wochen nach den ersten Lieferungen unter ihren Namen gegründet, und der Eigentümer von allen ist als Rosario Castro eingetragen.«

»Derselbe Typ steckt hinter allen ihren Lieferanten?«

»Das haben wir herausgefunden. Ich wette, wenn wir weiter nachforschen, werden wir noch viel mehr Firmen finden, die gegründet wurden, um keine Aufmerksamkeit zu erregen.«

»Wissen wir irgendetwas über diesen Castro-Typen?«

»Noch nicht. Wir werden uns Noble Metals vorknöpfen und sehen, was wir ausgraben können.«

»Warte damit, bis ich die Chance habe, herauszufinden, wer Rosario Castro ist. Er muss ein Strohmann für jemanden sein, und ich habe eine Ahnung, wer hinter all dem steckt.«

»Okay, sag mir Bescheid.«

»Ich melde mich bei dir.«

Ich beendete das Gespräch und tätigte einen weiteren Anruf bei meinem FBI-Kumpel Haines.

Er nahm ab und sagte: »Weißt du, Frank, die meisten Leute aus New York City haben zumindest ein winziges bisschen Geduld.«

Ich schnaubte verächtlich. »Nein, das ist was anderes, was Neues.«

»Was ist es?«

»Ich habe einen weiteren Namen für dich: Rosario Castro. Kannst du den mal überprüfen? Er steckt hinter ein paar Briefkastenfirmen, die Rohgold von Peru zu einer Raffinerie in Miami verschiffen.«

»Steht er in Verbindung mit den beiden anderen, die ich für dich überprüfen sollte?«

»Nicht direkt, aber dieser Fall ist eine Hydra.«

»Na gut. Ich bin noch nicht fertig, aber ich habe ein paar interessante Fälle gefunden, in die die Männer verwickelt sind, die ich für dich überprüfen sollte.«

»Was hast du gefunden?«

»Lass mich dich zurückrufen, wenn ich fertig bin.«

Da war es wieder, dieses Wort: interessant. Das letzte Mal, als ich es hörte, hob sich meine Laune und stürzte dann ab, als Casella sagte, Carioca würde nicht kooperieren. Jetzt hatte Haines es im Zusammenhang mit den Männern verwendet, die Carioca identifiziert hatte.

Es konnte nur gut für den Fall sein. Oder? Carioca brauchte einen Deal, sonst würde sie für mindestens ein Jahrzehnt weggesperrt sein. Sie konnte nicht lügen. Es ergab keinen Sinn, zu versuchen, uns an der Nase herumzuführen. Aber andererseits saß sie auch nicht hinter Gittern, weil sie schlau war.

Die große Unbekannte war das Kartell. Die Friedhöfe waren voll von Beweisen ihrer Rücksichtslosigkeit, wenn es um Rache ging.

Anstatt mein Telefon wegzustecken, machte ich einen Anruf.

»Dad?«

»Ja, Schatz.«

»Ist alles in Ordnung?«

»Ja, wollte nur mal Hallo sagen.«

»Oh, ich bin bei der Arbeit.«

»Entschuldigung, wollte nur hören, wie es dir geht.«

»Alles gut. Ich rufe dich später an.«

Ich huschte ins Bad, bevor ich auf die Terrasse des Turtle Clubs trat. Mary Ann sah auf ihr Telefon. Sie hob den Kopf und schüttelte ihn.

Als ich meinen Stuhl zurückzog, sagte sie: »Du hast Jessica angerufen?«

»Ja, wollte mich nur mal melden.«

»Du weißt, dass sie arbeitet.«

»Habe ich vergessen.«

Sie zog die Augenbrauen hoch. »Was ist los, Frank?«

»Nichts. Darf ich meine Tochter nicht anrufen?«

»Sie hat uns beiden gesagt, dass ihr Chef nicht will, dass sie private Anrufe bekommt.«

Ich nahm die Speisekarte. »Ich nehme wahrscheinlich das Fischsandwich. Was nimmst du?«

KAPITEL SECHSUNDVIERZIG

Ich nahm es und einen Eiskaffee mit hinaus auf die Veranda, wo Mary Ann las, und ließ mich in einem Liegestuhl nieder. Zehn Minuten später schlug ich das Buch zu. Ich blätterte nur die Seiten um, las aber nicht.

Mary Ann sagte: »Was ist los? Ich dachte, du magst Churchill.«

Ich legte das Buch weg und griff nach meinem kalten Kaffee. »Tu ich auch.«

»Du musst lernen, dich zu entspannen. Und der Kaffee hilft dabei nicht.«

Ein Tropfen Kondenswasser vom Glas platschte auf mein Hemd. »Mir geht's gut, ich warte nur auf einen wichtigen Anruf von Haines.«

»Na und? Lies oder entspann dich, bis er anruft. Wenn du dich deswegen verrückt machst, ruft er auch nicht schneller an.«

Mein Handy summte. Ich wedelte damit vor ihr herum. »Siehst du? Es hat funktioniert. Haines ruft an.«

Ich eilte hinein und ging ran. »Was hast du?«

»Du kommst ja gleich zur Sache, was?«

»Entschuldige, ich bin bei dem Fall nur etwas angespannt. Ich fürchte, diese Mistkerle hauen mir noch ab.«

»Ich will dich doch nur aufziehen, Frank.«

»Ich weiß, es tut mir leid, dass ich so angespannt bin.«

»Schon kapiert. Also, das habe ich aus den Akten rausgezogen. Javier White ist nicht vorbestraft, aber Ernesto Carmen wurde vor zehn Jahren wegen Drogenbesitzes verhaftet. Er hat eine Bewährungsstrafe bekommen.«

»Ja, so viel weiß ich schon.«

»Hab ich mir gedacht. Okay, es gibt zwei laufende Ermittlungen, und White und Carmen werden in beiden erwähnt. Die eine ist eine Untersuchung des FBI über die Präsenz der La Familia im Land. Die Behörde schätzt, dass mindestens dreitausend Mitglieder des Kartells in den Staaten operieren. Wir haben bisher über zweitausendfünfhundert Mitglieder identifiziert. Sobald das erledigt ist, planen wir, Gegenmaßnahmen einzuleiten.«

»Warum warten die, bis sie herausgefunden haben, wer jeder Einzelne ist? Diese Typen verwurzeln sich von Tag zu Tag tiefer im Land.«

»Ich mache die Regeln nicht, aber sie wollen wahrscheinlich feststellen, wie groß die Bedrohung ist, bevor sie Ressourcen einsetzen.«

Ich respektierte Haines, aber er redete wie ein Politiker. Es war dasselbe, was immer passierte, wenn eine Institution in Frage gestellt wurde; sie bildeten eine Wagenburg, um sich selbst zu schützen. Vielleicht lag es uns in den Genen.

»Einfach großartig, Kinder sterben, während die Bürokraten in Meetings sitzen.«

»Ach, komm schon, Frank, du weißt es doch besser. Dieses Drogenproblem ist nicht über Nacht entstanden, und es wird lange dauern, die Kartelle lahmzulegen.«

»Je länger wir warten, desto stärker verwurzelt und mächtiger werden sie in unserem Revier. Wenn sie noch stärker werden, verwandeln wir uns in ein Dritte-Welt-Land, in dem die meisten Politiker und Strafverfolgungsbehörden geschmiert sind.«

»Soweit es mich betrifft, ist das eine maßlose Übertreibung und eine Beleidigung für die Kollegen, mit denen ich zusammenarbeite.«

»Bin ich der Einzige, der meint, dass man sich dringend darum kümmern muss?«

»Glaub mir, Drogenhandel hat oberste Priorität, besonders da er unsere nationale Sicherheit bedroht.«

»Na, warum benimmt sich dann niemand so?«

»Frank, ich versuche dir zu helfen, wirklich, aber indem du die Behörde angreifst, machst du es mir nicht gerade leicht.«

»Ich habe den größten Respekt vor dir und es tut mir leid, wenn du dich angegriffen fühlst, aber so sehe ich die Sache nun mal. Ich wäre nicht aus dem Ruhestand zurückgekommen, wenn ich geglaubt hätte, dass es ein glaubwürdiges Verfahren gibt, um mit dem Drogenproblem fertigzuwerden.«

»Hör zu, aus Respekt und weil die Kids, die du gekannt hast, gestorben sind, gebe ich dir, was ich über White und Carmen habe, aber das war's dann auch.«

Durch zusammengebissene Zähne sagte ich: »Was hast du?«

»Javier White besitzt eine kleine Buchhaltungspraxis in Punta Gorda, wo er auch wohnt. Er wurde in Mexiko geboren, hat eine Amerikanerin geheiratet und ist seit zehn Jahren Staatsbürger. Wir glauben, dass er für La Familia Geld wäscht und dafür ein paar seiner Klienten für Bargeldgeschäfte benutzt. Man nimmt an, dass sein Bruder Tonino, der Mitglied des La-Familia-Kartells ist und von Sonora aus operiert, die Verbindung war.«

Während ich, so schnell ich konnte, mitschrieb, fragte ich: »Hat er Kinder?«

»Drei Töchter unter zehn Jahren.«

»Und Ernesto Carmen?«

»Er leitet die Kokain-Pipeline von den Carolinas runter nach Florida. Er ist als Inhaber einer Spedition namens Galactic Freight eingetragen. Sie transportiert Haushaltsgeräte für eine Reihe verschiedener Einzelhändler.«

»Das ist ja praktisch.«

»Niemand hat behauptet, dass diese Leute dumm sind.«

»Ich nehme an, er schmuggelt die Drogen zusammen mit den legalen Lieferungen in seine Lastwagen.«

»Das hat uns ein Informant erzählt.«

»Eine fast perfekte Tarnung. Was ist mit seinem Privatleben?«

»Er ist verheiratet und hat fünf Kinder.«

»Fünf?«

»Du hast richtig gehört. Carmen wohnt in Port Charlotte und die Spedition ist in North Port. Er hat auch eine Geliebte, die er mindestens zweimal die Woche besucht. Die Frau namens Estelle Blicker wohnt in South Venice.«

»Das wundert mich nicht. Wem berichten White und Carmen? Jemand in den Staaten?«

»Wir wissen es nicht mit Sicherheit, aber es scheint, dass, wer auch immer es ist, in Mexiko sitzt.«

»Haben wir ihre Kommunikation angezapft?«

»Ja, aber das hat bisher nichts ergeben. Die Mitglieder von La Familia sind die sorgfältigste Gruppe, auf die wir je gestoßen sind. Sie sind extrem diszipliniert.«

Das passte zu dem kultartigen Status, von dem mir der DEA-Analyst erzählt hatte, als ich in Washington ankam. Ich hatte meine Karriere darauf aufgebaut, zu wissen, dass jeder früher oder später einen Fehler machte oder eine Abkürzung nahm. War La Familia ein ganz anderes Kaliber?

»Niemand ist unschlagbar.«

»Und Rosario Castro ist ein Mitglied von La Familia. Er wurde in Mexiko geboren und reist in Südamerika umher.

Seine letzte bekannte Adresse war in Kolumbien. Er ist ein bekannter Geldwäscher.«

»Das ergibt Sinn.«

»Das ist alles, was ich habe.«

»Okay, danke, das weiß ich zu schätzen.«

»Kein Problem. Hör zu, Frank, du bist ein großartiger Cop, aber du musst deine Gefühle aus der Sache raushalten, wenn du etwas bewirken willst.«

Ich murmelte ein Danke, legte auf und verließ das Arbeitszimmer. Als ich nach einer Flasche Wasser aus dem Kühlschrank griff, kam Mary Ann von der Veranda herein.

»Mit wem hast du dich gestritten?«

»Das war kein Streit.«

»Erzähl mir nichts. Ich bin reingekommen, um auf die Toilette zu gehen, und du hast geschrien.«

»Ich habe nicht geschrien, ich war nur ein bisschen aufgeregt.«

»Du holst dir noch einen Schlaganfall oder so was, wenn du so weitermachst.«

»Mir geht es gut.«

»Du sagst mir die ganze Zeit, ich soll auf Stress achten. Weißt du, das gilt auch für dich.«

»Reg dich ab, Mary Ann. Es war nur ein Telefongespräch, das ein bisschen hitzig wurde.«

Sie schüttelte den Kopf und ging in Richtung Hauptschlafzimmer.

Ich sagte: »Ich gehe eine Runde spazieren.«

Während ich meine Turnschuhe anzog, versuchte ich, mich auf das zu konzentrieren, was Haines über White und Carmen herausgefunden hatte. Was Carioca gesagt hatte, schien zu stimmen. Was würde ich als Nächstes tun?

KAPITEL SIEBENUNDVIERZIG

DIE ANDERE MÖGLICHKEIT WAR, ABZUWARTEN UND SIE ZU beobachten. Das FBI und die DEA schienen eine Operation zu haben, die sich auf La Familia konzentrierte, aber mich ihnen anzuschließen, kam für mich nicht infrage. Es war einfach zu viel Geld im Umlauf, um sicherzugehen, dass niemand Informationen an die Bösen durchstechen würde.

Eine eigene Ermittlung würde auf Widerstand stoßen, aber Pembroke hatte versprochen, mich bei allem zu unterstützen, was ich vorschlagen würde. So etwas konnte ich nicht allein durchziehen. Was ich brauchte, waren Leute. Leute, denen ich vertrauen konnte. Bradley war einer davon. Würde Derrick sich dem Einsatz anschließen?

Während ich über meinen ehemaligen Partner nachdachte, vibrierte mein Telefon. Ich hatte fast erwartet, dass es Derrick war. Es war Paul Casella, der leitende Ermittler im Fall Carioca.

»Hallo, Paul. Wie geht es Ihnen?«

»Nicht gut.«

Meine Schultern verspannten sich. »Was ist los?«

»Sie haben Cariocas Schwester entführt.«

»Was? Wer?«

»Wir müssen davon ausgehen, dass es La Familia ist.«

»Verdammt! Wann ist das passiert?«

»Letzte Nacht.«

Ich sagte: »Sie setzen sie unter Druck, damit sie nicht aussagt.«

»Daran besteht kein Zweifel. Ihr Anwalt, Juarez, hat mir vor ein paar Minuten eine Nachricht hinterlassen.«

»Sie wird einen Rückzieher von der Vereinbarung machen.«

»Sie warnen sie: Wenn sie kooperiert, werden ihre Schwester und ihre Mutter wahrscheinlich ermordet.«

»Wir hätten sie vom ersten Tag an in Schutzhaft nehmen sollen.«

Casella sagte: »Dazu hatten wir keinen Grund. Carioca hat uns gesagt, dass sie ihre Strafe absitzen würde.«

»Sobald sie dem Videoanruf zugestimmt hat, hätten wir ihre Familie abholen sollen.«

»Das wäre höchst ungewöhnlich gewesen. Und wir hatten keine Genehmigung.«

»Das Kartell hat sie in die Finger bekommen.«

»Wie? Niemand außer uns wusste von dem Angebot.«

»Es war Juarez. Entweder hat er die Information freiwillig preisgegeben, oder La Familia hat ihn ebenfalls erwischt.«

»Meinen Sie?«

»Es muss so sein.«

»Frank, soll ich mit Juarez reden?«

»Was, glauben Sie, wird er sagen? Lassen Sie mich das durchdenken. Ich habe auf Cariocas Aussage gezählt.«

»Ich muss zugeben, ich war überrascht, dass sie überhaupt zugestimmt hat, zu reden. Die Kartelle haben so gut wie jeden zum Schweigen gebracht.«

»Nun, ich hoffe, sie begreift, dass sie für lange Zeit ins Gefängnis geht.«

»Ich werde mit der Anklage noch warten. Lassen Sie mich wissen, was Sie, wenn überhaupt, mit Juarez unternehmen wollen.«

Nachdem ich aufgelegt hatte, schlug ich mit der Faust auf den Schreibtisch. Der Geruch der Niederlage lag in der Luft.

Mein Plan ging den Bach runter. Das Kartell hatte Cariocas Schwester entführt. Leute von der Straße zu entführen, war eine Taktik, die Kriminelle in Mexiko nur allzu oft anwandten.

Nur fand diese Entführung nicht in Mexiko statt, sondern in Texas. Wenn es je Zweifel daran gegeben hatte, dass das Kartell Grenzen kannte, um sich selbst zu schützen, so waren diese nun verflogen.

Ich griff nach meinem Telefon und tätigte einen Anruf. »Jessie, hier ist Dad.«

»Hi, Dad. Wie geht's dir?«

»Gut. Und dir? Was machst du gerade?«

»Ich habe gerade das Fitnessstudio verlassen. Ich habe zwei Kraftkurse gemacht. Sie waren anstrengend, aber es hat sich gut angefühlt, zu trainieren.«

»Das klingt, als hätte es Spaß gemacht.«

»Hat es auch.«

»Wohin gehst du jetzt?«

»Ich gehe gerade zu meinem Auto. Ich fahre nach Hause, um zu duschen.«

»Sei vorsichtig.«

»Äh, warte mal, Dad. Hey, was machen Sie da? Nein! Stopp! Nicht–«

Ich sprang aus meinem Sessel. »Jessie! Was ist los?«

Die Leitung war tot.

Ich rannte aus dem Arbeitszimmer. »Mary Ann! Mary Ann!«

»Was ist denn los?«

»Jessie ist etwas zugestoßen!«

»Was?«

»Ich habe gerade mit ihr telefoniert, und ich glaube, jemand hat sie entführt oder so.«

»Entführt? Wer? Warum sagst du das?«

»Ich war mit ihr am Telefon und ... Wir müssen den Notruf anrufen und es melden.«

»Sag mir, was passiert ist!«

Mein Handy summte. Es war Jessies Nummer. »Hallo?«

»Entschuldige, Dad. Sie wollten gerade mein Auto abschleppen, und ich bin angekommen, kurz bevor sie es an den Haken genommen haben.«

»Oh, Gott sei Dank geht es dir gut.«

»Natürlich geht es mir gut. Warum machst du dir solche Sorgen?«

Ich konnte ihr nicht sagen, dass das Kartell eine mögliche Bedrohung darstellte. »Du hast geschrien, und dann ist die Verbindung unterbrochen worden, und du weißt schon ...«

»Du solltest dir nicht so viele Sorgen machen, Dad. Ich kann auf mich selbst aufpassen.«

Ich wollte ihr nicht sagen, was alle Eltern sagen – warte nur, bis du selbst Kinder hast. »Ich weiß, dass du das kannst, es ist nur ... ach, vergiss es. Ist mit deinem Auto alles in Ordnung?«

»Ja. Sie waren ungefähr zwei Sekunden davon entfernt, es an den Haken zu nehmen.«

»Das war knapp. Du musst aufpassen, wo du parkst.«

»Da war kein Schild, auf dem stand, dass man dort nicht parken durfte.«

»Du hättest vor Gericht gewonnen, aber das dauert seine Zeit.«

»Ich fahre jetzt nach Hause, also rufe ich euch später an.«

»Okay, komm gut nach Hause.«

Mary Ann hatte ein Lächeln wie eine Lottogewinnerin aufgesetzt.

Ich zuckte mit den Schultern. »Ich schätze, ich bin etwas in Panik geraten.«

Sie kicherte. »Etwas?«

»Als ob du noch nie überreagiert hättest?«

Sie gab mir einen Kuss auf die Wange. »Ich mache doch nur Spaß.«

Ich legte meinen Arm um ihre Taille. »Willst du wirklich ein bisschen spielen?«

Sie lächelte. »Wir werden sehen. Ich muss jetzt zu Connie rüber.«

»Kann sie nicht warten?«

Sie löste sich von mir. »Sagt man nicht, Vorfreude sei das beste Vorspiel?«

»Du machst mich fertig.«

Sie nahm ihre Handtasche und ging zur Tür. »Wir sehen uns in ein oder zwei Stunden.«

»Ich weiß nicht, ob ich so lange warten kann. Vielleicht muss ich zu Connie kommen und dich zurückschleifen.«

Sie wiegte ihre Hüften und ging.

Ich zog mich ins Arbeitszimmer zurück, wissend, dass ich etwas hatte, worauf ich mich freuen konnte. Ich setzte mich in meinen Sessel und schloss die Augen. Carioca hatte uns hängen lassen. Was konnte ohne Cariocas Unterstützung getan werden?

Ideen kamen auf, und ich verwarf sie wieder. Mein Unterbewusstsein zu nutzen, war etwas, das ich gerade lernte. Manchmal versuchte ich, ein Problem nicht aktiv zu lösen, sondern mögliche Lösungen zu beobachten. An der Akademie würde das nicht durchgehen, aber ab und zu funktionierte es.

Der Gedanke, die Anklage gegen Carioca fallen zu lassen, kam mir in den Sinn. Wir könnten ihr folgen. Nein, das hatte keinen Vorteil. Das Kartell würde sich wundern, was vor sich ging.

Carioca hatte uns nicht gegeben, was wir wollten, aber sie

hatte uns von Javier White und Ernesto Carmen erzählt. Mein größerer Plan, den Fisherman zu fassen, hing von Carmen ab. Und White könnte uns Informationen über die Geldwäsche geben. Aber wie sollte ich ohne Carioca an sie herankommen?

Sobald das Kartell wusste, dass Carioca keine Bedrohung mehr darstellte, würde es ihre Schwester freilassen. Was, wenn wir eine Woche nach ihrer Freilassung warteten, bevor wir Carioca und ihre Familie in Gewahrsam nahmen? Würde Carioca dann kooperieren?

Als eine Idee in mir aufstieg, riss ich die Augen auf. Sie war kühn und gefährlich. Unschuldige Menschen könnten getötet werden. Es war ein komplizierter Plan, aber er könnte funktionieren.

KAPITEL ACHTUNDVIERZIG

Es war immer noch unklar, warum Pembroke im Fontainebleau-Hotel so reagiert hatte, als ich ihm gesagt hatte, dass Rico, der CIA-Agent, korrupt war. Hatte er nicht den Mumm, sich mit der CIA anzulegen? War es echte Enttäuschung über die Agency oder steckte etwas Unheilvolles dahinter? Die Operation geheim zu halten, wäre für jemanden an der Spitze der Befehlskette ebenfalls eine Herausforderung.

Bis zu dem Vorfall mit Rico war er so zuvorkommend gewesen, wie man es sich nur vorstellen konnte. Pembroke war der Grund, warum ich eine Chance hatte, den Fisherman zu schnappen und der Geldwäsche des Kartells einen Dämpfer zu verpassen.

Die andere Möglichkeit wäre schwer zu schlucken gewesen: Haines um Hilfe zu bitten. Eine große Portion Demütigung wegen dessen, was ich ihm gesagt hatte, zu ertragen, würde wehtun. Die Kehrseite der Medaille war, dass Haines sich alle Mühe geben würde, um sicherzustellen, dass es keine Lecks gab, nur um mir zu beweisen, dass ich falsch lag.

Anstatt das FBI-Büro anzurufen, wählte ich Haines' Handynummer. »Frank? Ist alles in Ordnung?«

»Ja. Ich rufe wegen einer heiklen Sache an und dachte, dein Handy wäre die bessere Wahl.«

»Frank, das FBI hat seine Probleme, wie jede Organisation, aber Korruption ist nicht weitverbreitet.«

»Ich weiß, und zuallererst wollte ich mich für das entschuldigen, was ich gesagt habe. Ich habe mich im Ton vergriffen und, äh, meinen Frust für mich sprechen lassen.«

»Entschuldigung angenommen. Und jetzt sag mir, was los ist.«

»Ich brauche deine Hilfe. Mir ist klar, dass das viel verlangt ist, aber ich brauche vier Teams mit Fahrzeugen, und wir müssen schnell handeln.«

»Worum geht es bei der Operation?«

Ich schilderte ihm den Plan, den ich ausgeheckt hatte, und Haines war sofort an Bord.

Nachdem ich mich bei ihm bedankt hatte, legte ich auf und rief Casella an.

Der leitende Ermittler im Fall Carioca ging schon beim ersten Klingeln ran. »Paul Casella.«

»Hey, Paul, hier ist Frank Luca.«

»Hi. Was gibt's?«

»Ich will mit Cariocas Anwalt, Juarez, sprechen.«

»Ich glaube nicht, dass du da irgendjemanden umstimmen wirst.«

»Ich will nur mit ihm reden.«

»Soll ich einen Zoom-Anruf organisieren?«

»Ja, bitte. Ich möchte, dass der Fokus des Gesprächs darauf liegt, ihn dazu zu bringen, Carioca zu einer Kooperation zu bewegen.«

»Du verschwendest deine Zeit, Kumpel.«

»Mag sein, aber ich bin es den Jungs, die ihr Leben verloren haben, schuldig, es noch einmal zu versuchen.«

Casella schien ein grundsolider Mann zu sein, aber es gab keinen Grund, mehr Risiken als nötig einzugehen.

»Ich glaube, du verschwendest deine Zeit, aber okay, wir versuchen es.«

»Danke. Ich muss Bericht darüber erstatten, wo wir stehen, also kannst du es so schnell wie möglich einrichten?«

»Klar doch. Wenn Juarez verfügbar ist, machen wir es in etwa einer Stunde. Ich gebe dir Bescheid.«

»Das wäre perfekt.«

———

Das Zoom-Meeting war für sechzehn Uhr meiner Zeit angesetzt. Ich war nicht abergläubisch, aber der Zeitpunkt war ein gutes Omen.

Mary Ann war auf der Veranda. Ich steckte meinen Kopf durch die Schiebetür. »Ich muss um vier wieder für einen Anruf da sein. Wie wäre es, wenn wir zum Mittagessen ins Nosh on the Bay gehen?«

»Zum Mittagessen?«

»Warum nicht? Es ist ein wunderschöner Tag, und wir können draußen sitzen.«

Sie sah auf ihre Uhr. »Okay. Gib mir zwanzig Minuten. Ich will kurz unter die Dusche springen.«

»Lass dir Zeit.«

Sie kam ins Haus, als mein Telefon piepte. Es war eine Nachricht von Haines: *Alles ist vorbereitet. Wir haben vier Teams, die bereit zum Ausrücken sind.*

Ich sagte ihm, dass ich ihn gegen fünf anrufen würde.

Ich parkte unter dem Naples Bay Resort, und wir kamen am Jachthafen wieder zum Vorschein.

Mary Ann sagte: »Mir gefällt, wie das Weiß aussieht.«

»Ich weiß nicht – als die Gebäude noch alle verschiedene Farben hatten, fühlte es sich an wie Portofino oder so, als wären wir im Urlaub.«

»Woher willst du das wissen? Du warst noch nie an der italienischen Riviera.«

»Na, wie wäre es, wenn wir dorthin fahren? Du warst bei diesem Fall so geduldig mit mir und allem.«

»Fährst du irgendwohin?«

»Vielleicht, aber deshalb sage ich das nicht.«

Sie verdrehte die Augen. »Ich kann eine Menge ertragen, wenn du es mit Reisen wiedergutmachen willst.«

Ich zeigte auf eine große Jacht. »Solange du nicht eine von denen willst.«

»Auf keinen Fall. Aber wenn wir in Portofino sind, können wir eine Tageskreuzfahrt auf einer machen.«

»Abgemacht.«

Man führte uns zu einem Tisch im Freien. Mary Ann sagte: »Das ist schön. So etwas sollten wir die ganze Zeit machen.«

Sie hatte recht. Aber erst, wenn dieser Fall vorbei war. »Portofino und schicke Mittagessen, du wirst langsam anspruchsvoll.«

»Niemals. Das ist eines der Dinge, auf die ich stolz bin. Wir hatten das Glück, mehr Geld zu bekommen, als wir je zu haben glaubten, aber wir haben unseren Lebensstil nicht wirklich geändert.«

»Dazu gibt es auch keinen Grund. Ich meine, was gibt es Besseres, als Endivien mit Bohnen zum Abendessen?«

Vier kleine Teller zu teilen, war das perfekte Mittagessen. Sie waren köstlich und machten Lust auf mehr. Aber die Uhr tickte.

Mary Ann griff nach meiner Hand, als wir zum Auto zurückgingen. Meine Gedanken waren bei dem Anruf mit Juarez, aber ich machte ein paar Andeutungen, um Mary Ann daran zu erinnern, dass zu viele Tage vergangen waren, seit wir intim gewesen waren.

Als wir nach Hause kamen, zog ich mich ins Arbeitszimmer

zurück und rief Bradley an. Während ich um meinen Schreibtisch kreiste, erzählte ich ihm von meinem Plan.

Er sagte: »Wow. Das klingt fantastisch.«

»Ich werde Ihre Zauberkünste brauchen. Ich will in Echtzeit sehen, was vor sich geht.«

»Ich werde die nötigen Mittel in Position bringen und die Links bereitstellen.«

»Danke. Hey, es tut mir leid, dass das so kurzfristig kommt, aber ich –«

»Ich verstehe; Sie wollten den Kreis klein halten.«

»Es fügt sich alles schnell zusammen. Ich muss jetzt in den Anruf mit Juarez.«

Ich beugte mich vor und klickte, um dem Zoom-Anruf beizutreten. Paul Casella sprach gerade mit Juarez. Er sagte: »Gut, Frank ist dem Anruf beigetreten.«

»Hallo, meine Herren. Bevor wir anfangen, wollte ich mich nur bei Ihnen, Herr Juarez, dafür bedanken, dass Sie so kurzfristig einem Gespräch zugestimmt haben.«

»Kein Problem. Ich bin neugierig, warum Sie um das Treffen gebeten haben.«

»Um ehrlich zu sein, wollte ich sehen, ob Sie Frau Carioca davon überzeugen könnten, ihre Weigerung, die Verständigung im Strafverfahren einzuhalten, zu überdenken.«

»Ich habe ausführlich mit ihr gesprochen, und sie bleibt bei ihrer Haltung.«

»Und das, weil ihre Schwester entführt wurde?«

»Sie macht sich Sorgen über die Konsequenzen jeder Aussage, die sie über die Aktivitäten von Javier White und Ernesto Carmen machen müsste.«

»Es gab eine Entwicklung, die Frau Carioca in eine unterstützende Rolle verbannen würde.«

»Welche Entwicklung?«

»Sowohl Herr Carmen als auch Herr White kooperieren mit einer gemeinsamen Ermittlung der DEA und des FBI.«

Juarez zögerte, bevor er sagte: »Definieren Sie Kooperation für mich.«

»Sie reden und liefern Einzelheiten über die Aktivitäten des La-Familia-Kartells. Die Funktion Ihrer Mandantin wäre die der Unterstützung, um ihre Aussagen zu untermauern.«

Juarez kniff die Augen zusammen. »Wenn Sie sicher sind, dass sie nicht diejenige wäre, die die grundlegenden Beweise liefert, kann ich noch einmal mit ihr sprechen.«

»Ich bin mir absolut sicher. Ich hatte Einblick in die Mitschriften der Gespräche, die unsere Leute mit Herrn Carmen und Herrn White geführt haben. Sie sind aussagekräftig und detailliert.«

»In Ordnung, ich werde mit ihr sprechen.«

»Warten Sie nicht zu lange. Die Dinge entwickeln sich in diesem Fall sehr schnell. Ich möchte nicht, dass sie die Gelegenheit verpasst.«

»Ich werde sie morgen früh besuchen.«

»Das passt. Lassen Sie es mich wissen. Einen schönen Tag noch, meine Herren.«

Ich verließ das Videomeeting und griff nach meinem Handy. Bevor ich die Nummer fertig gewählt hatte, rief Casella an. Ich drückte ihn weg und schrieb ihm per SMS, dass ich später mit ihm sprechen würde. Er antwortete: *Was zum Teufel ist hier los?*

Haines ging beim ersten Klingeln ran. Ich sagte: »Alles ist bereit. Lass deine Leute ausrücken.«

»Wird gemacht.«

»Sag ihnen, ich bin auf dem Weg.«

KAPITEL NEUNUNDVIERZIG

ICH PARKTE IM HINTEREN TEIL EINES WALMART-PARKPLATZES und beobachtete, wie zwei dunkelblaue Lieferwagen einfuhren. Ich stieg aus meinem Wagen. Die Hecktüren des zweiten Fahrzeugs öffneten sich. Ich kletterte hinein und wir ruckten vor.

Ein Mann, dessen Kopfhörer um seinen Hals hing, streckte mir die Hand entgegen. »Tom Mortar.« Wir schüttelten uns die Hände und er stellte mich einer Frau vor, die an einer Konsole saß. »Das ist Special Agent Dorothy Main.« Er deutete zum Fahrersitz. »Und Vic Belair sitzt am Steuer.«

Ich sagte: »Schön, bei Ihnen allen zu sein. Das ist eine wichtige Mission und ich weiß es zu schätzen, dass ich dabei sein darf.«

»Mit Vergnügen.« Er wies auf einen Platz auf einer Bank, die an der Seite des Lieferwagens entlanglief. »Das Headset ist für Sie.«

Ich setzte mich und nahm den Kopfhörer, der an einem Haken hing. »Wie ist die ETA?«

»Sieben Minuten.«

Ein paar Minuten später verlangsamte der Lieferwagen und

bog in eine Wohnstraße ein. Mortar sagte: »Okay, wir nähern uns dem Ziel.«

Die Dunkelheit brach schnell herein und die Straßenlaternen in Carmens Viertel, Candler Park, waren bereits an. Die Straße war ruhig und niemand war vor den benachbarten Häusern zu sehen.

Der vordere Lieferwagen parkte vor dem Haus der Carmens. Wir kamen eine Einfahrt weiter zum Stehen. Durch die Windschutzscheibe sah ich, wie zwei Agenten aus dem vorderen Fahrzeug sprangen.

Auf den Rücken ihrer Windjacken prangte »FBI«, als sie sich der Haustür näherten. Ich beugte mich vor.

Ein gelber Schein umriss die Agenten, als sich die Tür öffnete, aber sie verdeckten die Person, die auf das Klingeln reagiert hatte. Der Agent auf der linken Seite bückte sich. Es musste eines von Carmens fünf Kindern sein.

Eine Minute später kam eine Frau an die Tür. Mortar sagte: »Wir haben die Bestätigung, dass es Carmens Frau ist. Sie gehen hinein.«

Die Agenten betraten das Haus und die Tür schloss sich. Ich atmete aus und fragte Mortar: »Was sagt sie? Macht sie mit?«

Er zog den Kopfhörer von einem Ohr. »Sie haben ihr gesagt, dass sie und die Kinder in Gefahr sind und sofort gehen müssen. Sie wollte ihren Mann anrufen, aber sie haben sie davon überzeugt, dass das Kartell ihre Anrufe abhört.«

»Also sind sie einverstanden?«

Er hob einen Finger in die Luft und nickte. »Sie macht die Kinder für die Abfahrt fertig.«

Fünf lange Minuten später öffnete sich die Tür. Ein Agent ging voran. Mrs. Carmen hielt zwei ihrer Kinder an den Händen und die drei anderen Kinder folgten wie die Entenküken.

Die Hecktüren des vorderen Lieferwagens öffneten sich. Die Agenten halfen der Familie Carmen beim Einsteigen.

Mortar zeigte einen Daumen nach oben und sprach in sein Headset: »Die Einkäufe sind an Bord.«

Ich ballte eine Faust. »Gut gemacht! Wie lange noch, bis sie im sicheren Haus sind?«

»Fünfundzwanzig Minuten oder so.«

»Perfekt. Jetzt warten wir auf Teil zwei.«

»Wir gehen in Stellung, während sie abgesetzt werden.«

Mein Handy vibrierte. Es war Haines.

»Warten Sie, das könnte etwas sein.«

Ich nahm den Anruf entgegen und Haines sagte: »Carmen hat gerade mit Charro Esperanza telefoniert, von dem wir wissen, dass er ein Vollstrecker für das La-Familia-Kartell ist.«

»Na also. Was hat er gesagt?«

»Er hat ihm ausgerichtet, dass ein Treffen einberufen wurde und man Carmen dort erwartet.«

Cariocas Anwalt, Juarez, hatte dem Kartell erzählt, was ich über die Kooperation von Carmen und White gesagt hatte. »Hat Carmen gesagt, dass er hingeht?«

»Ja.«

»Wie hat es geklungen? Normal?«

»Ja, es war unauffällig. Esperanza ist kein Dummkopf.«

»Wo treffen sie sich?«

»Im Boulevard Industrial Park in Opa-locka.«

»Sie planen wahrscheinlich, ihn zu foltern.«

Haines sagte: »Entweder das oder sie töten ihn auf der Stelle. Ich habe den Ort gegoogelt, und wenn es so etwas wie den perfekten Ort für einen Mord gibt, dann ist es dieser.«

»Um wie viel Uhr treffen sie sich?«

»Heute Abend um zehn.«

»Okay. Sagen Sie mir Bescheid, was mit White passiert.«

Wir parkten den Lieferwagen gegenüber dem Parkplatz von Galactic Freight. An sechs der zehn Laderampen standen Lastwagen. Sie wickelten ein anständiges Volumen an legalen

Geschäften ab, um den Drogenhandel zu decken, in den Carmen verwickelt war.

Mortar sagte: »Wir können kein Risiko eingehen, wir müssen unsere Schutzwesten anlegen.«

Ich nahm eine von einem Haken und legte die Weste an. Ich griff nach einem Fernglas und stellte es auf einen weißen Escalade scharf, der bei den Büros der Spedition geparkt war. Das Nummernschild bestätigte, dass es Ernesto Carmens Fahrzeug war.

Eine SMS kam an. Es war ein Video. Ich sah es mir an. Aus dem Augenwinkel sah ich einen Sattelschlepper, der aus einer Ladebucht zurücksetzte. Er fuhr in Richtung Ausfahrt.

Ich sagte: »Der Lastwagen transportiert einen dieser Container, die auf ein Schiff kommen.«

Mortar schaute hin und sagte: »Ja, das ist MSC, Mediterranean Shipping Company.«

»Oh, ich dachte, er käme vielleicht aus Südamerika.«

»Das ist ein globales Unternehmen. Sie haben sogar Kreuzfahrtschiffe.«

»Woher wissen Sie so viel über die?«

»Wir haben vor ein paar Jahren eine Kreuzfahrt auf einem ihrer Schiffe gemacht, und ich habe mich über sie informiert.«

»Bieten sie auch Fahrten nach Südamerika an?«

»Ja. Daran erinnere ich mich. Warum fragen Sie?«

»Ich hoffe, das Kartell wird nicht übermütig. Sie könnten in einem von denen große Mengen Drogen in die Staaten schmuggeln.«

»Der Zoll würde sie erwischen.«

»Seien Sie da mal nicht so sicher. Sie kontrollieren nur etwa ein Prozent der eingehenden Fracht.«

»Ich dachte, es wären um die zwanzig Prozent.«

»Sind es nicht. Warten Sie, das sieht aus wie Carmen, der aus der Tür kommt.«

Mortar benutzte sein Fernglas. »Das ist er. Er steigt in sein Auto.«

Ich sagte: »Okay, es ist Showtime. Wir müssen vorsichtig sein. Gehen Sie davon aus, dass Carmen bewaffnet ist, und zwar schwer.«

Die Rücklichter von Carmens Auto leuchteten auf. Er setzte aus seiner Parklücke zurück.

Mortar sagte: »Okay, jetzt wird's ernst.«

KAPITEL FÜNFZIG

Wir fuhren langsamer, als wir uns der Ampel an der Ecke näherten. Carmen hupte, als die Ampel von Gelb auf Rot umsprang. Wir kamen zum Stehen.

Mein Herzschlag beschleunigte sich. Ich sah Mortar an und sagte: »Bereit?«

Er nickte. »Legen wir los.«

Mortar öffnete die Hecktüren und wir stiegen aus. Carmens Kopf war gesenkt. Er schaute auf sein Handy. Wir traten an ihn heran und hielten unsere Dienstmarken hoch, als er den Kopf hob.

»Öffnen Sie die Tür und legen Sie Ihre Hände aufs Lenkrad!«

Er gehorchte.

»Steigen Sie aus!«

»Ich habe nichts getan.«

»Steigen Sie aus!«

Er schwang die Beine aus der Tür und stand auf.

»Wo ist Ihr Telefon?«

Er deutete mit dem Kinn in Richtung Auto.

»Drehen Sie sich um.«

Ich tastete ihn ab. »Er ist sauber.«

Mortar legte ihm eine Hand auf die Schulter. »Kommen Sie mit uns.«

»Ich kann mein Auto nicht mitten auf der Straße stehen lassen.«

»Darum kümmern wir uns.«

»Aber der Motor läuft noch.«

Ich sagte: »Steigen Sie in den Van.«

Seine Augen verengten sich.

»Wenn Sie Ihre Familie wiedersehen wollen, steigen Sie in den Van. Sofort!«

»Drohen Sie mir nicht, Mann.«

»Das ist keine Drohung, das ist Ihre neue Realität. Und jetzt steigen Sie in den Van.«

Mit geblähten Nasenflügeln trottete Carmen zum Van. Wir stiegen ein und er sagte: »Wohin fahren wir?«

Ich sagte: »Das hängt von Ihnen ab.«

»Was wollen Sie?«

»Sehen Sie sich das an.« Ich zeigte ihm mein Handy und spielte das Video ab.

Seine Augen weiteten sich. »Wo zum Teufel sind die?«

»Sie sind an einem sicheren Ort.«

»Sie haben meine Familie entführt?«

»Nein, wir haben sie gerettet.«

Er holte tief Luft, sagte aber nichts.

»Wir wissen, dass La Familia hinter Ihnen und Ihrer Familie her ist.«

»Das ist Blödsinn.«

»Ach ja? Das Treffen heute Abend? Sie werden abgeschlachtet, wenn Sie hingehen.«

»Ich weiß nicht, wovon Sie reden.«

»Das Kartell glaubt, dass Sie es verraten haben. Sie haben zwei Möglichkeiten. Sie steigen wieder in Ihr Auto und fahren zurück in Ihr leeres Haus. Wenn Sie darauf bestehen, bringen wir Ihre Familie zurück, aber Sie werden alle innerhalb eines Tages tot sein.«

Er schloss die Augen. »Oder?«

»Sie können uns helfen.«

»Ich bin keine Ratte.«

»Was zählt, ist, dass das Kartell glaubt, Sie wären eine.«

»Wie zum Teufel sollten sie das glauben?«

»Was zählt, ist, dass sie es tun. Wenn Sie es riskieren wollen, können Sie gehen und versuchen, sie vom Gegenteil zu überzeugen.«

»Sie erzählen Scheiße.«

»Hören Sie, drei verschiedene Behörden überwachen La Familia. Wir haben mehrere Abhöraktionen laufen und haben Gerede über ein Leck mitbekommen. Dann haben wir gehört, wie sie darüber gesprochen haben, wie sie es dichtmachen würden. Ihr Name und zwei weitere sind erwähnt worden. Als wir den Anruf von Esperanza mitbekommen haben, sind wir in Aktion getreten, um Ihre Familie zu retten.«

Er schüttelte den Kopf. »Nein, nein. Das ist verrückt. Ich habe niemanden verraten.«

»Wie ich schon sagte, das spielt keine Rolle, aber wenn Sie es riskieren wollen, nur zu. Lassen Sie uns einfach wissen, was wir mit Ihrer Familie machen sollen.«

»Ich will mit meiner Frau sprechen.«

»Ich werde Ihnen nicht erlauben, mit ihr zu sprechen, aber ich kann eine Live-Videoübertragung machen, um zu beweisen, dass sie in Sicherheit ist.«

»Warum kann ich nicht mit meiner Frau sprechen?«

»Weil nicht Sie die Kontrolle haben, sondern wir. Wenn Sie sie sehen wollen, werde ich einen Anruf tätigen.«

Er nickte.

Ich schickte eine SMS und stellte mein Handy stumm. Mein Handy vibrierte. Ich hielt den Bildschirm hoch, damit Carmen ihn sehen konnte. Das jüngste Kind saß auf dem

Schoß seiner Frau und die anderen vier Kinder schauten fern.

Ich beendete den Videoanruf und sagte: »Werden Sie nun kooperieren?«

»Ich will einen Anwalt.«

»Wenn Sie darauf bestehen, ist unser Angebot des Zeugenschutzes für Sie und Ihre Familie vom Tisch« – ich schnippte mit den Fingern – »einfach so.«

»Das können Sie nicht tun. Ich habe meine Rechte.«

»Tut mir leid, aber Sie haben kein Recht auf Zeugenschutz. Wir sagen nur: Wenn Sie kooperieren, kommen Sie und Ihre Familie ins Zeugenschutzprogramm.«

»Das ist Bullshit. Ihr verarscht mich doch nur. Ihr Cops seid alle gleich.«

»Sie sollten uns dafür danken, dass wir Ihre Familie gerettet haben. Wenn wir Sie nicht überwacht hätten, wären Sie und Ihre Kinder jetzt –«

»Ich brauche Zeit, um über die ganze Sache nachzudenken.«

»Sie haben keine Zeit; das Kartell ist hinter Ihnen her.«

Er vergrub den Kopf in den Händen. »Ich kapiere es nicht, Mann. Das ist echt beschissen. Ich hab nichts getan.«

»Was Sie getan haben, ist, Drogen zu vertreiben. Wir wissen es und Sie wissen es auch. Der Vertrieb in diesem Ausmaß wird Ihnen Jahrzehnte hinter Gittern einbringen, und ich werde mir jedes einzelne Ihrer Vermögenswerte vornehmen: das Haus, in dem Ihre Familie lebt, Ihre Autos, Ihre Bank –«

»Okay, okay! Ich mache es, aber Sie müssen garantieren, dass meine Kinder in Sicherheit sind.«

»Sie erzählen uns alles, was Sie wissen, und Sie und Ihre Familie bekommen neue Identitäten und werden sicher an einen anderen Ort gebracht.«

———

Wir brachten Ernesto Carmen in ein Safe House. Es lag in der Nähe des Stadions, das die Dolphins ihr Zuhause nannten. Er würde am nächsten Morgen verlegt werden, aber ich brauchte etwas von ihm, bevor er von der DEA und dem FBI verhört wurde.

Nachdem wir Pizza gegessen hatten, begannen die drei Agenten Karten zu spielen. Ich gab Carmen ein Zeichen, mir ins hintere Schlafzimmer zu folgen.

Ich schloss die Tür hinter mir und sagte: »Setzen Sie sich.«

Carmen setzte sich auf das Bett. »Was jetzt? Was wollen Sie?«

»Ich suche nach einer bestimmten Information, und wenn Sie sie mir jetzt geben, sorge ich dafür, dass Sie mit Ihrer Frau sprechen können.«

»Wirklich?«

»Ja, aber nur für fünf Minuten.«

»Was ist mit meinen Kindern? Die müssen Angst haben.«

»Wenn Sie mir helfen, lasse ich Sie kurz Hallo sagen.«

»Ich muss sie sehen und ihnen sagen, dass alles gut wird. Ich will nicht, dass sie Angst haben.«

»Das wird an Ihnen liegen. Und es wird damit anfangen, dass Sie mir sagen, wer das Drogenhandelsnetzwerk in Südwestflorida für La Familia leitet.«

»Da sind eine Menge Leute involviert.«

»Wer sind die Hauptakteure?«

Er ließ den Kopf hängen.

Ich drückte seine Schulter. »Alles wird besser für Sie, wenn Sie reden. Sie werden aus diesem Geschäft raus sein und eine neue Chance im Leben mit Ihrer Familie bekommen.«

Er runzelte die Stirn.

»Wer leitet Südwestflorida für die?«

»Farro Acuna, sie nennen ihn Cherdo.«

Cherdo bedeutete auf Spanisch Schwein, aber der Name sagte mir nichts. »Von wo aus operiert er?«

»Fort Myers.«

»Wo genau?«

»Es gibt eine Waschanlage direkt bei Sam's Club. Ich glaube, sie heißt Crystal Clear.«

Eine Prozession von Autos bot eine bequeme Tarnung für die Übergabe von Drogen.

»Vertreibt Acuna von dort aus?«

»Ja, es gibt ein Gebäude, wo sie Sachen wie die Fahrzeugaufbereitung machen, und dort übergeben sie die Ware.«

Ware? Diese Schläger waren wie Politiker, die Dingen neue Namen gaben, um ihnen Legitimität zu verleihen.

»Für welches Gebiet ist Acuna verantwortlich?«

»Ich bin mir ziemlich sicher: von Sarasota runter bis Naples.«

»Was wissen Sie über einen Emmanuel Ruiz?«

»Den kenne ich nicht.«

»Sie kennen Manny Ruiz nicht?«

»Nein.«

»Was ist mit dem Fisherman?«

»Das sagt mir nichts.«

»Sind Sie sicher?«

»Ja, ich weiß nicht, wer das ist. Warum? Ist er wichtig?«

»Manny Ruiz, alias der Fisherman, hat alle Dealer in Lee und Collier County geleitet.«

»Hey, ich kenne nicht all diese Leute. Alles, was ich wusste, war, dass alle zufrieden damit waren, wie es lief. Es gab viel Wachstum. Es wurde immer größer und größer.«

»Erzählen Sie mir von Acuna.«

»Was wollen Sie über Cherdo wissen?«

»Alles, was Sie über ihn wissen.«

KAPITEL EINUNDFÜNFZIG

IM JAHR 2003 WURDE ER VIER JAHRE FRÜHER ENTLASSEN, DA ER ein sogenannter Musterhäftling gewesen war. Als er herauskam, begann Acuna, für seinen Vater zu arbeiten, dem die Autowaschanlage gehörte. Acht Jahre später, als sein Vater 2011 verstarb, erbte er sie.

Ich wollte mehr Informationen über Acuna, hatte aber Angst, einen meiner Kontakte beim Sheriff's Office von Lee County anzurufen, da ich fürchtete, man könnte ihn warnen.

Acuna lebte mit seiner zweiten Frau Marta und seinem dreiundzwanzigjährigen Sohn Ferdinand in Cape Coral. Ihr Haus war ein bescheidenes Heim im Key-West-Stil im Wert von siebenhunderttausend Dollar.

Ich überprüfte seine vierzigjährige Frau Marta. Sie hatte keine Vorstrafen, aber seltsamerweise waren neun Immobilien auf ihren Namen eingetragen. Laut den Steuerunterlagen von Lee County wurden die Häuser ab 2018 erworben. Der Gesamtwert der Immobilien in ihrem Besitz betrug fünfzehn Millionen Dollar. Keine davon waren mit einer Hypothek belastet.

Wie sein Vater war auch Ferdinand vorbestraft. Da er

minderjährig gewesen war, wurde die Akte zu einer der Anklagen versiegelt. Ich suchte um das Datum des Vorfalls herum und fand am selben Tag die Festnahmen von zwei Personen in der Crystal Clear Car Wash. Wie der Vater, so der Sohn; die Festnahmen erfolgten wegen Marihuana-Handels.

Was in den Akten verfügbar war, war eine weitere Festnahme. Bei dieser war Acunas Sohn Ferdinand vor zwei Jahren bei einer Drogenrazzia in Lehigh Acres hochgenommen worden. In seiner Aussage hieß es, er habe nur einen Freund besucht und Videospiele gespielt.

Er wurde von einer hochkarätigen Anwaltskanzlei vertreten und die Anklage wurde heruntergehandelt. Ferdinand saß keinen einzigen Tag hinter Gittern und erhielt drei Jahre auf Bewährung.

Auf den Namen des Sohnes waren keine Immobilien eingetragen, aber in seiner Geburtsurkunde war Joan Flannery Acuna als Mutter aufgeführt. Acuna und seine erste Frau hatten sich ein Jahr, nachdem Acuna Senior ins Gefängnis gekommen war, scheiden lassen.

Mir kam eine Idee. Ich lehnte mich auf meinem Stuhl zurück und überlegte, wie ich sie weiterverfolgen konnte. Nach einer Minute tätigte ich einen Anruf, um eine Akte zu überprüfen. Als mir die Informationen vorgelesen wurden, lächelte ich.

———

DER FERNSEHER LIEF, als ich ins Haus kam. Ich schlich auf Zehenspitzen ins Wohnzimmer. Mary Ann schlief auf der Couch. Ich nahm die Fernbedienung und schaltete die Flimmerkiste aus.

Mary Ann wachte stöhnend auf. Sie murmelte: »Wie spät ist es?«

»Kurz nach elf. Ist alles in Ordnung mit dir?«

Sie griff nach ihrem Handy auf dem Couchtisch. »Es ist Viertel vor zwölf. Wo warst du?«

»Wir haben jemanden in Fort Myers beschattet.«

Sie legte den Kopf in den Nacken und schloss die Augen. »Ich mache mir Sorgen, dass du dich verletzen wirst.«

»Mach dir keine Sorgen. Ich bin vorsichtig.«

»Ich will, dass das vorbei ist.«

»Ich auch. Wir sind kurz davor, Gerechtigkeit für Jimmy und Steve zu bekommen. Lass uns ins Bett gehen.«

Sie zuckte zusammen. »Meine rechte Wange bringt mich um.«

Das war ein Schub ihrer MS. »Wann hat das angefangen?«

»Letzte Woche, als du in Miami warst.«

»Du hast nichts gesagt?«

»Du warst beschäftigt.«

»Hast du den Arzt angerufen?«

»Nein.«

»Warum nicht? Du weißt, dass wir dranbleiben müssen.«

»Es ist nicht so schlimm.«

»Du hast gerade gesagt, sie bringt dich um.«

Sie zuckte mit den Schultern.

Meine Abwesenheit war der Grund, warum es ihr nicht gut ging. Sie machte sich Sorgen um mich, und das verursachte Stress. Die Ärzte hatten uns gewarnt, dass Stress ein Auslöser für MS ist.

Ich holte ihr zwei extrastarke Tylenol. Ich reichte ihr ein Glas Wasser und sagte: »Wir rufen morgen früh den Arzt an.«

Sie nahm das Glas, sagte aber nichts. Sie hatte größere Schmerzen, als sie zugab.

Als sie die Tabletten genommen hatte, sagte ich: »Lass mich dir ins Bett helfen.«

Keiner von uns beiden schlief lange nicht ein. Sie hatte Schmerzen, und ich sprang gedanklich zwischen ihrer

Gesundheit, meinen Schuldgefühlen und dem, was ich morgen tun sollte, hin und her.

Wir machten einen Arzttermin für dreizehn Uhr aus. Das war kaum genug Zeit, um nach Fort Myers und zurückzufahren. Ich spülte meine Kaffeetasse aus und stellte sie in die Spülmaschine.

»Wir sehen uns später.«

»Kommst du nicht mit zum Arzt?«

»Doch, auf jeden Fall. Ich muss nur vorher noch was erledigen.«

»Wo gehst du hin?«

Ich gab ihr einen Kuss auf die Wange. »In die Nähe vom Flughafen.«

Der Verkehr auf der Interstate war nicht allzu schlimm. Ich nahm die Ausfahrt nach dem Flughafen, bog auf den Daniels Parkway ab und fuhr Richtung Westen. Ich erreichte die Route 41 und nahm sie nach Norden.

Nachdem ich am Flugtrainingszentrum vorbeigefahren war, kam das Schild für Sam's Club in Sicht. Ich bog direkt nach dem Discounter links und dann wieder rechts ab. Ich verlangsamte das Tempo, als mein Ziel in Sicht kam.

Es standen drei Autos in der Spur, die zur Crystal Clear Car Wash führte. Ich fuhr an ihnen vorbei und parkte neben einem Gebäude im hinteren Teil des Grundstücks. Ein rot-blaues Schild listete die angebotenen Fahrzeugaufbereitungsdienste auf.

Ein stark tätowierter Mann in zerrissenen Jeans kam auf mich zu. »Haben Sie einen Termin?«

»Ja, aber ich muss zuerst mit Farro sprechen.«

»Er ist beschäftigt.«

Ich drehte mich um und ging in Richtung des Korridors, den die Kunden nutzten, um zu sehen, wie ihr Auto gewaschen wurde. »Cherdo und ich kennen uns schon ewig.«

Jemand bezahlte gerade seine Autowäsche. Ich spielte mit

den Lufterfrischern herum, bis die Kassiererin frei war. Ich trat an die Dame im Hauskittel hinter der Theke heran und sagte: »Hallo.«

Sie schenkte mir ein Viertellächeln. »Haben Sie einen Beleg?«

»Ich muss Farro sehen.«

»Er ist nicht da.«

Ich zückte meinen Dienstausweis und flüsterte: »Sagen Sie ihm, es geht um seine Ex-Frau.«

»Ist ihr was passiert oder so?«

»Tut mir leid, Ma'am, ich muss mit Mr. Acuna sprechen.«

Die Kassiererin musterte mich, bevor sie von ihrem Hocker stieg. Sie humpelte zu einer Tür direkt neben dem Verkaufsbereich. Die Kassiererin klopfte, flüsterte etwas und ging hinein. Eine lange Minute verging, bis sie wieder herauskam.

Sie deutete auf die Tür. »Er hat gesagt, Sie sollen reingehen.«

»Ich danke Ihnen, Ma'am.«

Ich öffnete die Tür. Acunas Büro war mit Fußballplakaten und einem riesigen Foto von Miamis Starspieler Lionel Messi geschmückt.

Weißhaarig stand Acuna hinter einem Metallschreibtisch. »Was ist mit Joannic passiert? Geht es ihr gut?«

»Sie können sich setzen. Ihr geht es gut.«

Dickbäuchig ließ sich Acuna in einen Stuhl fallen. »Also, was ist passiert?«

Ich setzte mich auf einen der Stühle vor seinem Schreibtisch. »Nichts. Ich bin eigentlich wegen Ihres Sohnes hier.«

Acuna schoss aus dem Stuhl. »Was zum Teufel geht hier vor?«

KAPITEL ZWEIUNDFÜNFZIG

»Setzen Sie sich, Mr. Acuna, und wir besprechen das.«

»Was ist mit Ferdy los?«

»Ihrem Sohn geht es gut. Im Moment.«

»Was soll das heißen?«

»Dass es ihm gut gehen wird, wenn Sie kooperieren.«

»Mister, ich weiß nicht, wer Sie sind oder wovon Sie reden.«

Ich beugte mich vor. »Ich bin ein Sonderagent des Finanzministeriums, der Homeland Security und der DEA. Ich weiß alles über Sie und La Familia.«

Acuna nahm seine Hand vom Schreibtisch.

»Wenn Sie nach einer Waffe greifen wollen, Freundchen, dann machen Sie den größten Fehler Ihres Lebens.«

Er legte seine Hände auf den Schreibtisch.

Ich sagte: »Ich bin nicht wegen etwas hier, das Sie oder Ihr Sohn getan haben.«

Er griff nach seinem Telefon. »Ich rufe meinen Anwalt an. Das ist ...«

»Legen Sie es weg. Wir können das unter uns klären.«

»Ich zahle bereits mehr als genug. Aber ich bin immer

bereit, äh, jemandem etwas zuzustecken, damit ein Problem verschwindet.«

Es klopfte an der Tür.

Acuna sagte: »Was?«

»Ist alles in Ordnung, Boss?«

»Ja, geh wieder an die Arbeit!«

Er sah mich an. »Also, wie viel wollen Sie?«

»Mir geht es nicht ums Geld.«

»Ja, das sagen sie alle.«

Ich senkte meine Stimme und sagte: »Ich will, dass Sie mir helfen, einen der Dealer zu schnappen, mit denen Sie zusammenarbeiten.«

Er lächelte und schüttelte den Kopf. »Ihr Leute seid echt unglaublich.«

»Ich meine das todernst, Cherdo. Sie werden mir helfen, den Fisherman zu kriegen.«

Er blinzelte. »Ich weiß nicht, von wem Sie reden.«

»Das hier geht verdammt viel schneller, wenn Sie mit dem Blödsinn aufhören. Sie kennen Manny Ruiz, und Sie werden dabei helfen, ihn in die Staaten zurückzubringen.«

Er räusperte sich. »Selbst wenn ich ihn kennen würde, warum sollte ich so etwas tun?«

Ich konnte mir ein Lächeln nicht verkneifen. »Weil Ihr Sohn zurück ins Gefängnis geht, wenn Sie es nicht tun.«

»Hören Sie schon auf mit dem Scheiß. Mit so einem Mist können Sie mir nicht drohen.«

»Oh, das ist keine Drohung, Mr. Acuna, das ist ein Versprechen. Ich werde die Bewährung Ihres Sohnes widerrufen lassen.«

»Sie können so etwas nicht einfach aus heiterem Himmel tun. Meine Anwälte werden das anfechten.«

»Das kommt nicht aus heiterem Himmel, er hat gegen seine Bewährungsauflagen verstoßen.«

»Hat er nicht.«

Ich rief ein Video auf meinem Telefon auf und drückte auf Play. »Hier kommt Ihr Sohn aus der Sandbar auf der Cleveland Avenue. Achten Sie auf den Zeitstempel: Es ist 0:37 Uhr nachts. Wenn ich mich recht erinnere, muss er um elf zu Hause sein.«

»Was für ein Spiel spielen Sie hier?«

»Oh, glauben Sie mir, Mr. Acuna, das ist kein Spiel. Ich meine das todernst. Wenn Sie mir nicht helfen, verspreche ich Ihnen, dass Ihr Junge zurück in den Knast geht.«

»Dagegen werden wir ankämpfen.«

»Wenn Sie es riskieren und sehen wollen, ob ein Richter über den Verstoß hinwegsieht, nur zu. Aber ich kann Ihnen sagen, das wird nicht durchgehen, besonders wenn wir dem Richter von Ihnen und La Familia erzählen.«

»Ich weiß nicht, wovon Sie reden. Ich weiß nicht einmal, was La Familia ist.«

Ich wechselte ins Spanische. »Vamos, Cherdo. Hemos estado escuchando, sabemos lo que estás haciendo por Ernesto Carmen y los demás.«

Die Farbe wich aus seinem Gesicht, als ich die Abhöraktionen und seinen Boss, Ernesto Carmen, erwähnte.

»Sie haben das alles falsch verstanden, Mister. Ich stecke mit niemandem unter einer Decke. Dieses Leben habe ich schon lange hinter mir gelassen.«

»Sie kennen mich nicht, aber ich weiß alles über Sie. Zum Beispiel die Immobilien, die Sie auf den Namen Ihrer Frau überschrieben haben. Und ich kann Ihnen zwei Dinge sagen, die Sie mit ins Grab nehmen können: Erstens, wenn Sie nicht kooperieren, geht Ihr Sohn zurück ins Gefängnis –«

»Sie können nicht –«

Ich hob eine Hand. »Seien Sie still und hören Sie mir zu. Wie ich schon sagte: Ich werde seine Bewährung widerrufen lassen, daran gibt es keinen Zweifel. Das andere ist: Wenn Sie helfen, den Fisherman aus Mexiko herauszuholen, bleibt dieses

Ding, das Sie da aus Ihrem Aufbereitungsbetrieb heraus am Laufen haben, zwischen uns beiden.«

»Woher weiß ich, dass ich Ihnen vertrauen kann?«

»Das wissen Sie nicht. Aber ich war lange Zeit beim Sheriff's Office von Collier County. Sie können das über Ihre Kontakte überprüfen.«

Er nickte langsam.

Ich stand auf und sagte: »Ich muss den Verstoß gegen die Ausgangssperre innerhalb von achtundvierzig Stunden melden. Sie haben bis morgen um diese Zeit.«

Nachdem ich ihm meine Handynummer gegeben hatte, sagte ich ihm, dass wir uns an einem neutralen Ort treffen könnten, und ging.

Ich fand zur Route 75 zurück und fuhr nach Süden. Fünf Minuten später ging es nur noch im Schneckentempo voran. Ich hatte weniger als eine Stunde, um nach Hause zu kommen. Ich nahm die Ausfahrt Corkscrew Road und fuhr über den Oaks Parkway auf den Imperial. Es ging langsam voran, war aber besser als die Interstate.

Als ich aus der Garage kam, rief ich: »Ich bin zu Hause!«

Mary Ann saß in meinem Fernsehsessel. »Gut. Wie ist es gelaufen?«

»Gut. Wie fühlst du dich?«

»Ein bisschen besser.«

Das bedeutete, dass sie immer noch Schmerzen hatte. »Hast du was gegessen?«

»Ich hab keinen Appetit.«

»Du musst etwas essen. Ich kann etwas machen, bevor wir gehen.«

»Vielleicht esse ich einen Proteinriegel.«

»Den hole ich dir.«

Ich nahm einen aus der Speisekammer, öffnete die Verpackung und reichte ihn ihr. »Iss ihn ganz.«

»Den esse ich im Auto.«

———

DIE ÄRZTIN KAM ins Untersuchungszimmer geschwebt. »Entschuldigen Sie die Wartezeit.«

Mary Ann sagte: »Schon gut.«

War es nicht. Warum kamen Ärzte damit durch, ihre Patienten so lange warten zu lassen?

»Wie fühlen Sie sich, Mary Ann?«

»Die letzten paar Tage nicht so gut.«

Sie untersuchte sie und sagte: »Wie ist Ihr Stresslevel?«

»Okay.«

Man hatte mich schon einmal ermahnt, weil ich mich eingemischt hatte, aber ich musste sagen: »Es war stressig – zwei der Jungen unserer Nachbarn sind vor Kurzem gestorben.«

»Das ist schrecklich. Standen Sie ihnen nahe?«

Mary Ann nickte.

»Ich weiß, es ist schwierig, aber Sie müssen so gut wie möglich mit der Trauer umgehen.«

»Das habe ich. Tatsächlich komme ich gut zurecht. Ich helfe einer unserer Nachbarinnen, die Witwe ist, und so aufwühlend es auch ist, zieht es mich überhaupt nicht runter.«

»Machen Sie die Übungen? Schwimmen Sie?«

»Ja, jeden Tag.«

»Hat sich sonst noch etwas geändert?«

Sie zuckte mit den Schultern.

»Was ist es?«

»Nun, Frank war viel weg. Er hat einen Sonderauftrag übernommen.«

Und da war es. Ich wäre am liebsten im Boden versunken.

KAPITEL DREIUNDFÜNFZIG

Das meeresblaue und weiße Margaritaville Beach Resort in Fort Myers war genau das Richtige.

Mary Ann und ich hatten auf der Sunset Terrace des Resorts beobachtet, wie die Sonne im Golf von Mexiko versank. Es war Stunden früher als bei unserem letzten Besuch, und heute, als die Uhr Mittag schlug, füllten sich die Strand- und Poolbereiche langsam, doch die Terrasse war nur spärlich besetzt.

Ich musterte die Umgebung und wählte einen der blauen Adirondack-Stühle, die an einer Wand aufgereiht waren und einen weiten Ausblick boten.

Wegen der stetigen Brise und des Schattens wünschte ich mir, ich hätte ein T-Shirt unter meinem Hemd angezogen.

Mit einem Stroh-Fedora auf dem Kopf schlenderte Acuna auf die fußballfeldgroße Terrasse. Ich stand auf und winkte mit dem Arm. Er nickte und kam näher.

Dunkle Schweißflecken unter seinen Achseln verunzierten das gelbe Hemd, das er trug. Er sagte: »Dieser Ort ist riesig. Fühlt sich irgendwie kommerziell an.«

»Ein Teil des neuen Fort Myers. Es wird so viel gebaut, dass wir Fort Myers Beach in fünf Jahren wahrscheinlich nicht mehr wiedererkennen werden.«

»Ich weiß nicht, ob das etwas Gutes ist.«

»Darüber lässt sich streiten, aber Sie müssen zugeben, dass die meisten Gebäude und Häuser eine dringende Modernisierung nötig hatten.«

»Früher, als Kind, bin ich hierhergekommen. Das Leben war damals einfacher.«

Ich verkniff mir die Belehrung, dass es damals weniger Drogen und Kriminalität gab und er ein Teil des Problems war. Stattdessen sagte ich: »So sehr ich es auch genieße, in Erinnerungen zu schwelgen, wir müssen zur Sache kommen.«

Er runzelte die Stirn. »Ich gehe hier ein großes Risiko ein. Wenn Sie Ihr Wort brechen, dann ... bin ich erledigt.«

Ein Schwall ausgelassener Teenager strömte auf die Terrasse. Sie gingen auf die strohgedeckte Tiki-Bar zu.

»Sie haben mein Wort. Ich bin nur hinter einem Kerl her. Niemandem ist etwas über Sie gesagt worden. Und das wird auch nicht passieren, aber Sie müssen wissen, dass Sie und der Rest Ihrer Bande schon lange auf dem Radar stehen.«

»Wessen Radar? Der DEA? Was können Sie mir darüber sagen?«

»Sie haben nichts getan, um meine Hilfe zu verdienen.« Ich nahm meine Sonnenbrille ab. »Werden Sie nun kooperieren?«

»Okay, ist ja schon gut. Sehen Sie, ich habe darüber nachgedacht, aber ich weiß nicht, wie ich Manny in die Staaten bekommen soll.«

»Ich habe da ein paar Ideen. Soweit ich weiß, reisen Sie ziemlich viel herum.«

»Das tun wir, aber es gibt ein paar von uns, wissen Sie, ein bisschen älter, die nicht mehr so gerne herumrennen.«

»Aber Sie waren dieses Jahr schon fünfmal in Mexiko.«

Er überflog den Bereich. »Die Bosse, äh, bestehen darauf,

Geschäfte von Angesicht zu Angesicht zu machen. Wissen Sie, sie sind von der alten Schule.«

La Familia war diszipliniert. Indem sie die Dinge persönlich und an Orten, die sie kontrollierten, erledigten, verringerten sie die Wahrscheinlichkeit, dass die Strafverfolgungsbehörden von ihren Plänen erfuhren.

»Sehen Sie Manny Ruiz, wenn Sie dort sind?«

Acuna nickte. »Oh ja, so gut wie jedes Mal, wenn ich da bin. Die Organisation besteht darauf, dass man sich mit jedem trifft, der einem unterstellt ist. Sie wollen, dass man Zeit miteinander verbringt, Beziehungen aufbaut. Ich meine, deshalb nennen sie es ja La Familia. Wir haben eine Kultur.«

Ja, eine Kultur des Tötens. »Ich habe gehört, dass sie wie eine Sekte funktioniert.«

»Das würde ich nicht sagen, aber sie haben Regeln, und ehrlich gesagt sind sie diesbezüglich pedantisch.«

Ich war versucht, zu fragen, wie die Regel zum Töten und zur Zerstörung von Leben durch ihre Drogen lautete. »Stimmt es, dass es keinem Mitglied erlaubt ist, Drogen zu nehmen?«

»Ja, wenn man beim Konsum erwischt wird, ist man raus, oder, Sie wissen schon, schlimmer.«

»Wann ist das nächste Treffen?«

»In einer Woche.«

»Was machen Sie, wenn der geschäftliche Teil der Treffen vorbei ist?«

»Ein bisschen geselliges Beisammensein, und dann gibt es immer eine große Party, wissen Sie, ein Barbecue, und viele der Jungs fahren mit Quads oder reiten auf der Ranch. Manchmal machen ein paar der neueren Jungs ein bisschen Sightseeing.«

Narko-Tourismus? »Wie nahe stehen Sie Manny Ruiz?«

»Sehen Sie, ich habe vor langer Zeit gelernt, wie man mit jedem auskommt.«

Um einen langen Gefängnisaufenthalt zu überleben, musste man das. »Ich frage speziell nach Ruiz.«

»Wir kommen gut miteinander aus. Er kennt das Geschäft und wäre viel weitergekommen, aber der Junge hat ein hitziges Gemüt, und er ist nicht gut im Delegieren.«

Das Kartell nutzte Unternehmensstrategien, um seine illegalen Aktivitäten zu managen. »Delegieren? Was wollen Sie mir als Nächstes erzählen – dass La Familia eine Personalabteilung hat?«

»Es wird wie jedes andere Unternehmen geführt. Wir haben Tausende von Mitarbeitern.«

Ich unterließ es, ihm den Griff meiner Pistole ins Knie zu rammen. »Konzentrieren wir uns darauf, Ruiz zu schnappen, oder Ihr Sohn wird Weihnachten als Gast des Staates Florida verbringen.«

Acunas Gesicht rötete sich.

Ich sagte: »Können Sie Ruiz dazu bringen, Zeit allein mit Ihnen zu verbringen?«

»Ziemlich sicher, warum?«

»Wie wäre es, wenn Sie ihn zu einem Ausflug in eine andere Stadt oder an die Küste überreden, vielleicht für ein oder zwei Tage am Strand oder an einen anderen Ort?«

»Ich weiß nicht. Es könnte schwierig werden, ohne dass jemand mitkommt.«

»Es müssen nur Sie beide sein.«

»Okay. Aber ich weiß nicht, wie ich ihn dazu bringen soll–«

»Sagen Sie ihm, Sie wollen eine kleine Ranch kaufen, die Sie nutzen wollen, wenn Sie im Ruhestand sind. Sagen Sie ihm, Sie wollen, dass er sie sich ansieht. Glauben Sie, er macht da mit?«

»Wahrscheinlich. Außerdem: Wenn ich ihn bitte, etwas zu tun, muss er es tun, da ich sein Boss bin. So arbeiten wir.«

»Gut. Suchen Sie sich eine Gegend, etwa zweihundert Meilen von der La-Familia-Ranch entfernt. Ein attraktiver Ort, damit er keinen Verdacht schöpft.«

KAPITEL VIERUNDFÜNFZIG

JD, DER ZOLLBEAMTE, DER DEN TEIL DES FALLS BEARBEITETE, der Noble Metals betraf, rief an. »Frank, hier ist JD. Wie geht's dir?«

»Ganz gut, was gibt's?«

»Ich habe alle Zollanmeldungen von Noble Metals überwacht.«

Wenn Leute Informationen hatten, die man wollte, musste man sie ihnen aus der Nase ziehen. »Und was hast du herausgefunden?«

»Es ist eine Containerladung Gold aus Callao, Peru, unterwegs. Sie ist bereits auf See.«

»Bist du sicher?«

»Ihr Zollagent hat die Abfertigungsunterlagen eingereicht, und rate mal?«

»Sag es mir einfach.«

»Der Verkäufer befindet sich laut der Anmeldung an derselben Adresse wie zwei der Scheinfirmen, die Noble Metals zuvor benutzt hat.«

»Woher weißt du das alles?«

»Importeure sind verpflichtet, den Verkäufer offenzulegen,

und der Agent von Noble hat ihn mit einem MID-Code deklariert.«

»Was ist ein MID?«

»Eine Kennung für den Lieferanten.«

»Du hast gesagt, er ist auf See. Wo ist der Container jetzt?«

»Er soll in drei Tagen in Miami ankommen.«

»Bezahlt Noble den Lieferanten nicht normalerweise erst, nachdem Noble das Gold erhalten hat?«

»Genau, Noble prüft das Gold auf seine Qualität, bevor Noble die Zahlung anweist.«

»Wir müssen das aufhalten. Ich will nicht, dass das Kartell noch mehr Geld bekommt, als es ohnehin schon hat.«

»Noble hat eine Freigabe für die Lieferung erhalten.«

»Wie kann das sein? Sie ist doch noch gar nicht angekommen?«

»So wird das gemacht. Ich kann die Freigabe widerrufen lassen und Papierdokumente anfordern. Wenn sich herausstellt, dass sie gefälscht sind, ist das Betrug, und wir können die Ladung beschlagnahmen.«

»Wie lange dauert das?«

»Das sollte schnell gehen. Der Zollagent, den Noble für die Abfertigung der Sendung benutzt, hat die Unterlagen.«

»Glaubst du, sie werden Noble sagen, dass es ein Problem gibt?«

»Nicht sofort. Wir fordern ab und zu Papierdokumente an, um sicherzustellen, dass die Importeure ehrlich bleiben.«

War die Regierung so ignorant? JD half mir, und ich zwang mich, die Politik des gelegentlichen Überprüfens nicht zu kritisieren.

»Okay, danke, sag mir Bescheid, wenn du die Dokumente hast.«

———

MEIN FUß WECHSELTE STÄNDIG zwischen Gas und Bremse, während ich die Alligator Alley entlangkroch. Der Verkehr machte mir einen Strich durch die Rechnung. Ich wollte mit ein paar Leuten reden, um herauszufinden, wie ich Druck auf Barrio, den Verkäufer von Noble Metals, ausüben konnte.

Sobald ich die Hintergründe kannte, war mein Plan, eine Wanze zu tragen. Ich würde ein Angebot machen und Barrio dazu bringen, wissentlich zuzustimmen, Rohgold von einer illegalen Mine zu kaufen, die mit einem Kartell in Verbindung stand. Mit der Aufnahme würde ich ihn zur Zusammenarbeit zwingen. Es war riskant. Abgesehen von dem einen Mal, als ich ihn getroffen hatte, hatte ich noch nicht genug Vorarbeit geleistet, um sicher zu sein, dass er mir meine angebliche Identität abkaufte.

Ich klopfte mir auf die Seite. Die Glock war beruhigend, aber es ging um Hunderte von Millionen. Wer wusste schon, was für eine Feuerkraft diese Leute hatten?

Maut zu zahlen, wurmte mich immer noch, aber ich wechselte auf die Expressspuren, um einem Stau zu entgehen, und fuhr nach Coconut Grove. Zwanzig Minuten später bahnte ich mir meinen Weg in Richtung Wasser. Mary Barrio wohnte in den Residences at Ritz Carlton.

Ich war noch nie in einem solchen Gebäude gewesen und war neugierig, wie es von innen aussah. Mary Barrio wohnte in einer Dreizimmerwohnung im neunzehnten Stock. Eine Zweizimmerwohnung im zehnten Stock war für über drei Millionen Dollar ausgeschrieben. Wie viel war diese hier wert?

An der Rezeption wurde ich wie ein König begrüßt. Nachdem er Mrs. Barrio angerufen hatte, wies er mich zu einer Reihe von Aufzügen.

Eine Sekunde, nachdem ich geklingelt hatte, öffnete Mary Barrio die Tür. Eine Haltung wie die eines Marineinfanteristen konterte das breite Lächeln, das sie mir schenkte. Wir schüttelten uns die Hände, und ich folgte ihr hinein.

In der Ferne schimmerte die Key Biscayne Bay. »Sie haben eine großartige Aussicht.«

»Das hat uns angezogen. Es hat eine Weile gedauert, sich an das Leben in einem Hochhaus zu gewöhnen, aber wir haben uns angepasst.«

»Wie lange leben Sie schon hier?«

»Wir haben es vor ungefähr zwei Jahren gekauft.«

Nach dem Preisanstieg. »Nochmals vielen Dank, dass Sie sich Zeit für mich nehmen.«

»Es überrascht mich nicht, dass Eric in Schwierigkeiten steckt.«

Ich hatte nicht viel mehr gesagt, als dass wir gegen Noble Metals ermittelten. »Haben Sie Ihrem Mann gegenüber etwas erwähnt?«

»Nein. Ich habe seit über einer Woche nicht mehr mit ihm gesprochen.«

»Ich weiß, dass Sie getrennt leben. Wie lange waren Sie verheiratet?«

»Wir sind seit vierzehn Jahren zusammen, zwölf davon verheiratet.«

»Darf ich fragen, was der Grund für Ihre Trennung war?«

»Eric ist nicht mehr der Mann, in den ich mich verliebt habe. Er hat sich komplett verändert.«

»Inwiefern?«

»Es hat richtig angefangen, als er die Beförderung bekommen hat und angefangen hat zu reisen. Ich weiß, es ist nicht einfach, ständig unterwegs zu sein, aber er hat angefangen zu trinken, und, ich weiß nicht, er war reizbar. Er ist in düstere Stimmungen verfallen, und ich habe ihn gefragt, was los sei, und er hat sich einfach nicht geöffnet. Es ist nicht so, dass ich es nicht versucht hätte, aber nach einem Jahr habe ich aufgegeben und ihm gesagt, dass ich die Scheidung wollte.«

»Hat er außer dem Trinken noch mehr getan?«

»Einmal habe ich beim Wäschewaschen eine kleine Plastiktüte mit weißem Pulver in seinen Jeans gefunden. Ich habe gewusst, dass es Kokain war, und als ich Eric zur Rede gestellt habe, hat er gesagt, es sei eine einmalige Sache gewesen, und er habe es nicht gemocht und so weiter.«

»Haben Sie ihm geglaubt?«

»Nein. Aber es gab keine Anzeichen, aus denen ich schließen konnte, dass er Drogen nahm, doch er trank, und zwar heftig.«

»Glauben Sie, der Job hat ihn verändert?«

»Definitiv. Ich meine, das Geld war nett, sonst hätten wir uns diese Wohnung nicht leisten können. Aber was ist Geld, wenn man nicht glücklich ist? Ich meine, schauen Sie sich Hollywood an.«

Der Dalai Lama hätte keine bessere Analogie finden können.

»Ist er oft nach Südamerika gereist?«

»Ja. Und fast jedes Mal, wenn er nach Hause kam, hat er sich in den Schlaf getrunken.«

»Hat er Ihnen jemals erzählt, was er gemacht hat, wenn er nach Peru oder Kolumbien gereist ist?«

»Ich habe ihn gefragt, aber er hat mir gesagt, ich würde es nicht verstehen. Ich habe gesagt, er solle es versuchen, und alles, was er einmal gesagt hat, war, dass er mit schwierigen, gefährlichen Leuten zu tun hatte. Ich habe versucht, ihn dazu zu bringen, näher darauf einzugehen, aber er hat dicht- gemacht.«

»Hat Eric jemals etwas Zwielichtiges getan?«

»Nein, er ist die ganze Zeit, die ich ihn kannte, nie in Schwierigkeiten geraten.«

»Aber trotzdem nehmen Sie an, dass er jetzt in Schwierig- keiten steckt.«

Sie zuckte mit den Schultern. »Nun ja, ich habe durch sein Trinken gewusst, dass er vor etwas weggelaufen ist, und dann haben Sie angerufen. Es hat nicht viel gebraucht, um eins und eins zusammenzuzählen. Also, sagen Sie mir, was hat er getan?«

Die Dame war auf dem besten Weg zu einem Abschluss in Psychiatrie. »Es tut mir leid, aber ich kann nicht über eine laufende Ermittlung sprechen.«

»Das ist also eine Einbahnstraße?«

Ich stand auf. »Ich weiß es zu schätzen, dass Sie sich die Zeit genommen haben, mich zu empfangen.«

———

ES WAR SCHÖN, in der Tiefgarage zu parken; der Innenraum meines Wagens war noch kühl. Während ich zur Ausfahrt fuhr, dachte ich über das nach, was Mrs. Barrio gesagt hatte.

Ich fuhr hinaus in den Sonnenschein und setzte meine Sonnenbrille auf. Noch vor der ersten Ampel beschloss ich, die Taktik zu ändern, die ich bei Eric Barrio anwenden würde.

KAPITEL FÜNFUNDFÜNFZIG

Während ich auf Barrios Ankunft wartete und den vorbeifahrenden Booten zusah, ging ich noch einmal das Telefongespräch durch, das ich mit ihm geführt hatte, bevor ich nach Miami gefahren war. Der Einkäufer von Noble Metals zögerte, als ich ihn um ein Treffen bat, lenkte aber ein, als ich sagte, dass es sich für ihn lohnen würde.

Das Rusty Pelican stand auf Pfählen mit Blick auf die Biscayne Bay. Es bot eine großartige Aussicht auf das Viertel Brickell in Miami. Gerade als ich dachte, dass wir in Naples mehr Restaurants direkt am Wasser bräuchten, zog Barrio sich einen Stuhl heran.

Ich stand auf und reichte ihm die Hand. »Die Aussicht hier ist fantastisch.«

»Weiter unten auf Key Biscayne gibt es bessere, aber das ist noch mal zwanzig Minuten entfernt.«

Eine Kellnerin kam vorbei. Ich bestellte ein Glas Hauswein und Barrio verlangte nach einem Tequila.

Ich fragte: »Wie läuft das Geschäft?«

»Gut«, sagte er lächelnd und fügte hinzu: »Aber es könnte immer besser laufen.«

»Wer nicht wächst, der stirbt.«

»Stimmt, Mann. Aber es ist nicht leicht, jedes Jahr immer mehr zu schaffen. Der Druck ist enorm.«

»Tja, entweder steigerst du das Volumen oder du erzielst bessere Margen bei dem, was du machst.«

»Unsere Margen sind gut, aber die Geschäftsleitung sagt, sie könnten immer verbessert werden.«

Die Kellnerin stellte sein Getränk ab. Barrio kippte den Tequila-Shot hinunter und verlangte nach einem weiteren, noch bevor sie mein Weinglas abgestellt hatte.

Ich nahm einen winzigen Schluck und verzog das Gesicht. »Dieser Wein ist furchtbar.«

»Du hast ja auch die Hausplörre bestellt. Bestell dir eine Flasche von etwas Gutem. Man lebt nur einmal.«

»Schon gut, mein Magen macht mir zu schaffen.«

»Stress schlägt auf den Magen, Mann.«

»Ich habe sonst einen Pferdemagen, aber in den letzten paar Wochen ...«

Sein zweites Getränk kam. Barrio klopfte gegen das Shotglas, bevor er es hinunterkippte. Er fuhr mit dem Zeigefinger über den Rand des leeren Glases. »Also, was wolltest du mir erzählen?«

»Willst du noch einen Drink?«

»Klar, warum nicht?«

Ich winkte der Kellnerin zu und gab die Bestellung auf. Ich beugte mich vor und senkte meine Stimme. »Hör zu, ich weiß, dass du unter großem Druck stehst, Ergebnisse zu liefern.«

»Und du willst es mir jetzt leicht machen?«

»Das kommt darauf an, wie du die Dinge siehst.«

»Was soll das heißen?«

»Kurzfristig könnte es hart werden, aber auf lange Sicht bist du weitaus besser dran.«

»Mann, du redest gern in Rätseln, was?«

Eine Bedienung kam herangeschwebt und stellte seinen Tequila ab.

Barrio zog das Shotglas näher zu sich heran, und ich sagte leise: »Ich vertrete keine Goldlieferanten, und mein Name ist nicht Burt Freeman.«

»Was? Wovon zum Teufel redest du da?«

»Mein Name ist Frank Luca, und ich bin ein Bundesbeamter.«

Er blinzelte, bevor er knurrte: »Du Mistkerl.«

»Ganz ruhig.«

Er kippte das Getränk hinunter und sprang auf. »Wir sehen uns.«

»Setz dich hin oder du wirst es bereuen.«

Er zischte: »Was willst du?«

»Ich weiß, dass du Geld für das Kartell wäschst.«

»Nein, das ist Schwachsinn.«

»Ist es nicht, und das weißt du. Ich habe dich in dieser Bar mit Grill in Peru gesehen.«

Er schüttelte den Kopf. »Du Drecksack.«

Ich beugte mich näher zu ihm. »Erstens, wenn hier jemand ein Drecksack ist, dann sind es die Drogendealer, denen du hilfst, und zweitens bin ich dein einziger Rettungsanker. Wenn du mit mir kooperierst, wird dir nichts geschehen.«

Er schüttelte den Kopf. »Das ist unglaublich. Ich brauche noch einen Drink.«

Ich bestellte einen weiteren für ihn und sagte: »Du erzählst mir alles, was du weißt, und dir wird nichts passieren.«

Er drückte sich den Nasenrücken. »Das ist übel, Mann. Ich kann es nicht glauben.«

»Es ist nicht so schlimm, wie du denkst. Du hilfst uns und wir helfen dir.«

»Ja? Und was ist mit meinen verdammten Rechnungen? Wer bezahlt die, wenn ich gefeuert werde?«

»Du findest einen anderen Job.«

»Aber nicht für das gleiche Geld.«

»Das Geld ist schmutzig. Deshalb hast du so viel verdient. Wenn du ehrlich zu dir wärst, würdest du es zugeben.«

»Was passiert mit der Firma, wenn ich dir helfe? Ich meine, die Leute, mit denen ich arbeite – viele von ihnen sind normale Leute, gute Leute –, die nichts falsch gemacht haben.«

»Wenn sie nicht beteiligt waren, müssen sie sich keine Sorgen machen.«

Das Getränk kam und Barrio stürzte es hinunter. »Alle werden mir die Schuld geben, Mann. Nein, das kann ich nicht tun.«

»Die Alternative ist weitaus schlimmer. Wenn du nicht kooperierst, kommst du ins Gefängnis, und die Firma und jeder, der an der Geldwäsche beteiligt war, werden einen Preis zahlen, der dem entspricht, was sie getan haben. Ich sage es ungern, aber du hast hier keine wirklichen Optionen.«

Er atmete aus. »Ich muss darüber nachdenken. Ich kann das alles gar nicht verarbeiten. Erst hat mich meine Frau verlassen, und jetzt das?«

»Es wird alles wieder gut.«

»Ja, genau.«

»Ich verstehe, dass du gerade eine schwere Zeit durchmachst.«

»Schwere Zeit? Meine ganze Welt bricht zusammen.«

Ich stand auf. »Hör zu, denk darüber nach, und ich rufe dich in ein oder zwei Tagen an.«

Er schüttelte den Kopf. Als ich wegging, hörte ich ihn nach einem weiteren Drink rufen.

Ich rülpste, als ich die Tür zu meinem Auto öffnete. Während ein Teil der heißen Luft entwich, überblickte ich die Gegend; die Leute genossen die Sonne, das Wasser und den Sand. Die einzigen beiden, die keinen Spaß hatten, waren Barrio und ich.

Ich machte Fortschritte, aber es widerstrebte mir, »Du kommst aus dem Gefängnis frei«-Karten zu verteilen. Das war nicht meine übliche Vorgehensweise, aber Immunität war ein starker Anreiz.

KAPITEL SECHSUNDFÜNFZIG

»Der Broker von Noble Metal hat die Unterlagen hochgeladen und rate mal, was?«

Na, das ging ja wieder los, genau wie Derrick es immer tat. »Was? Sag schon.«

»So verlogen wie ein Politiker.«

Ich kicherte. »So schlimm, was?«

»Jep, das Herkunftszertifikat ist gefälscht. Die angegebene Mine existiert nicht einmal. Aber sie haben eine FinCEN-Meldung gemacht.«

»Weil du sie darauf angesprochen hast.«

»Genau, aber jetzt haben wir einen Beweis dafür, dass sie eine Erklärung gefälscht haben.«

»Wirst du die ankommende Lieferung beschlagnahmen?«

»Auf jeden Fall.«

»Wäre es nicht besser, wenn du sie die Lieferung erst annehmen lässt und dann zuschlägst, sobald sie in ihrem Besitz ist?«

»Das könnten wir machen.«

»Das würde uns ein paar Tage Zeit geben, um zu überlegen,

wie wir das alles angehen. Ich arbeite an Barrio, dem Käufer für Noble.«

»Ich bereite die Beschlagnahmungspapiere vor; sie müssen unterzeichnet werden. So sind sie fertig, wenn das Schiff anlegt.«

»Klingt gut. Und ich bleibe an Barrio dran.«

»Glaubst du, du schaffst es, ihn umzudrehen?«

»Das ist das Ziel.«

»Ich weiß, aber glaubst du, er beißt an?«

»Ja, ich bin zuversichtlich, dass er kooperieren wird. Er hat keine andere Wahl.«

»Das wäre großartig. Lass mich wissen, wie es läuft und ob ich helfen kann.«

KAPITEL SIEBENUNDFÜNFZIG

Ich drückte den Knopf und der Kaffee für meine zweite Tasse lief in den Becher. Wenn ich im Dienst war, waren es Tage wie diese, die den Kampf für die Gerechtigkeit lohnenswert machten. Sobald Barrio anfing zu reden, würden wir auf dem besten Weg sein, den Kartellen einen ihrer Geldhähne zuzudrehen.

Mary Ann band sich den Gürtel ihres Morgenmantels um und sagte: »Guten Morgen.«

»Morgen.«

Ich legte eine Kapsel in die Nespresso-Maschine, stellte ihre Tasse darunter und drückte auf den Knopf.

»Danke. Ich weiß nicht, ob du dich erinnert hast, aber ich kann heute Morgen nicht mit dir spazieren gehen. Ich habe einen Yogakurs mit Connie.«

»Ja, ich weiß. Ich gehe eine Runde, sobald ich fertig bin. Ich habe heute einen wichtigen Tag vor mir.«

»Was ist denn los?«

»Barrio, der Verkäufer oder Einkäufer oder was auch immer, wird den Deal annehmen, den ich ihm angeboten habe.«

»Musst du nach Miami?«

»Vielleicht nicht heute, aber morgen ganz sicher.«

»Ich kann es kaum erwarten, bis dieser Fall endlich abgeschlossen ist.«

»Halt durch. Die Ziellinie ist in Sicht.«

»Ich hoffe es.«

»Ist sie. Mach dir keine Sorgen. Bald packen wir für Italien.«

»Das erinnert mich daran: Ich war auf Trip Advisor und wollte dir ein paar Reiserouten zeigen, die sie dort haben. Ein paar davon sehen interessant aus.«

»Klingt gut. Wenn du zurück bist, schauen wir sie uns an.«

Ich war kaum drei Blocks weit gegangen, da war mein T-Shirt schon mit Schweißflecken übersät. Ich winkte einer Nachbarin zu, die mit ihrem Bichon Gassi ging, und sah auf mein Handy. Keine Nachricht von Barrio.

Barrio war ein weiterer Mensch, der der Gier erlegen war. Er hatte sich das schicke Apartment im Ritz-Carlton zugelegt, aber seine Frau verloren, und nun stand er kurz davor, auch noch seine Freiheit zu verlieren. Hatte er überhaupt die Kehrseite bedacht, als er seine Moral über Bord geworfen hatte?

Als ich um die Ecke in unsere Straße bog, suchte ich einen der Seen in unserer Wohnanlage nach Alligatoren ab. Da waren keine. Mein Handy vibrierte. Das musste Barrio sein.

Ich zog es heraus und sah, dass es 8:07 Uhr war. Es war nicht Barrio, sondern JD, der Zollbeamte.

»Hey, JD. Was ist los?«

»Hey, Frank. Ob du es glaubst oder nicht, sie haben mich von dem Fall abgezogen.«

»Von dem Noble-Metals-Fall?«

»Jep. Sie teilen mich einem Team zu, das sich mit der Einfuhr von gefälschten Designerwaren beschäftigt.«

»Warte. Moment mal. Ich verstehe nicht. Was ist passiert?«

»Als ich heute Morgen reinkam, wollte der Chef mich

sehen, und er hat mir gesagt, dass ich neu zugeteilt werde. Ich war auch überrascht.«

»Hat er gesagt, warum?«

»Er hat gesagt, sie bräuchten Hilfe bei einem Fälscherring, dem sie auf der Spur sind.«

»Ach, komm schon! Die jagen lieber Designertaschen statt Drogen?«

»Ich weiß es nicht.«

»Kein Wunder, dass wir eine landesweite Krise haben. Das ist doch lächerlich.«

»Reg dich ab, Frank. Der Typ, der für mich übernimmt, ist ein Guter.«

»Wer? Wer hat den Fall übernommen?«

»Jason Wiley.«

»Wie lange ist er schon beim Zoll?«

»Nicht lange, vielleicht ein oder zwei Jahre, aber er ist gut.«

»Ich muss mich mit einem Anfänger herumschlagen?«

»Lass mich dir seine Durchwahl geben.«

Ich speicherte den Kontakt des Neuen in meinem Handy und legte auf.

Mary Ann fuhr gerade aus der Einfahrt, als ich wieder am Haus ankam. Ich zog mein T-Shirt in der Waschküche aus und rief Barrio an.

Es klingelte fünfmal, bevor die Mailbox anging. Wo zum Teufel steckte er? Ich ging ins Hauptbadezimmer, um zu duschen. Ich musste mich abkühlen, und das in mehr als einer Hinsicht.

———

Sobald ich angezogen war, rief ich Barrio an. Keiner ging ran. Wieder nicht. Ich nahm einen Bagel aus dem Gefrierschrank und steckte ihn in die Mikrowelle. Ich starrte dem

Drehteller dabei zu, wie er sich drehte. Dieser Fall war genau wie er: Er drehte sich im Kreis, kam aber nicht vom Fleck.

Da meine Frau nicht zu Hause war, schnappte ich mir ein Glas Erdbeermarmelade und schmierte sie dick auf den Bagel. Das gute Gefühl war schon verflogen, bevor ich aufgegessen hatte.

Nachdem ich mir die Zähne geputzt hatte, rief ich Barrio erneut an. Als die Mailbox ansprang, sagte ich: »Hier ist Frank Luca. Rufen Sie mich zurück. Wenn ich nichts von Ihnen höre, lasse ich einen Haftbefehl gegen Sie ausstellen.«

Ich scrollte durch meine Kontakte und fand den Neuen, den JD mir gegeben hatte. Ich drückte auf Wählen.

»Hier ist Jason Wiley. Wer ist am Apparat?«

»Frank Luca. Ich bin der Special Agent, der mit JD am Noble-Metals-Fall gearbeitet hat.«

»Oh, hallo. Freut mich, Sie kennenzulernen.«

»Ich muss wissen, wie der Stand im Fall Noble Metals ist.«

»Ich wollte mir gerade die Akte dazu holen.«

Ich atmete tief durch, bevor ich sagte: »Hören Sie, wir kennen uns nicht, und mir ist klar, dass Ihnen das gerade auf den Tisch geknallt wurde, aber Sie müssen sich sofort auf den neuesten Stand bringen.«

»Ich habe einen Schreibtisch voller anderer Ermittlungen. Ich kann nicht einfach alles stehen und liegen lassen. Ich habe ...«

»Entweder Sie helfen mir, oder ich mache es im Alleingang. Ich rufe Sie in ein paar Stunden wieder an. Lesen Sie die Akte und lassen Sie mich wissen, ob Sie dabei sind oder nicht.«

Ich lief im Haus auf und ab und versuchte, mir einen Reim darauf zu machen, dass ich Barrio nicht erreichen konnte und JD vom Fall Noble Metals abgezogen worden war. Lief da hinter den Kulissen etwas Größeres ab? Versuchte jemand, die Ermittlungen zu torpedieren?

Ich war vielleicht paranoid, aber wer konnte dem Zoll

Anweisungen geben? Der Zoll war Teil der Homeland Security, und Romney French, der Typ, den ich am ersten Tag kennengelernt hatte, hatte mit der Reichweite der Ermittlungseinheit der Behörde geprahlt. Es war plausibel, aber warum jetzt? Sie hätten es schon früher stoppen können.

Und Barrio. Warum hatte er meine Anrufe nicht zurückgerufen? Mir wurde klar, dass es schlicht sein konnte, dass er Zeit schinden und mich nicht meiden wollte. Es war nie einfach, ein schweres Verbrechen zuzugeben und sich gegen seine Kollegen zu stellen.

Es entsprach der menschlichen Natur, sich der Realität nicht stellen zu wollen. Aber ich hatte ihm eine Frist gesetzt. Dachte er, ich würde einfach verschwinden?

Ich tätigte einen Anruf.

»Guten Morgen, Noble Metals. Wie kann ich Ihnen helfen?«

»Eric Barrio, bitte.«

»Es tut mir leid, aber Mr. Barrio ist nicht im Haus.«

»Wann wird er erwartet?«

»Ich weiß es nicht, aber ich habe ihn seit zwei Tagen nicht gesehen.«

Ein ungutes Gefühl beschlich mich, als ich auflegte. Was Barrio etwas zugestoßen? Hatte das Kartell ihn erwischt? War er tot? Oder war er geflohen?

KAPITEL ACHTUNDFÜNFZIG

»Mrs. Barrio? Hier ist Frank Luca, wir haben uns neulich in Ihrer Wohnung getroffen.«

»Ja, natürlich. Was kann ich für Sie tun?«

»Haben Sie mit Ihrem Mann gesprochen?«

»Ist Eric etwas zugestoßen?«

»Wann haben Sie das letzte Mal mit ihm gesprochen?«

»Vor über einer Woche. Was ist los?«

»Bisher bin ich mir nicht sicher, ob etwas passiert ist, aber er hat meine Anrufe nicht erwidert.«

»Ich hoffe, er hat nichts Dummes getan.«

»Was meinen Sie damit?«

»Wissen Sie, er steckte in einem tiefen Loch und ... Oh Gott, bitte, ich hoffe nicht.«

»Sie glauben, er könnte sich das Leben genommen haben?«

»Ich weiß nicht, was ich glauben soll, aber er ist schon seit einem Jahr nicht mehr er selbst.«

»Okay. Keine Panik. Lassen Sie mich ein paar Nachforschungen anstellen und ich melde mich wieder bei Ihnen.«

Selbstmord war niemals eine Lösung für irgendein Problem. Falls Barrio niedergeschlagen war, hoffte ich verdammt noch mal, dass er sich Hilfe gesucht hatte. Es war eine verrückte Hoffnung, dass er sich irgendwo in Behandlung begeben hatte.

Wir hatten Mittel und Wege, um Leute aufzuspüren. Ich tätigte einen weiteren Anruf. »Bradley, hier ist Frank.«

»Hey, wie geht's?«

»Sieht so aus, als wäre Eric Barrio entweder auf der Flucht oder ihm wäre etwas zugestoßen.«

»Willst du mich auf den Arm nehmen?«

»Ich wünschte, es wäre so. Ich habe ihm mehrere Nachrichten hinterlassen. Er war nicht bei der Arbeit und seine Frau hat nichts von ihm gehört.«

»Oh-oh.«

»Ich will keine voreiligen Schlüsse ziehen, auch wenn ich darin olympiaverdächtig bin, aber ich fürchte, jemand hat ihn beseitigt, um ihn zum Schweigen zu bringen.«

Bradley kicherte. »Meinst du, die würden so weit gehen?«

»Wir reden hier von Hunderten von Millionen Dollar. Ja, ich halte es für eine ernsthafte Möglichkeit, dass er getötet wurde. Oder vielleicht hat er sich umgebracht.«

»Ich kann sofort eine Anordnung besorgen. Ich überprüfe seine Telefondaten. Das ist der schnellste Weg, um herauszufinden, ob er am Leben ist und wo er sich aufhält.«

»Mach das. Wenn du Probleme damit hast, sie zu bekommen, sag mir Bescheid.«

»Werde ich nicht haben. Ich lasse sie jetzt abzeichnen und ich habe interne Kontakte bei den Telefongesellschaften.«

Nachdem ich aufgelegt hatte, rief ich erneut bei Noble Metals an. »Guten Tag, mein Name ist Frank Luca, ich habe vorhin wegen Eric Barrio angerufen.«

»Ja, ich erinnere mich.«

»Eric hat mit einem anderen Mann zusammengearbeitet, und sie sind zusammen gereist. Ich kann mich nicht an seinen Nachnamen erinnern, aber sein Vorname war Matt.«

»Sir, ich glaube, Sie sollten mit der Büroleiterin, Evelyn Rose, sprechen. Moment, ich stelle Sie zu ihr durch.«

Es war die Frau, die wir bei der Prüfung getroffen hatten. Sie meldete sich: »Hier ist Evelyn.«

»Hallo, Ms. Rose, hier ist Frank Luca. Ich war mit JD bei der Zollprüfung.«

»Hallo, Mr. Luca. Wie kann ich Ihnen helfen?«

»Ich suche Eric Barrio. Wissen Sie, wo er sein könnte?«

»Tut mir leid, aber er arbeitet nicht mehr hier.«

»Er hat gekündigt?«

»Nein, nicht nur Eric. Die Einkäufer und die gesamte Versandabteilung wurden entlassen.«

»Wegen der Prüfung?«

»Ja, in Anbetracht der aufgedeckten Verstöße sagten die Anwälte, dass wir das tun mussten.«

Die Anwälte spielten eine übliche Variante des Schuldzuweisungsspiels, bei dem die Verantwortung auf untergeordnete Mitarbeiter abgewälzt wurde, um die Eigentümer und Führungskräfte zu schützen. Ich war mir sicher, dass die Anwälte hochkarätig und teuer waren.

―――――

Ich behielt die Uhr im Auge. Als zwei Stunden vergangen waren, griff ich zum Hörer.

»Zoll. Hier ist Jason Wiley.«

»Hallo, Jason, hier ist Frank Luca. Ich bin der Bundesagent, der am Fall Noble Metals gearbeitet hat.«

»Ja, ich weiß, wer du bist. Was gibt's?«

»Hast du dir die Noble-Akte angesehen?«

»Noch nicht. Wie gesagt, mein Schreibtisch ist voller Fälle ...«

»Du hast einen Container, der bald anlegt. Er ist voller

Gold aus einer illegalen Mine. JD wollte den Container beschlagnahmen. Wie ist der Stand der Dinge?«

»Ich kümmere mich darum. Wenn du mir eine Chance gibst.«

»Wann? Wir dürfen uns den nicht durch die Lappen gehen lassen.«

»Ich sehe mir an, wo wir stehen, und rufe dich an. Wie war deine Nummer noch gleich?«

Mit zusammengebissenen Zähnen gab ich ihm meine Handynummer und legte auf.

Mein Puls pochte mir in den Ohren. Ich hämmerte auf die Tasten meines Telefons.

»Finanzministerium.«

»Mr. Pembroke. Sagen Sie ihm, es ist Special Agent Frank Luca.«

»Einen Moment, Mr. Luca. Ich sehe nach, ob er verfügbar ist.«

Während ich wartete, beschlich mich das ungute Gefühl, dass Pembroke den Anruf abwimmeln würde.

»Hallo, Frank. Wie geht es Ihnen?«

»Um ehrlich zu sein, geht es mir nicht so gut.«

»Was ist denn los?«

Ich erzählte ihm, dass JD vom Fall Noble Metals abgezogen worden war.

»Nun, deswegen würde ich mir keine Sorgen machen. Behörden versetzen häufig Personal, um dringende Bedürfnisse zu decken.«

»Ich verstehe, aber das ist ein großer Fall, und ich fürchte, er wird nicht so gehandhabt werden, wie JD es getan hat.«

»Keine Sorge, der Zoll hat eine tiefe Ersatzbank.«

Ich saß auf der Kante meines Stuhls. »Nun, es fühlt sich an, als hätten sie einen Anfänger darangesetzt, und ihm zufolge ertrinkt er in Fällen und hat die Akte noch nicht einmal gelesen.«

»Eines der Dinge, die ich an Ihnen mag, Frank, ist Ihre Ungeduld. Sie wollen, dass die Dinge schnell geschehen. Die Regierung arbeitet langsam, aber ich bin sicher, der Agent, der den Fall bearbeitet, wird ihn vorantreiben.«

Ich hatte weniger Zuversicht als er. »Wir reden hier von massiver Geldwäsche durch die Kartelle. Können wir sie nicht dazu bringen, den Fall zu priorisieren?«

»Ich bin mir des Ernstes der Lage bewusst, Frank. Was die Einmischung in die Verwaltung des Tagesgeschäfts des Zolls angeht, ist das eine schlechte Idee, und ich glaube nicht, dass die Situation ein Eingreifen rechtfertigt.«

»Ich hoffe, Sie haben recht, Sir.«

»Tun Sie mir einen Gefallen und geben Sie dem neuen Agenten eine Chance, sich einzuarbeiten.«

»Das werde ich. Ich werde Sie auf dem Laufenden halten.«

Pembroke legte auf, ohne sich zu verabschieden. Ich selbst hatte schon so manchen Anruf früher als beabsichtigt beendet und es als Fehler abgetan. Aber als ich unser Gespräch noch einmal durchging, kam ich zu dem Schluss, dass Pembroke verärgert war, weil ich angerufen hatte.

Ich respektierte ihn und brauchte ihn als Verbündeten. Ich nahm mein Telefon, um mich zu entschuldigen, als es klingelte.

»Hey, Bradley, kann ich dich zurückrufen?«

»Äh, das ist wichtig.«

»Was ist los?«

»Das wirst du nie glauben.«

KAPITEL NEUNUNDFÜNFZIG

»Hör auf mit den Ratespielen und sag mir, was zum Teufel du hast.«

»Tut mir leid. Ich konnte Eric Barrios Telefonaufzeichnungen von Verizon bekommen.«

»Sieht es so aus, als ob er am Leben ist?«

»Auf jeden Fall – er hat in den letzten beiden Tagen mehrere Anrufe getätigt.«

»Wo ist er?«

»Den Funkmastdaten zufolge scheint er in Weston, Florida, zu sein.«

»Ich will wissen, mit wem er gesprochen hat. Wir werden herausfinden, wo er sich versteckt.«

»Ich hab mir schon gedacht, dass du das wollen würdest, also hab ich das alles besorgt.«

»Du bist der Beste, Bradley. Tut mir leid, dass ich dich eben so angefahren habe, aber ich war sauer auf Pembroke. Er hat sich geweigert, beim Zoll wegen der Noble Druck zu machen ...«

»Frank, du wirst das nicht glauben – es ist verrückt.«

Na super. »Was?«

»Laut Barrios Handyaufzeichnungen hat er Pembroke angerufen.«

Ich fuhr hoch. »Was? Das kann nicht sein. Bist du sicher, dass es George Pembroke war?«

»Ja. Ich hab die Rechnungsinformationen für die Telefonnummer überprüft. Es ist eine Mobilfunknummer, die auf George Pembroke unter der Adresse des Finanzministeriums in Washington läuft.«

»Wann war der Anruf?«

»Vor zwei Tagen.«

»Das war an dem Tag, an dem ich mich mit Barrio getroffen und ihm gesagt habe, dass er kooperieren muss.«

»Das ergibt Sinn.«

»Nein, diese ganze Sache ergibt überhaupt keinen Sinn. Pembroke war derjenige, der die Mission überhaupt erst genehmigt hat.«

»Nun, ich bin sicher, er hat nicht gedacht, dass die Sache so enden würde.«

»Verdammt, du hast recht. Wer hätte gedacht, dass das dazu führen würde, dass illegales Gold von der US-Regierung aufgekauft wird?«

»Was hat er davon?«

»Geld, was denn sonst?«

»Wie, glaubst du, ist er verwickelt?«

»Er hat Noble wahrscheinlich als Lieferanten für das Gold, das das Finanzministerium kauft, ins Spiel gebracht. Vielleicht zweigt er bei jeder Lieferung einen Teil ab.«

»Wir sollten nachforschen, ob wir Pembrokes Geld finden können.«

»Wir können es versuchen, aber ich bin sicher, er hat es in irgendeiner Steueroase wie den Cayman Islands vergraben.«

»Wahrscheinlich.«

»Oder vielleicht hat er Goldbarren an ein paar Orten gelagert. Die sind nicht rückverfolgbar.«

»Was werden wir tun?«

»Das muss ich mir wirklich gut überlegen. Wir haben wahrscheinlich nur eine einzige Chance.«

»Okay. Lass mich wissen, was ich tun kann.«

»Darauf kannst du dich verlassen. Und, hey, erzähl niemandem, was du herausgefunden hast.«

Mein Magen zog sich zusammen. Ich ließ mich auf einen Stuhl fallen. Was zum Teufel war hier los?

Als ich meine Interaktionen mit Pembroke durchging, wuchsen meine Bedenken. Fast vom ersten Tag an hatte es Anzeichen gegeben, die ich ignoriert hatte. Woher war der Drohanruf gekommen? Und was war mit Rico, dem schmutzigen CIA-Agenten? Er hatte Beweise für dessen Korruption einfach vom Tisch gewischt. Pembroke hatte Rico ausgewählt, um meine Mission zu kontrollieren.

Als ich dann aus Peru zurückgekommen war, hatte ich meine Sorge geäußert, dass Gold zur Geldwäsche von Drogengeldern verwendet wurde, aber Pembroke hatte das abgetan.

Anzunehmen, er sei ein Guter, weil er eine Spitzenposition im Finanzministerium erklommen hatte, war ein Fehler. Ein schlimmer Fehler. Was es zu spät?

Es fühlte sich an, als säße ich auf einem Floß, das immer weiter aufs Meer hinaustrieb. Es war Zeit, so schnell wie möglich zu paddeln und zu den Grundlagen zurückzukehren.

Die Zulassungsbehörde des Staates Maryland führte für Pembroke eine Adresse in Annapolis. Bei der Überprüfung fand ich heraus, dass sie sich in einer bewachten Wohnanlage namens Downs on the Severn befand. Es war eine luxuriöse Gegend mit zwei Jachthäfen und einer ganzen Reihe von Annehmlichkeiten.

Zillow behauptete, Pembrokes Haus sei drei Millionen Dollar wert. Das war ein teures Haus für einen Beamten. Ich überprüfte seine Frau, Patricia. Sie stammte aus altem Geld. Geld, das so alt war, dass es einen Rollator brauchte.

Zu meiner Überraschung stellte ich fest, dass sowohl Pembrokes Vater als auch sein Großvater in der Politik gewesen waren. Sein Großvater war zum stellvertretenden Leiter der Legislative von D. C. aufgestiegen. Aber Pembrokes Vater hatte ihn übertroffen und leitete Marylands Haushalts- und Verwaltungsministerium. Das war die perfekte Position, um ein Komplott zu schmieden. Wieder einmal, wie der Vater, so der Sohn.

Die Überprüfung der Grundbucheinträge ergab, dass es drei Immobilien gab, die Pembroke und seiner Frau gehörten. Aber das war nur Maryland. Und es war klar, dass Pembroke ein Meister der Täuschung war.

Seine falsche Fassade, kombiniert mit seinem Wissen über alle finanziellen Dinge, garantierte, dass sein Reichtum besser verschleiert war als New Orleans während des Mardi Gras.

Es war deprimierend, und etwas dagegen zu unternehmen schien unmöglich. Ich war im Grunde auf mich allein gestellt und kämpfte gegen etwas, das einer systemweiten Korruption gleichkam. Es war David gegen Goliath, nur dass ich nicht einmal eine Steinschleuder hatte.

Ich ging die Beteiligten in dem Fall durch, schätzte meine Verbündeten ein und mir kam eine Idee. Da ich nicht denselben Fehler wie bei Pembroke machen wollte, besann ich mich auf die Grundlagen und überprüfte ihn im Voraus.

———

MARY ANN KAM den Flur entlang und in die Küche. Sie sah mich an. »Was ist los, Frank?«

Sie hatte unglaubliche Instinkte, und das gab mir ein gutes Gefühl. »Wie kommst du darauf?«

»Du sitzt am Küchentisch. Und das tust du nur, wenn du isst.«

Die Ermittlerin in ihr kam immer durch. »Ich brauche deine Meinung.«

»Sicher. Was ist los?«

»Ich hab herausgefunden, dass Pembroke Dreck am Stecken hat.«

»Was? Der Mann, der das Finanzministerium leitet, ist korrupt?«

»Ja.« Ich erzählte ihr von den Anrufen mit Barrio, dem Käufer von illegalem Gold, und der Tatsache, dass der Zoll den Fall gegen Noble Metals anscheinend im Sande verlaufen ließ.

»Das ist einfach unglaublich. Du bist hier wirklich auf etwas Großes gestoßen.«

»Das bin ich. Das Problem ist, ich weiß nicht, was ich tun soll.«

Sie griff nach meiner Hand. »Du wirst es herausfinden, das tust du immer.«

»Aber wenn ich hinter Pembroke hergehe, wird er sich rächen und er hat eine Menge Macht. Ich kann den Geldwäschefall vergessen, aber ich will nicht gefährden, dass ich den Mistkerl erwische, der Jimmy getötet hat. Die Sache ist nur, ich kann den Geldwäscheteil einfach nicht loslassen.«

»Ich verstehe.«

»Bin ich gierig? Sollte ich mich einfach auf den Mörder konzentrieren, den Fisherman schnappen und auf Nummer sicher gehen?«

»Den Fisherman zu schnappen, ist wohl das Wichtigste und der Grund, warum du dich überhaupt eingemischt hast. Richtig?«

»Das ist es. Ich muss ihn kriegen.«

»Und wenn du das tust, wirst du dann in der Lage sein, die Geldwäsche und Pembroke abzuhaken?«

Ich zuckte mit den Schultern. »Ich schätze schon.«

»Komm schon, Frank. Wir wissen beide, dass du das auf

keinen Fall könntest. Es würde an dir nagen. Du wärst unglücklich.«

»Du hast recht, aber ich müsste einen Weg finden, damit zu leben. Ich will nicht noch mehr Stress ins Haus bringen, als ich es schon getan habe. Das ist nicht gut für dich.«

»Mir geht es gut. Mach dir keine Sorgen um mich. Erledige, was du zu erledigen hast.«

Ich stand auf und schlang meine Arme um sie. »Du bist die Beste. Ich kann nicht fassen, was für ein Glück ich habe.«

»Da hast du recht!«

»Nein, im Ernst, danke, dass du mich zu tausend Prozent unterstützt.«

Ich erzählte ihr von dem Mann, den ich um Hilfe bitten wollte.

Sie sagte: »Also, du machst dir Sorgen, dass er und Pembroke unter einer Decke stecken könnten?«

»Ja.«

»Ich denke, die Chance ist gering. Aber wie du immer sagst, je mehr Leute ein Geheimnis kennen, desto wahrscheinlicher ist es, dass es kein Geheimnis bleibt.«

»Das ist wahr. Wenn er sauber ist, ist das mein Plan.«

KAPITEL SECHZIG

Ich holte mein Handy aus der Tasche. Das Bild von Jimmy, Steve und Jessie auf dem Startbildschirm starrte mich an. Die Entscheidung fiel mir leicht.

»Ermittlungsbüro der Homeland Security. Was kann ich für Sie tun?«

Ich zögerte, bevor ich sagte: »Romney French, bitte. Hier spricht Special Agent Frank Luca.«

»Einen Moment, Sir.«

Während ich in der Warteschleife hing, fragte ich mich unwillkürlich, ob Romney, als er hörte, dass ich am Apparat war, Pembroke angerufen oder ihm eine SMS geschickt hatte.

»Mr. Luca, wie geht es Ihnen? Es ist schon zu lange her.«

»Ja, das stimmt. Läuft bei Ihnen alles gut?«

»Das würde davon abhängen, wie Sie ›gut‹ definieren.«

Wollte er witzig sein oder spielte er auf etwas an? »Gibt es etwas, das ich wissen sollte?«

»Nichts Besonderes. Weswegen rufen Sie an?«

Ich erzählte ihm, was ich über die Anrufe zwischen Pembroke und Barrio herausgefunden hatte.

Er hielt inne, bevor er sagte: »Das ist beunruhigend, aber es könnte einen plausiblen Grund für deren Gespräche geben. Vielleicht sind sie verwandt, durch Heirat oder so etwas.«

»Ist Ihnen bekannt, dass der leitende Ermittler im Fall Noble Metals abgezogen worden ist?«

»Nein. Wann ist das passiert?«

»Vor etwa einem Tag. Und der neue Agent ist ein Anfänger. Ich habe das Gefühl, dass das alles inszeniert ist.«

»Das ist in mehrfacher Hinsicht besorgniserregend. Es mag ein Versehen gewesen sein, aber man hätte mich benachrichtigen müssen.«

»Ich glaube, es war Absicht, Sir.«

»Ich nehme an, Sie haben nicht nur angerufen, um mich zu informieren.«

»Ja. Ich brauche Ihre Unterstützung.«

»Bei Noble Metals?«

»Auf Umwegen, ja. Aber inzwischen geht es um mehr als das, und ich habe eine Idee, die funktionieren könnte.«

»Die würde ich gern hören.«

———

BEI DER DURCHSICHT von Barrios Telefonaufzeichnungen konzentrierte ich mich auf eine Reihe von Anrufen, die über bestimmte Funkmasten liefen. Sie wurden in einem Gebiet am Rande der Everglades abgewickelt.

Als ich eine Karte aufrief, wurde es offensichtlich, dass Barrio sich entweder in den Städten Weston oder Southwest Ranches versteckte. Ich griff nach meinem Telefon.

»Hallo.«

»Mrs. Barrio, hier ist Detective, Verzeihung, Special Agent Frank Luca.«

»Ja. Hallo.«

»Haben Sie von Eric gehört?«

»Nein. Was wissen Sie?«

»Er ist entweder in Weston oder in Southwest ...«

»Seine Mutter hat früher in Weston gewohnt. Er hat ihr vor zwei Jahren eine Eigentumswohnung dort gekauft, aber nachdem sie gestürzt war, hat er sie näher zu uns geholt.«

»Wie lautet die Adresse der Wohnung?«

»Oh, die muss ich nachschauen, aber die Wohnanlage heißt Lakeview.«

»Danke, ich weiß Ihre Hilfe zu schätzen.«

»Warten Sie einen Moment.«

Sie gab mir die Adresse.

»Danke. Hören Sie, sagen Sie Ihrem Mann bitte nicht, dass ich angerufen habe, falls Sie mit ihm sprechen.«

»Werde ich nicht. Wird er verhaftet werden?«

»Nein. Zum jetzigen Zeitpunkt hat er Informationen in einer groß angelegten Untersuchung, und wir brauchen seine Hilfe.«

»Gut, ich hoffe, er hilft. Wissen Sie, Eric, ich meine, er hat sich verändert, aber tief im Innern ist er immer noch ein guter Mensch.«

»Kennen Sie übrigens jemanden namens George Pembroke?«

»Pembroke? Nein, ich glaube nicht.«

KAPITEL EINUNDSECHZIG

MARY ANN TELEFONIERTE. ICH SAGTE: »ICH GEHE FÜR EINE Weile raus. Ich bin in ein paar Stunden wieder da.«

Sie nahm das Telefon vom Ohr. »Wohin?«

»Barrio ist in Weston. Ich fahre hin, um ihn zu sehen.«

»Alleine?«

»Ja, er ist gierig, nicht gefährlich.«

»Bist du sicher?«

»Ja, zu tausend Prozent. Er besitzt keine Schusswaffe.«

»Sei vorsichtig.«

»Bis später.«

»Viel Glück.«

Für diesen Fall war ich öfter auf der Alligator Alley gewesen, als damals, als Derrick und ich bei einem anderen Drogenfall eine riesige Menge verstecktes Geld gesucht und gefunden hatten. Ich fädelte mich in den achtzig Meilen pro Stunde schnellen Verkehr ein.

Weston war eine schicke Stadt in der Nähe von Fort Lauderdale und Miami. Das Stadtzentrum war gepflegt und makellos.

Ich fuhr eine Runde und bog nach Lakeview ab. Die Wohnanlage war nicht durch ein Tor gesichert. Ich fuhr an der Wohneinheit vorbei, in der sich Barrio meiner Meinung nach versteckte, und parkte auf einem Besucherparkplatz.

Die Sonne schien kräftig, aber die Luftfeuchtigkeit war niedrig. Ich ging auf Barrios Wohnung im Erdgeschoss zu. Eine tropische Brise fächelte durch die Paradiesvogelblumen, die den Weg zu seiner Tür säumten.

Ich klingelte und klopfte dann. Niemand antwortete. Als ich durch ein Fenster spähte, schien niemand zu Hause zu sein. Ich würde in die Stadt fahren, mir einen Eiskaffee holen und wiederkommen.

Als ich wendete, sah ich einen Mann in Badehose mit einem Handtuch über der Schulter. Es war Barrio. Ich fuhr zurück auf den Parkplatz und sah ihm zu, wie er den Gehweg zu seiner Wohnung entlangging.

Ich eilte ihm nach. »Mr. Barrio!«

Er drehte sich um und seine Schultern sackten in sich zusammen.

»Ich will nur reden. Ich denke, was ich zu sagen habe, wird Sie interessieren.«

»Was können Sie schon sagen, was meine Meinung ändern wird?«

»Vertrauen Sie mir. Geben Sie mir fünf Minuten, und wenn Sie Nein sagen, bin ich wieder weg.«

Die Tür der oberen Wohnung öffnete sich und eine blonde Dame trat heraus. »Eric, ist alles in Ordnung?«

»Ja, Muriel. Alles bestens, nur ein alter Freund, der vorbeigeschaut hat.«

Er wandte sich an mich. »Kommen Sie rein, Frank.«

Als wir eintraten, schob sich eine Wolke vor die Sonne und blockierte das natürliche Licht. Barrio schaltete die Deckenstrahler in der Küche an. Die Schränke waren dunkel und altmodisch. Zwei Flaschen Tequila, eine mit nur noch zwei Fingern Inhalt, die andere ungeöffnet, standen auf der Theke.

»Geben Sie mir eine Sekunde, um mich umzuziehen.«

»Lassen Sie sich Zeit.«

Barrio verschwand in einem Zimmer, und ich warf einen Blick in ein paar Schubladen, bevor ich ins Wohnzimmer ging. Auf einem gläsernen Couchtisch lagen neben drei leeren Bierdosen Zeitungen von gestern und heute. Ein paar Schiebetüren boten einen Blick auf einen See.

Barrio sagte: »Möchten Sie etwas trinken?«

»Ich bin versorgt.«

Er öffnete den Kühlschrank und nahm ein Bier heraus. Er drehte den Verschluss ab und sagte, nachdem er einen langen Schluck genommen hatte: »Also gut, was haben Sie mir so Weltbewegendes zu sagen?«

»Ich habe gehört, dass Sie und viele andere von Noble Metals entlassen wurden.«

»Das ist ein Haufen Bastarde. Die wollen nur ihren eigenen Arsch retten.«

»Sie können versuchen, sich hinter Anwälten zu verstecken, aber das wird nicht funktionieren.«

Er lächelte. »Sie wissen nicht, mit wem Sie es zu tun haben.«

»Sagen Sie es mir.«

»Nein, sagen Sie mir, warum Sie hierher gekommen sind.«

»Vor wem verstecken Sie sich?«

»Ich verstecke mich vor niemandem. Ich musste für ein paar Tage den Kopf freibekommen. Und jetzt: Sagen Sie mir endlich, warum Sie hier sind.«

»Ich weiß, wen Sie angerufen haben.«

Er nahm noch einen Schluck, sagte aber nichts.

»Sie haben George Pembroke angerufen. Warum?«

»Wir sind alte Freunde.«

Ich schnaubte. »Sie glauben, er wird Sie beschützen?«

»Mich wovor beschützen?«

»Sie haben sich an einer Verschwörung zur Einfuhr von

Gold aus illegalen Minen beteiligt und eine ganze Reihe von Gesetzen gebrochen, einschließlich Geldwäsche. Ihnen drohen zehn Jahre oder mehr im Gefängnis.«

Er blinzelte und ich fuhr fort: »Wenn Sie glauben, Pembroke werde die Dinge wieder richten, wie er es bei der Zollprüfung von Noble getan hat, liegen Sie komplett falsch. Er kann ein paar Strippen ziehen, um die Ermittlung zu behindern, aber die Zuständigkeit dafür liegt nicht beim Finanzministerium. Der Fall geht weiter und wird bald an Fahrt aufnehmen.«

Barrio öffnete einen Schrank und holte ein Schnapsglas heraus. Er schenkte sich einen Drink ein, kippte ihn hinunter und leerte den Rest der Flasche ins Glas.

»Was wollen Sie von mir? Ich werde nicht kooperieren.«

»Sie werden ins Gefängnis gehen und alles verlieren, was Sie besitzen. Ihr Strandhaus, diese Wohnung, das Appartement im Ritz, alles, was Sie mit schmutzigem Geld gekauft haben. Was auch immer Sie übrig haben, wird an die Anwälte gehen, die versuchen, Ihren Arsch zu retten. Selbst wenn Sie eine milde Strafe bekommen, werden Sie trotzdem ins Gefängnis gehen, und Sie werden pleite sein, wenn Sie wieder rauskommen.«

»Wenn es so läuft, werde ich irgendwie damit klarkommen.«

»Ich verstehe es nicht: Ich biete Ihnen einen Weg an, dem Gefängnis zu entgehen.«

»Sie werden mich wahrscheinlich umbringen, wenn ich rede.«

Da Barrio untergetaucht war, glaubte er, die Bedrohung sei real. »Darüber müssen Sie sich keine Sorgen machen. Wir bringen Sie in Schutzhaft, da kommt niemand an Sie ran.«

»Was, und in irgendeiner lausigen Wohnung irgendwo im Westen leben? Nee, vergessen Sie's.«

Es war Zeit, meine letzte Karte auszuspielen.

KAPITEL ZWEIUNDSECHZIG

Ich klickte auf den Link und beantragte, dem Meeting beizutreten. Ein Feld mit der Anzahl der Teilnehmer im virtuellen Raum erschien. Es gab eine Menge Namen, aber Pembroke war nicht darunter.

Barrio sagte: »Fünf Leute? Das sollte doch vertraulich sein.«

»Das ist es. Machen Sie sich keine Sorgen. Sie haben eine unterzeichnete Proffererklärung.«

Ein Haufen Fenster öffnete sich. Mein Blick wanderte zu dem mit Romney French. Ich sagte: »Mr. French, danke, dass Sie dieses Treffen organisiert haben.«

»Hallo, Frank, hallo, Mr. Barrio. An diesem Gespräch nehmen auch die Generalinspektorin des Finanzministeriums, Miriam Scone, und der GI für Innere Sicherheit, Martin Blase, teil sowie die jeweiligen Rechtsbeistände beider Ministerien.«

»Hallo zusammen.«

Ein vielstimmiges »Hallo« schallte zurück.

French sagte: »Fangen wir an. Mr. Barrio, Sie haben das Kronzeugendokument unterzeichnet.«

Barrio sah mich an. Ich sagte: »Das ist der umgangssprachliche Name für eine Proffererklärung. Nichts, was Sie heute sagen, kann gegen Sie verwendet werden.«

»Okay. Ich verstehe.«

»Das ist richtig, Mr. Barrio. In diesem Sinne möchten wir hören, was Sie über den Geldwäscheplan und Ihre Beziehung zu Mr. George Pembroke wissen. Was Sie uns heute erzählen, wird darüber entscheiden, ob wir Ihnen Immunität und Schutz gewähren können.«

»Und was ist mit der Whistleblower-Belohnung?«

»Ja, auch die. Wenn die Informationen verwertbar sind, erhalten Sie Zeugenschutz und Immunität und werden außerdem gemäß der Whistleblower-Bestimmung entschädigt.«

»Wo soll ich anfangen?«

»Am Anfang.«

»Also, ich habe vor etwa vier Jahren einen Job bei Noble Metals als Einkäufer bekommen. Ich hatte mit den Minen und Zwischenhändlern zu tun und habe Gold gekauft, das wir dann raffiniert und verkauft haben. Ein Teil des Gebiets, das man mir zugewiesen hat, war Mexiko.«

»Ist Mexiko ein großer Lieferant für legales Gold?«

»Ja, es ist der neunt- oder zehntgrößte Produzent der Welt.«

»Das habe ich nicht gewusst. Fahren Sie fort.«

»Nun, etwa ein Jahr nach meinem Einstieg bin ich befördert worden, und man hat mir gesagt, dass Peru in Bezug auf die Menge des abgebauten Goldes aufholt. Inzwischen ist es sogar größer als Mexiko. Also sind wir nach Peru geflogen, um die Leute in der Cuajone-Mine zu treffen –«

Jemand lachte. »Cuajone? Ist das dein Ernst?«

»Nein, nein, das ist nicht dasselbe wie der Slang für – du weißt schon – das männliche ...«

»Fahren Sie fort. Sie haben *wir* gesagt. Wer ist zur peruanischen Mine geflogen?«

»Ich und Matt Walker. Er ist auch Einkäufer.«

»Und was ist passiert?«

»Nun, wir sind zur Mine gefahren und haben einen Deal abgeschlossen, um zehn Tonnen von ihnen als eine Art Probelauf zu kaufen. Dann, am Tag vor unserer Abreise, ist jemand ins Hotel gekommen und hat gesagt, er wolle mit uns über den Verkauf von Gold sprechen. Na ja, wir haben uns mit diesem Kerl getroffen, er hat gesagt, sein Name sei Ruffo, aber später haben wir herausgefunden, dass sein richtiger Name Vicente Blanco war.«

»Wissen Sie, wen er vertreten hat?«

»Damals nicht, aber später haben wir herausgefunden, dass er für das ›La Familia‹-Kartell gearbeitet hat.«

»Haben Sie einen Deal mit ihm abgeschlossen?«

»Nicht direkt vor Ort, wir mussten erst zu den Besitzern von Noble Metals gehen, aber ich habe gewusst, dass sie wegen des Rabatts kaufen würden.«

»Welchen Rabatt haben sie denn angeboten?«

»Zwanzig Prozent unter dem Rohstoffmarktpreis.«

»Warum sollten sie einen so niedrigen Preis anbieten?«

»Das habe ich auch gefragt, und obwohl er es nicht direkt gesagt hat, war klar, dass es aus illegalen Minen stammte.«

»Woher wissen Sie das?«

»Wie gesagt, wir haben den Eindruck gehabt, weil er herumgedruckst hat – aber warten Sie mal, dazu komme ich gleich. Also, wir sind zurück zu den Besitzern gegangen, und die haben sich auf das Angebot gestürzt, so wie wir es erwartet hatten. Ich meine, wir haben uns darüber gefreut, weil wir Boni bekommen haben, die auf dem Volumen basierten, das wir gekauft haben.«

»Haben die Besitzer gewusst, dass es aus illegalen Minen stammte?«

»Wir haben ihnen gesagt, was wir gedacht haben.«

»Wem haben Sie es gesagt?«

»Den Brüdern, denen der Laden gehört, John und Cesar Medina.«

»Sie sagten, Sie haben später mit Sicherheit herausgefunden, dass die Lieferung illegal war.«

»Ja, wir sind ziemlich oft nach Peru geflogen, und wir waren eine große Nummer, wissen Sie. Als Nächstes sind wir gebeten worden, von zwei anderen Minen zu kaufen. Das war aufregend, aber im Hinterkopf wussten wir, dass da etwas nicht stimmte.«

»Und wer waren diese Leute, die Ihnen Gold verkaufen wollten?«

»Sie hatten mit den Kartellen zu tun.«

»Woher wissen Sie das sicher?«

»Weil wir am Ende mit ihnen zu drei dieser Minen gefahren sind, und glauben Sie mir, Sie würden nicht in ihre Nähe kommen, wenn Sie nicht Teil des Kartells wären.«

»Haben Sie die Namen der Leute, mit denen Sie die Geschäfte gemacht haben?«

»Ja, ich habe Frank, äh, Mr. Luca, eine Liste der Namen gegeben.«

Ich schaltete mich ein. »Ja, ich habe sie und werde sie mit Ihnen teilen.«

»Als Sie herausgefunden haben, dass die Quelle des Goldes, das Sie aus Peru gekauft haben, aus illegalen Minen stammte, die von Kartellmitgliedern kontrolliert wurden, haben Sie da die Geschäftsleitung von Noble Metals informiert?«

»Ja, beide Brüder sind informiert worden.«

»Sie wussten also, dass das Gold illegal war?«

»Ja.«

»Und sie haben nichts unternommen?«

»Nein, im Grunde haben sie es vermieden, darüber zu reden. Es ist nie erwähnt worden, zumindest mir gegenüber nicht. Aber, und ich weiß, das klingt eigennützig, aber es hat mich immer mehr gestört. Diese Minen zerstören die Umwelt. Sie müssen es selbst gesehen haben.«

»Dennoch haben Sie nichts unternommen?«

»Ich brauche keine Erinnerung daran.«

»Welche Rolle hat George Pembroke bei all dem gespielt?«

KAPITEL DREIUNDSECHZIG

»Mr. Pembroke ist auf Sie zugekommen?«

»Ja. Lassen Sie es mich Ihnen erklären, sonst ergibt das keinen Sinn. Also, wir haben damals mehr Geschäfte mit den Peruanern gemacht ...«

»Die illegalen Minen, die mit den Kartellen in Verbindung stehen?«

»Ja. Es ist wirklich gut gelaufen, und sie haben immer mehr Nachschub geliefert. Wir haben herausgefunden, dass sie auch in Kolumbien geschürft haben.«

»Illegal?«

»Ja. Im Süden, nahe der Grenze zu Peru.«

»Wir verstehen. Fahren Sie fort.«

»Nun, es war alles gut, aber wir haben langsam ein Problem damit bekommen, das zu verkaufen, was wir gekauft und raffiniert hatten.«

Bradleys Bericht über den dramatischen Anstieg der Goldexporte aus Peru schoss mir durch den Kopf.

French fragte: »Was für Probleme?«

»Es hat nicht allzu viele Käufer gegeben, die den ganzen neuen Nachschub an Gold abnehmen konnten, den wir hatten.

Das Management hat gesagt, wir sollten wegen Cashflow-Problemen vorerst nichts mehr annehmen. Und ich habe den Peruanern gesagt, dass wir gerne mehr abnehmen würden, aber die Käuferseite hat geschwächelt. Ich habe gesagt, wir bräuchten etwa sechs Monate, um zu sehen, wohin sich der Markt entwickelt.«

»Wie haben sie darauf reagiert?«

»Sie haben enttäuscht gewirkt, haben aber gesagt, sie hätten Verständnis. Am nächsten Tag hat mich dann Vicente angerufen und gesagt, er habe eine Lösung, und ich war, wissen Sie, total aufgeregt. Ich habe gefragt, was es sei, und er hat gesagt, ich würde von einem Geschäftspartner hören, wenn ich wieder zu Hause wäre.«

»So hat er George Pembroke beschrieben? Als Geschäftspartner?«

»Ja, so hat er ihn genannt. Also, am Tag, nachdem ich nach Hause gekommen war, bin ich im South Pointe Park spazieren gegangen. Der ist direkt bei der Wohnung, die ich gemietet habe, als meine Frau und ich uns getrennt haben. Und da ist ein Typ auf mich zugekommen und hat gesagt, da wäre jemand, der mich treffen wolle. Ich habe nur gedacht: Soll das ein Witz sein? Ich habe dankend abgelehnt, und dann hat er gesagt, er arbeite für Vicente Blanco.«

»Der Mann, den Sie in Peru getroffen haben?« French schaute in seine Notizen. »Der sich ursprünglich Ruffo nannte?«

»Ja. Ich war überrumpelt, aber trotzdem misstrauisch, wissen Sie? Also habe ich gefragt: »Worum geht es?« Und der Typ hat geantwortet: »Um Gold zu kaufen.« Da habe ich gewusst, dass es echt war, weil Vicente ja gesagt hatte, dass sich jemand bei mir melden würde.«

»Was ist dann geschehen?«

»Er hat mir gesagt, ich solle in zwei Tagen um fünf Uhr wiederkommen und bis zum Ende des Piers gehen. Er hat gesagt, dort würde ein Mann angeln, der eine weiße Baseball-kappe trüge.«

»Und wer war das?«

»Es hat sich herausgestellt, dass es George Pembroke war, aber er hat anfangs gesagt, sein Name sei Sam. Er hat mich nie angesehen. Er hat die ganze Zeit aufs Wasser geblickt, als ob er angeln würde.«

»Was hat er gesagt?«

»Er hat gesagt, er könne helfen, Gold von Noble zu kaufen. Ich habe gefragt, wen er vertrete, und er hat gesagt, die Regierung der Vereinigten Staaten. Ich habe nur gedacht: Was? Ich konnte es nicht glauben und habe gefragt, ob das eine Art Witz sei. Er hat gesagt, die Bundesbehörden seien riesige Goldkäufer, und er könne die Türen öffnen, wenn der Preis stimme. Ich habe mir gedacht, *okay, jetzt kommt der Haken*, aber er hat gesagt, sie würden große Mengen kaufen, bräuchten aber fünf Prozent Rabatt. Ich habe gesagt, das sei kein Problem, weil ich gewusst habe, dass wir sowieso schon unter dem Marktpreis eingekauft haben.«

»Und das war alles?«

»Nein, er hat gesagt, wir sollten den Bundesbehörden den vollen Marktpreis in Rechnung stellen und den Fünf-Prozent-Rabatt den Verkäufern geben.«

»Sie haben mit einem Rabatt von zwanzig Prozent eingekauft, korrekt?«

»Ja. Es sind also im Grunde genommen fünfzehn Prozent geworden.«

»Und wer profitierte von dem verringerten Rabatt?«

»So wie ich das verstanden habe, haben Pembroke und Vicente ihn sich geteilt.«

»Sind Sie sich da sicher?«

»Ich habe nie gesehen, wie Geld den Besitzer gewechselt hat, aber so wurde es mir gesagt.«

»Von wem?«

»Vicente.«

»Wusste George Pembroke, dass das Gold aus illegalen Minen stammte?«

»Das musste er.«

»Haben Sie es ihm gesagt?«

»Nein, aber Vicente hat nur mit illegalen Minen gearbeitet. Das wusste jeder.«

»Hatten Sie oder jemand bei Noble Metals direkt mit Mr. Pembroke zu tun?«

»Ich war nicht im Verkauf involviert.«

»Wie kam diese Vereinbarung zustande?«

»Er sagte mir, ich solle mich an einen gewissen George Martin im Finanzministerium wenden. Dass das der Mann sei, der die Käufe für Fort Knox abwickle. Ich fragte, ob es ein Genehmigungsverfahren oder so etwas gäbe. Und er sagte, er würde sich um das Nötige kümmern, damit Noble ein zugelassener Lieferant werde.«

»Glauben Sie, dass George Martin Teil dieser Verschwörung war?«

»Ich weiß es ehrlich gesagt nicht. Ich habe nie mit ihm gesprochen. Am nächsten Tag bin ich ins Büro gegangen und habe Cesar gesagt, dass wir die Chance hätten, an die Regierung zu verkaufen, und er war total begeistert. Ein paar Tage später hat Cesar mich dann ins Büro geholt und gesagt, ich würde einen riesigen Bonus dafür bekommen, dass ich das Geschäft mit den Bundesbehörden eingefädelt hatte.«

»Cesar Medina?«

»Ja, einer der Brüder, denen Noble gehört.«

»Haben Sie den Eigentümern erzählt, wie Sie zu dieser Gelegenheit gekommen sind?«

»Ich habe ihnen nichts von Pembroke erzählt, weil Pembroke gesagt hatte, ich solle ihn niemandem gegenüber erwähnen. Also habe ich ihnen erzählt, ein Freund eines Freundes habe mich Martin vorgestellt.«

»Haben Sie den Bonus bekommen?«

»Ja. Es dauerte etwa einen Monat, bis wir nach Fort Knox geliefert haben.«

»Wie hoch war er?«

»Dreihunderttausend.«

»Ist das alles, was Sie erhalten haben?«

»Für das Verkaufsgeschäft, ja, aber ich habe durch die ganzen Einkäufe eine Menge Geld verdient.«

»Was haben Sie im Durchschnitt pro Jahr verdient?«

»Eineinhalb Millionen.«

»Und Sie hielten das für normal für die Art von Arbeit, die Sie gemacht haben?«

»Es war mit viel Reisen und Stress verbunden. Es hat meine Ehe zerstört.«

»Sie fanden das nicht ungewöhnlich?«

Er zuckte mit den Schultern. »Ja, es war nicht alles gut. Ich weiß, es klingt nach Blödsinn, aber es hat mir wirklich zu schaffen gemacht, und ich habe viel zu viel getrunken. Meine Frau wollte, dass ich in eine Entzugsklinik gehe, aber ich wollte nicht. Wahrscheinlich hätte ich es tun sollen, denn sie hat mich verlassen und die Scheidung eingereicht.«

Der Generalinspektor des Finanzministeriums sagte: »Mr. Barrio, an welchem Datum fand das Treffen mit der Person statt, von der Sie glauben, dass es sich um George Pembroke handelte?«

»Am zwanzigsten September.«

»Sind Sie sich sicher?«

»Auf jeden Fall. Es war der Geburtstag meiner Mutter.«

»Danke.«

French sagte: »Meine Herren, einen Moment bitte, wir schalten kurz auf stumm.«

Der Ton war weg, und French und die anderen begannen miteinander zu reden. Köpfe nickten, und Barrio fragte: »Worüber reden die?«

»Was du ihnen erzählt hast.«

»Glauben sie, was ich gesagt habe?«

»Ja. Mach dir keine Sorgen. Wo auf dem Pier hast du Pembroke an jenem Tag getroffen?«

»Ungefähr in der Mitte.«

»Wenn man aufs Wasser schaut, auf der linken oder rechten Seite?«

»Auf der rechten Seite.«

Nach fünf Minuten schaltete French den Anruf wieder laut. »Danke. Mr. Barrio, gehen Sie das doch bitte noch einmal mit uns durch. Von Anfang an.«

Barrio wiederholte, wie er mit dem Kartell in Kontakt gekommen war, das die Goldminen betrieb, und schließlich Pembroke getroffen hatte. Als er fertig war, sagte French: »Okay, Mr. Barrio, ich glaube, wir haben genug, um Ihnen Immunität zu gewähren und eine Whistleblower-Klage zu verfolgen. Lassen Sie uns besprechen, wie wir weiter vorgehen.«

Wir verabschiedeten uns, und kurz bevor er den Anruf beendete, sagte French: »Frank, ich würde gerne offline mit dir sprechen. Bitte ruf mich an, wenn du Zeit hast, aber gib mir erst ein paar Stunden.«

KAPITEL VIERUNDSECHZIG

»Es wird nicht mehr lange dauern.«

»Bist du sicher, dass sie mir das Whistleblower-Geld beschaffen werden?«

»Das sollten sie.«

»Wenn sie es nicht tun, mache ich bei all dem nicht mit.«

Er steckte zu tief drin, um jetzt noch einen Rückzieher zu machen. »Mach dir keine Sorgen. Falls wir auf ein Problem stoßen, was ich nicht glaube, habe ich noch ein paar Asse im Ärmel.«

»Wirklich?«

»Ja.«

Er atmete aus. »Dadurch fühle ich mich besser. Danke, Mann.«

»Hör zu, pack Klamotten für ein paar Tage ein.«

»Wohin fahren wir?«

»Nicht wir, du. Ich halte es für eine gute Idee, wenn du in einem Hotel unterkommst.«

»Du hast wahrscheinlich recht.«

Die Tatsache, dass er sich nicht gegen die Idee wehrte,

bedeutete, dass das Risiko real war. »Beeil dich. Ich muss quer durch den Bundesstaat fahren, um nach Hause zu kommen.«

Er ging ins Schlafzimmer und kam ein paar Minuten später mit einer Reisetasche wieder heraus.

»Okay. Es gibt ein Westin, das ziemlich nett ist.«

»Was gibt es hier sonst noch in der Nähe?«

»Ein Courtyard und ein Hampton Inn.«

»Nehmen wir das Courtyard. Die haben normalerweise Apartments mit Kochnische.«

»Okay. Los geht's.« Barrio fegte die Tequila-Flasche von der Theke und stopfte sie in seine Tasche.

»Wenn du ein Alkoholproblem hast, ist es besser, du kümmerst dich jetzt darum. Geh in den Entzug, bevor du aussagst.«

»Ich habe kein Problem. Los jetzt.«

Er schien es zu leugnen, aber jetzt war nicht der richtige Zeitpunkt, um darauf einzugehen.

Nachdem ich Barrio am Hotel abgesetzt hatte, fuhr ich auf die Route 75 und rief Mary Ann an.

»Hey, ich wollte dir nur sagen, dass ich auf dem Heimweg bin.«

»Gut. Wie ist es gelaufen?«

Ich brachte sie auf den neuesten Stand, und sie sagte: »Das ist großartig.«

»Ich weiß. Es ist so gut gelaufen, wie ich erwartet hatte, aber ich habe kein gutes Gefühl dabei.«

»Warum? Was ist los?«

»Ich schätze, ich zweifle an dieser ganzen Kronzeugenregelung. Ich meine, Barrio, er hat alle Regeln gebrochen, einen Haufen Geld damit verdient, den Kartellen zu helfen. Und jetzt kommt er nicht nur damit durch, sondern bekommt auch noch so etwas wie fünf Millionen als Belohnung?«

»Ich verstehe, aber so läuft das eben. So haben wir das auch gemacht, als wir beim Sheriff's Department gearbeitet haben.«

»Nur, wenn es absolut notwendig war.«

»Das stimmt, aber Barrio hat seine Frau verloren und wird ins Zeugenschutzprogramm kommen. Er wird seine Mutter nicht sehen können.«

»Ich weiß, aber –«

»Hör zu, du wirst der Geldwäscheoperation einen empfindlichen Schlag versetzen. Das war es doch, was du dir vorgenommen hattest.«

»Du hast recht.«

»Außerdem wirst du einen korrupten Beamten zur Strecke bringen. Das ist eine große Sache, Frank.«

»Es sollte keinen geben, den man zur Strecke bringen muss. Das sind die Vereinigten Staaten, nicht irgendein Dritte-Welt-Land.«

»Du bist unrealistisch, Frank. Wir haben jede Menge Korruption hier in Amerika. Es ist traurig, aber es ist eine Tatsache.«

»Gerade hast du mir ein besseres Gefühl gegeben, und jetzt musst du es wieder ruinieren?«

Sie lachte. »Ich bin froh, dass das hier zu Ende geht. Wenn es noch länger gedauert hätte, hätte es vielleicht Sinn gemacht, sich eine Wohnung in Miami zu nehmen.«

»Es gibt dort viele schöne Ecken. Ich mag die Farbe des Wassers dort. An vielen Stellen sieht es aus wie in der Karibik.«

»Was weißt du schon von der Karibik? Du warst nie dort.«

»Versuchst du, mir noch einen Urlaub anzudrehen?«

»Oh, da wir gerade vom Reisen sprechen, Melissa vom Reisebüro hat gerade ein paar Hotelempfehlungen geschickt. Sie sind wirklich schön, aber nicht billig.«

»Heutzutage ist nichts mehr billig. Wir sehen sie uns an, wenn ich nach Hause komme.«

»Wie lange brauchst du noch?«

»Ungefähr eine Stunde. Ich muss noch in Washington anrufen, also bis gleich.«

Es war fast zwei Stunden her, dass Romney French unsere Videokonferenz mit der Bitte beendet hatte, ihn in ein paar Stunden anzurufen. Ich schaute auf die Meilenmarkierung. Ich war bei 67,1. Ich wartete, bis ich die Markierung für 71 passiert hatte, bevor ich seine Nummer wählte.

»Mr. French, hier ist Frank Luca. Sie haben mich gebeten, Sie anzurufen.«

»Ja. Ja. Übrigens, ich habe gefunden, dass es heute sehr gut gelaufen ist.«

»Finde ich auch, Sir. Er ist der Richtige. Ich hoffe, wir können Pembroke drankriegen.«

»Miriam, die Generalinspekteurin im Finanzministerium, hat bestätigt, dass Pembroke am zwanzigsten September in Miami war.«

»Wow. Also haben wir ihn.«

»Wir werden mehr brauchen. Er kann abstreiten, sich mit Barrio getroffen zu haben.«

»Ich verstehe, und ich arbeite an etwas, das die Sache besiegeln wird.«

»Wissen Sie, George und ich kennen uns schon seit etwa zehn Jahren. Es ist schwer zu sehen, worin er da verwickelt ist.«

»Das ist es ganz sicher.«

»Er hat alles. Seine Familie ist sehr wohlhabend, und er hat einen Job, für den neunundneunzig Prozent der Bevölkerung töten würden.«

»Gier ist ein starker Antrieb.«

»Das ist wahr. Mich würde interessieren: Hat George Sie jemals nach Jay Adams gefragt?«

»Ja, hat er. Ich musste zustimmen, gegen ihn zu ermitteln, damit Pembroke diese Mission genehmigt.«

»Das überrascht mich nicht. George hat einen richtigen Hass auf Adams. George glaubt, er hätte ihn daran gehindert, die Karriereleiter hochzuklettern, und war neidisch auf all den Erfolg, den Adams hatte, nachdem er gegangen war.«

»Er hat gesagt, da sei etwas Krummes im Gange, ähnlich wie bei Madoff.«

»Das mag sein, aber es ist genauso wahrscheinlich, dass George ihm nur Ärger machen wollte. Ich habe ihn früher immer damit aufgezogen, dass er irisches Alzheimer hat, weil er sich nur an Groll erinnert.«

»Wow. Ich weiß nicht, was ich sagen soll.«

»Es gibt nichts zu sagen. Oh, bevor ich es vergesse: Ich wollte Sie wissen lassen, dass ich den Zollkommissar bezüglich des Noble-Metals-Falls kontaktiert habe.«

»Tatsächlich? Was hat er gesagt?«

»Ich habe ihn gebeten, den ursprünglichen Ermittler wieder auf den Fall anzusetzen, und er hat zugestimmt.«

»JD ist wieder dran? Wir müssen vorsichtig sein; sie werden Pembroke einen Tipp geben.«

»Ich hoffe, sie tun es. Wir beobachten Pembroke, und wenn er versucht, sich einzumischen, wird das nur weitere Beweise für den Korruptionsfall gegen ihn liefern.«

»Das ist wahr. Mich würde interessieren: Was haben Sie ihm erzählt?«

»Dass wir in einem Fall von Menschenhandel ermitteln, der den illegalen Goldhandel involviert.«

»Ausgezeichnet. Die Tarnung gefällt mir.«

»Wir hören Pembrokes Telefon ab und verfolgen seine Bewegungen.«

»Danke, Sir.«

»Nein. Sie sind derjenige, der den Dank verdient. Ohne Ihren Instinkt wäre das alles nie ans Licht gekommen.«

Ich konnte die Anerkennung nicht leugnen, und sie tat gut. Ich dankte ihm und legte auf. Als das Gespräch endete, zeigte mein Telefon, das am Armaturenbrett befestigt war, den Startbildschirm an. Das Bild von Jimmy, Stevie und Jessie machte das Hochgefühl von Frenchs Kompliment zunichte.

Wenn der Plan, den Fischer seiner gerechten Strafe zuzuführen, scheiterte, würde dies nicht nur den Erfolg im Geldwäschefall überschatten, sondern mich auch bei lebendigem Leibe auffressen.

KAPITEL FÜNFUNDSECHZIG

Es waren zwei Tage vergangen, seit ich herausgefunden hatte, wer für die Überwachungsanlagen am South Pointe Pier verantwortlich war. Bryan Jordan war der Sicherheitschef des Miami-Dade County Parks and Recreation Department. Er hatte versprochen, das Video vor einem Tag zu schicken, aber ich wartete immer noch. Früh am Morgen hatte ich eine E-Mail geschickt, aber er hatte nicht darauf geantwortet. Normalerweise wäre ich persönlich hingegangen, aber ich flog am Morgen nach Texas.

Ich wählte Jordans Nummer. Eine bekannte Stimme sagte: »Miami-Dade Parks.«

»Spreche ich mit Bryan Jordan?«

»Ja. Wer ist da?«

»Special Agent Luca. Wir haben vor ein paar Tagen über das Überwachungsvideo vom Pier gesprochen.«

»Sicher. Wie geht es Ihnen?«

»Ziemlich gut, aber ich würde mich besser fühlen, wenn Sie mir das Filmmaterial schicken, um das ich gebeten habe.«

»Oh, richtig. Hier war ziemlich viel los, und ich muss sagen, das ist mir entfallen.«

»Ich verstehe, aber das ist wichtig für den Fall, an dem wir arbeiten. Tatsächlich wird es den Fall für uns wahrscheinlich entscheiden.«

»Was für ein Fall?«

»Ich kann nicht darüber reden, aber Sie werden in der Zeitung davon lesen.«

»Wow. Das ist ja cool.«

»Ich verreise in ein paar Stunden wegen einer anderen Ermittlung, und ich muss das hier wirklich abschließen. Können Sie es jetzt schicken?«

»Sie sind Special Agent, also arbeiten Sie an großen Fällen?«

»Ja.«

»Mann, ich würde liebend gern davon hören. Ich stehe total auf True-Crime-Geschichten.«

»Ich sag Ihnen was: Ich bin zweimal im Monat in Miami. Wie wäre es, wenn ich vorbeikomme und wir eines Tages zusammen zu Mittag essen?«

»Oh, Mann, das wäre cool.«

»Ich erzähle Ihnen von einigen der verrückten Fälle, die wir hatten.«

»Ich kann es kaum erwarten.«

»Hören Sie, wie gesagt, ich brauche die Aufnahmen vom Pier vom zwanzigsten September, von sechzehn bis achtzehn Uhr.«

»Ich bin dran. Sie haben es in zehn Minuten.«

Da ich bezweifelte, dass seine Vorstellung von zehn Minuten mit meiner übereinstimmte, machte ich einen weiteren Anruf. Diesmal bei Romney French von der Homeland Security.

»Hallo, Frank, was liegt Ihnen auf dem Herzen?«

»Ich habe gestern Abend die Nachrichten gesehen, und da gab es einen Bericht über den Fall mit der chinesischen Tarnfirma, die ohne Lizenz Hightech-Waren nach China verschifft hat.«

»Crimson Technologies.«

»Ja, genau die.«

»Was ist damit?«

»Nun, ich weiß, wir wollen verhindern, dass sensible Technologien wie die neuen Halbleiter, die für leistungsstarke Computer benötigt werden, in die Hände unserer Feinde fallen.«

»Ja, und das ist ein Grund, warum wir von Exporteuren eine Lizenz verlangen, bevor sie diese verschiffen. Wir wollen sehen, um welches Produkt es sich handelt und wer es bekommt.«

»Das mag albern klingen, aber warum haben wir nicht dasselbe für Importe?«

»Nun, das haben wir. Für bestimmte Waren wie Waffen und einige landwirtschaftliche Produkte sind Lizenzen erforderlich.«

»Ich könnte hier völlig danebenliegen, aber warum könnten wir nicht auch eine für den Import von Gold verlangen? Wir könnten die Zahl der illegalen Lieferungen drastisch senken.«

»Nun, das ist eine Idee. Es gäbe Widerstand von den legitimen Erzeugerländern.«

»Könnte es nicht länderspezifisch sein? Sagen wir zum Beispiel für Peru, Kolumbien und Mexiko?«

»Das ist möglich. Ich müsste darüber nachdenken. Danke, das ist eine gute Idee.«

Anstatt zu fragen, warum der Zoll nicht daran gedacht hatte, bedankte ich mich bei ihm und legte auf.

Mein Posteingang machte »Ping«, und an die E-Mail des Parks war eine MP4-Videodatei angehängt. Ich rückte mit meinem Stuhl näher und machte einen Doppelklick auf den Anhang.

Die Aufnahme war körnig und schwarz-weiß. Ich spulte bis

16:50 Uhr vor und drückte auf Play. Ein ständiger Strom von Touristen und Einheimischen, die die Aussicht vom Pier genossen, betrat und verließ das Bild. Um 16:55 Uhr kam ein Mann mit einer Angelrute und einem Eimer ins Bild.

Er trug eine weiße Baseballkappe, hielt seinen Kopf gesenkt und von der Kamera abgewandt. Das musste Pembroke sein. Er lehnte sich gegen das Geländer und warf seine Angelschnur in die Bucht.

Ich spielte den Abschnitt langsam noch einmal ab. Aber es war unmöglich, einen freien Blick auf sein Gesicht zu erhaschen. Pembroke wusste, dass es Kameras gab, und mied sie. Ich ließ das Video weiterlaufen, und um 17:01 Uhr erschien Barrio auf dem Bildschirm.

Sie schüttelten sich nie die Hände, und Pembroke starrte weiterhin in die Bucht. Der Versuch, von Barrios Lippen zu lesen, war Zeitverschwendung. Das Treffen endete um 17:09 Uhr, nach weniger als acht Minuten. Barrio ging weg, und Pembroke holte seine Schnur ein. Er warf erneut aus und tat fünfzehn Minuten lang so, als würde er angeln.

Er schnappte sich seinen Eimer und bewegte sich etwa sechs Meter weiter den Pier hinunter. Es sah so aus, als würde er sich einen neuen Angelplatz suchen. Nachdem er zweimal ausgeworfen hatte, holte er die Schnur ein und zog seine Kappe tiefer. Er nahm seinen Eimer und ging. Pembroke hielt seinen Kopf gesenkt, während er aus dem Bild ging.

Es war die Mühe nicht wert, andere Kameras zu überprüfen, da Pembroke wusste, wie er der Entdeckung entgehen konnte.

Ich streckte meinen Kopf aus dem Arbeitszimmer. »Mary Ann! Kannst du mal herkommen?«

»Was ist los?«

»Sieh dir das mal an.«

Nachdem ich ihr das Video vorgespielt hatte, sagte ich:

»Wenn du den Kerl, der da angelt, identifizieren müsstest, könntest du das?«

»Nein. Man kann sein Gesicht nicht erkennen.«

»Das ist eine komplette Zeitverschwendung. Das Video ist nutzlos. Dieser Mistkerl Pembroke hält sich für raffiniert.«

»Das war er?«

»Ja, das war, als er Barrio traf, den Kerl, der für Noble Metals gearbeitet hat.«

»Oh, jetzt verstehe ich.«

»Ja, aber wir sind aufgeschmissen. Ich hatte auf das Überwachungsvideo gezählt, um zu beweisen, dass Pembroke Barrio getroffen hat. Jetzt haben wir nichts.«

»Du wirst schon noch was finden. Konzentrier dich jetzt darauf, Jimmys Mörder zu fassen.«

»Ich weiß, aber ich dachte, wir könnten Pembroke drankriegen.«

»Wann fliegst du morgen los?«

»Ich muss bei Sonnenaufgang am Flughafen von Naples sein. French hat gesagt, der Flug nach Texas geht um sechs.«

»Sieh dich an – sie schicken ein Flugzeug für dich.«

Ich wollte ihr nicht sagen, dass der Flug nach Texas der einfache Teil war. Ich scherzte: »Ja, ich bin eine echt große Nummer.«

Nach einem frühen Abendessen sagte ich: »Lass uns einen Spaziergang machen.«

Die Sonne schien, und eine sanfte Brise wehte, als wir auf die Straße traten. Mary Ann wollte nach rechts gehen, und ich sagte: »Nein, lass uns in die andere Richtung gehen.«

Ich hatte Angst, wir würden Connie über den Weg laufen. »Okay.«

Wir winkten ein paar Nachbarn zu, die mit ihren Hunden Gassi gingen, und Mary Ann sagte: »Vielleicht sollten wir uns einen Hund zulegen. Was meinst du?«

»Ich weiß nicht. Das ist eine Menge Arbeit.«

»So schlimm ist es nicht. Es wäre lustig, einen im Haus zu haben.«

»Wenn überhaupt, sollten wir warten, bis wir von unserer Reise zurück sind.«

»Du hast recht. Also bist du einverstanden mit der italienischen Riviera, dem Comer See und Venedig?«

»Ist es das, was du machen willst?«

»Es gibt so viele Orte, die ich sehen möchte. Alle haben gesagt, wir sollten diese Reise machen und die Amalfiküste für ein andermal aufheben.«

»Klingt gut.« Etwa ein Dutzend Häuser weiter ging ein Mann von seiner Auffahrt auf die Straße. Ich zeigte hin. »Sieht aus, als wäre Sal wieder in der Stadt.«

»Ja, das ist er.«

Ich blieb stehen. »Oh, Mann.«

Mary Ann sagte: »Was ist los?«

»Ich hab's.«

»Was? Was hast du?«

»Warte, lass mich das kurz durchdenken.«

Ich lächelte.

»Frank, willst du mir jetzt sagen, was los ist?«

KAPITEL SECHSUNDSECHZIG

Ich riss mir die Turnschuhe von den Füßen, warf sie zur Seite und war schon halb im Haus, als Mary Ann sagte: »Frank, was ist hier los?«

»Gib mir ein bisschen Zeit, und wenn ich recht habe, zeige ich es dir.«

»Und wenn du Unrecht hast?«

Ich schloss die Tür zum Arbeitszimmer und klappte meinen Laptop auf. George Pembroke war eines der hohen Tiere im Finanzministerium. In dieser Funktion hatte er eine ganze Reihe öffentlicher Auftritte.

Ich ging direkt auf YouTube und gab Pembrokes Namen in die Suchleiste ein. Eine lange Liste von Videos füllte den Bildschirm. Ich sortierte mehrere aus, bei denen er hinter einem Rednerpult stand, und klickte auf eines, das ihn bei einer Podiumsdiskussion zeigte.

Fünf leere Stühle waren in einem Halbkreis unter einem großen Schild mit der Aufschrift »Wirtschaft und die entwickelte Welt« aufgereiht. Ich klickte auf Wiedergabe.

Die Teilnehmer wurden einer nach dem anderen angekündigt und gingen zu ihren Stühlen. Ich erkannte Pembroke, nachdem er hinter einem Vorhang hervorgetreten war und zwei Schritte gegangen war.

Ich lächelte, als ich bemerkte, dass Pembroke einen dunklen Anzug und eine gelbe Krawatte trug. Ich spulte zurück und sah es mir noch dreimal an. Es war unverkennbar.

Als Nächstes öffnete ich das Video von Pembrokes Auftritt mit der Finanzministerin. Pembroke stand hinter einem Rednerpult. Er hatte eine Nebenrolle und hielt eine Eröffnungsrede, bevor er die Ministerin vorstellte.

Pembroke ging zur Mitte der Bühne, um seine Chefin zu begrüßen. Was ich sah, war unwiderlegbar.

Ich kopierte die URLs für beide Videos sowie eine MP4-Datei und verschickte sie per E-Mail.

Ich öffnete die Tür des Arbeitszimmers und sagte: »Mary Ann, kannst du mal herkommen?«

»Ich komme ja schon.«

Ich ließ mich in meinen Stuhl fallen, als Mary Ann ins Zimmer kam.

»Komm mal her, ich will dir was zeigen.«

Ich startete das erste YouTube-Video und sagte: »Hier ist Pembroke bei einem Wirtschaftsforum.«

Sie schaute mir über die Schulter. »Okay.«

»Und hier stellt er die Finanzministerin vor. Warte, bis er hingeht, um sie zu begrüßen.«

»Worauf willst du hinaus?«

»Moment.« Ich rief ein MP4-Video auf. »Du erinnerst dich doch, dass ich dir das hier gezeigt habe? Das ist das Überwachungsvideo von Pembroke am South Pointe Pier, als er sich mit Barrio getroffen hat.«

»Ja, daran erinnere ich mich.«

Mein Finger schwebte über der Wiedergabetaste. »Sag mir, wer das deiner Meinung nach ist.«

Ich ließ meinen Finger sinken und spulte vor. Sobald der Mann, der so tat, als würde er angeln, anfing, vom Pier wegzugehen, sagte sie: »Das ist derselbe Mann wie in den anderen Videos. Das ist Pembroke.«

»Ganz genau. Sein Gang passt perfekt.«

»Wie bist du darauf gekommen?«

»Als wir spazieren waren, wusste ich, sobald ich Sal gehen sah, wer es war. Wir beide wussten es. Sein Gang ist wiedererkennbar, genau wie der von Pembroke.«

»Eine Identifizierung anhand des Gangbildes ist aber etwas umstritten.«

»Ja, aber es ist vor Gericht zulässig, und wir haben Barrio, der dabei war und sagt, dass es Pembroke war.«

»Was wirst du tun?«

Ich nahm mein Handy in die Hand. »Ich habe Romney French von der Homeland Security die Videos geschickt. Er muss die Sache von hier aus weiterverfolgen.«

»Viel Glück.«

Ich wählte Frenchs Nummer. Er ging nach dem ersten Klingeln ran. »Frank, ich sehe, du warst fleißig.«

»Ich versuche, die Dinge abzuschließen, bevor ich nach Texas aufbreche.«

»Texas?«

»Wegen eines anderen Falls. Hast du die Videos gesehen?«

»Ja. Man kann deutlich erkennen, dass es George ist.«

»Das wird Barrios Aussage stützen, und mit den Indizien wie Pembrokes Einmischung in den Fall Noble denke ich, dass ihr genug habt, um ihn festzunageln.«

»Es ist an der Zeit, der Staatsanwaltschaft zu zeigen, was wir haben.«

TEIL V

GRENZE ZWISCHEN DEN VEREINIGTEN STAATEN UND MEXIKO

KAPITEL SIEBENUNDSECHZIG

WIR SAßEN AM RANDE EINER START- UND LANDEBAHN, AUS deren Rissen im Asphalt Unkraut wuchs. Auf dem Kopilotensitz sitzend, sagte ich: »Ich kann immer noch nicht glauben, dass du nicht nach Instrumenten geflogen bist.«

»Es ist immer gut, Ersatzinstrumente für den Flug zu haben, besonders wenn das Wetter umschlägt. Aber es war ein kurzer Flug, und wenn man nur auf Sicht fliegt, muss man seine Route und Flughöhe nicht anmelden.«

»Gute Arbeit. Aber ich weiß nicht, ob ich mich auf so engem Raum jemals wohlfühlen würde.«

»Daran gewöhnt man sich.«

»Ich nicht.«

Der Pilot zeigte mit dem Finger. »Sind sie das?«

Ich nahm meine Sonnenbrille ab und blinzelte. »Ja. Wenn du mit ihnen sprichst, behandle sie wie alle anderen Passagiere. Und denk daran, Spanisch zu benutzen.«

Er lächelte. »Ningun problema.«

Ich stand vom Cockpitsitz auf. Geduckt trat ich auf die oberste Stufe der Gangway. Der Captain stand hinter mir.

Ich winkte, als sie näher kamen. »Bienvenido.«

Meine Brust zog sich zusammen, als sie an Bord kletterten. Ich fragte: »Sin equipaje?«

Sie sagten, sie hätten kein Gepäck. Der Captain kehrte ins Cockpit zurück. Ich zog die Gangway hoch und verriegelte die Tür.

Ich bat sie, ihre Sicherheitsgurte anzulegen, und teilte ihnen mit, dass der Flug etwa zwanzig Minuten dauern würde.

Sie lehnten mein Angebot ab, die Toilette zu benutzen, und ich zog mich ins Cockpit zurück. Als ich mich in meinen Sitz setzte, fragte der Pilot: »Alles gut?«

»Ja. Lass uns in die Luft gehen.«

Wir rollten auf die Startbahn. Er nahm den Hörer ab und informierte die Passagiere auf Spanisch, dass wir starten würden.

Die Triebwerke heulten auf, er schob einen Hebel nach vorn, und das Flugzeug beschleunigte. Die Nase hob sich. Als das Ende der Startbahn in Sicht kam, verließen die Räder den Asphalt. Die Triebwerke jaulten, während wir immer höher stiegen.

Ich sagte: »Sag Bescheid, wenn es so weit ist.«

»Wir gehen in einer Minute in den Horizontalflug über. In weniger als fünf Minuten sollten wir die Grenze nach Texas überqueren.«

Während ich zum zwanzigsten Mal durchging, was ich tun würde, zeigte der Pilot nach draußen. »Du kannst loslegen.«

Mit einem tiefen Atemzug löste ich den Sicherheitsgurt. Ich stand auf und klopfte auf die Glock, die in einem Holster an meinem Knöchel steckte. Ich konnte die Passagiere auf Spanisch plaudern hören.

Ich öffnete die Cockpittür und trat in die Kabine. Beide blickten auf. Ich sagte: »Debe usar del bano.«

Ich stützte mich mit einer Hand an der Rückenlehne eines Sitzes ab und erreichte die schmale Toilettentür. Ich zwängte mich in den engen Raum. Ich stieß mir den Kopf am winzigen Waschbecken und zog meine Pistole aus dem Holster.

Ich zählte bis dreißig und betätigte den Hebel, um die Toilette zu spülen. Als das Geräusch verklang, steckte ich die Waffe hinten in meinen Hosenbund. Ich schloss leise die Tür hinter mir und trat in die Kabine. Zwei Reihen vor mir unterhielten sich die Passagiere über den Gang hinweg. Beide Männer blickten zum Heck des Flugzeugs.

Ich lächelte, steckte mein Hemd in die Hose und sie unterhielten sich weiter. Ich trat einen Schritt vor, griff hinter meinen Rücken und zog die Glock heraus. Ich hielt sie an meinem Bein entlang. Ich hob die Waffe. Ich stürzte nach vorn und rammte dem Fisherman den Lauf der Waffe in den Hinterkopf.

Er sagte: »Was zum Teufel?«

»Halt die Klappe! Und Hände hinter den Kopf! Du auch!«

Der Fisherman zögerte.

»Sofort. Hände hoch!«

Acuna starrte geradeaus. Ich sagte: »Du! Hände hoch!«

Ich legte dem Fisherman Handschellen an und tat dasselbe bei Acuna. Ich stieß dem Fisherman die Pistole in den Hinterkopf. »Steh auf.«

Er erhob sich.

Ich trat in den Gang. »Dreh dich um.«

Er wandte sich dem Heck des Flugzeugs zu und sagte: »Was zum Teufel soll das? Du bist tot. Du bist ein toter Wichser.«

»Halt die Klappe.«

Ich durchsuchte ihn und zog sein Hosenbein hoch. Ein Acht-Zoll-Messer steckte in einer Scheide, die an seiner Wade befestigt war. Ich entwaffnete ihn. Die Klinge hatte einen Wellenschliff. War es die, mit der er Jimmy ausgeweidet hatte? Ich griff in die Vordertasche seiner Jeans und zog sein Handy und seine Brieftasche heraus.

Ich setzte ihm die Waffe an den Schädelansatz. »Und jetzt gehst du in die nächste Reihe. Und zwar langsam.«

Leise fluchend bewegte sich der Fisherman. Mit einem zweiten Paar Handschellen fesselte ich die, die er bereits trug, an die Armlehne seines Sitzes. Ich tat so, als würde ich Acuna durchsuchen und ihn an seinem Sitz sichern.

Acuna sagte: »Für wen arbeitest du? Wer auch immer es ist, wir können dir das Doppelte zahlen.«

»Sei still.«

Ich klopfte an die Cockpittür und öffnete sie. »Okay. Bring uns nach Hause.«

Der Fisherman schrie: »Wo zum Teufel bringt ihr uns hin?«

»Sei still.«

»Ist dieser Kerl von der DEA?«

Acuna sagte: »Ich weiß es nicht.«

»Hey, Mann. Wir haben Rechte.«

»Ja, die hast du in der Tat. Du wirst die Gelegenheit bekommen, sie in einem Gerichtssaal geltend zu machen.«

Seine Augen weiteten sich. »Du glaubst, du kannst uns entführen? Wir kriegen dich und deine Familie.«

Ich trat auf ihn zu und fuchtelte ihm mit der Pistole vor dem Gesicht herum. »Halt die Klappe, oder ich kneble dich.«

Nachdem ich seine Handschellen überprüft hatte, setzte ich mich hinter den Fisherman und sah seine Brieftasche durch. Nichts als sein Führerschein und eine Kreditkarte. Ich versuchte, sein Handy zu öffnen, aber es war gesperrt.

Ich stand auf und trat an den Fisherman heran.

Er sagte: »Damit kommst du nicht durch. Wir—«

»Halt die Klappe!«

Ich hielt ihm das Telefon vor das Gesicht. Ich lächelte, als die Gesichtserkennung funktionierte und das Telefon entsperrte sich. Das würde eine Goldgrube an Informationen sein.

Ich eilte zu meinem Sitz und begann zu scrollen. Meine

Hoffnungen schwanden. Die Anrufliste war leer, und es gab keine Textnachrichten.

Ich klickte auf das Kontaktsymbol und murmelte einen Fluch. Es war ebenfalls leer. Die Disziplin von La Familia hatte eine weitere Mauer errichtet, die es zu überwinden galt.

Über die Einstellungen konnte ich sehen, dass sein Anbieter AT&T Mexico war, und die Handynummer ermitteln. Vielleicht konnten wir etwas herausbekommen.

Das Flugzeug landete in Texas. Während wir zu einer Ecke des Flughafens Edinburg rollten, schickte ich eine Nachricht an Bradley und bat ihn, diskret zu prüfen, was wir von AT&T bezüglich der Verbindungsdaten des Fisherman bekommen könnten.

Als wir in der Nähe eines Jets der Homeland Security, der auf uns wartete, zum Stehen kamen, schnallte ich mich ab und ging zum Fisherman. »Emanuel Ruiz, Sie sind wegen des Mordes an Jimmy Pearson verhaftet. Sie haben das Recht zu schweigen. Alles, was Sie sagen, kann und wird vor Gericht gegen Sie verwendet werden. Sie haben das Recht auf einen Anwalt. Wenn Sie sich keinen Anwalt leisten können, wird Ihnen einer gestellt.«

»Hey, Mann, ich hab ein paar heiße Infos für dich, wenn du uns gehen lässt.«

»Sei still!«

Ich wandte mich an Acuna und teilte ihm mit, dass er wegen des Vertriebs illegaler Betäubungsmittel verhaftet sei. Dann las ich ihm seine Miranda-Rechte vor und öffnete die Tür. Ein paar Agenten überwachten die Übergabe beider Gefangener in das schnittige Flugzeug. Sobald sie gesichert waren, nahmen die Beamten und ich unsere Plätze ein.

Acuna versuchte immer wieder, meinen Blick zu treffen, während wir auf dem Weg zum Flughafen Neapel waren. Ich genoss es, ihn nervös zu sehen. Es war das Sahnehäubchen auf der Festnahme des Fisherman.

Der Fisherman drehte sich zu mir um. »Hey, Mann! Ich muss mit dir reden.«

»Heb dir das für den Gerichtssaal auf.«

»Nein, Mann. Das ist eine große Sache. Ich habe Informationen über ein dreckiges Schwein, und der ist ganz weit oben. Er ist derjenige, der mir gesagt hat, ich soll verschwinden.«

Was hatte er? Log er, um sich zu retten? »Warte, bis wir in Neapel landen.«

Das Hochgefühl, Jimmys Mörder gefasst zu haben, fiel in sich zusammen wie ein Luftballon. Wenn er die Wahrheit sagte, konnten wir einen Verräter ausmerzen. Aber auf keinen Fall würde ich zulassen, dass der Fisherman der Gerechtigkeit entkommt.

KAPITEL ACHTUNDSECHZIG

Naples, Florida

Iᴄʜ ᴡᴀʀ ᴠᴏɴ ᴅᴇʀ Rᴇɪsᴇ ᴛᴏᴛᴀʟ ɢᴇʀÄᴅᴇʀᴛ, ᴅᴏᴄʜ ᴍɪᴛ ᴅᴇᴍ Fischer, der mir im Kopf herumspukte, konnte ich kaum schlafen. Ich stand schon lange vor Sonnenaufgang auf. Ich schlich in die Küche.

Die Schiebetür war von der nächtlichen Feuchtigkeit beschlagen. Ich machte mir eine Tasse Kaffee und schaltete mein Handy ein.

Ich hatte eine Nachricht von JD auf der Mailbox. Alles, was sie besagte, war, dass ich ihn anrufen sollte. Es war zehn vor sieben. Ich schickte ihm eine SMS.

Eine Minute später rief er an.

»Hey, Frank. Ich habe gestern Abend versucht, dich anzurufen.«

»Ich weiß. Ich habe schon genug Schlafprobleme, auch ohne dass das Telefon losgeht, also habe ich angefangen, es nachts auszuschalten.«

»Das ist eine gute Idee. Meine Frau lässt ihres immer an und die Benachrichtigungen machen mich wahnsinnig.«

»Was ist los?«

»Wir haben die Ladung gestern Nacht beschlagnahmt. Sie war zu wertvoll und wir konnten nicht riskieren, sie am Dock zu lassen.«

»Das ist gut zu hören.«

»Ich habe auch einen Vermerk im System zu Noble hinterlegt, damit zukünftige Lieferungen genauestens geprüft werden.«

»Man sollte ihnen die Einfuhr komplett verbieten.«

»Auch wenn die Einfuhr ein Privileg und kein Recht ist, ist es ein langer Prozess, einem Importeur die Lizenz zu entziehen, und die Anwaltskanzlei, die sie engagiert haben, ist erstklassig.«

»Verdammte Anwälte.«

»Wir haben für jede der Lieferungen, bei denen die Unterlagen nicht übereinstimmten, Bußgelder und Strafbescheide ausgestellt. Sie haben dreißig Tage Zeit, zu reagieren. Ich bin sicher, sie werden versuchen, die Strafen zu mindern, da sie sich auf den vollen Wert der betreffenden Lieferungen belaufen.«

»Das sollte ihre Aufmerksamkeit erregen, aber ich wünschte, das Geld würde von den Kartellen kommen.«

»Das ist so ziemlich das Beste, was wir tun können.«

»Nun, ich bin froh, dass du so viel tust, wie du kannst. Ich mache mir nur Sorgen, dass die Kartelle eine andere willige Raffinerie finden werden, um ihr schmutziges Spiel zu spielen.«

»Genau, oder dass sie selbst eine Firma gründen.«

Mir wurde flau im Magen. »Weißt du, darüber habe ich noch nie nachgedacht. Wie einfach ist das denn?«

»Zu einfach, wenn du mich fragst. Du musst nicht einmal in den Staaten ansässig sein. Du kannst ein Importeur mit Sitz im Ausland sein.«

»Das ist doch verrückt.«

»Alles, was du brauchst, ist ein Vertreter hier.«

»Wie zum Teufel sollen wir diese Art von Geldwäsche mit solchen Gesetzen aufhalten?«

»Tut mir leid, Kumpel, aber das liegt außerhalb meiner Gehaltsklasse.«

Was war das nur mit diesem Fall? Jedes Plus hatte ein Minus. Wir beschlagnahmten die Lieferung und entzogen dem Kartell etwas Geld, aber das Importverfahren hatte ein riesiges Loch.

Ich war mir sicher, dass die Kartelle eine oder mehrere Firmen gründen würden, um das System auszunutzen. Sie wären uns wieder einen Schritt voraus.

Es war frustrierend. Warum konnte die Regierung nicht so innovativ sein und sich so anpassen wie die Kriminellen? Wir reagierten immer nur.

Ich griff nach meinem Handy und wählte eine Nummer.

»Ministerium für Innere Sicherheit. Wie kann ich Ihnen heute helfen?«

»Romney French. Sagen Sie ihm, es ist Frank Luca.«

»Einen Augenblick, mein Herr.«

Mary Ann kam in die Küche, als French abnahm.

»Frank. Wie geht es Ihnen?«

»Ich weiß, ich sollte mich über den Fall Noble Metals freuen. Sie haben JD wieder darauf angesetzt, und sie haben eine Goldlieferung beschlagnahmt. Und ich weiß das zu schätzen, wirklich.«

»Klingt, als ob da ein ›Aber‹ kommt.«

»Ja. Es scheint für die Kartelle einfach zu sein, eine andere Raffinerie zur Zusammenarbeit zu finden, oder ich habe gehört, dass sie eine eigene Firma für den Import gründen können. Kaum hat man ein Loch gestopft, tut sich ein neues auf.«

»Leute, die bereit sind, Verbrechen zu begehen, finden

endlose Wege, das Gesetz zu umgehen. Ich bin sicher, dessen sind Sie sich bewusst.«

»Das bin ich, aber gibt es nicht irgendetwas, was wir tun könnten? Zum Beispiel Unternehmen dauerhaft sperren oder Goldimporte aus Peru nicht mehr zulassen?«

»Es gäbe Widerstand vom Außenministerium, wenn wir Peru oder auch Kolumbien herauspicken würden.«

»Nun, irgendetwas muss getan werden, sonst wird alles, was wir getan haben, indem wir diese Masche aufgedeckt haben, einfach so weitergehen. Das hier ist nichts als ein kleiner Schluckauf für die Kartelle, und sie werden weiterhin den Regenwald zerstören.«

»Ich wollte ein Memorandum verfassen, um die Überprüfung von Lieferungen aus Peru und Kolumbien zu verschärfen.«

»Das ist gut, aber würden sie es dann nicht einfach über Mexiko abwickeln?«

»Das ist sicherlich eine Möglichkeit, aber es macht es für sie schwieriger und kostspieliger.«

»Ihre Gewinnspannen können das verkraften.«

»Wahrscheinlich, aber es wird sie treffen.«

»Ich weiß alles zu schätzen, was Sie tun. Ich hoffe nur, dass es genug ist.«

»Ich auch. Okay, einen schönen Tag noch.«

Ich ging in die Küche.

Mary Ann sagte: »Du hast mit dem Mann vom Ministerium für Innere Sicherheit gesprochen?«

»Ja, Romney French. Lass dir gesagt sein, da ist ein scheunentorgroßes Loch im Importsystem.«

»Ich glaube, sie verlassen sich darauf, dass die Technik die Dinge löst. Vielleicht kann KI helfen.«

»KI? Das glaube ich nicht. Wir brauchen Personal an den Grenzen und in den Häfen und solide verdeckte Ermittlungen.

Es ist zum Kotzen, wie all die Drogen ins Land kommen und das Geld gewaschen wird. Es ist–«

»Frank. Du redest dich in Rage.«

»Ich rede mich nicht in Rage, ich bin nur frustriert, dass all die Arbeit, die ich investiert habe–«

»Das Hauptziel war doch, Jimmys Mörder zu fassen, richtig?«

»Absolut.«

»Wirst du ihn nicht heute verhören?«

»Doch. Ich fahre in einer Stunde los.«

»Du scheinst nicht begeistert davon zu sein. Früher hast du für solche Tage gelebt.«

»Ich weiß, aber irgendetwas ist mit diesem verdammten Fall.«

»Er ist fast vorbei.«

War es die Tatsache, dass der Fischer behauptete, Dreck über einen korrupten Polizisten zu haben, die mich runterzog? Die Korruption war weiter verbreitet, als ich es mir vorgestellt hatte. Und von wem genau sprach er da?

KAPITEL NEUNUNDSECHZIG

»Danke. Ist der Kaffee hier immer noch so mies?«

Er lachte. »Nichts hat sich geändert.«

»Ich hole mir eine Tasse. Willst du auch eine?«

»Nein, danke.«

Ich ging in die Cafeteria, und alle, einschließlich meines Nachfolgers Donovan, fingen an zu klatschen. Ich blickte hinter mich; niemand war da.

Bis jemand sagte: »Du bist ein harter Hund, Frank«, wurde mir nicht klar, dass der Applaus mir galt.

Ich hob eine Hand und sagte: »Es ist noch nicht vorbei.«

Ich schüttelte mehrere Hände, auch die von Donovan, und schenkte mir eine Tasse verbrannten Kaffees ein.

Donovan trat neben mich. »Gut gemacht, Kumpel. Da du Ruiz hergebracht hast, willst du heute die Befragung machen?«

»Es wäre mir eine Ehre.«

»Die Bühne gehört dir.«

»Danke, und keine Sorge, ich komme nicht wieder.«

Er lachte. »Ruiz und sein arroganter Anwalt sind in Raum eins.«

»Habt ihr die Klimaanlage in dem Raum abgestellt?«

»Was?«

»Nichts. Ich habe früher die Verdächtigen mürbe gemacht, indem ich sie in einem heißen Raum habe warten lassen. Weißt du, das hat mir einen Vorteil verschafft.«

Er sah mich an, als hätte ich mir einen Bikini angezogen.

»Das war ein kleines Spiel, das Derrick und ich früher immer gespielt haben.«

»Okay. Legen wir los.«

Donovan öffnete die Tür zum Vernehmungsraum, und Ruiz und sein Anwalt Bill Rudy lösten ihre kleine Besprechung auf.

Donovan sagte: »Special Agent Frank Luca wird die Befragung durchführen.«

Wir setzten uns ihnen gegenüber an den Metalltisch, und Donovan schaltete das Aufnahmegerät ein. Er trug die Formalitäten für das Protokoll vor und wandte sich dann an mich.

Ich rückte den Ordner zurecht, den ich auf den Tisch gelegt hatte, und sagte: »Mr. Ruiz, als Sie verhaftet wurden, haben Sie behauptet, Informationen über einen korrupten Polizeibeamten zu haben. Bevor wir auf den Mord zu sprechen kommen, der Ihnen zur Last gelegt wird, erzählen Sie uns von dem korrupten Beamten, damit wir feststellen können, ob die Informationen echt sind, und abwägen können, was für einen Deal wir Ihnen im Gegenzug anbieten können.«

Sein Anwalt, Rudy, grinste spöttisch. »Sie haben ernsthafte Probleme mit dem, was auch immer Sie hier versuchen. Fürs Protokoll: Vielleicht liegt es daran, dass Sie im Ruhestand sind, aber so wie das hier läuft, machen Sie ein Angebot, und wir überlegen, ob wir kooperieren, bevor wir Einzelheiten nennen.«

Ich wollte ihm das selbstgefällige Lächeln aus dem Gesicht wischen. »Dies ist kein gewöhnlicher Fall, also werden wir es auf meine Art machen. Ihr Mandant legt offen, was er hat, und wir werden prüfen, ob wir ihm entgegenkommen. Bedenken Sie, dass Mr. Ruiz in ernsthaften Schwierigkeiten steckt.«

»Ihr Fall ist in ernsthafter Gefahr, Mr. Luca.«

»Sparen Sie sich Ihre Angeberei für die Geschworenen auf, Herr Anwalt.«

Rudy schob sich vom Tisch weg und stand auf. »Wir werden diese kleine Farce jetzt beenden.«

»Moment mal. Sie können nicht einfach gehen.«

»Doch, das kann ich. Wir reichen einen Antrag auf Abweisung der Anklage ein.«

»Auf welcher Grundlage? Das wird zu nichts führen.«

»Sie haben Mr. Ruiz unrechtmäßig festgehalten und transportiert. Ihre Handlungen stellen eine Entführung nach Bundesgesetz dar, genauer gesagt, nach dem Mann Act. Sie haben auch mehrere internationale Abkommen gebrochen, aber darüber sehen wir hinweg und werden sogar zustimmen, keine Beschwerde bei der mexikanischen Regierung einzureichen, die den Transport von Personen gegen ihren Willen über eine Grenze als eines der schwersten Verbrechen ansieht, das man begehen kann.«

Ich sah Ruiz an und sagte: »Wie viel zahlen Sie Ihrem Anwalt? Tausend pro Stunde?«

Rudy sagte: »Mein Honorar geht Sie nichts an.«

Ich klappte den Ordner auf, der vor mir lag. »Nun, was auch immer es ist, Mr. Ruiz, Sie bezahlen zu viel.«

Rudy sah auf sein Handy und stand auf. »Ich kann bestätigen, dass der Antrag dem Richter Hollins zugestellt wurde.« Er blickte zu Ruiz. »Wir holen Sie hier in ein paar Stunden raus.«

Ich schob zwei Dokumente über den Tisch. »Hier sind zwei eidesstattliche Erklärungen von Zeugen, die bezeugen, dass Ihr Mandant das Flugzeug, das ihn nach Texas brachte, aus freiem Willen bestiegen hat.«

Ruiz beugte sich vor, sah sich die Dokumente an und

murmelte: »Verdammter Acuna! Was haben Sie ihm gegeben, damit Acuna mich reinreitet?«

Rudy ließ sich wieder auf einen Stuhl nieder. »Mr. Acunas Aussage wird durch den Deal, den Sie ihm gegeben haben, entwertet. Wer ist Paul Gibbons?«

»Der Pilot des Flugzeugs, das Mr. Ruiz freiwillig bestiegen hat. Tut mir leid, Herr Anwalt, das war keine Entführung.«

Ruiz wandte sich an seinen Anwalt. »Bullshit, die haben mir im Flugzeug Handschellen angelegt.«

»Wir waren im amerikanischen Luftraum, der dem US-Recht unterliegt, als Mr. Ruiz festgenommen wurde. Und jetzt sagen Sie Ihrem Klienten, er soll anfangen zu reden.«

Rudy rutschte auf seinem Stuhl hin und her. »Ich hätte gerne ein paar Augenblicke allein mit meinem Mandanten.«

Wir traten in den Flur, und Donovan sagte: »Hast du Rudys Gesicht gesehen, als du ihm die Erklärungen gegeben hast? So ein aufgeblasener Arsch.«

Mein Handy fing an zu vibrieren, als ich sagte: »Ich bin froh, dass ich mich nicht mehr mit Clowns wie ihm herumschlagen muss.«

Es war Bradley. Ich trat einen Schritt beiseite. »Lass mich kurz rangehen.«

Ich schlüpfte in einen leeren Vernehmungsraum. »Hey, Bradley, ich habe nicht viel Zeit. Ich bin mitten in der Befragung des Fisherman. Was gibt's?«

»Deshalb habe ich angerufen. Ich habe ein paar Informationen für dich.«

»Schieß los.«

»Ich habe Ruiz' Telefondaten von AT&T.«

»Irgendwelche Anrufe oder SMS mit Dillon oder jemandem von der DEA?«

»Nein. Aber es gibt einen vom Sheriff's Office in Collier County.«

Ich lehnte mich gegen die Wand. »Willst du mich verarschen?«

»Nein.«

In Gedanken ging ich all die Leute durch, mit denen ich zusammengearbeitet hatte. »Ich traue mich kaum zu fragen: Wer ist es?«

Als Bradley es mir sagte, schnappte ich nach Luft.

KAPITEL SIEBZIG

»Bist du sicher, dass es Sergeant Gesso ist?«

»Ja. Die Unterlagen zeigen, dass Ruiz kurz vor der Razzia einen Anruf von Gessos Handy bekommen hat und einen weiteren, kurz bevor er nach Mexiko abgehauen ist.«

Ich ließ mich auf einen Stuhl fallen. »Das ergibt keinen Sinn.«

»Was meinst du? Gesso ist das Leck.«

»Gibt es sonst nichts?«

»Nichts, was einen Polizeibeamten oder eine Behörde betrifft.«

»Ich glaube das nicht.«

»Du kennst ihn doch gut, oder?«

»Dachte ich zumindest. Hör zu, ich muss los.«

Der Kaffee, den ich getrunken hatte, kam mir wieder hoch. Ich stand auf und schritt im Zimmer auf und ab. Gesso war schon hier gewesen, als ich zur Truppe kam. Wann war er auf die schiefe Bahn geraten?

Ich ging die Hunderten von Fällen durch, die ich bearbeitet hatte, und mir fielen nicht mehr als drei ein, bei denen Gesso versucht hatte, einen Fall einzustellen. Aber man musste ihm zugutehalten, dass diese drei problematisch waren.

Während sich mein Magen umdrehte, wanderten meine Gedanken zu Gessos Reaktion, als ich gefragt hatte, ob wir ein Leck hatten, das eine Razzia in eine Zeitverschwendung verwandelt hatte. Er hatte mir immer wieder gesagt, ich solle mit den Anschuldigungen einen Gang zurückschalten.

Und dann, bei Dillon von der DEA, hatte er mich ebenfalls ermahnt, mich zu mäßigen. Versuchte er, mich von dem Weg abzubringen, den er eingeschlagen hatte?

Es klopfte an der Tür. Ich sprang auf, als Donovan den Kopf hereinsteckte. »Alles in Ordnung bei dir?«

»Ja, ja. Na ja, nicht wirklich.«

»Was ist los?«

»Ach, vergiss es. Mein Magen spielt nur verrückt. Bringen wir das hier hinter uns.«

Donovan drückte auf Aufnahme. Er nannte Uhrzeit, Datum, die Anwesenden und sagte: »Wir setzen die Befragung von Emmanuel Ruiz fort, der von William Rudy vertreten wird.«

Rudy sagte: »Mein Mandant ist an einer Kooperation interessiert, vorausgesetzt, der angebotene Deal ist gut.«

Ich sagte: »Auch wenn es mir schwerfällt, das zu sagen, hat die Staatsanwaltschaft zugestimmt, im Austausch für die Kooperation Ihres Mandanten auf die Todesstrafe zu verzichten.«

»Ich fürchte, das wird nicht reichen. Da müssen Sie schon mehr bieten.«

»Mr. Ruiz hat Jimmy Pearson ermordet und seinen Körper brutal ausgeweidet. Außerdem ist Ihr Mandant Mitglied des Drogenkartells La Familia. Er ist in den Vertrieb und den Handel mit Drogen verwickelt.«

»Wir werden eine Strafmilderung benötigen.«

Eine Mischung aus Galle und Kaffee schoss mir in den Hals.

»Sie wissen doch sicher, dass Gouverneur DeSantis ein neues Drogengesetz unterzeichnet hat. Dieses Gesetz hat die Mindeststrafen für den Handel mit Fentanyl erhöht.«

»Es gibt keine Beweise dafür, dass Mr. Ruiz an … beteiligt war.«

Ich beugte mich vor. »Soll ich Sie in die Leichenhalle bringen? Wollen Sie Autopsieberichte? Was? Was wollen Sie? Wollen Sie mit meinem Nachbarn reden, dessen Sohn an dem Scheißzeug, das Ihr Mandant verkauft, eine Überdosis genommen hat?«

Donovan trat mich unter dem Tisch und sagte: »Sehen Sie, wir können uns nur anhören, was Mr. Ruiz zu sagen hat, und es dann nach oben weiterleiten. Vielleicht erlassen sie ihm ein paar Jahre, aber das ist auch schon alles, also sollten Sie lieber zuschlagen, solange das Angebot noch gilt.«

Dann traf es mich wie ein Schlag: Es hätte Gesso sein können, der Ruiz gesagt hatte, dass Jimmy ihn identifiziert hatte. Ich sprang auf und hielt mir die Hand vor den Mund. »Ich muss kotzen.«

Mein Körper rebellierte und ich rannte zur Toilette.

Ich stürmte durch die Tür und erbrach mich ins Waschbecken.

Als ich dabei war, die Sauerei, die ich angerichtet hatte, aufzuwischen, platzte Donovan herein. »Frank, ist alles in Ordnung?«

»Ich muss mir irgendeinen Virus eingefangen haben oder so. Mein Magen bringt mich um.«

»Keine Sorge, geh nach Hause. Ich beende die Befragung.«

Ich war mir nicht sicher, was schlimmer war: nicht dabei zu sein oder zu hören, was, wie ich wusste, kommen würde. »Kannst du sie verschieben?«

»Ich weiß nicht.«

»Weißt du, vielleicht sollten wir Ruiz gar nichts geben. Scheiß auf ihn, er hat die Todesstrafe verdient.«

»Aber was ist mit den Informationen, die er hat?«

»Können wir dem, was er sagt, wirklich trauen?«

»Wir können es überprüfen.«

»Wenn du es verschieben könntest, wäre ich dir dankbar. Mein Magen rumort, ich muss nach Hause.«

———

MARY ANN WISCHTE die Gartenmöbel ab. Ich holte einen gefrorenen Bagel aus dem Gefrierschrank und legte ihn in die Mikrowelle. Ich aß die Hälfte davon, bevor ich den Kopf durch die Schiebetür steckte. »Mary Ann, komm rein, ich muss mit dir reden.«

Sie kam herein, als ich mir den Rest des Bagels in den Mund stopfte.

»Wie ist es mit Ruiz gelaufen?«

»Das wirst du nicht glauben, aber Gesso war das Leck.«

»Was? Ruiz hat es dem Sarge angehängt?«

»Bradley hat die Telefondaten von Ruiz besorgt, und es gibt zwei Anrufe von Gesso, einen kurz vor der Razzia und den anderen, nachdem ich ihnen gesagt hatte, dass es Ruiz war, der Jimmy getötet hatte.«

»Oh mein Gott. Ich kann es nicht fassen.«

»Alles ist total im Arsch. Ich weiß nicht, was ich tun soll.«

»Was ist während des Verhörs passiert?«

Ich erzählte ihr, dass ich mich übergeben hatte. Nachdem ich ihr versichert hatte, dass es mir gut ging, sagte ich: »Was soll ich tun?«

»Was willst du denn tun?«

»Gesso den verdammten Hals umdrehen. Ich kann einfach nicht glauben, dass er mich und Jimmy, einfach alle, verraten hat.«

Sie nahm meine Hände. »Du bist wütend und hast jedes

Recht dazu. Warum sprichst du nicht mit Gesso? Hör dir an, was er zu sagen hat, bevor die Sache eskaliert.«

»Glaubst du, es könnte einen plausiblen Grund für die Anrufe geben?«

Sie runzelte die Stirn. »Angesichts dessen, was du über den Zeitpunkt der Anrufe gesagt hast, nein.«

Ich schüttelte den Kopf. »Ich muss mit ihm reden.«

»Gut, aber versprich mir, dass du nicht durchdrehst, okay?«

»Werde ich nicht.«

Ich zog mein Handy heraus und wählte die Handynummer des Mannes, den ich zwanzig Jahre lang Sarge genannt hatte.

»Frank?«

»Triff mich in Bayfront am Jachthafen.«

»Wann?«

»Jetzt.«

»Ich habe eine Besprechung ...«

»Ich habe jetzt gesagt!«

»Ich verstehe nicht, Frank. Was ist los?«

»Nein, ich bin derjenige, der nicht versteht, was zum Teufel hier los ist, also sei in fünfzehn Minuten da.«

»Okay.«

Ich schob das Handy in meine Hosentasche und Mary Ann sagte: »Du hast gesagt, du würdest nicht durchdrehen.«

Auf dem Weg zur Garage sagte ich: »Ich musste sicherstellen, dass er sich jetzt mit mir trifft.«

KAPITEL EINUNDSIEBZIG

Iᴄʜ ᴍᴜsᴛᴇʀᴛᴇ ᴅɪᴇ Gᴇɢᴇɴᴅ ᴜɴᴅ sᴀʜ, ᴡɪᴇ Gᴇssᴏ ᴀᴜs sᴇɪɴᴇᴍ Wagen stieg. Er überblickte das Hafengebiet und nickte, als er mich entdeckte.

Er bewegte sich langsamer als sonst. Wusste er, dass ich von ihm und Ruiz erfahren hatte?

Als er ein paar Schritte entfernt war, sagte er: »Was ist so dringend?«

Innerlich kochend starrte ich ihn an.

Gesso trat neben mich und sagte: »Wirst du noch was sagen oder –«

»Wie zum Teufel kannst du mit dir selbst leben?«

»Wovon redest du?«

»Wie viel hat Ruiz dir bezahlt?«

Gessos Gesicht verfinsterte sich. »Ruiz?«

»Ja, Ruiz. Du hast ihm einen Tipp über die Razzia gegeben und ihm dann gesagt, dass wir ihm wegen Jimmys Mord auf den Fersen waren. Wie viel war es wert, die Gemeinschaft, die Truppe, alles, wofür wir stehen, zu verraten – wie viel war es wert?«

Er blickte auf seine Schuhe. »Ich habe Scheiße gebaut. So richtig.«

Voller Verachtung sagte ich: »Das ist noch untertrieben. Wann hat der Scheiß angefangen?«

»Vor einem Jahr. Ich dachte mir, ich stehe kurz vor der Pensionierung, und das Leben ist heutzutage so teuer.«

»Warum hast du dann nicht angefangen, an irgendeiner Ecke Drogen zu verkaufen?«

»Sei nicht lächerlich.«

»Da gibt es keinen Unterschied zu dem, was du getan hast.«

»Komm schon, natürlich gibt es einen.«

»Du hast ihnen geholfen. Sie vergiften unsere Kinder, und du hast ihnen geholfen. Ich kann nicht fassen, dass wir überhaupt darüber reden. Du hast geholfen, Jimmy zu töten.«

»Moment mal. Ich habe ihm nur gesagt, wann eine Razzia stattfindet. Das war harmlos. Diese Dealer bauen sich am nächsten Tag einfach woanders wieder auf.«

»Jimmy ist deinetwegen tot. Ich kann nicht glauben, dass du ihn verraten hast.«

»Ich schwöre, das habe ich nicht. Ich habe den Namen des Jungen nie erwähnt.«

»Quatsch! Wie zum Teufel hat Ruiz es dann herausgefunden?«

»Nicht von mir, aber es war im Umlauf. Ich bin mir ziemlich sicher, dass Pearson seinen Freunden erzählt hat, dass er es dir gesagt hat.«

»Was? Der Junge hatte eine Heidenangst.«

»Was soll ich dir sagen? Nachdem du uns erzählt hattest, dass er dabei war, als sie den Kauf getätigt haben, haben wir ein paar andere Jungs noch mal befragt, und zwei von ihnen haben gewusst, dass Pearson dir gesagt hatte, dass es Ruiz war.«

Obwohl Jimmy Angst hatte, konnte die Macht eines Geheimnisses ihm zum Verhängnis geworden sein. »Ich weiß nicht, ob ich dir das abkaufe. Aber so oder so, abgesehen von dem Tipp für die Razzia, hast du einem Mörder geholfen zu entkommen.«

»So war es nicht. Ich habe ihm gesagt, er soll sich stellen, oder er würde umgebracht werden.«

»Und das soll ich dir glauben?«

»Es ist so passiert. Ich habe das mit der Razzia getan, aber ich würde niemals einen Mörder davonkommen lassen. Ich hatte keine Ahnung, dass er fliehen würde.«

»Ach, komm. Du hättest wissen müssen, dass er sich aus dem Staub machen würde.«

»Ich dachte wirklich, ich könnte ihn für dich reinbringen.«

»Also hast du mir jetzt einen Gefallen getan?«

»Nein. Ruiz schien mir zu vertrauen.«

»Dir vertrauen? Hast du den Verstand verloren? Ruiz ist ein kaltblütiger Mörder.«

»Das wusste ich nicht. Ich kannte ihn nur als einen kleinen Dealer.«

»Ich wusste es nicht, ich schwöre es.«

»Tja, das hättest du wissen sollen, besonders wenn du ihnen schon hilfst.«

»Du musst mir glauben. Ich würde niemals einem Mörder helfen. Ich habe es mit der Razzia wirklich vermasselt, aber das war alles.«

»Du hast es nicht nur vermasselt, du hast deine gesamte Karriere und deinen Ruf zum Fenster rausgeworfen.«

»Was, glaubst du, wird passieren? Ich kann nicht ins Gefängnis gehen. Die bringen mich innerhalb einer Woche um.«

»Daran hättest du denken sollen, bevor du deine Seele verkauft hast.«

»Frank, gibt es irgendetwas, was du für mich tun kannst?«

»Du bist ja einer.«

»Um der alten Zeiten willen, Frank. Bitte, Marilyn wird daran zerbrechen.«

»Reich dein Abschiedsgesuch ein.«

»Jetzt?«

»Ja.«

»Aber ich habe nur noch sieben Monate bis zur vollen Pensionierung.«

»Pech gehabt. Hau jetzt ab und besorg dir einen guten Anwalt. Den wirst du brauchen.«

»Wirst du jemandem erzählen, dass wir gesprochen haben?«

»Ich habe mich noch nicht entschieden.«

»Frank, bitte. Ich flehe dich an.«

Ich drehte mich um und ging weg.

———

ICH MUSSTE mit jemand anderem sprechen. Derrick war ein Polizist gewesen, und das beeinflusste die Sache.

Dr. Bilotti arbeitete eng mit den Strafverfolgungsbehörden zusammen, war aber nicht Teil der Truppe. Er war auch älter und hatte sich als weise erwiesen. Ich rief ihn an und er willigte ein, sich mit mir zu treffen.

Bilotti wartete vor dem flachen Gebäude des Gerichtsmediziners auf mich.

»Wollen Sie in meinem Büro reden?«

In seinem Büro war es immer kalt. »Warum setzen wir uns nicht da drüben hin?« Ich zeigte auf eine Bank im Schatten.

»Sicher.«

Bei der Bank roch es nach Zigaretten. Bevor ich mich setzte, sagte ich: »Was ich Ihnen gleich erzählen werde, ist vertraulich.«

»Ich verstehe.«

Ich holte tief Luft und sagte: »Gesso ist korrupt. Ich weiß nicht, wie schlimm, aber er hat definitiv den Dealer gewarnt, der den Jungen meiner Nachbarin getötet hat.«

»Donnerwetter, damit habe ich nie gerechnet. Sind Sie sich da sicher?«

»Ja. Wir haben zwei Telefonate zwischen Ruiz und Gesso. Eins kurz vor der Razzia und das andere, bevor er sich aus dem Staub gemacht hat. Ich habe mit Gesso gesprochen, er hat das erste bezüglich der Razzia zugegeben, behauptet aber, er habe versucht, Ruiz zu überreden, sich zu stellen.«

»Weiß noch jemand davon?«

»Noch nicht. Wir waren dabei, Ruiz zu verhören, und es wäre herausgekommen, weil er das, was er über einen korrupten Polizisten wusste, gegen Strafmilderung eintauschen wollte, aber mir wurde schlecht und wir haben das Verhör verschoben.«

»Und Sie möchten einen Rat, was Sie tun sollen?«

»Ja. Ich weiß, ich bringe Sie in eine Zwickmühle, aber es ist ...«

»Natürlich ist es verwirrend. Sie haben jahrelang an der Seite von Sergeant Gesso gearbeitet und hatten ein ausgezeichnetes Verhältnis zu ihm.«

»Er hat Mary Ann und mich zusammengebracht, weil er gedacht hat, wir würden ein nettes Paar abgeben.«

»Ich erinnere mich, dass Sie das erwähnt haben. Da hatte er recht.«

Ich nickte. »Es ist schwer, das alles zu verarbeiten.«

»Was haben Sie gesagt, als Sie ihn konfrontiert haben?«

»Ich habe ihm gesagt, er soll sofort in den Ruhestand gehen.«

»Sie sind im Zwiespalt, ob Sie sich daran beteiligen sollen, all das ans Tageslicht zu bringen?«

»Ja. Ich meine, wenn er wirklich versucht hat, Ruiz dazu zu bringen, sich zu stellen, ist das eine ganz andere Sache. Ich meine, ich verzeihe ihm nicht, dass er die Razzia verraten hat. Das war ein Verstoß gegen alles, wofür wir stehen. Und er hat gesagt, er war nicht derjenige, der Ruiz gesagt hat, dass Jimmy ihn als den Dealer identifiziert hatte.«

»Glauben Sie ihm das?«

»Irgendwie schon.«

»Können Sie eine Verbindung von der Razzia zum Mord herstellen?«

»Nicht direkt, aber wenn die Razzia erfolgreich gewesen wäre, hätten wir Glück gehabt und Ruiz verhaften können. Jimmy hat uns gesagt, dass Ruiz derjenige war, der Steve die Drogen verkauft hat, als er die Überdosis hatte.«

»Sie sind wütend auf Gesso, aber gleichzeitig hindert Sie Ihre Beziehung zu ihm daran, gegen ihn vorzugehen, richtig?«

Ich nickte. »Ich habe das Gefühl, ich sollte es tun, aber wenn das eine einmalige Sache war und er wirklich versucht hat, Ruiz zu überführen, sollte dann alles, was er in seiner Karriere geleistet hat, den Bach runtergehen? Mindestens die Hälfte von mir sagt ja. Was soll ich tun?«

»Bedenkt man, dass Sie nicht mehr Teil des Sheriff's Office sind, sind Sie zu nichts verpflichtet. Sie haben gesagt, Ruiz wollte das, was er über Gesso weiß, für einen Deal irgendeiner Art eintauschen, richtig?«

»Ja.«

»Dann wird es sowieso herauskommen. Gesso wird sich für was auch immer er getan hat verteidigen und die Konsequenzen tragen müssen. Sie müssen nicht involviert sein und unter irgendwelchen Schuldgefühlen leiden, wenn Sie sich beteiligen.«

»Also einfach weggehen?«

»Warum nicht? Sie müssen nicht aus nächster Nähe mitansehen, wie ein Mann ruiniert wird. Sie haben Ihren Teil getan, indem Sie ihn festgenommen haben. Das hat Sie schon genug mitgenommen, nicht wahr?«

»Das hat es ganz sicher, und Mary Ann wäre froh, wenn es vorbei wäre.«

»Also, das ist es. Lassen Sie Donovan das von hier an regeln, und Sie kehren in Ihren Ruhestand zurück. Machen Sie die Reise, die Sie Ihrer Frau versprochen haben.«

Bilotti hatte recht. Es war schon schmerzhaft genug zu wissen, was Gesso getan hatte. Er würde in den Ruhestand gehen und sich den Anklagen stellen, die gegen ihn erhoben würden.

KAPITEL ZWEIUNDSIEBZIG

MEIN HANDY VIBRIERTE. ES WAR DERRICK.

»Hey, Frank. Hast du es schon gehört?«

»Was gehört?«

»Gesso hat seine Papiere eingereicht und ist in den vorzeitigen Ruhestand gegangen.«

»Hat er das?«

»Ja, irgendetwas daran ist seltsam. Er hätte nicht mal mehr ein Jahr gehabt.«

Ich zögerte, bevor ich sagte: »Also, von mir hast du das nicht, aber es gab Gerüchte, dass er eine Grenze überschritten haben könnte.«

»Welche Grenze? Was weißt du?«

»Ich habe gehört, dass es etwas mit dem Fisherman und dem Tipp bezüglich der Razzia zu tun hat.«

»Heilige Scheiße. Und du hast gedacht, es wäre der Kerl von der DEA, Dillon.«

»Häng das nicht an die große Glocke. Im Moment sind das alles nur Spekulationen.«

»Du bist doch involviert, du kriegst die Infos aus erster Hand.«

»Nicht mehr. Ich habe meinen Teil getan und Ruiz geschnappt, und damit bin ich durch.«

»Wirklich?«

»Ja. Ich habe getan, was ich mir vorgenommen hatte, und mehr werde ich auch nicht tun.«

»Wie viel hast du dafür bekommen, dass du den Fisherman geschnappt hast?«

»Nichts als Genugtuung. Ich würde für Jimmys Mord keinen Cent annehmen.«

»Aber was ist mit dem Fall mit der Goldwäsche? Da musst du doch fett abkassiert haben.«

»Ich habe mich nicht zu beklagen.«

»Du wirst es mir also nicht verraten?«

»Warum? Du hattest doch jede Gelegenheit, mitzumachen.«

»Komm schon, gib mir eine ungefähre Vorstellung, damit ich weiß, was ich verpasst habe.«

»Zehn Millionen.«

»Wow. Das ist keine schlechte Ausbeute.«

»Die Hälfte geht an den Fonds für gefallene Beamte, und den Rest legen wir in einem Treuhandfonds für Jessie an.«

Mein Handy vibrierte. »Derrick, ich muss auflegen, der Typ vom Heimatschutz ruft an.«

»Mr. French, wie geht es Ihnen?«

»Gut, Frank, und Ihnen?«

»Alles bestens. Was gibt's Neues?«

»Ich wollte Sie über den Fall Noble Metals auf den neuesten Stand bringen.«

»Ich habe mich schon gefragt, wie da der Stand der Dinge ist.«

»Es scheint, als wäre der Versuch, die Medina-Brüder strafrechtlich zu belangen, eine zu große Hürde. Barrio ist nicht der glaubwürdigste Zeuge, und er ist der Einzige, der behauptet, die Eigentümer hätten gewusst, dass das Gold illegal abgebaut wurde. Keiner der beiden Brüder ist nach Peru gereist, und keiner hat direkten Kontakt zu den Verkäufern gehabt.«

»Verdammt. Was wird also unternommen?«

»Ein paar Dinge, zusätzlich zu einigen saftigen Geldstrafen. Zum einen wollen wir sicherstellen, dass der Rest der Raffineriebranche von den Schwierigkeiten erfährt, in die sich Noble selbst gebracht hat. Um das zu erreichen, haben die Medina-Brüder zugestimmt, eine fünfjährige Werbekampagne zu finanzieren, um die Botschaft in den wichtigsten Publikationen der Branche zu verbreiten.«

»Ich hoffe, das ist wirksam, aber Gier ist mächtig.«

»Das ist sie, und dank Ihrer Idee werden wir für Goldimporte aus Peru und Kolumbien Einfuhrlizenzen verlangen.«

»Werden Sie?«

»Ja, es wird nicht perfekt sein, aber das Verfahren sollte den Fluss von illegalem Gold in die Staaten eindämmen.«

Nachdem ich das Gespräch beendet hatte, ging ich in die Küche. Mary Ann sagte: »Du warst heute Morgen aber beschäftigt.«

»Es spricht sich herum, dass Gesso in den Ruhestand geht.«

»Ich habe gerade gedacht, dass es ziemlich ruhig um das ist, was er getan hat.«

»Das kann man nicht geheim halten. Es wird herauskommen; es ist nur die Frage, wie schlimm es wird, falls Ruiz nicht aussagt, dass Gesso versucht hat, ihn zur Aufgabe zu überreden.«

»Trotzdem ist es nicht gut, dass er mit ihm geredet hat, während Ruiz der Hauptverdächtige war.«

Ich atmete aus. »Das ist es ganz sicher nicht. Ich komme einfach nicht damit klar, was er getan hat.«

»Marilyn tut mir leid.«

Ich wusste nicht, ob das, was ich für Gesso empfand, Wut oder Traurigkeit war. Wir hatten überlegt, ihn zu fragen, ob er Jessies Patenonkel sein wollte.

Gesso hatte Mary Ann und mich als Partner zusammengebracht, weil er dachte, wir würden romantisch gesehen gut zusammenpassen. Dafür stand ich für den Rest meines Lebens in seiner Schuld.

Mein Handy klingelte. Es war keine wiedererkennbare Nummer, aber sie hatte die 202-Vorwahl von Washington, D.C.

»Hallo?«

»Mr. Luca, hier ist Jack Pierce, vom DEA-Hauptquartier.«

Ein Bild des übergewichtigen Analysten, den ich bei meiner Ankunft in Washington getroffen hatte, schoss mir in den Kopf. »Oh, hallo. Was gibt's?«

»Ich habe gedacht, wir schulden Ihnen ein Update. Passt es Ihnen gerade?«

»Sicher. Ein Update zu was?«

»Zum La-Familia-Kartell. Wir konnten den beiden Mitgliedern, die Sie in Schutzhaft gebracht haben, sehr wertvolle Informationen entlocken.«

»Javier White und Ernesto Carmen?«

»Ja. White hat gute Informationen über die Geldflüsse und Geldwäscheaktivitäten geliefert, und Carmen hat die Lücken in ihrem Vertriebsnetz und bezüglich Mitgliedern in den Vereinigten Staaten gefüllt.«

»Ich hoffe, sie haben genug geliefert, um das Zeugenschutzprogramm zu rechtfertigen.«

»Wir stehen noch am Anfang, aber wir werden in den nächsten Monaten Verhaftungen vornehmen, und ihre Aussagen werden entscheidend sein. Oh, und Whites Bruder Tonino hat für Javiers Kooperation mit seinem Leben bezahlt; seine Leiche wurde vor ein paar Tagen gefunden.«

»Mein Mitleid mit diesen Leuten hält sich in Grenzen.«

»Ich verstehe Sie. Wissen Sie, ich muss sagen, als Sie mich in Washington besucht haben, habe ich Sie nicht ernst genommen. Ich weiß, Sie haben eine Karriere in der Strafverfolgung gehabt, aber diese Kartelle sind eine andere Hausnummer, und ich habe eine ganze Wagenladung von Beamten gesehen, die versucht haben, etwas zu bewirken, aber Sie sind der Einzige, der etwas erreicht hat.«

»Meine Mutter hat mich dazu erzogen, zu meinem Wort zu stehen.«

»Sie hat verdammt gute Arbeit geleistet.«

»Danke. Machen Sie es gut.«

Mary Ann sagte: »Wer war das?«

Ich klärte sie auf und schloss mit den Worten: »Er sagte, ich hätte ihm das Gegenteil bewiesen und geschafft, was kein anderer konnte.«

Sie sagte: »Steigt dir hoffentlich nicht zu Kopf.«

Mary Ann musste sich keine Sorgen machen; jeder Erfolg, den ich hatte, war bereits durch den Verlust von Steve und Jimmy getrübt. Und jetzt, wegen dessen, was ich aufgedeckt hatte, gab es noch Gessos Fall.

KAPITEL DREIUNDSIEBZIG

Sie kam mit einem Geschirrtuch in der Hand herein. »Wann kommt es denn?«

»French hat gesagt, es wird die Topmeldung sein.«

Die Nachrichtensprecherin, die ein hellblaues Kleid trug, lächelte und begrüßte die Zuschauer zur Sechs-Uhr-Sendung.

»Heute Abend beginnen wir mit einer Geschichte aus Washington, die uns nur allzu bekannt vorkommt.«

An ihrer Stelle erschien auf dem Bildschirm ein Bild von Pembroke, wie er aus dem Finanzministerium geführt wurde. Sein Sakko lag über seinen Händen in Handschellen.

»George Pembroke, einer der ranghöchsten Mitarbeiter des Finanzministeriums, wurde heute Nachmittag verhaftet. Herrn Pembroke wird vorgeworfen, an einer internationalen Machenschaft beteiligt gewesen zu sein, die ein mexikanisches Kartell involvierte, das illegalen Goldbergbau betrieb. Die Machenschaft umfasste den Transport von Rohgold zu einer Raffinerie in Miami, um die Erlöse aus Drogengeschäften zu waschen. Es wird behauptet, dass Herr Pembroke den Verkauf des raffinierten Goldes an die US-Regierung im Austausch für einen prozentualen Anteil an den Erlösen arrangiert hat.«

Mary Ann sagte: »Ich hoffe, er kriegt fünfzig Jahre.«

»Er wird wahrscheinlich einen Deal aushandeln, besonders wenn er viel über das La-Familia-Kartell weiß.«

»Er müsste ins Zeugenschutzprogramm.«

»Seine Familie steht sehr im Licht der Öffentlichkeit. Das wird nicht einfach, aber es ist entweder das oder eine lange Zeit im Gefängnis.«

»Ich kann nicht glauben, dass er ein so großes Risiko eingegangen ist und dich die ganze Sache hat verfolgen lassen.«

»Pembroke war von seinem Hass auf Adams verblendet. Er hat mir zwar nur Lippenbekenntnisse gegeben, dass ich hinter dem Geld her sein soll, aber Pembroke hat mich nie respektiert. Ich war praktisch für ihn ein Außenseiter mit nachweislichen Erfolgen.«

»Das war eine gute Tarnung.«

Ich nickte. »Aber er hat einen Fehler gemacht, als er dachte, er könne mich kontrollieren. Romney hat gesagt, Pembroke hat ihm erzählt, er hätte erwartet, dass ich die Jagd aufgebe, und, nicht zu vergessen, er hat Sears versuchen lassen, uns lahmzulegen, als wir der Spur des Geldes bis nach Peru gefolgt sind.«

»Und er hat sich eingemischt, als du die Raffinerie untersucht hast.«

»Genau. Letzten Endes ist Pembroke wie viele kluge, erfolgreiche Leute; sie denken, sie können eine Ermittlung kontrollieren.«

Dass Pembroke ins Gefängnis ging, störte mich nicht im Geringsten. Seine Art von Verbrechen war gefährlicher als die Straßenkriminalität. Er konnte im Gefängnis verrotten, aber bei Gesso und der Möglichkeit, dass er hinter Gitter kommen würde, war ich hin- und hergerissen. Es war unmöglich zu verstehen, warum er etwas so Dummes getan hatte.

———

MINDESTENS ZUM FÜNFTEN Mal sahen wir uns *Die üblichen Verdächtigen* an. Als der Abspann zu laufen begann, griff ich nach der Fernbedienung. »Lass uns ins Bett gehen.«

»Warte. Ich will den Wetterbericht sehen. Connie hat gesagt, es kommt ein Tropensturm auf uns zu.«

»Davon habe ich nichts gehört.«

»Das hat sie gesagt.«

Während ich auf WINK News umschaltete, sagte ich: »Sag ihr, sie soll nicht so viel fernsehen.«

Nach einem Beitrag über das Filmfestival in Naples erschien der Wetterfrosch Matt Devitt. Er stand neben einer bunten Karte. »Jeder fragt sich, was sich da in der Karibik zusammenbraut. Wird es uns betreffen? Bleiben Sie dran – die aktuellen Modelle und unsere Vorhersagen kommen gleich.«

Ich sagte: »Es ist zu spät in der Saison für etwas Ernstes. Der Golf kühlt sich ab.«

»Ist wahrscheinlich nur Panikmache.«

Der Nachrichtensprecher erschien auf dem Bildschirm. »Wir bringen Ihnen eine Exklusivmeldung von WINK News. Quellen informieren uns, dass ein hochrangiges Mitglied des Collier County Sheriff's Office im Zusammenhang mit einer möglichen Zusammenarbeit mit einem Drogenring in Südwest-Florida befragt wurde.«

»Es wird angenommen, dass es sich bei der Person um Sergeant Vincent Gesso handelt, der seit vierundzwanzig Jahren im Dienst ist. WINK News hat versucht, eine Stellungnahme von Herrn Gesso zu erhalten, aber er hat abgelehnt.«

Ein Video wurde abgespielt, das zeigte, wie Sergeant Gesso und seine Frau auf dem Parkplatz der Coastland Mall von Reportern verfolgt wurden.

Mit einem Mikrofon in der Hand fragte eine Reporterin: »Herr Gesso, warum sind Sie vorzeitig in den Ruhestand gegangen? Hängt das mit den Gerüchten zusammen, dass Sie kurz vor einer Anklage stehen?«

»Kein Kommentar.«

Gessos Frau, die den Kopf gesenkt hielt, fauchte: »Lassen Sie uns in Ruhe!«

Der Nachrichtensprecher sagte: »Wir haben das Sheriff's Department um eine Stellungnahme zu den Vorwürfen gebeten.«

Mary Ann sagte: »Oh mein Gott. Ich kann nicht glauben, dass das passiert.«

»Er hat es sich selbst zuzuschreiben, aber das zu sehen, macht mich krank.«

Der Nachrichtensprecher spielte die Aufnahmen von Gesso erneut ab. »Wir werden Sie über die Entwicklung dieser Geschichte auf dem Laufenden halten. Und jetzt wollen wir herausfinden, was Matt uns über eine Störung sagen kann, die auf uns zukommen könnte.«

Da in meinem Kopf bereits ein Sturm tobte, war ein tropischer Sturm, Hunderte von Meilen entfernt, unbedeutend.

Ich warf die Fernbedienung auf die Couch. »Ich gehe Zähne putzen.«

Als ich in dieser Nacht im Bett lag, ging ich den Mord- und Geldwäschefall durch. Er war ein Erfolg, aber ein bittersüßer. Steve und Jimmy waren tot, und Gesso, ein guter Freund, war zum Kollateralschaden geworden.

Im Wissen, dass der Stachel niemals verschwinden würde, wälzte ich zwei offene Fragen in meinem Kopf hin und her. Ich wusste, ich musste mich um die eine kümmern und würde es am Morgen tun.

———

WÄHREND ICH MEINE TASSE AUSSPÜLTE, sagte Mary Ann: »Vergiss nicht, Melissa kommt um neun.«

»Wer?«

»Die Reisebüroangestellte. Sie will eine **Menge Material** über Touren vorbeibringen, die wir uns ansehen **können.«**

Ich wollte nicht zu viele Kirchen sehen, **sagte aber:** »Was auch immer du entscheidest, ich bin damit einverstanden.«

»Nein, Frank. Wir machen das zusammen. **Ich will nicht,** dass du dich beschwerst.«

»Ich? Mich beschweren?«

»Genau, erinnerst du dich an Rom? Du hast **die ganze Zeit** gestöhnt, weil wir in zu viele Kirchen gegangen sind.«

Sie konnte wirklich meine Gedanken lesen. »Dort **gibt es in** jeder Straße eine.«

»So ist das nun mal in Europa.«

Auf dem Weg ins Arbeitszimmer sagte ich: »Ich **muss einen** Anruf machen.«

Ich setzte mich hinter meinen Schreibtisch **und starrte auf** mein Handy. Ich wollte das Bild auf dem Startbildschirm von Jimmy, Steve und Jessie ändern, zögerte aber. Es **fühlte sich** respektlos an.

Diesen Anruf zu tätigen sollte einfach sein, **aber ich hatte** mein Wort gegeben und brach es nicht leichtfertig. Aber wie bei allem in diesem Fall gab es zwei Seiten der **Medaille.**

Ich rief Dillons Nummer auf und tätigte **einen Anruf beim** DEA-Büro in Fort Myers.

»Frank, wie geht's? Hey, ich habe das mit **Gesso gehört.«**

»Ja, wir werden sehen, wie schlimm es ist.«

»Verdammte Schande. Wer hätte gedacht, dass ›der‹ Sergeant von Collier County bestechlich war?«

Ich wusste, dass er mir nur etwas von dem **Scheiß** zurückgab, den ich ihm wegen der Korruption bei **der DEA erzählt** hatte. »Glaub mir, ich erhole mich immer noch **davon.«**

»Ich bin sicher, das ist nicht der Grund, **warum du anrufst.«**

»Nein. Ich wollte dir ein paar Insiderinformationen über einen großen Drogenhändler geben.«

»Ich bin ganz Ohr.«

»Farro Acuna, alias Cherdo. Er war entscheidend dabei, mir zu helfen, den Fisherman zu schnappen. Ich habe ihm gesagt, wir würden seine Operation in Ruhe lassen, aber das ist nicht richtig.«

»Was hast du gegen ihn in der Hand?«

Ich schilderte ihm detailliert, was ich herausgefunden hatte. Dillon dankte mir und versprach, sofort zu handeln.

Damit blieb noch ein Stein in meinem Schuh. Und das war Rico, der korrupte CIA-Agent, den ich in Peru getroffen hatte. Ich wusste nicht, was ich wegen ihm tun sollte, aber ich konnte eine Infektion nicht unbehandelt lassen.

Es mochte Zeit brauchen, aber Zeit hatte ich.

Es klingelte an der Tür.

Mary Ann sagte: »Frank, sie ist da.«

Ich wartete, bis ich hörte, wie die Dame ging. Als ich ins Wohnzimmer kam, studierte Mary Ann eine Hochglanzbroschüre.

»Oh mein Gott, Frank. Schau dir das an, das ist die italienische Riviera. Das ist Portofino.«

Sie reichte sie mir. Das Titelbild zeigte ein Paar in unserem Alter. Das Paar war von leuchtend roten Bougainvillea-Büschen umrahmt und blickte auf das Meer hinaus.

Das war ein Startbildschirm-Foto, wenn ich jemals eins gesehen hatte.

»Da müssen wir hin und genau so ein Foto machen.«

———

ICH HOFFE, du hattest beim Lesen von *Goldenes Schweigen* genauso viel Spaß wie ich beim Schreiben. Wenn ja, würde ich mich freuen, wenn du eine kurze Rezension auf Amazon oder deiner Lieblingsbuchseite schreiben würdest. Rezensionen sind der beste Freund eines Autors, und selbst ein oder zwei kurze Zeilen sind hilfreich. Danke, Dan

Die Luca Mystery -Serie

Bin ich der Mörder?

Verschwunden

Der Serenity -Mord

Dritte Chancen

Ein kalter, harter Fall

Polizist oder Mörder?

Salter zum Schweigen bringen

Ein Mörder falsch

Ungewisse Einsätze

Der Opa -Mörder

Gefährliche Rache

Wo sind sie

Am See begraben

Der Preserve Killer

Niemand ist sicher

Mord, Geld und Chaos

Goldenes Schweigen

Spannende Geheimnisse

Corys Dilemma

Corys Flug

Corys Verschiebung

REIHE: DIE KUNST DER RACHE

IM NAMEN DER RACHE

JENSEITS DER RACHE

DIE ABRECHNUNG

ANDERE WERKE VON DAN PETROSINI

DER LETZTE FEIND

COMPLETCICCITIC ZEUGE

ZURÜCKSCHIEBEN

EHRGEIZ KLIPPE

Sie können über mein Schreiben auf dem Laufenden bleiben und Zugang zu Büchern haben, die frei von Discounter sind, indem Sie sich meinem Newsletter anschließen. Normalerweise ist es einmal im Monat ausgestiegen und enthält auch Notizen zu Selbstwertgefühl, Motivationsstücken und Weinartikeln.

Es ist kostenlos. Siehe meine Website: www.danpetrosini.com

Dan ist ein USA-Today- und Amazon-Bestsellerautor, der seine erste Geschichte im Alter von zehn Jahren schrieb und es liebt, Geschichten oder Witze zu erzählen.

Seine Ideen für Geschichten erhält Dan, indem er der Frage nachgeht: Was wäre, wenn?

In fast jeder Situation, in der er sich befindet, geht Dan der Frage nach, was wäre, wenn dies oder das passieren würde? Was wäre, wenn diese Person sterben oder etwas Ungewöhnliches oder Illegales tun würde?

Dans ständiges Gedankenkarussell liefert ihm reichlich Stoff, den er zu interessanten Geschichten verwebt.

Als Fan von Büchern und Filmen mit unvorhersehbaren Wendungen gestaltet Dan seine Geschichten so, dass die Leser den Ausgang nicht erraten können. Er schreibt jeden Tag, ringt notfalls um die Worte und hat bis heute über fünfundzwanzig Romane geschrieben.

Für Dan ist es keine Frage des Wollens, er muss einfach schreiben.

Dan ist der festen Überzeugung, dass Menschen ihre Träume verwirklichen können, wenn sie sich darauf konzentrieren und handeln, und er ermutigt genau dazu.

Sein Lieblingsspruch lautet: „Der Preis der Disziplin ist immer geringer als die Kosten des Bedauerns."

Dan erinnert die Menschen daran, Negativität aus ihrem Leben zu verbannen. Er glaubt, dass sie ansteckend ist, und rät, sich von negativen Menschen fernzuhalten. Er weiß, dass eine wirklich positive Grundeinstellung einem das Gefühl gibt, das Leben spiele einem in die Karten. Wenn er mal vom Weg abkommt, sagt er sich: „Man kann keinen guten Tag mit einer schlechten Einstellung haben."

Dan ist verheiratet, hat zwei Töchter und einen anhänglichen Malteser und lebt im Südwesten Floridas. Der gebürtige New Yorker hat an örtlichen Hochschulen unterrichtet, schreibt Romane und spielt Tenorsaxophon in mehreren Jazzbands. Außerdem trinkt er viel zu viel Wein und nimmt sich selbst niemals, aber auch wirklich niemals zu ernst.

Er veröffentlicht einen zweimal monatlich erscheinenden Newsletter mit Artikeln, seinen Texten sowie Sonderangeboten und Schnäppchen.